Ute Mrozinski

Projekt Sternentod

Science-Fiction

Roman

Zum Buch

Nephets war wieder vor den Bildschirm getreten und starrte auf die Textdatei, die sich dort geöffnet hatte, als er mit seinen Kameraaugen den komplizierten Text in rasender Abfolge überflog, brach ihm plötzlich der kalte Schweiß aus, er musste tief Luft holen. Er spürte sein Herz bis in die Stirnader hinein klopfen. Was er dort las, übertraf seine schlimmsten Befürchtungen.

Was ich so treibe...

Ich wurde 1961 geboren, bin verheiratet und lebe seit 1978 in einer kleinen Stadt am Rhein.
Ich schreibe Science-Fiction, Fantasy, Krimis und Psychothriller.
Meine Texte sind so wie ich sie selber gerne lese, poetisch, spannend, engagiert.
Meine jüngsten Veröffentlichungen sind der zweibändige Fantasyroman »Keines Menschen Fuß«, außerdem die Thriller aus der Reihe Menschenleben, »Nur ein ferner, dunkler Traum«, »Der Mensch ist auch nur ein Virus.«
Dieser Roman, **»Der ewige Treck – Projekt Sternentod«, ist der fünfte Band aus der Reihe – Der ewige Treck!**

Impressum:
Verlag: BoD · Books on Demand GmbH,
Überseering 33, 22297 Hamburg, bod@bod.de
Druck: Libri Plureos GmbH, Friedensallee 273,
22763 Hamburg
Copyright: Ute Mrozinski 2025
ISBN: 978-3-7693-6694-5

Anmerkung der Autorin

Namen, Orte, handelnde Personen entspringen der Fantasie
der Autorin, Ähnlichkeiten mit verstorbenen oder noch
lebenden Personen sind rein zufälliger Natur.

Kapitel 1
Gorgos-Infernalis

»Wir sind wieder zu Hause!« Seine eigenen Worte klangen ihm wie Hohn in den Ohren. Entsetzt starrte Sah-Gahn auf den Bildschirm. Alle Mitglieder der Crew hatten den Sprung überstanden, und waren in wenigen Minuten wieder handlungsfähig. Doch die Euphorie über den gelungenen Sprung durch das Wurmloch war abgeklungen, als Sol-Choi I die Darstellung des Gorgos-Systems heranzoomte.
»Verdammt!«, rief Pet-Russo. »Sieh dir dieses Feuer spuckende, riesige Monster an! Bist du sicher, dass wir vor dem richtigen System stehen?« Sah-Gahn überprüfte mit fliegenden Händen die Koordinaten. Er nickte. »Schon richtig, dieser infernalische Glutball ist Gorgos! Was bei allen Sternendämonen ist hier geschehen?«
Kopfschüttelnd, ungläubig starrte Sah-Gahn auf die aktuellen Daten, die er für alle auf den großen Bildschirm geholt hatte. Das kann nicht sein. Erinnerst du dich noch Lari-Nah, als ich dich vor fünfzig Jahren aus der Mittagspause geholt habe, damit du die Zünfte-Versammlung einberufst?«
Lari-Nah nickte bleich. »Schon damals lag Gorgos im Sterben!« Sah-Gahn war aufgesprungen, und starrte auf den riesigen Glutball. »Aber es wären noch 1000 Jahre Zeit gewesen, um Evakuierungsmaßnahmen oder andere Dinge einzuleiten. Aber, dieser Stern, hat sich in 100 Jahren so weit ausgedehnt, dass er das System verschlingen wird. In zehn bis zwanzig Jahren wird der Planet laut Sol-Choi unbewohnbar werden, dann dürfte es auf Hasperod richtig rund gehen!«
»Das wird es jetzt schon«, warf Jes ein, der per Hologramm hinzugeschaltet war. Er hatte den Sprung zusammen mit Magdalena und ein paar anderen Hirten, die wirklich noch für die kleine Ziegenherde verantwortlich waren, im

Gemeindehaus überstanden. Er kannte die Daten, mit denen Sah-Gahn vor fünfzig Jahren, die Zünfte-Versammlung in Aufregung versetzt hatte»Es wird schon in großen Teilen Überschwemmungen geben, ungewöhnlich warme Winter und für einen Eisplaneten heiße Sommer. Diese veränderten Jahreszeiten wirken sich auf das Wachstum der Pflanzen aus. Das kann ich euch jetzt schon sagen, ohne Ökologie und Geologie von Hasperod zu kennen! Ein genaueres Bild könnten nur ein paar Sonden bringen, die Fotos schießen, außerdem Luft und Bodenproben aus verschiedenen Gebieten nehmen!"

Sah-Gahn lachte humorlos. „Wundervolle Idee Jes aber schon aus Vorsicht müssen wir davon ausgehen, dass die Priesterkaste noch immer regiert, und wenn das so ist, dann sind ihre Überwachungssysteme eher besser geworden als früher. Ich wette, dass wir heute nicht mehr die Möglichkeit hätten, mit einem solchen spektakulären Alarmstart davon zu kommen, wie damals!«

Jes-Sieh zog die Augenbrauen hoch und seufzte. „Ach ihr erfahrenen, altgedienten Raumschiffsveteranen! Gut, das ihr mich aufgeklärt habt. Glaub ihr, ich wüsste das nicht? Es muss doch möglich sein, mit den technischen Mitteln des Schiffes unauffällig anzumessen, wie lückenlos die Überwachung der Priester ist! Wenn das geklärt ist, gibt es auch Gelegenheiten verdeckte Spionsonden auszusenden um, die Bedingungen in den verschiedenen Regionen des Planeten auszukundschaften!«

„Natürlich gibt es diese Möglichkeiten!«, antwortete Sah-Gahn. Ohne Risiko ist das hier sowieso nicht. Die Marie-Curie ist nicht direkt im Einflussbereich des Systems, aber wenn die Technik der Priester sich weiterentwickelt hat, davon gehe ich mal lieber aus, dann haben sie die Strukturerschütterung durch das Wurmloch registriert! Bevor wir irgendetwas tun, müssen wir uns ein neues Versteck suchen! Pet was für ein

6

verschwiegenes kleines Hotel in der Nähe kannst du uns empfehlen?« Pet-Russo verzog müde die Mundwinkel. »Ihm geht es wirklich besser! Er versucht schon wieder, die Mannschaft aufzuheitern! Ernsthaft, am besten wäre natürlich Gorgos! Aber Gorgos wird auch am besten überwacht! Deine Sorgen sind nicht unbegründet Sah-Gahn. Ich registriere rund um das System ein dichtes Feld von bemannten Überwachungsstationen. Schaut euch das an. Ein regelrechter Teppich, von Militärgleitern, fest installierten Wachforts, die mit Sicherheit auch ein gut funktionierendes Waffensystem besitzen. Sie haben dazugelernt. Unsere Flucht damals muss sie aufgeschreckt haben! Bleibt der schmale Asteroidengürtel um das System. Ich messe keinerlei störende Überwachungsimpulse an, und ich habe da auch schon einen der größeren Brocken in der Ortung.«
Sah-Gahn wandte sich beklommen, dem Asteroidengürtel zu.
»Diese Stelle meinst du! Wir haben sie damals Gorgos sei Dank, meiden können. Etwas schwer zu erreichen, dicht umschlossen von kleinen Gesteinstrümmern! Ich hoffe, nur, dass sie nicht so paranoid sind, und den Gürtel mit Raumminen gespickt haben!«
»Raumminen würde das Ortungssystem sofort melden«, antwortete Pet-Russo. »Die Experten deines Urgroßvaters, Sah-Gahn, haben ganze Arbeit geleistet, und unsere heutigen Experten konnten in den vergangenen Wochen noch einen draufsetzen. Ich will auf der Stelle platzen, wenn es dort Raumminen gibt!«
Sah-Gahn verzog das Gesicht, »wer will jetzt hier die Crew aufheitern? Na dann los, To-Lip, Thom-Asso euer Part!«
»Ich liebe knifflige Asteroidengürtel«, grinste To-Lip. Seufzend machten sie sich an die Arbeit. Im Schutz ihres Deflektorfeldes, und mit eingeschalteten Schutzschirmen, nahm die Marie-Curie wieder Fahrt auf. Es war mehr eine vorsichtige Schleichfahrt, mit Hüpfern, Ecken und engen

Kurven. Angespannt starrte die Crew auf ihre Kontrollen. Es herrschte höchste Konzentration. Viele der Brocken kamen ihnen gefährlich nahe, doch endlich hatten sie es geschafft. »Da«, rief Thom-Asso, »da ist unser Freund. Ein riesiger Asteroid! Sozusagen, ein Fast-Planet! Minimal größer als die unser Raumschiff. Ein idealer Platz, um zu verschwinden.« Riesig füllte der Planetoid den Bildschirm aus, das Schiff kam zum Stehen. »Wie haben wir das gemacht?«, To-Lip grinste. Das war Millimeterarbeit!«

Nur kurz gönnte Sah-Gahn sich ein kleines Gefühl der Erleichterung. „Nun zu dem anderen Problem – die Spionsonden. Irgendwie müssen wir über den ganzen Planeten unsere Sonden verteilen. Sie sollen, Boden und Luftproben nehmen, und Aufnahmen über den Zustand des Planeten machen. Wenn wir runter wollen, dann müssen wir wissen auf was wir uns einlassen, und runter wollen wir ja auf jeden Fall. Ich glaube da sind wir uns einig. Also los Pet, Spionsonden in Deflektorfelder hüllen und ausschleusen.“

Pet-Russo gab unverzüglich die notwendigen Daten und Befehle ein. In Sekundenschnelle berechnete Sol-Choi I, die günstigsten Orte, an denen die Sonden ausgesetzt werden sollten.

»Schon passiert Sah-Gahn. Messergebnisse und erste Bilder dürften wir in ca. dreißig Minuten erhalten.«

»*Dreißig Minuten warten, dachte Sah-Gahn. „Das ist eine halbe Ewigkeit.“* Was würden die Bilder und Messergebnisse ihnen für ein Gesamtbild des Planeten zeigen? Er seufzte tief.

„Es kann noch nicht ganz so schlimm sein Leute. Sonst würde kaum noch irgendeine höhere Technik funktionieren. Das sie das tut, hat Pet ja anmessen können.«

»Die Sonden wurden unbeschadet wieder eingesammelt, die ersten Ergebnisse liegen vor!«

Kapitel 2 - Die Tränen der Eiswüste

Datenkolonnen liefen für alle über den großen Rundumbildschirm. Sah-Gahn wurde blass. Er sah wie Pet neben ihm, einen tiefen Atemzug nahm, als befürchte er gleich keine Luft mehr zu bekommen, und Jes-Siehs bläuliche Hologestalt presste die Lippen zusammen. Eine Zeit lang schwiegen alle. „Das", krächzte Sah-Gahn, „übertrifft alle meine Befürchtungen." Er war aufgestanden, und trat näher an den großen Bildschirm, als könne er dann besser sehen, was Sol-Choi ihnen darbot. „Die gesamten Werte des Planeten sind schon schlimm genug. Überlegt mal eine Gesamterwärmung von zwei Grad! Ihr wisst, was das für Folgen hat. Und dann seht euch mal die Einzelergebnisse an!" Sah-Gahn balancierte mit großen Schritten, hinter den Sesseln am Rande des Podiums entlang, und wieder zurück. Abrupt blieb er in der Mitte stehen und zeigte auf eines der Messergebnisse. „Durchschnittstemperatur in der Eiswüste – ein Grad über Null! In der Eiswüste! Tendenz steigend. Es ist nur noch eine Frage der Zeit, bis der Permafrostboden angegriffen wird, dann Gnade uns Gorgos!" Der Bildschirm flackerte und blitzte. Eine Fülle von Bildern wurde eingeblendet. Jes-Sieh war mit seiner Einschätzung im Recht. Die Südhalbkugel war am wenigsten betroffen von Überschwemmungen, weil es dort ohnehin wärmer war, aber dort drohten andere Gefahren. Verkümmerter, durch die ungewöhnliche Wärme verdorrter Eisweizen ganze Felder hingen schlaff und gelblich herunter. Teilweise waren die Pflanzen sogar schon schwärzlich verbrannt. Es kamen Bilder von der riesigen Hauptstadt Gorgodia herein, die von der Erwärmung noch nicht so stark betroffen war. Die Slums am Rande der Stadt waren schon immer da gewesen, aber sie waren immens angewachsen. »Ich befürchte«, sagte Sah-Gahn, »die Stadt platzt bald aus allen Nähten. Es wird Flüchtlingsströme geben aus allen betroffenen Bereichen des

9

Planeten. Der Planetenvorstand wird er kaum Interesse daran besitzen, diese Flüchtlinge anständig aufzunehmen.«

Die Sondenkamera machte einen gewaltigen Schwenk, Stadt, Landschaften, Farben verwischten zu einer Art Farbbrei. Dann wurde das Bild wieder klarer und zeigte eine Tausende von Kilometern weite, weiße Fläche. In der Ferne ein weiß glitzerndes Eisgebirge, mit unendlich scheinenden, Gletschern.

Doch etwas irritierte Sah-Gahn, etwas war nicht richtig.

»Sie haben sich zurückgezogen!«

To-Lip der ehemalige Eisgleiterpilot sprach es aus. Jetzt wusste Sah-Gahn auch, was ihn die ganze Zeit gestört hatte. Tatsächlich, die Gletscher waren einst hinuntergelaufen, bis in die weißen Ebenen.

Jetzt zeigten sich die Ausläufer der Berge schwarz und steinig in einem kilometerweiten Bereich zog sich der nackte Fels, bedeckt mit nur noch wenigen Schneeflecken, immer weiter nach oben. Auch das Land um die mächtigen Berge wirkte seltsam wässrig. Entsetzt stieß Sah-Gahn die Luft aus. Neben ihm stand Pet-Russo und sagte mit blassen Lippen.

»Die Eiswüste schmilzt alter Freund! Sie stirbt einen frühen Tod!«

»Ja«, presste Sah-Gahn zwischen den Zähnen hervor.

»Nicht nur sie wird viel zu früh sterben! Wir müssen runter. Wir müssen unter allen Umständen herausfinden warum, und sehen was wir noch tun können!«

»Was stellst du dir vor Sah-Gahn?«, fragte Jes.

»Ein kleines Expeditionsteam, wie damals auf Leukos. Pet, ich dachte an dich als zweiten Astronomen, Jes als Biologen, Lu-Cas als Mediker!

Thom-Asso«, sagte er mit fester Stimme und schaute den Navigator an, »du hast dich gut bewährt! Du kannst während meiner und Pets Abwesenheit das Kommando übernehmen.«

Thom-Asso wurde rot, nickte aber zustimmend. Sah-Gahn

stemmte sich aus seinem Sessel hoch. »Na dann machen wir uns an die Arbeit!«

Die Spezialtruppe, die auf Hasperod landen sollte, versammelte sich auf der rechten Seite der Hangarhalle, vor der Öffnung zum Forschungsgleiter MC-II.

Mit seinem persönlichen Impulsschlüssel öffnete Sah-Gahn den Forschungsgleiter, nacheinander stiegen sie ein, verstauten ihre Sachen und schnallten sich auf ihren Sesseln in der Zentrale fest.

»Alle bereit?«, fragte Sah-Gahn. Sie nickten wortlos.

»Dann leite ich den Start ein. Wir werden im Schutz des Deflektorfeldes den Planeten halb umkreisen, dann in der Eiswüste in der Nähe des Pentanossigebirges landen. Wenn sie nicht inzwischen alles bebaut haben, was ich nun doch nicht glaube, werden wir einige gute Verstecke für das Schiff finden! Dann machen wir uns auf das Gelände zu erkunden, und versuchen zum alten Observatorium vorzustoßen, in dem ich seinerzeit interniert war. Es geht los!«

»*Immer wieder erhebend*«, dachte Sah-Gahn, »*mit einem kleinen Schiff den freien Weltraum zu durchfliegen! Man ist irgendwie näher dran.*«

Ehrfurcht überkam ihn angesichts der Sternenfülle auf dem Bildschirm, auch wenn es nur ein aus Zahlen und mathematischen Formeln zusammengesetztes Bild war. Im Grunde war ja alles nur ein aus Informationen zusammengesetztes Bild in seinem Hirn. Die absolute reine Wirklichkeit würde ein Lebewesen nie sehen, oder erfahren.

»*Die Wirklichkeit*«, dachte er, »*ist immer eine Frage des Blickwinkels und des biologischen Bauplans! Was sieht ein Mensch, einem Haspiri doch so ähnlich? Wahrscheinlich eine Wirklichkeit, um nur eine Nanoeinheit verschoben. Was sehen Leukothen, die Fledermauswesen? Was eine Reptiloide Lebensform, die wahrscheinlich schon ein ganz anderes Weltbild hat als wir Humanoiden! Wie würde ein Frostbär diese Sternenfülle bezeichnen? Was sieht eine Entität, wie die Wächterin des Himmels? Schwebt der Geist Ma-Iras zwischen diesen Sternen?«*

»Nein Großvater, dann würde ich ihn spüren!«

Sah-Gahn fuhr herum, »Jes! Du hast meine Gedanken gelesen!«

»Ja hab ich!«, sagte Jes tonlos. »Tut mir leid! Ich habe das nicht bewusst getan! Du hast so intensiv gedacht, dass deine Gedanken geradezu, zu mir herübergeschwappt sind!"

»Schon gut Jes! Ich bin dir nicht böse! Aber wieso«, sagte Sah-Gahn heiser, »spürst du sie nicht? Ob ihr Geist wirklich im Hyperraum verweht ist?«

Jes-Sieh schüttelte, unwirsch seine langen, schwarzen Locken. »Woher soll ich das wissen? Ich bin zwar ein Mutant, aber ich bin kein Gott, nur Ma-Iras Sohn! Vielleicht würde ich sie spüren, wenn wir näher an der Erde stehen würden, über dem Ort, an dem sie gestorben ist«, sagte Jes erstickt!

Sah-Gahn schluckte, und hatte das Gefühl, als müsse er einen dicken Kloß wieder nach unten befördern. »Wir sollten uns auf die Gegenwart konzentrieren!«, sagte er langsam.

Seit zehn Minuten hatten sie den Start hinter sich und schlichen im Schutz ihres Deflektorfeldes durch den Raum. Sie hatten den Asteroidengürtel durchquert, näherten sich jetzt vorsichtig dem eigentlichen Planetensystem, mit dem kleineren Mond Sankarod und dem größten Mond, der fast schon ein Planet war, Pentanos! Hastig zeigte Sah-Gahn auf die Schemata, die sich jetzt auf dem Bildschirm einblendeten. Er redete schnell, um nicht mehr nachdenken zu müssen, um die aufkommenden Tränen zurückzudrängen.

»Die Monde selbst sind eigentlich unbewohnbar, aber schon, als wir damals mit der Sternenspürer geflohen sind, plante der Planetenvorstand die Monde zu Rohstofflieferanten auszubauen. Die Aufnahmen der Spionsonden haben

ergeben, dass man dort große Schürfstationen und Wohneinheiten gebaut hat!«
»Natürlich sind die auch gut geschützt und überwacht!«
Pet kratzte ausgiebig seinen Haaransatz!
Ich hoffe wir kommen ungesehen, an diesen Überwachungssonden vorbei! Glaubst du unser Deflektorfeld, reicht angesichts dieser geballten Überwachungsparanoia?«
Nachdenklich starrte Sah-Gahn auf den Schirm.
»Pet«, sagte er, »schalte alles ab! Wir sollten die Ortung und das Getriebe so weit herunterfahren, das wir kaum noch anzumessen sind. Eigentlich dürften wir noch nicht einmal den Deflektorschild einschalten. Aber den brauchen wir!«
Pet nickte und tippte hastig auf seinem Terminal herum.
Plötzlich erstarb das stetige Vibrieren des Schiffes, das Dröhnen des Getriebes, nur ein leises, kaum noch hörbares Summen durchschwebte den Raum. Das Licht erlosch, nur noch der diffuse Schein der Computerbildschirme erhellte die winzige Zentrale! Die schematische Darstellung erlosch, wich echten Bildern. Langsam glitten sie in das System hinein. Lautlos vorbei, an der kleinen, leuchtenden Kugel von Sankarod, vorbei an dem fast doppelt so großen Pentanos, der aber nur deshalb heller strahlte, weil er Gorgos näher war. Nach einiger Zeit kam Hasperod in Sicht. Aus der Ferne gesehen, noch immer eine in weiten Teilen weiß glitzernde Kugel, mit kleineren, grünen Anteilen, einem riesigen blau schimmernden Meer, und kleineren Seen. Sie würden, erst wenn sie nahe dem Einflussbereich des Planeten waren, die mächtige Eiswüste ansteuern. Sah-Gahn sah die Kugel anwachsen und näherkommen. Die Automatiksteuerung hielt genau auf die Eiswüste zu. »*Die prächtige, schmelzende Schönheit!*«
Irgendwann traten sie in die Atmosphäre ein, durchbrachen die schweren Wolkenbänder. »Regenschwer!«, bemerkte Jes-Sieh.

Sie hatten es geschafft, unbemerkt an den Überwachungssonden vorbeizukommen. Steuerten aber noch immer lichtlos, mit eingeschalteten Andruckabsorbern, mit gerade notwendiger Geschwindigkeit dem Planetenboden zu.

»Da«, rief Sah-Gahn, »das Pentanossigebirge! Der kleine Bruder des riesigen Pentanosmassivs auf dem Mond Pentanos! Sol-Choi, Karte bitte!«

Eine schematische Landkarte, mit dem ca. 2000 m hohen, zwanzig Kilometer lang gestreckten Gebirgszug legte sich auf dem großen Schirm. Sah-Gahn bewegte den blinkenden Leuchtpfeil, das Hauptmassiv hinunter, und gab die Koordinaten eines kleineren Felsens direkt daneben ein. »Der Felsen heißt Sie-El-Höh. Das ist Alt-haspirisch und bedeutet kleine Eishöhle.«

»Bist du sicher«, fragte Pet, »das dort keiner ist, der uns willkommen heißt?«

»Siehst du was?«, fragte Sah-Gahn. »Misst du etwas an?«

»Nein« Pet schüttelte den Kopf!

»Dann ist die Ebene neben der kleinen Eishöhle, der ideale Ort. Ich gehe jetzt runter Haspiri!« Sah-Gahn lachte bitter. »Hasperod, deine verlorenen Söhne und Töchter kommen zurück!«

Sanft, ohne Schwierigkeiten, landete Sah-Gahn den Forschungsgleiter neben dem, eisigen Ausläufer des Sie-El-Höh. Als der Raumer nur wenige Meter über dem eisigen Boden schwebte, das Feuer, die Hitze der Getriebe, im Umkreis von einem Kilometer alles zum Schmelzen brachte, schaltete er das Schiff in einen Gleitflug Modus. Langsam, vorsichtig manövrierte die Steuerautomatik die MC-2 in den höhlenartigen Bergeinschnitt und setzte schließlich wenige Zentimeter vor der eisigen Wand auf. Erleichtert lehnten sich die vier Haspiri in ihren Sesseln zurück.

»Sol-Choi, was zeigen die Außenbordkameras?«, fragte Sah-Gahn. Das Bio-Computerhirn blendete die Außenaufnahmen ein. Sie sahen den Einschnitt in das Eis des Pentanossi-Gebirges, von allen Seiten. Die natürliche Kerbe wirkte keilförmig, als hätte einstmals ein Riese sich ein Stück Kuchen aus dem Fels geschnitten. Die seitlichen Wände waren meterhoch, dort, wo sie im Berg endeten, wuchs ein langes, massiv wirkendes Dach aus Eis über das Forschungsschiff hinweg. Sah-Gahn war aufgestanden. »Es müsste schon mit dem Lefuet zugehen, wenn sie uns hier entdecken. Klaubt eure Sachen zusammen, schließt die Einsatzanzüge und lasst uns aussteigen.«

Hoch oben in einer der Wachstationen, im Orbitalschatten des Planeten, saß ein Haspiri gelangweilt vor seinem Kontrollbildschirm.

Die Ortungsgeräte zeigten immer dieselben gewohnten Werte. Warum auch nicht, das Überwachungsnetz war, so dicht, dass kaum einer der nicht sollte, hier durch kam. Deswegen versuchte es auch keiner. Piraten oder andere Verbrecher kamen gar nicht in die Nähe des Planeten. Wenn es doch einer wagen sollte, dann würde Ikla-Pok es merken und weiter melden. Dann lief die ganze militärische Maschinerie in Sekunden auf Hochtouren!

Ikla-Pok lümmelte sich lässig in seinem körpergerechten Formenergiesessel und streckte die langen Beine von sich. Ab und zu gähnte er und pustete eine lange schwarze Haarsträhne aus seinem Gesicht. Die heutige Schicht schien besonders langweilig zu werden. Na klar, Gorgosfeiertag. Da flogen die Frachtschiffe den Planeten kaum an. Ab und zu tummelte sich mal ein Besucher von den Rohstoffmonden. Aber da die Arbeiter und Techniker meistens mit ihren Familien dort wohnten, hielt es sich in Grenzen. Ikla-Pok hatte nichts anderes zu tun als ihre Daten und Fracht zu kontrollieren. Deswegen war er auch alleine im Kontrollraum, Feiertagsbesetzung eben. Sollte ihm recht sein. Müde rieb er sich die leicht geröteten Augen. Die Geburtstagsfeier gestern

15

bei seinem Kumpel, war etwas heftig ausgefallen. Mit zusammengekniffenen Lidern warf er einen routinemäßigen Blick auf den Bildschirm! Nichts tat sich...! Oder doch? Einer der Sensoren blinkte rot! Alarmiert riss er die Augen auf. Verdammt das war Kontrollsektor fünf! Das war sein Bereich. Da musste sich tatsächlich ein Schiff nähern, das nichts hier verloren hatte! Er zoomte den Ausschnitt des Weltraums näher heran.»Was soll das?«, murmelte er wütend.»Will der Blechkasten mich verarschen?« Er konnte so viel hin und her zoomen, wie er wollte, nichts zu sehen! Trotzdem meldete das Ortungsgerät eine minimale Streustrahlung an. Eine dünne Restemission, die von einem versteckten Schiff, aber auch von einem am System vorbeifliegenden Kometen aus dem Asteroidengürtel stammen konnte. Sofort war diese minimale Strahlung wieder verschwunden. Ikla-Pok runzelte die Stirn. Natürlich, das war es! Die Strahlung eines vorbeifliegenden Kometen, der automatisch vom Kometenabstrahlfeld zerstört worden wahr.
Deswegen gab es auch keine Werte mehr. Ikla-Pok stufte den Vorfall gähnend als minder wichtig ein, und speicherte ihn in einer Archivdatei. Dann ließ er sich in seinen Sessel fallen, und träumte vom Ende der Schicht!
Minuten später stand Sah-Gahn mit seinen drei Gefährten vor dem Schiff. Sie versanken mit den Stiefeln in einem grau-weißen, matschigen Boden und starrten auf die endlose Landschaft. Vereinzelt fing es in feinen Tropfen an zu regnen, Sah-Gahn zog hastig die Kapuze seines einteiligen Einsatzanzuges hoch.
»Regen! Jes, was sagen deine Temperaturscanner?«
Jes hielt einen flachen, etuiartigen Temperaturfühler in die Umgebungsluft.»Die Durchschnittstemperatur auf dem Planeten beträgt laut Sol-Choi zwei Grad über dem Gefrierpunkt. Mindestens zwei Grad mehr als es sein sollte. In der Eiswüste, und auch hier an diesem Punkt haben wir noch

immer 1 Grad über Null! Deswegen stehen wir hier auch im Matsch. Eigentlich müsste alles steinhart gefroren sein, von einer dünnen Decke Schnee abgesehen. Das es anfängt zu regnen, ist wahrscheinlich auch nicht gerade üblich auf diesem Planeten!«

Sah-Gahn seufzte tief. Ein aufkommender Wind zerrte an seinen Kleidern, seinen Haaren, und trieb ihm die Tropfen ins Gesicht.»Es gibt noch nicht einmal ein haspirisches Wort für Regen. Dieses Wort stammt von der Erde!«

Pet-Russo kniff die Lippen zusammen, seine Ohren fuhren wild durch die Luft.»Dann sollten wir losgehen, sagte er.

Sah-Gahn nickte.»In etwa 10 km Entfernung von hier müsste sich das technische Depot befinden, zumindest die Reste davon.«

»Wenn sie es nicht vollständig beseitigt haben«, warf Lu-Cas ein.

»Irgendetwas Technisches ist da noch«, widersprach Pet. „Ich messe mit meinem Mini-Orter eine Art Reststrahlung an. Zwei, drei Kilometer weiter, dürfte sich das Observatorium befinden.« Pet schaute auf den Bildschirm des kleinen Metallkästchens, »ich messe eine minimale aber konstante Radiostrahlung an.«

Er straffte sich.»Wenn wir stramm durchmarschieren, haben wir die zehn Kilometer in zwei Stunden geschafft.«

Pet-Russo schaute ihn verblüfft an.»Warum nehmen wir nicht die Gravo-Packs?«

Sah-Gahn zuckte mit den Schultern.»Tut mir ja Leid Freunde, die Gravo-Packs sind zu gefährlich. Ihre Strahlung ist wie ein Leuchtfeuer. Also marschieren und Deflektoren einschalten.« Er schaute zum Himmel. Es sah grau und diesig aus, aber nichts deutete auf eine Wetterveränderung.

»Wenn wir jetzt losgehen, schaffen wir es noch bis zum Abend!«

Ohne Verzögerung stapften sie los, unablässig durch den wässrigen Schnee, nach ungefähr zehn Minuten hob Sah-Gahn die Hand.

»Wir sollten uns überlegen wie wir in das Observatorium reinkommen,«

»Aber wo wollen wir überhaupt hin?«, fragte Pet.

»Na wohin schon?«, antwortete Sah-Gahn. »Nach Gorgodia!«

»Du meinst wir sollten zu deinem alten Observatorium gehen, zum Trebla-Niest-Nie Gorgosobservatorium?«

»Natürlich«, zischte Sah-Gahn, »direkt in die Höhle des Löwen. Das alte Observatorium, mitten in der Eiswüste, in dem ich damals gefangen gehalten wurde hat sich mittlerweile in eine verrostete, verrottete Ruine verwandelt. Davon bin ich überzeugt. Nein, lasst uns sofort nach Gorgodia fliegen aber schaltet eure Deflektorschirme ein!«

»Sagtest du gerade fliegen?« Pet-Russo sah ihn mit gerunzelter Stirn an. Sah-Gahn grinste.

»Ich bin immer noch derselben Meinung, du renitenter Witzbold. Mit dem Schiff zu fliegen, ist natürlich außer Frage. Dann würden sie uns sofort entdecken. Mit den Gravo-Packs ist es zwar auch riskant, aber andererseits würden wir zu Fuß erst in einigen Wochen ankommen. Es geht nicht anders.«

Alle nickten erleichtert.

»Es ist bald dunkel.« Sah-Gahn schaute hoch zu Gorgos untergehenden, blutroten Feuerball! »Wir sollten nachts fliegen, und uns tagsüber hinter Schneewehen und Eishügeln verstecken! Gibt es noch Einwände?«

»Nein Chef, keine Einwände!«, Pet-Russos Gesicht blieb todernst. »Deine Haspiris sind bereit!«

»Na dann los Männer!« Sah-Gahn verzog keinen Gesichtsmuskel. »Zeigen wir den Sonnenpriestern, was ein Eispickel ist!«

Kapitel 3 Der Schmutzfleck

Es war ein Inferno! Ein riesiger rotglühender Ball, aus dem immer wieder flammende Jets herausschossen, deren Flammenzungen die samtige Schwärze des Alls regelrecht aufzufressen schien!

Dieser Ball bestand nur aus heißen Gasen. Die Oberflächentemperatur war im Laufe seiner Millionen Jahre andauernden Existenz, auf 3000 Kelvin angestiegen. Sein Durchmesser auf 385 Millionen Kilometern angewachsen. Aber nicht langsam, in einer astronomisch vernünftigen Zeit, nein in einer für Sterne unvernünftigen, gefährlichen Geschwindigkeit. Gorgos war in rasendem Galopp zum Feuer speienden Monster mutiert.

Ra-Ennas runzelte die Stirn, ungeduldig pustete sie eine Strähne ihres golden schimmernden Fells aus dem Gesicht und kniff die Augen zusammen. Sie wusste das Gorgos im Sterben lag, das hatte schon ihr Vorgänger festgestellt. Nein, sie lachte leise, bestimmt nicht dieser Emporkömmling Chol-Rasch. Dafür war er einfach nicht intelligent genug. Chol-Rasch war nur nach oben gekommen, weil er der Fellputzer ihres Bruders war. Nein, das Gorgos im Sterben lag hatte der Astromeister Sah-Gahn L,Rac bewiesen. Aber nach seinen damaligen Berechnungen sollte Gorgos erst in 2000 Jahren explodieren, und frühestens in 1000, mittlerweile in 950 Jahren wäre alles Leben auf Hasperod verschwunden, weil dann das ganze System von Gorgos verschlungen würde. Schlimm genug! Wieso ging Gorgos Sterben, in den letzten Jahrzehnten so rasend schnell? »Seltsam genug«, murmelte Ra-Ennas.»Aber was, bei Gorgos heiligen Feuern, hat dieser schwarze Schmutzfleck zu bedeuten? Welches zusätzliche Verhängnis kommt da auf uns zu? »Die Darstellung näher heranzoomen Sol-Choi«, kommandierte sie. Da war es wieder! Dieses im Vergleich zu Gorgos, winzige Etwas. Dieser Schmutzfleck, auf Gorgos flammenden, roten Sternenball!

»Eher ein schwarzes Staubkorn«, murmelte Ra-Ennas, während sie gespannt beobachtete, wie Sol-Choi das Bild näher heranzoomte. Die Vergrößerung zeigte ihr ein regelmäßig geformtes Objekt, das sich seit Wochen in seiner Form nicht verändert hatte. Das konnte kein natürlich gewachsenes Objekt sein! Was auch immer das war, sie musste den Planetenvorstand benachrichtigen. Schon deshalb, weil Gorgos rasante Sterbephase, ihr langsam Sorgen machte. Ra-Ennas war sicher, dass die Sonnenpriester sogar erwarteten, dass sie sich meldete.

Sie mussten die Evakuierungspläne, die sie ihnen in langen Verhandlungen endlich abgerungen hatte, vorantreiben! Sie war die erste Astromeisterin des Gorgosobservatoriums, sie war eine Toiraksi! Die Priester mussten ihr Auskunft geben, wenn sie nach den Fortschritten der Raumfahrttechniker fragte. Sie würde sich nicht mehr länger vertrösten lassen. Dieses schwarze „Staubkorn", würde sie auf jeden Fall interessieren.

»Vielleicht«, dachte sie laut, »ist dieses Staubkorn nicht nur ein Verhängnis, sondern eine Hoffnung!«

Ra-Ennas Hand schwebte über den Sensoren des E-Komunikators, der mittlerweile in Sol-Chois Festplatte integriert war. Müsste sie nicht Su-Nev informieren? Immerhin war sie ihre Freundin und Assistentin. In der letzten Zeit benahm sie sich etwas komisch. Seit gestern Morgen versuchte Su-Nev fast verzweifelt, sie davon abzubringen, den Planetenvorstand zu informieren. Mit immer fadenscheinigeren Ausreden! Su hätte schon längst im Labor sein müssen, heftig zuckte sie zusammen, als ihr Armbandkom anfing zu quäken. Das weckte ja Eismumien auf. Sie kniff die Augen zusammen, Leppod-T-Negas Code.

»Verdammt Leppod, was willst du?«, murmelte sie, und aktivierte die Bildübertragung.

Das grinsende Abbild eines dunkelfelligen Haspiri erschien auf dem Minischirm des Koms. Sein Zopf war nachlässig gebunden. Die grünen Augen funkelten sie an. Das auffallendste an diesem Haspiri war, dass er tatsächlich glatt rasiert war! Sein Kinn war unfellig! Eigentlich unmöglich für einen haspirischen Mann. Das änderte für sie nichts an seinem guten Aussehen. Doch jetzt störte er.

»Lep, was ist los?«

»Eiskönigin, das ist aber keine sehr freundliche Begrüßung! Ich dachte du würdest dich freuen mich zu sehen, nachdem wir vor zwei Gorgostagen die Eisberge zum Schmelzen gebracht haben!«

»Lep«, ihre Stimme bekam einen milderen Klang, »wir haben schon öfter die Eisberge zum Schmelzen gebracht. Aber ich hänge an einem wichtigen Projekt. Ich habe etwas weitreichendes entdeckt! Ich habe zu arbeiten!«

»Was hast du entdeckt? Ein zweites schwarzes Loch, die Rettung vor Gorgos feurigem Zorn?«

»So ungefähr Lep aber komm jetzt mal auf den Punkt! Ich habe wirklich keine Zeit mehr!«

Leppod seufzte. »Immer die verschlossene Realistin, was? Eigentlich Eiskönigin wollte ich nur mal deine Stimme hören, dein Gesicht sehen. Treffen wir uns heute Abend?«

»Ich weiß nicht Lep!«, antwortete sie stirnrunzelnd!

»Bitte! Unser Restaurant, du weißt schon, in Nesse! Aber entscheide dich schnell! Noch schläft sie, aber ich höre, wie sie sich bewegt! Bald müsste sie aufwachen, und dann muss ich Schluss machen!« Ra-Ennas kantige Züge verhärteten sich noch mehr.

»Du bist bei ihr?«, stieß sie zwischen zusammengepressten Lippen hervor.

»Was glaubst du?« Leppod-T-Nega zog die dichten Augenbrauen hoch, und schickte einen Blick gegen die

21

Zimmerdecke im Frühstücksraum. »Ich bin ihr Lebensgefährte, da macht man das manchmal.«
»Tu bloß nicht so arrogant«, Ra-Ennas warf den goldfarbenen Zopf so heftig nach hinten, das er wie eine Peitsche durch die Luft fuhr! »Als ich dich vor einem Jahr auf der Konferenz der Wissenschaftszünfte kennengelernt habe, hast du noch so getan, als seiest du ein einsamer alleinstehender Hasperologe. Ich erinnere mich noch lebhaft an deine Worte. „Auf eine Frau wie dich habe ich schon immer gewartet! Du bist schön wie die aufgehende Sonne hinter den Eisbergen Hasperods. Es ist mir egal Ra-Ennas Toiraksi, aus welcher Familie du stammst. Wichtig ist nur, dass ich dich liebe. Was für ein Schmelzwasser! Und darauf bin ich auch noch reingefallen!"
»Aber es stimmt Ra!« Leppod schaute sie eindringlich an. Ra-Ennas glaub mir. Es hat mich wie ein Blitzschlag erwischt!«
»Ach ja?« Als ich von der Konferenz zurückkam und Su-Nev mir nach Feierabend freudestrahlend ihren neuen Lebensgefährten vorstellte, warst du aber ziemlich nervös! Danach haben wir uns mehrmals getroffen, jedes Mal hast du versprochen mit ihr zu reden.«
»Ra-Ennas, das ist nicht so einfach wie du...«
»Du wolltest es tun, weil du ihr Lebensgefährte bist,weil du mir angeblich nicht zumuten wolltest, meiner besten Freundin zu...«
Leppod hob beschwichtigend die Hand! »Ich rede auch mit ihr! Aber ich kann nicht zu ihr sagen, »hör mal, da gibt es ein Problem Su. Ich bin mit deiner Freundin ins Bett gestiegen, und jetzt liebe ich sie. Mach dir aber nichts draus.
Das muss man behutsam angehen! Ich habe sie gestern zum Essen eingeladen, dann sind wir eben in unsere Höhle gegangen...«
»Das heißt, du hast mit ihr geschlafen!«

22

»Ra, wir besprechen das alles heute Abend bei Temruog, okay?«

»Du sagst es ihr beim Frühstück!«

»Ra, das kann ich nicht!«

»Du sagst es ihr beim Frühstück oder ich tue es selber, wenn sie gleich ins Labor kommt. Egal was passiert, ich halte das nicht mehr aus Lep! Und wenn sie mich dafür umbringt, Ende!« Heftig schlug sie auf den Sensor des Armbandkoms ein, und trennte die Verbindung.

Bebend lehnte sie sich in ihrem Sessel zurück, und starrte auf eine blindgeschaltete Sektion des großen Computerbildschirms, der unbarmherzig ihre Züge spiegelte. Sie sah ein breites, kantiges Gesicht, ebenmäßig geformt, mit hohen Wangenknochen. Volle, elegant geschwungene Lippen, kein Schmollmund! Nicht unhübsch, mit hohen Wangenknochen, aber eben breit! Dann die verdammten goldfarbenen Toiraksi-Augen! Überhaupt alles an ihr war irgendwie goldfarben, wie altes Gold! Sogar ihre Haut hatte einen leichten Goldschimmer, furchtbar! Su-Nev dagegen, mit ihrem zarten, schmalen Gesicht, dem sanften blauäugigen Blick. Verdammt, sie hatte nun mal nicht ihre ätherische Schönheit! Endlich hatte sie einen Mann getroffen, der den Sprechern der Wissenschaftszünfte nicht nach dem Mund redete. Ein Mann, der es wagte, ihnen auf der Versammlung alle hasperologischen Fakten auf den Tisch zu legen, und einen Zusammenhang zwischen Gorgos Sterben, und der verrücktspielenden Natur des Planeten herzustellen. Dazu sah er noch unverschämt gut aus. War doch klar, dass sie sich mit ihm unterhalten, das sie ihn nach der ersten Konferenz schon zum Essen einladen musste. Die Nacht, danach war so schön gewesen, so voller Leidenschaft. Was kam dann? Ach verdammt, Su-Nev konnte ja auch nichts dafür. Sie waren nur mal wieder auf denselben Dreckskerl hereingefallen. Ra-Ennas lachte schnaubend. Sie machten ja alles gemeinsam!

23

Gewaltsam verdrängte sie diese Gedanken und konzentrierte sich wieder auf ihr eigentliches Vorhaben, bevor dieser Anruf sie aus der Bahn geworfen hatte.

Entschlossen tippte sie ihren Vorrangcode auf die Direktleitung zum Ministerium für Sicherheit und Raumfahrt ein und horchte ergeben auf das langanhaltende Freizeichen. »Wenn das hier erledigt ist«, dachte sie, muss ich mit Su-Nev reden. Irgendetwas stimmt mit ihr nicht, und wenn er es nicht schon getan hat, muss ich ihr sagen, was seit Monaten zwischen mir und Lep läuft!

»Verdammt!«, zischte Ra-Ennas. Wie sie Chol-Rasch kannte, würde er grinsend auf das Blinken ihres Codes starren, und sich dabei gemütlich seine unteren Genitalien schaukeln! Endlich, das verwaschene Grau ihres persönlichen Bildschirms verschwand. Ein schmaler, vollständig ergrauter Haspiri mit ungewöhnlich schütterem Kopffell erschien.

Nur sein magerer Oberkörper, den er in ein glatt geschabtes Larmantifell gehüllt hatte, war zu sehen. Im Hintergrund registrierte Ra-Ennas eine kleine Bildschirmwand, die gerade dabei war herunterzufahren. Sie konnte nur noch Sol-Chois Eiszapfensymbol aufblitzen sehen. »Was willst du?«, ertönte Chol-Raschs quäkige, helle Stimme. »Ich hoffe es ist bedeutsam genug, Ra-Ennas Toiraksi! Du hast mich aus einer wichtigen Sitzung geholt!«, fügte er im, vorwurfsvollen Ton hinzu.

»Ich...will dich nicht länger von deiner wichtigen, Sitzung abhalten.« Sie rutschte in ihrem Sessel nach vorne und legte die ausgestreckten, noch immer dicht befellten, muskulösen Beine locker übereinander. Sie war froh diesen hüftlangen Überwurf aus grünen Eisblumenfasern angezogen zu haben, und nicht irgendein tief ausgeschnittenes Teil. Sie konnte Chol-Rasch jetzt schon sabbern sehen.

»Sicher habt ihr gerade über den Fortschritt der Evakuierungspläne gesprochen«, antwortete sie ihm. »Du hättest mir gleich mitgeteilt, dass ihr schon fast fertig damit seid ... Minister!«

Chol-Raschs Stimme wurde eisig, seine Augen zogen sich zu Schlitzen zusammen.»In der Tat Astromeisterin, in der Tat! Ich hätte dir, die Ergebnisse mitgeteilt. Der Planetenvorstand hält seine Versprechen, denn er agiert ja im Auftrag von Gorgos! Wenn du mich deswegen störst!"

Ra-Ennas presste ihre Lippen zusammen, ihre Hand krampfte sich um die Sessellehne.»Ich habe dir nur zwei unbedeutende Kleinigkeiten mitzuteilen. Die Evakuierungspläne müssen umgehend vorangetrieben werden! Gorgos entwickelt sich im rasenden Gallop zur Super-Nova! Die Daten sind erschreckend. Tatsache ist, das hier in knapp fünfhundert Gorgosjahren alles zum Feuerdämon geht! In wenigen Jahrzehnten ist der Planet unbewohnbar für uns. Die Auswirkungen der Katastrophe sind in den südlicher gelegenen Kontinenten schon zu spüren!«

Der Minister öffnete den Mund, doch Haspiri wie Chol-Rasch durfte man nicht zu Wort kommen lassen.

»Wir leben hier in Gorgodia mit sage und schreibe 5 Grad über Null noch auf einer Insel der Seligen, auch wenn das für Hasperod schon eine enorme Temperatursteigerung ist. Wir haben eben das Glück, das unsere Hauptstadt auf dem nördlichsten aller Kontinente liegt, kurz vor der Eiswüste, und dem Pentanossigebirge! Doch in den anderen Gebieten leiden Haspiri unter Temperaturen von ca. 8 – 10 Grad über Null! Du kennst die Berichte, sogar in der Eiswüste haben die Hasperologen, schon eine Erwärmung bis zu ein Grad Plus gemessen! Plus Temperaturen auf Hasperod hat es noch nie in der Geschichte des Planeten gegeben!«

»Du kennst die Philosophie der Sonnenpriester, Ra-Ennas Toiraksi. Kein Lebewesen...«

Ra-Ennas sprang auf, stemmte die Arme in die Hüften, und beugte sich so weit vor, dass ihre Stirn fast den Bildschirm berührte, als wolle sie ihn durchstoßen.

»In den alten Gorgosschriften steht etwas anderes Chol-Rasch! Muss ich es dir in Erinnerung rufen? Kein Lebewesen, das den Wunsch verspürt freiwillig, ich betone freiwillig ... in Gorgos aufzugehen, soll dazu genötigt werden Gorgos in der Not zu verlassen! Die alten Schriften aus der Gründerzeit, der Gorgosreligion sind schon seit Jahrhunderten im Besitz unserer Familie. Seltsamerweise Chol-Rasch, sind sie erst jetzt bei Ausgrabungen unter dem ehemaligen Gemach des Oberpriesters Ra-Ennos II, in einer verschlossenen Schatulle aufgetaucht. Erinnere dich, ich konnte hieb- und stichfest beweisen, dass es die Handschrift von Ra-Ennos I ist! Der Vorstand hat daraufhin versprochen...«

Chol-Rasch schnitt ihr mit einer Handbewegung das Wort ab. »Du weißt genau. das dein sauberer Vorgänger, die Baupläne für das Generationenraumschiff mitgenommen hat. Und mit sich genommen hat er die besten Wissenschaftler Hasperods. Unter anderem deinen Bruder! Sah-Gahn L‚Rac hat die hasperodianische Wissenschaft um Jahrzehnte lahmgelegt! Es dauert nun mal einige Zeit, um neue Pläne mit den geeigneten Technikern zu entwickeln. Hast du sonst noch etwas zu sagen Ra-Ennas!«

Ra-Ennas schloss die Augen und atmete tief durch, dann sagte sie, »eine Kleinigkeit noch Minister! Vielleicht interessiert dich wenigstens das!«

Sie beugte sich vor, und schaute Chol-Rasch direkt in die Augen. »Seit gestern Morgen beobachte ich mit meiner Assistentin einen außergewöhnlichen schwarzen, Schmutzfleck auf Gorgos Feuerball!«

Chol-Rasch setzte wieder seinen blasierten Gesichtsausdruck auf, »Ra-Ennas...!«

»Dieser Schmutzfleck Minister, ist in seiner Form unveränderlich, nämlich ellipsenförmig! Seine Größe gegenüber Gorgos ist winzig. Aber da es durch das große Teleskop so deutlich anzumessen, und sogar zu sehen ist, muss es wiederum riesig sein!«

Chol-Rasch rührte sich nicht, in seinem Sessel, doch Ra-Ennas glaubte zu sehen, dass seine Pupillen sich um den Bruchteil einer Sekunde zusammenzogen, und wieder weiteten. Für eine Sekunde schienen ihm tatsächlich die Worte auszugehen. Er schlug kurz die Augenlider nieder, und als er sie wieder ansah, sagte er, »und dieser Schmutzfleck, wo sitzt er?«

»Es sieht aus, als ob er kurz neben der Spitze, der Gorgoskorona sitzen würde.«

Der Minister antwortete nicht. »Was glaubst du Ra-Ennas«, fragte er nach einer Weile, »was das ist dieser Schmutzfleck!«

Sie zuckte mit den Schultern. »Ich weiß es nicht. Vielleicht außerhaspirische Wesen? Die Seti-Forschung ist ja leider vor dreißig Jahren ausgelaufen. Sonst könnte man das zweifelsfrei feststellen. Aber es könnten auch Heimkehrer sein nicht wahr?"

Chol-Raschs dünne Lippen bebten, seine Schultern fingen an zu zucken, und plötzlich fing er meckernd an zu lachen. »Was findest du daran so erheiternd?« schnappte Ra-Ennas, und krampfte ihre linke Hand zur Faust. Chol-Rasch keuchte, holte tief Luft, und wischte sich die Tränen aus den Augenwinkeln. »Entschuldige Astromeisterin! Aber du glaubst eine Lösung gefunden zu haben, nicht wahr? Du bist überzeugt dieser Schmutzfleck sei ein riesiges Raumschiff, der Generationenraumer Sah-Gahn L,Racs und deines Bruders, nicht wahr? Du denkst, wie gut könnte man dieses Schiff gebrauchen, um die Bevölkerung des Planeten zu evakuieren! Dein Gesicht spricht Bände. Aber glaubst du nicht, das wir ihn dann längst selbst entdeckt hätten? Glaub mir, sein Schiff wäre noch nicht einmal ansatzweise ins Sonnensystem eingeflogen, geschweige denn bis zur Sonne gekommen! Nein, dieser Schmutzfleck ist etwas viel Besseres!«

Ra-Ennas sprang auf, »du weißt, was es ist!«

»Natürlich«, sagte er.

Hitze stieg Ra-Ennas ins Gesicht. *Am liebsten würde ich ihm jetzt an die magere Gurgel springen!*

Doch sie ließ ihre Züge erstarren. »Hast du vor es mir zu sagen?« An seiner dünnen Unterlippe nagend, starrte er sie an. »Ja, ich glaube es wäre gut, wenn wir es dir sagen, aber nicht hier! Wenn der Planetenvorstand einverstanden ist, werde ich dir in einer Stunde, einen schwarzen Regierungsgleiter schicken.«

Die Übertragung brach abrupt ab. Ra-Ennas hatte sich noch nicht ganz von ihrer Überraschung erholt, da hörte sie eine heisere, brüchige Stimme hinter sich.

»Du hast mit ihnen gesprochen?«

Heftig wandte sie sich um, und starrte in das bleiche Gesicht ihrer Freundin Su-Nev!

Hastig presste Chol-Rasch seinen Handballen auf den Komunikationssensor, die Bildübertragung.

Minutenlang versuchte er krampfhaft das Zittern seiner Hände zu beherrschen, bevor er tat, was er tun musste.

Er tippte eine Ziffernfolge in den Computer ein, von der er nie gehofft hatte, dass er sie je benutzen würde, eine Ziffernfolge vor der er ebenso viel Ehrfurcht, wie „Furcht", hatte. Er wählte den Standort des obersten Sonnenpriesters an, der sich in der „schwarzen Station", befand. Der oberste Priester persönlich würde entscheiden müssen, was sie mit Ra-Ennas Toiraksi tun sollten, und wie sie mit diesem „Unfall" umgehen sollten!

Der lange, schlauchartige Gang, strahlte eine kalte, technische Nüchternheit aus. Schritte klangen hier hohl und metallisch hart. Wie überall in der Station gab es keinerlei Sichtfenster, die Wände waren mit dicken Platten eines Metalls ausgekleidet, das bis zu einem gewissen Grad Kälte speicherte. Denn trotz des auf höllische Temperaturen ausgelegten Hitzeschildes würden die Innenräume ohne dieses Kälte speichernde Material bis weit über hundert Grad aufgeheizt werden. Der große, kräftige Sicherheitsoffizier, mit der leichten, schwarz eingefärbten Uniform aus Pflanzenfasern, durchquerte mit dröhnenden Schritten den Gang und wischte sich schweratmend die Schweißtropfen von der Stirn. Es war hier so schon heiß genug. Er war froh, seit Jahren in einer Art Dauermauser zu sein. Zwar bedeutete das, dass er praktisch kein Fell mehr hatte, außer seinem langen schwarz, glänzenden Zopf, aber sonst wäre die Hitze ja gar nicht mehr auszuhalten. Endlich, nachdem er mehrmals links und rechts abgebogen war, tauchte auf der rechten Gangseite ein fast unauffällig in die Wand eingelassenes Schott auf. Grimmig lächelnd legte der Haspiri seine Hand auf den rot blinkenden Scanner. Er stand im Begriff, das derzeitige Quartier des obersten Sonnenpriesters zu betreten. Er bleckte die Zähne.

Er hatte gerade mit Reu-Inegni, dem Chefingenieur der Station gesprochen, da kam die Nachricht herein, dass der oberste Priester, ihn und den Minister auf der Stelle zu sprechen wünschte. Er sah jetzt noch Reu-Inegnis halb mitleidigen, halb schadenfrohen Blick. Ohne Zweifel, Termine beim obersten Sonnenpriester erfreuten sich allgemeiner Beliebtheit. Das rot blinkende Licht des Scanners ging in ein ruhiges Grün über. Das Schott öffnete sich, und der Haspiri starrte unvermittelt in die, eisblauen Augen von Chol-Rasch, hinter ihm ertönte eine brüchige, heisere Stimme.

»Tritt ein, Erdrag-Vitagen!«

Di´on-Arap, der oberste Sonnenpriester! Wenn er es nicht besser gewusst hätte, würde er glauben, einer Stimme aus dem Nichts zu lauschen.

Das wandelnde, nur an den Rändern bläulich schimmernde Deflektorfeld, ließ noch nicht einmal ansatzweise die Gestalt des Mannes ahnen, der sich dahinter versteckte.

Niemand hatte die Gestalt des obersten Priesters je gesehen. Nicht, seitdem der erste Toiraksi die Linie der L,Rac, nun ja, unterbrochen hatte.

Fast hätte Erdrag-Vitagen gegrinst, bei diesem Gedanken. Doch mit betont emotionslosen Zügen trat der Chef der schwarzen Garde näher, und machte einen Schritt in den funktionell eingerichteten, spartanischen Raum.

»Ihr wolltet mich sprechen oberster Priester?«

Respektvoll blieb er in gebührendem Abstand vor dem Sonnenpriester stehen. »Ja dich, Erdrag-Vitagen! Ich habe mich mit dem Minister für Technik und Sicherheit unterhalten. Chol-Rasch hat mich auf eine folgenschwere Schlamperei in der Sicherheitsabteilung der Station hingewiesen, die unter deiner Leitung steht.«

Erdrag-Vitagen fing an zu schwitzen. Aus den Augenwinkeln heraus sah er, das Chol-Rasch sich auch nicht viel wohler zu fühlen schien. Der Minister hatte beide Hände ineinander verflochten, um ihr Zittern zu verbergen, und starrte angestrengt an die Decke!

»Oberster Priester«, der Offizier nestelte am Verschluss seiner Uniformjacke, „der Schuldige, ein Techniker, ist sofort vom Dienst suspendiert worden! Ich habe eine Untersuchung angeordnet. Aber ich bin sicher, dass es keine Sabotage war. Es war ein Fehler, der Mann war übermüdet. Ich weiß das darf eigentlich nicht passieren! Wir haben den Tarnschirm, natürlich sofort wieder in Betrieb ...«

»Das will ich hoffen Erdrag-Vitagen!« Die Stimme aus dem Nichts klang plötzlich gar nicht mehr heiser und brüchig, sondern klirrte wie Eis.

»Aber deswegen habe ich dich nicht gerufen! Leider ist dieser dumme Fehler nicht unbemerkt geblieben. Die erste Astronomin des Gorgosobservatoriums hat die Station mit dem großen Weltraumteleskop gesehen!«

Erdrag-Vitagen schnappte nach Luft. Die Stimme redete weiter, und ignorierte Vitagens wachsendes Entsetzen.

»Du hast gehofft Erdrag-Vitagen, das dieser fatale Fehler unter die Eisscholle gekehrt werden könnte was? Du, und auch du Minister, ihr hättet wissen müssen, dass die erste Astronomin diesen „Unfall“ bemerken würde. Sie hat schließlich die Aufgabe Gorgos zu beobachten!«

Mit aufkommender Schadenfreude sah Vitagen, das der Minister sich ängstlich duckte.

»Normalerweise Erdrag-Vitagen, würde ich dich jetzt aus deinem Amt entfernen! Du hast dafür zu sorgen, dass deine Mitarbeiter weder übermüdet noch, nachlässig werden! Normalerweise würde ich auch erwägen, dich eine „strenge Bestrafung“, spüren zu lassen. Aber du hast Glück!«

Chol-Rasch lächelte jetzt zuckersüß zu Vitagen hinüber. »Ich habe dem Obersten Priester einen Vorschlag unterbreitet. Wir können Ra-Ennas Toiraksi nicht einfach eliminieren. Sie stammt immerhin aus einer der heiligen Familien, aus denen das Geschlecht der Sonnenpriester hervorgegangen ist. Und nicht nur aus irgendeiner, sondern aus „der“ Familie! Wir werden Ra-Ennas-Toiraksi die Wahrheit sagen!«

»Die, die Wahrheit?«, stammelte Vitagen, und riss die Augen auf.

D,ion Arap lachte heiser. »Das verwirrt dich enorm Sicherheitschef? Natürlich nicht die ganze Wahrheit, du Toidi! Hör mir gut zu, denn wenn Ra-Ennas Toiraksi nur ein Körnchen davon ahnen, sollte was wir hier wirklich tun, wenn du noch einmal versagst, wirst du dir wünschen, nie geboren zu sein!«

»Su-Nev!«, Ra-Ennas presste ihre Hand auf die Brust.

»Du hast mich erschreckt! Du siehst aus wie eine Eisleiche. Hast du mit Leppod die Nacht durchgemacht?«

»Du versuchst abzulenken Ra! Du hast mit Chol-Rasch gesprochen, ohne dich mit mir abzustimmen? Ich bin deine Assistentin, vergessen?«

»Du kommst etwas zu spät Su-Nev. Der Dienst im Observatorium beginnt um 7 Uhr Gorgoszeit, nicht zwei Stunden später! Aber ja! Ich habe mit Chol-Rasch gesprochen. Was meine Informationspflicht dir gegenüber betrifft, dir ist schon seit Wochen bekannt, dass ich die Priester über Gorgos „Schmutzfleck" informieren werde.

Ich habe es getan, und du kannst mich nicht mehr davon abhalten.«

Die Hände in die Hüften gestemmt schaute sie in Su-Nevs, bleiches, schmales Gesicht, das immer so unschuldig wirkte, wie ein himmlischer Eisflügler!

Innerlich bebte sie. Ob Leppod mit ihr gesprochen hatte? Sie wusste jetzt schon, dass Sie es doch nicht wagen würde!

Tief seufzend schaute Su-Nev sie an.

»Ra, die Sonnenpriester sind nicht die angenehmsten Gesprächspartner! Sie sind gefährlich, sie tun nichts umsonst!"

Kopfschüttelnd verfolgte sie Su-Nevs hastige Wanderung durch das kleine Büro, vorbei an dem großen Computerbildschirm, zum Eingangsschott und wieder zurück. Ihr rot-schwarzgesträhnter Zopf wippte dabei hin und her, wie eine Schlange.

»Su-Nev, ich kenne die Sonnenpriester. Ich stamme aus einer ihrer Familien. Gerade deswegen kann ich mir etwas mehr erlauben als andere. Ich versuche das, zugunsten unseres Volkes auszunutzen. Aber was bitte hat das mit Gorgos

schwarzem Fleck zu tun? Ich informiere sie doch nur darüber, was vor ihrer Nase geschieht. Verdammt Su, ich glaube...«
Die kleinere, grazilere Frau entwand sich mit einer raschen Bewegung ihrem Griff. »Du glaubst, es wäre das Schiff Sah-Gahn L‚Racs und deines Bruders! Du hasst deinen Bruder noch immer mit der gleichen Intensität wie am ersten Tag nicht wahr? Und Sah-Gahn L‚Rac würdest du am liebsten in die gleiche Tonne stecken.«
Ra-Ennas kniff die Lippen zusammen. »Ich habe allen Grund dazu meinen Bruder zu hassen, das weißt du! Was Sah-Gahn L‚Rac betrifft, er war oder ist, ein brillanter Wissenschaftler. Ich habe auf der Astronomität heimlich seine Schriften gelesen. Er war genial, zugegeben. Aber er hat...
»Regierungsgleiter im Anflug, Regierungsgleiter im Anflug!«, quäkte die Computerwand. »Wie auch immer Su, jetzt ist es zu spät! Sie haben beschlossen, mir reinen Wein einzuschenken. Chol-Rasch lässt mich abholen.«
Ra-Ennas raffte ein paar Unterlagen zusammen und ging raschen Schrittes zum Laborausgang. »Trotzdem, bei meiner Rückkehr müssen wir reden Su!«
Hastig drehte sich Ra-Ennas um, und ging davon.

Kapitel 4 Die schwarze Station
Der schwarze, schlanke Regierungsgleiter parkte unmittelbar neben dem riesigen Kuppelgebäude des Observatoriums. Es war die zehnte Gorgosstunde am Morgen, als Ra-Ennas aus dem Gebäude trat, hoch über ihr, erstreckte sich die Konstruktion der Laufbänder, kreuz und quer übereinander liegend durch die gesamte Stadt. Vor fünfzig Jahren noch wurden sie durch Stützstreben gehalten.
Aber mittlerweile hatte man die Streben reduziert. Es gab sie nur noch am Rande des Transportsystems. Das Ganze wurde gehalten durch Antischwerkraft-Generatoren, und vorwärts bewegt durch einfache, ordinäre Elektromotoren, die

umgeben von Hydrontiumkristall vor der Kälte geschützt wurden. Sie lachte leise, in ironischer Bitterkeit auf. *Vielleicht braucht man das ja demnächst auch nicht mehr, wenn die Hitze nach diesem Planeten greift.*

Die Laufbänder wimmelten um diese Zeit von Haspiris, die entweder ihren Geschäften und Büros zustrebten, oder die zweite, Schicht in den Hydrontium-Minen antraten! Doch Ra-Ennas wandte den Blick ab, sie interessierte sich mehr für die Haspiri, die aus dem Gleiter stiegen, vielmehr waren es zwei Soldaten der schwarzen Regierungsgarde. Unübersehbar mit ihren schwarz eingefärbten Uniformen, die sie mittlerweile tragen mussten, weil alle Haspiri in eine fortwährende Enthaarung gerieten, bzw. ein andauerndes Sommerfell bekamen. Auf die Dauer fiel ihnen das Fell sogar ganz aus, und sie wären ohne einen künstlichen Haut- oder Fellüberwurf vollkommen nackt gewesen! Die unvermeidlichen Desintegratorgewehre waren an der Schulter befestigt. Ra-Ennas beschlich bei ihrem Anblick ein mulmiges Gefühl, sie war überzeugt, dass sie die Gewehre schneller als sie denken konnte, aus der Halterung gerissen- und auf sie angelegt hätten. Egal ob sie eine Toiraksi war oder nicht. »Ra-Ennas Toiraksi?«, fragte einer der Soldaten schnarrend. »Ja, das ist richtig!«, fast hätte sie einem Impuls folgend die Augen niedergeschlagen! *»Lieber Gorgos – waren das etwa Roboter? Gingen die Sonnenpriester jetzt soweit, dass sie Robot-Armeen aufstellten?«*

Ein albernes Kichern stieg in ihrer Kehle auf, sie konnte es gerade noch unterdrücken, während sie in den Gleiter stieg. »Herzlich willkommen Astromeisterin!«, empfing sie eine eher missmutige, Männerstimme aus dem Innern des Gleiters. Während sie schon flogen, und in Sekundenschnelle die Lufthülle Hasperods durchstießen, schälte sich neben Ra-Ennas Sitz eine schwarze, schattenhafte Gestalt heraus. Die schummrige Beleuchtung des Gleiters schaltete sich

automatisch ein, als sie im freien Weltraum schwebten.
»Guten Tag Erdrag-Vitagen!«, sagte sie möglichst unbeteiligt.
*Bei den drei Eisheiligen! Der Sicherheitschef der schwarzen
Garde persönlich! Was musste sie wichtig sein. War das nun
gut, oder schlecht?*
Erdrag-Vitagen hatte ihr zugenickt und eine Zeit lang kein
weiteres Wort gesagt. Die zwei schwarzen Gestalten mit den
Desintegratorgewehren hatten sie in die Mitte genommen,
und flankierten sie. Vorne links saß ein namenloser Pilot,
neben ihm der schweigende Sicherheitschef. Was war los mit
diesen Leuten?
Warum so viel Aufwand wegen der Astromeisterin des
Gorgosobservatoriums? Sie öffnete den Mund, um danach zu
fragen, und schloss ihn gleich wieder. Nein! Weniger war
manchmal mehr. Zu viele Fragen ergaben oft, zu wenig
Antworten. Vitagen würde ihr schon mitteilen, wohin sie
flogen, was sie wissen sollte! Aus der Art, wie er seine
Informationsbrocken vorbrachte, würde sie schließen
können, was für sie wirklich interessant war! *»Ohnehin,*
dachte sie, *ist es jetzt zu spät. Ich sitze in diesem Gleiter!«*
Um sich abzulenken, versuchte sie einen Blick auf das kleine
Display des Bordcomputers zu erhaschen. Der Gleiter schien
automatisch zu fliegen, auf einem vorbestimmten Kurs, den
der Pilot eingegeben hatte. Der Bildschirm war in zwei
verschiedene Sektionen aufgeteilt, in einem Bereich flossen
endlose Datenkolonnen wie ein Band über den schwarzen
Schirm. Der andere Bereich zeigte Bilder des freien
Weltraums. Die enorme Geschwindigkeit des Gleiters ließen
die Bilder verwischen. Im Minutentakt flogen sie vorbei an
den Monden Pentanos und Sankarod! Dann kam eine ganze
Weile nichts – nur Schwärze, aber auch das dauerte nur ca.
zehn Minuten, dann hatten sie laut der
Geschwindigkeitsanzeige ca. 75 Millionen Kilometer
zurückgelegt. Ra-Ennas wurde es heiß. „*75 Millionen*

Kilometer, in 15 Minuten! Wie konnte das sein? Unsere normalen Raumgleiter würden eine solche Strecke nicht annähernd in dieser Geschwindigkeit zurücklegen! Was geht da vor sich? Ist die Technik der Sonnenpriester eine vollkommen andere, als die normale Technik der Haspiri? Steht der Schwarzen Garde eine Technik zur Verfügung, die den normalen haspirischen Wissenschaftler weit hinter sich lässt? Wo zum feurigen Gorgosdämon wollen sie mit mir hin? Wenn das so weitergeht, sind wir in weiteren zehn Minuten bei Gorgos feurigen Lohen!«

Wenn sie recht hatte, dann musste bald „Seßorg Egua", das große Auge in Sicht kommen. Das riesige Weltraumteleskop, schon sein Hauptspiegel, hatte einen Durchmesser von 2,4 Metern. Das Teleskop enthielt drei hochempfindliche, präzise zu justierende Sensoren, mit denen genaueste astronomische Messungen durchgeführt werden konnten. Deswegen hatte sie auch den so genannten „Schmutzfleck" auf Gorgos entdeckt. Leider genehmigten die Sonnenpriester nur die Beobachtung bis Gorgos Feuerball. Dabei war Seßorg Egua durchaus in der Lage noch weiter zu blicken. Laut den technischen Daten konnte das Teleskop bis ins Zentrum der Galaxie, und darüber hinausschauen.

Aber weil die Priester ihren Untertanen, insbesondere den Astronomen nicht trauten, hatten sie eine Schaltung eingebaut, die jeglichen Blick über Gorgos Feuerball hinaus unterband! Mit wenigen anderen Wissenschaftlern hatte sie vor zwanzig Jahren für kurze Zeit das Privileg genossen, Seßorg Egua's unbegrenzte Sehkraft zu nutzen. Sie hatte den Wirbel des gewaltigen schwarzen Loches im nahen Zentrum gesehen! Sie hatte fremde Materiewolken und Galaxien von unglaublicher Schönheit erblickt. Aber schon eine Woche später war es vorbei! Die Schaltung war installiert! Ra-Ennas Augen fingen langsam an zu schmerzen, so angestrengt linste sie auf die Anzeigen des Bildschirms! Der

Raumgleiter fraß die Millionen von Kilometern als wäre es nichts! Und tatsächlich kam jetzt auch das große Teleskop in Sicht. Sie sah das riesige im Gorgoslicht glitzernde Rohr mit den überdimensionalen Spiegeln. Auf der linken und der rechten Seite streckten sich längs des Teleskoprohres die rechteckigen Platten mit den Solarzellen wie Flügel, die das auftreffende Gorgoslicht in elektrische Energie umwandelte. Doch lange konnte Ra-Ennas dieses Bild nicht bewundern. In noch nicht mal einer Minute waren sie an Seßorg Egua vorbeigeflogen. Es dauerte keine fünf Minuten, dann füllte Gorgos feuriger Ball den Bildschirm aus. Sie warf einen Blick auf Erdrag-Vitagen. Diesmal erwiderte er ihn, und nickte unmerklich, sagte aber noch immer nichts.

»Dieses ganze geheimnisvolle Getue«, dachte Ra, *»ist Absicht! Ich sollte das sehen. Ich soll sehen, zu was die Priester in der Lage sind. Aber warum? Was soll das? Wieso plötzlich diese sprunghafte, enorme, technische Entwicklung? Sie haben der haspirischen Wissenschaft, doch nie erlaubt weiter als bis Gorgos zu forschen! Jetzt präsentieren sie mir Möglichkeiten, die weit über das Gorgos-System hinausreichen! Das haben sie nicht in einem Tag oder wenigen Wochen entwickelt. Das muss es schon immer gegeben haben. Die ganzen Jahrzehnte, ach was Jahrhunderte haben sie uns das vorenthalten! Warum? Was haben sie vor? Werden sie mir irgendetwas Fantastisches präsentieren, und sagen, wenn du nicht mitmachst, findet die Evakuierung nicht statt? Ich platze vor Fragen! Aber ich sollte vorsichtig sein. Su-Nev hat nicht unrecht. Die Priester sind gefährlich. Oder war alles ganz anders. War das gar nicht ihre Technik? Würde sie gleich, wo auch immer ihrem verdammten Bruder, diesem Drecksack, gegenüberstehen und seinem ergebenen Kommandanten Sah-Gahn L ‚Rac?"* Kurz nur hatte sie den Blick abgewendet. Ihre Gedanken brachen übergangslos ab, als Erdrag-Vitagen das

erste Mal auf diesem Flug etwas sagte. »Wir sind da Astromeisterin!«

Ruckartig schaute sie wieder auf den Bildschirm und stieß ein fast schmerzerfülltes Stöhnen aus.

Vor ihren Augen wuchs der gewaltige Feuerball Gorgos, und am Rande einer in den Weltraum leckenden Korona, wuchs ein wesentlich kleineres, aber im Verhältnis nicht minder riesiges Objekt. Ein gewaltiges, amöbenartiges Gebilde, ellipsenförmig, wie eine abgeflachte, lang gestreckte Kuppel. Dieses Ding war pechschwarz, und nur zu sehen, weil sich das Gorgoslicht auf seinem Körper spiegelte. Es war vollkommen glatt und fugenlos, aus dieser Entfernung!

Ra-Ennas konnte schemenhaft einen silbernen, aufgemalten Eiszapfen auf der Amöbe ausmachen. Das Zeichen der schwarzen Garde und dahinter die stilisierte Sonne der Sonnenpriester! »Was ist das?«, keuchte Ra-Ennas.

»Das«, sagte Erdrag-Vitagen ruhig »ist dein „Schmutzfleck", du hast sicher einige Fragen dazu. Aber die kann ich dir jetzt nicht beantworten. Alles Weitere Astromeisterin, wenn wir gelandet sind!«

Die Landung, schien für den Piloten eine eher routinemäßige Angelegenheit zu sein. Er brachte den Gleiter, der nach Ra-Ennas Vermutung, mehr eine Passagier-Raumfähre war, näher an die Station heran. Es musste eine Station sein, oder eine Art Mutterschiff! Denn so glatt und fugenlos war es nicht, wie es aus der Ferne gewirkt hatte. Als die „Amöbe", immer näherkam und mächtig, schwarz vor ihnen aufragte, konnte sie feine, quadratische Linien auf der Außenhaut erkennen. Wahrscheinlich nichts anderes als automatische Eingangschotts, die in einen großen Bootshangar führten. Ra-Ennas Vermutung war richtig. Eines der fein gezeichneten schwarzen Quadrate fuhr plötzlich nach oben, Licht schien aus einer sich weitenden Öffnung. Die Fähre flog darauf zu und setzte schließlich in einer weiträumigen, mehrere

Kilometer umfassenden Halle auf. Sie warf einen Blick durch das Sichtfenster zu ihrer Linken und atmete tief durch. Das war ein Raumhafen! Ein riesiger Raumhafen, im „Raum", größer als es auf Hasperod jemals welche gegeben hatte. Endlich stand die Fähre. »Wir können uns losschnallen Astromeisterin!«, sagte der Sicherheitchef.

Ra-Ennas Kopf ruckte herum, ihr Blick fixierte ihn, nagelte ihn fest. »Ich möchte wissen, was hier vor sich geht Erdrag-Vitagen! Wessen Technik ist das, die auf Hasperod selber unbekannt ist? Zu welchem Zweck existiert diese Station, dieses Raumschiff?

Ihr Ton durchschnitt Erdrag-Vitagen fast in zwei Hälften, ihre spitzen Ohren spielten aufgeregt durch die Luft.

»Nicht so ungeduldig Astromeisterin.« Erdrag-Vitagen verzog keinen Gesichtsmuskel. Eigenhändig schnallte er sie los, betätigte den Öffnungsmechanismus der Fähre und ließ sie aussteigen. Sie fand sich wieder zwischen Hunderten von schwarz glänzenden Raumgleitern. Auf der linken Seite, ca. fünfzig Meter von ihr entfernt hörte sie ein schabendes Geräusch, sah sie ein weiteres Schott aufgehen.

Zwei Männer, der eine in Uniform, den anderen in ziviler Kleidung, kannte sie von mehreren Funkkontakten her.

»Chol-Rasch »was für eine Ehre Minister, für eine kleine Astromeisterin wie mich!«

Chol-Rasch verzog das Gesicht zu etwas, das einem sanften Lächeln glich, und verbeugte sich tief.

„Die Ehre ist meinerseits schöne Astromeisterin! Ich, und der Ingenieur, Reu-Inegni werden dich durch diese Sonnenenergie-Zapf-Station, dieses technische Wunderwerk führen. Reu-Inegni wird dabei fast alle deine Fragen beantworten! Auch Erdrag-Vitagen wird uns auf dieser Führung begleiten.«

Sie schaute Erdrag-Vitagen ins Gesicht, der auf einmal merkwürdig nervös wirkte, sie warf einen kurzen Blick auf

Reu-Inegni, der braunfellige Ingenieur, ebenfalls im Rang eines Offiziers, versuchte seine Nervosität mit einer strammen Haltung zu überspielen, aber das Zucken seines Augenlids verriet ihn! Was wurde hier gespielt? Fast automatisch strich sie eine lange, goldene Fellsträhne aus dem Gesicht.

»Eine Frage Reu-Inegni, was ist das für ein Antrieb in euren Gleitern, der 180 Millionen Kilometer in zwanzig Minuten bis zu einer halben Stunde hinter sich bringt? Wir normalen Wissenschaftler, geschweige denn einfache Haspiri auf Hasperod kennen solche Antriebe nicht! Sollte der schwarzen Garde eine geheime Technologie zur Verfügung stehen? Was hat es mit dieser Sonnenenergie-Zapfstation auf sich, treibt ihr deshalb diesen Aufwand?«

Reu-Inegni öffnete den Mund, doch Chol-Rasch brachte ihn mit einem Blick dazu, den Mund wieder zusammen zu pressen. »Das waren schon drei Fragen Ra-Ennas Toiraksi«, antwortete er. Aber ich will sie dir beantworten. Die Antriebe haben wir aus einer Blaupause, der Pläne Sah-Gahn L ‚Racs entwickelt.«

»Ich dachte er hätte sie alle mitgenommen. Deswegen, so sagtest du mir konntet ihr die Evakuierung nicht in Angriff nehmen. Es braucht Zeit wieder alles neu aufzubauen! Deine eigenen Worte Minister!"

Chol-Rasch bleckte die Zähne. »Es ist immer noch wahr. Pläne, die von anderen entwickelt wurden, zu lesen ist eine Seite. Sie umsetzen zu können eine andere. Es hat fast fünfzig Jahre gebraucht, um wieder das Potenzial an Wissenschaftlern auszuschöpfen, die das können! Er und dein Bruder haben uns sozusagen wertvolles Material an Haspiri gestohlen. Sah-Gahn L‚Rac war kein Held, sondern ein vom Ehrgeiz zerfressener Wissenschaftler, der seine Pläne durchführen wollte, ohne an seine Mithaspiri zu denken. Er war ein Hochverräter Ra-Ennas Toiraksi, der mit seinem

Schiff, seinem Wissen, aus dem Weltraum heraus, den Planeten angegriffen hätte. Er war ein paranoider Einzelgänger, der mit einigen wenigen Getreuen die Herrschaft an sich reißen wollte. Sah-Gahn L,Rac hat uns damals nur nicht angegriffen, weil er nach seiner Gefangennahme nicht mehr die Möglichkeiten dazu hatte. Er musste nehmen, was er kriegen konnte. Wir glaubten ihn damals für immer unschädlich gemacht zu haben, als wir ihn in die Eiswüste verbannten. Doch dein phänomenaler Bruder war leider noch machtgieriger.

Er suchte dringend nach einem Fluchtweg!

Die Sonnenpriester waren zu human. Normalerweise steht auf Hochverrat die Höchststrafe!«

Ra-Ennas Gesicht war während Chol-Raschs Worten versteinert, ihre Lippen pressten sich fest aufeinander, ihre Hände ballten sich zu Fäusten, öffneten, schlossen sich wieder.

»Was du sagst, ist mir bekannt. Es war schließlich in allen Medien!«

Chol-Rasch lächelte kalt. »Es gibt junge neugierige Wissenschaftler, die glauben, nur sie würden die alten Schriften kennen. Die glauben, weil sie einer der alten Familien angehören, waren sie schlauer als die weisen Sonnenpriester! Ich wollte dich daran erinnern, dass auch du eine Toiraksi bist!«

Der kleine schmächtige Mann schüttelte sein dünnes Fell und straffte sich.

»Reu-Inegni, Erdrag-Vitagen beginnen wir die Führung!«

Der Ingenieur wandte sich hastig, einem Anti-Grav-Feld zu, das sie in eine obere Etage bringen sollte. Der Minister folgte ihm, ohne sich noch einmal umzudrehen. Ra-Ennas stand da wie angenagelt, fühlte, wie Hitze in ihr hochstieg. Hilflos vor Wut, ließ sie sich von Erdrag-Vitagen nach vorne schieben.

Ohne dass sie etwas dagegen tun konnte, zog der Antigravstrahl sie hoch.

»Ein Spielball«, dachte sie, *»von Kräften, denen ich nichts entgegenzusetzen habe. Su du hattest recht!*
Wir werden reden, über alles!«

Sie wurden auf der unteren Etage der Station abgesetzt. Denn dass es sich um eine Station handelte, das war Ra-Ennas klar. Trotzdem konnte es natürlich auch gleichzeitig ein Raumschiff sein. *»Allerdings nicht das, Raumschiff! Nicht das, was ich erwartet habe.«* Einerseits war sie froh, andererseits wäre es auch eine Lösung gewesen. Man hätte Sah-Gahn L,Rac und ihren Bruder zwingen können, das Raumschiff herauszugeben! Hasperod war zwar keine militärische Supermacht, aber einen einzelnen Riesenraumer hätten die Militärs bezwungen!

Sie war gespannt, wie Chol-Rasch und seine Knechte, ihre anderen Fragen beantworten würden. Ra-Ennas kam aus der Hocke hoch, und streckte sich am Rande des Antigravschachtes. Dann erst schaute sie sich um, und unterdrückte einen Laut der Überraschung. Sie stand in einem ellipsenförmigen Raum, auf dem gesamten Rund, an den Wänden zog sich ein endloser in kleinere Bereiche aufgeteilter, blinkender Computerbildschirm entlang. Es wimmelte dort von Haspiri, die eifrig an den Konsolen mit den Sensorfeldern arbeiteten, Daten abriefen, Befehle eingaben. Zwischen den Konsolen gab es große Lücken, die vollgepackt waren mit Technik. Riesige Aggregate und Motorblöcke, in allen Formen, allen Variationen, kugelförmig, dicke kilometergroße, quadratische Blöcke, breite Rohre, die sich wie Schlangen bis zur Decke wanden, und sie durchstießen. »Wozu dient das alles?«, brach es schließlich aus ihr hervor. Ist das der Antrieb?"

Reu-Inegni machte eine wegwerfende Handbewegung. Sein Ton klang fast gelangweilt. »So ungefähr. Hier

Astromeisterin, sind die unteren Triebwerkssektoren. Du hast es dir sicher schon gedacht. Dies ist eine Station, und gleichzeitig ein Raumschiff. Das hier«, er zeigte auf die verschiedenartigen Antriebsblöcke, »sind die Triebwerke, Motoren! Die langen Rohre sind die Kühlschlangen für den Sonnenkraftzapfer! Würden wir nicht zusätzlich kühlen, würde die Hitze jegliche Technik, so nahe an Gorgos zerstören. Aber die Hauptsache, der Reaktorraum selber ist noch eine Etage höher, von dort aus wird die eigentliche Zapfung der Sonnenkraft koordiniert. Diesen Raum wollte ich dir eigentlich nur der Vollständigkeit halber zeigen. Wenn der Minister, und Erdrag-Vitagen einverstanden sind, führe ich jetzt alle nach oben.

Chol-Rasch nickte gnädig. Erdrag-Vitagen murmelte etwas Zustimmendes. Bevor sie den zweiten Antigravschacht betraten, fragte Ra-Ennas, »habe ich richtig gehört Minister? Dies ist unter anderem ein Raumschiff? Damit wäre doch schon ein Teil der Evakuierung des Planeten sicher gestellt?«

Chol-Rasch schüttelte milde tadelnd den Kopf!

»Ra-Ennas Toiraksi, du musst immer vorpreschen nicht wahr? Wir werden dich zu einem späteren Zeitpunkt noch über die Einzelheiten, was das betrifft informieren. Es dauert noch einige Jahrzehnte, bis die Pläne sicher ausgearbeitet sind.«

Er hob die Hand, »keine weiteren Fragen mehr Ra-Ennas! Was die Sonnenzapfung betrifft, wirst du oben im Reaktorraum, die entsprechenden Erklärungen von mir und Reu-Inegni bekommen, Punkt!«

Die obere Etage, in der laut Reu-Inegni, die eigentliche Sonnenzapfung stattfand, sah für Ra-Ennas ziemlich enttäuschend aus. Zu sehen gab es hier nämlich eigentlich nichts.

Der Ingenieur lachte, als er ihr enttäuschtes Gesicht sah.

»Was hast du erwartet Astromeisterin? Schwebende, glänzende Kugeln, wummernde Aggregate? Die eigentliche

Sonnenzapfung ist lautlos und geschieht vollkommen unspektakulär. Temperaturen, Zapfvorgang, das wird alles über Gorgos-Gigant, das elektronische Stationsgehirn abgeleitet.« Reu-Inegni zeigte stolz auf die raumumspannende Computerwand. Einmal in Fahrt, setzte er zu einem nicht endenwollenden Versuch an, Ra-Ennas die gesamte Funktionsweise eines Sonnenzapfers zu erklären.

»Ich weiß nicht warum«, dachte Ra-Ennas. *»Aber irgendwie habe ich das dumpfe Gefühl, Reu-Inegni soll mich mit unnötigen Erklärungen überschütten, damit ich keine Fragen mehr stelle. Vor allen Dingen keine unangenehmen.«*

Aus den Augenwinkeln warf sie einen Blick auf Chol-Rasch und Erdrag-Vitagen. Ihre Gesichter wirkten angespannt, Vitagen stand sogar eine Schweißperle auf der Stirn.

Irgendetwas steht hier auf dem Spiel! Man erklärt mir hier etwas, um etwas anderes zu verbergen. Von dieser Führung hängt einiges ab! Sie unterbrach den Wortschwall des Ingenieurs. »Das ist ja alles gut und schön Reu-Inegni! Aber wozu dieses ganze Spiel? Was soll diese Sonnenkraftzapfstation? Seit Jahrhunderten werden die Hydrontiumvorräte des Planeten geplündert um den steigenden Energiebedarf der Haspiri, zu decken. Alles was Energie bedeutet, wenn man von den Eiswürfelschmelzheizungen der Unterschicht mal absieht, wird gespeist aus Hydrontium 4. Warum auf einmal Gorgoskraft im Angesicht des nahenden Sternenkollaps?« Sie schaute Chol-Rasch an. »Was Minister, hat das mit den Evakuierungsplänen zu tun?«

Chol-Rasch lachte leise und emotionslos. »Ich dachte mir schon Ra-Ennas Toiraksi, das du diese Fragen stellen würdest. Immerhin besitzt deine Familie sechzig Prozent Anteile an den Hydrontiumschürfrechten, nicht wahr?

Eben deshalb tun wir das. Wir wollen uns nicht mehr alleine auf Hydrontium 4 als Energiequelle verlassen. Die

Hydrontiumvorräte reichen nur noch für knappe 300 Jahre dann ist alles aufgebraucht.

Außerdem ist dies, wie du selber bemerkt hast, auch ein Raumschiff. Ein Riesenraumer! Sein Antrieb wird gespeist, durch einen Hydrontiummeiler und Gorgosenergie!"

Ra-Ennas holte tief Luft. Eine zornige Erwiderung auf den Lippen öffnete sie den Mund. »Ich kenne den Anteil meiner Familie an den Hydrontiumschürfrechten. Ich habe von ihrem Reichtum und der Macht profitiert. Aber ich bin noch nie mit gewissen Machenschaften einver...«

Das schrille Piepsen eines Armbandkoms durchschnitt die Luft.

Reu-Inegni wurde rot. »Das...ist mein Kom. Die Dringlichkeitsfrequenz. Ich...sollte vielleicht rangehen!"

»Dann tun sie's doch endlich«, schnauzte Chol-Rasch. »Dieser Ton ist fürchterlich!«

Mit fahrigen Bewegungen aktivierte der Ingenieur eines der Sensorfelder. Plötzlich tönte laut, und hörbar für jeden im Raum, die Stimme eines Haspiris aus dem Lautsprecher.

»Entschuldigen sie die Störung Chef. Ich wollte sie nur informieren. Der Schutzschirm steht wieder. Sollen wir jetzt den Hydrontiumbeschuß auf den Gorgoskern wieder aktivieren?«

»Irrte sie sich, oder wurde Reu-Inegni wirklich eine Spur blasser? War das Erdrag-Vitagen, der da ein schnell unterdrücktes Keuchen ausstieß. Wieso krampfte sich Chol-Rasch linke Hand so plötzlich zur Faust zusammen?«

Ra-Ennas hörte, wie Reu-Inegni eine knappe Anweisung gab und dann sein Kom deaktivierte. Die drei Männer schauten sich an. Eine merkwürdige Spannung lag in der Luft.

»Hydrontium«, fragte Ra-Ennas. »Ihr beschießt Gorgos Kern mit Hydrontium 4?«

Reu-Inegni schien sich erstaunlicherweise, als Erster zu fangen. Er straffte sich. »Selbstverständlich Astromeisterin!

Das ist Teil des Verfahrens zur Gorgoskraftgewinnung. Die Hydrontiumkristalle laden sich bis zum Bersten mit Energie auf. Du weißt ja auch, das Hydrontium sich bis zu Tausenden von Gorgfunken mit Energie aufladen, und die Energie verdoppeln kann! In einem komplizierten Verfahren...gewinnen wir die Energie wieder zurück!"

»Reu-Inegni?«, unterbrach ihn Chol-Rasch, der bisher wie paralysiert dagestanden hatte.

»Ich habe gerade ein Vibrationssignal bekommen.«

Er schaute Erdrag-Vitagen zwingend in die Augen.

»Der Sicherheitschef und ich müssen zu einer dringenden Angelegenheit. Setzen sie ihre Erklärungen fort. Möglicherweise interessiert sich die oberste Astromeisterin ja mehr für die weitere Energieverarbeitung im Sonnenkraftwerk! Wir sehen uns Astromeisterin, kommen sie Erdrag-Vitagen?«

Verwirrt beobachtete Ra-Ennas, wie Erdrag-Vitagen steif hinter dem Minister her stakste, um dann fast fluchtartig den Raum zu verlassen.

Als sich das Schott schließlich schloss, prasselten augenblicklich, die komplizierten technischen Erklärungsversuche Reu-Inegnis auf sie ein. Doch Ra-Ennas hörte nicht wirklich zu. Wieso waren die Männer plötzlich so nervös? Was lief hier falsch?

Stumm liefen die beiden Haspiri nebeneinander her. Erdrag-Vitagen hörte den Minister neben sich keuchen, hörte das Stakkato seiner Absätze, während er sich bemühte, mit dem Sicherheitschef Schritt zu halten! Aber das war ihm egal, auf solche kleinlichen Empfindlichkeiten, der hohen Herrschaften nahm er jetzt keine Rücksicht mehr. Schlimmer konnte es ja sowieso nicht kommen. Nach hundert Metern bog er in einen kleinen Seitengang ab, trat auf eine Türe zu, und tippte links daneben, in einem flachen Tastenfeld einen komplizierten Code ein. Schließlich betraten die Männer einen kleinen quadratischen Raum, nur ausgestattet mit einem Computerterminal. Erdrag-Vitagen schuf ihnen mit seinem Formenergiestrahler schnell zwei einfache Sitzgelegenheiten. Chol-Rasch setzte sich schnaufend. »Ist dein Büro abhörsicher, Erdrag-Vitagen?«

»Selbstverständlich Minister! Aber das ist jetzt glaube ich unser kleinstes Problem!«

»Unser Problem? Da liegt wohl ein kleiner Irrtum vor Erdrag-Vitagen! Das ist dein Problem Bruder! Wie konnte das passieren? Davon abgesehen, das Reu-Inegni, nicht mehr lange der führende Ingenieur auf der Station sein wird, du hattest dafür Sorge zu tragen, dass solche toidischen Versprecher gar nicht erst ankommen! Du wusstest, was davon abhängt!«

Erdrag-Vitagen lachte rau. »Vielleicht«, sagte er. »Vielleicht hätte ich dafür Sorge tragen müssen. Möglich! Ich habe vielleicht nicht alle Unwägbarkeiten des Plans bedacht. Aber Minister, es war deine Idee! Du hast dem obersten Priester diesen Plan vorgeschlagen. Folglich, sind es auch deine Unwägbarkeiten, die den Plan von Anfang an unsicher gemacht haben. Ich habe dich gewarnt, erinnerst du dich? Ich habe dir gesagt, dass solche Dinge wie eben geschehen können. Ich habe dich darauf aufmerksam gemacht, dass wir mit der Intelligenz einer Forscherin rechnen müssen. Reu-Inegni hat zwar vorbildlich reagiert, aber ich bin mir nicht sicher, dass Ra-Ennas Toiraksi ihm das auf die Dauer abnimmt. Irgendwann wird sie uns auf die Schliche kommen!"

Der Minister schaute ihn an, seine Stimme klirrte wie Eis, aber eine Spur von Angst schwang jetzt darin mit. »Was also schlägst du vor? Denn Tatsache ist, Erdrag-Vitagen das D'ion Arap uns beide in die Kältekammer schicken wird, wenn das hier schief geht!«

Erdrag-Vitagen lehnte sich entspannt in seinem Sessel zurück, noch während er sprach, tippte er schon einen Code in sein Armbandkom ein.

»Wir können Ra-Ennas Toiraksi zwar nicht einfach eliminieren, weil sie einer der so genannten heiligen Familien angehört, aber wir können sie unschädlich machen!«

Bevor Chol-Rasch antworten konnte, meldete sich aus dem Komempfänger eine elektronisch stark verzerrte Stimme.

»Gorgosschläfer 1 hier!«

»Können sie sprechen Gorgosschläfer!?«

»Würde ich sonst antworten?«

Vitagen ging nicht darauf ein.

»Ich habe einen Auftrag für sie!«

»Wer?«

»Die süße Kleine! Wie sie es machen, ist mir egal. Aber tun sie es möglichst sofort! Und drehen sie es so, dass der goldene Engel es schuld ist! Ich gehe davon aus, das sie schon daraufhin gearbeitet haben?«

»Kein Problem! Sie werden davon erfahren. Ende.«

Die verzerrte Stimme brach abrupt ab. Erdrag-Vitagen schaute den Minister wieder an. Chol-Rasch strich wie frierend über seine Arme. »Dein Mann für besondere Fälle was?«, flüsterte er. Der Sicherheitschef nickte.

In seinem Gesicht zuckte kein Muskel.

Gorgosschläfer 1 hat noch nie versagt!«

Ra-Ennas brummte der Kopf. Tausende von technischen Daten schwirrten in ihrem Hirn herum. Reu-Inegni schien eine lebende Datenverarbeitungsmaschine. Sie überlegte schon, ob er nicht ein Androide war! Sie traute den Sonnenpriestern durchaus zu, auf manche Posten Androiden zu setzen. Aber Androiden wurden nicht nervös, und das war der Ingenieur eindeutig. Sie versuchte seinen Redeschwall zu stoppen, in dem sie öfter ein paar Fragen einwarf. „Erklären sie mir noch mehr über Gorgos Hydrontiumbeschuß! Ich verstehe da etwas nicht so ganz. Diese Art der Energiegewinnung ist doch viel zu kompliziert!" Doch Reu-Inegni ging nicht darauf ein. Er redete einfach weiter. Nach einer Weile schaltete Ra-Ennas ab, und hörte nicht mehr zu. Innerlich seufzend ließ sie sich von Reu-Inegni brav überall hinführen. Von Antigravschacht zu Antigravschacht und Gang zu Gang! Hörte das denn nie auf? Schließlich stemmte sie die Arme in die Hüften und blieb einfach stehen.

»Reu-Inegni, wenn sie mir jetzt nicht augenblicklich etwas über die Sonnenkraftzapfung erzählen, bleibe ich einfach hier stehen! Suchen sie sich zum Feuerdämon, ein anderes Opfer für ihre Ablenkungstaktik!«

Erst dachte Ra-Ennas er würde ihr nicht zuhören, sie gar nicht mehr wahrnehmen. Er redete und redete! »Hier links Ra-Ennas Toiraksi finden sie nach zwanzig Metern die Schiffszentrale, nebenan finden sie die militärische Einsatzzentrale. Rechts dagegen, zwanzig Schritte weiter befindet sich die medizinische Abteilung.«

Plötzlich stieß er sie rücksichtslos vorwärts, Ra-Ennas stolperte, wäre fast gefallen, doch der Ingenieur packte sie mit hartem Griff am Handgelenk!

Sie schrie. »Sind sie verrückt geworden?«

Wortlos zog er sie weiter in den Gang hinein, fünfzig Schritte von der medizinischen Abteilung entfernt. Einem kleinen Blindgang, der in einer banalen eisernen Türe mit einem altmodischen Türknauf endete. Heftig stieß er sie nach hinten. Hart knallte sie mit dem Rücken dagegen, schrie auf vor Schmerz, ging fast in die Knie, doch bevor sie nach unten rutschte, stemmte sie sich mit beiden Fäusten nach hinten, von der Türe ab, und katapultierte sich nach vorne. Heftig knallte sie in Reu-Inegni hinein. Ihr Schwung hätte ausgereicht, um sie beide zu Boden zu werfen, doch Reu-Inegni reagierte in Sekundenschnelle, und krallte beide Hände

in ihre Schultern, schmerzhaft wurde sie gestoppt. »Was«,
japste sie, »was wollen sie von mir?«
»Mit ihnen reden! Wenn sie nur endlich ihr Maul halten, und
nicht ständig blöde Fragen stellen würden!«
Breitbeinig, die Arme seitwärts gegen die Wände
ausgestreckt, stand er nun vor ihr! Nichts war mehr übrig von
dem nervösen, ängstlichen Ingenieur, dem der Kragen zu eng
geworden war.
»Sie wollen mit mir reden«, stieß Ra-Ennas mit weit
aufgerissenen Augen hervor. »Sie reden die ganze Zeit!
Allerdings ziemlich belanglosen Unsinn! Jetzt greifen sie mich
auch noch an! Das nennen sie mit mir reden?«
Er lachte bitter. »Wissen Sie, ich habe keine Lust in der
Extremkältekammer zu landen, nur weil ich einer neugierigen
Astromeisterin Fragen über den Beschuss des Gorgoskerns,
mit Hydrontium 4 beantworte!«
Ra-Ennas lachte ungläubig. »Warum reden sie jetzt mit mir?«
»Weil hier ein akustisches und visuelles Überwachungsloch
existiert! Hinter uns befindet sich nämlich nur ein großes
Ersatzteillager! Das halten die Herren des Gorgossystems
nicht für wichtig genug. Aber wir haben keine Zeit mehr!
Hören sie gut zu. Tatsache ist...«
Laut und dringlich piepste Reu-Inegnis Kom. Der Ingenieur
erstarrte sekundenlang, schien zu überlegen, ob er den Ruf
annehmen sollte, seine Hand schwebte über der Tastatur,
dann bediente er hastig die Sensoren und horchte.
Augenblicklich wurde er wieder zu dem eilfertigen, nervösen
Haspiri, den Ra-Ennas vom Anfang der Besichtigung kannte.
»Ja Chef, das geht in Ordnung! Ich werde das sofort
veranlassen!«
Er drehte sich zu Ra-Ennas um und presste seine Lippen fest
aufeinander. »Zu spät, wir haben zu viel Zeit verloren!« Bevor
sie etwas erwidern konnte, wurde er wieder geschäftsmäßig.

»Das war der Minister Astromeisterin. Er wird mit dem Sicherheitschef noch einige Stunden auf einer dringenden Sitzung verbringen müssen! Die Führung ist beendet! Ich habe die ausdrückliche Order sie jetzt zurückzubringen!" Entgeistert starrte Ra-Ennas ihn an! War das noch derselbe Mann? »Aber Reu-Inegni, sie wollten mir doch...!«

»Ich habe den Auftrag sie zurückzubringen. Das Schiff für den Rückflug wartet schon auf sie im Hangar!
Wenn sie bitte vorgehen wollen?«

Es hatte nur wenige Minuten gedauert, bis sie wieder in der Raumfähre saß. Diesmal wurde sie nur von zwei Sicherheitsleuten begleitet. Erdrag-Vitagen ließ sich nicht sehen. Der Flug ging vollkommen lautlos vor sich. Sie hatte keinen Blick mehr führ die Rätsel dieses Fluges. Unbehaglich rutschte sie in ihrem Sessel hin und her. Etwas war geschehen! Sie hatte etwas gehört, was sie nicht hatte hören sollen. Reu-Inegni hatte ihr sagen wollen, was dahinter steckte, leider waren sie gestört worden.

Davon war sie überzeugt. Doch nun war es zu spät! Energiegewinnung durch Hydrontiumbeschuß des Gorgoskerns. Verdammt irgendetwas stimmte doch nicht damit! Da glaubte er doch selber nicht dran! Aber ihr würde schon noch einfallen, was das war!

»Zielplanet ist erreicht.«

Quäkend meldete sich der Bordcomputer. In der Ortung tauchte der in weiten Strecken mit Eis bedeckte Globus Hasperods auf, grün, silbern glitzernd, in seiner blauen Lufthülle schwebend. Ein erhabener Anblick. Doch Ra-Ennas erschrak, als sie die Kugel aus dem All heraus sah. Über ein Viertel der Eismassen waren schon geschrumpft. Deswegen auch die heftigen Überschwemmungen auf der Südhalbkugel. Sie seufzte tief. Was hatte dieser Ausflug zu den Sonnenpriestern gebracht. Außer ein paar blauen Flecken, nur viel Blabla, mehr nicht.

Der Pilot setzte sie direkt wieder neben dem Gorgosobservatorium ab. Es war später Nachmittag, die siebzehnte Gorgosstunde. Der Wind pfiff ihr um die Ohren, es wurde dunkel, als Ra-Ennas der Raumfähre nachblickte. Aber es war ein lauer Wind, als würden sie sich in einem Vorfrühling befinden, und nicht im tiefsten Winter. Lieber Gorgos! Die Temperaturanzeige auf ihrem Kom zeigte 1 Grad über Null! Sie überlegte kurz, einen Gleiter zu ihrer Höhle in Gorgosstadt zu nehmen, sich etwas frisch zu machen, doch dann straffte sie sich. Nein! Das war nur eine Ausrede die fällige Aussprache mit Su-Nev hinauszuzögern. Su-Nev war bestimmt noch im Labor. Sie grinste. Wenn – Su-Nev einmal da war, dann war sie ein Arbeitstier, wie sie selber. Entschlossen nahm sie den Weg ins Observatorium, die stählernen, breiten Bänder der Laufstege über ihr, warfen ein gleitendes, schwarzes Schattengitter auf dem ausgedehnten Gleiterparkplatz des astronomischen Institutes. Sie trat in die lichtdurchflutete, halbrunde Vorhalle, mit den großen Panoramafenstern links und rechts, hörte ihre leise tappenden befellten Schritte auf den Bodenplatten, dann betrat sie durch eines der automatischen Schotts ihr Labor.

Kapitel 5 Die Eindringlinge

In der Ferne, selbst durch den dichten eiskalten Regenvorhang sichtbar, leuchteten die Lichter von Gorgodia. Wenn man die Augen zusammenkniff, konnte man sich einbilden, einen riesigen Sternhaufen vor sich zu haben. *»Ein Sternhaufen aus gleißendem Hydrontium 4 gesättigtem Licht, Energieverschwendung pur«, dachte Sah-Gahn, als das gleißend helle Licht seine Augen blendete.*
»Stopp!«, laut drang Pet-Russos Stimme durch den stetig fallenden Regen. Der kleine unsichtbare Zug blieb schwirrend in der Luft stehen, wie vier seltsame zu groß geratene Eisflügler

52

»Also weiter, wo stehen wir Pet, was misst du an?« Pet-Russo seufzte.

»Zwei Kilometer von unserem jetzigen Standpunkt kann ich einen kleinen Raumhafen anmessen, und eine latente Radiostrahlung. Dort muss das Observatorium sein, am Rande von Gorgodia!«

»Uhrenvergleich!« Sah-Gahn schaute auf sein Armbandkom.

»Die zweiundzwanzigste Gorgosstunde ist angebrochen. Wie lange brauchen wir noch Pet?«

Pet-Russo schaute auf sein Gerät. »Luftlinie eine halbe Stunde. Zu Fuß das Doppelte.«

»Dann fliegen wir!«, entschied Sah-Gahn. »Trotz des Risikos! Sonst kommen wir nicht weiter. Außerdem glaube ich nicht, dass sie den Raum um das Observatorium überwachen. Das war selbst aus ihrer Sicht nie nötig gewesen. Dafür wird das Observatorium selber schwer zu knacken sein. Ich habe es damals mit einem Nummerncode sichern lassen, den man mit einer Berechtigungskarte abrufen konnte. Nun, das werden wir vor Ort sehen. Wo können wir am besten und gefahrlosesten landen Pet?«

»Am besten wäre der kleine Raumhafen vor dem Observatorium. Das scheint eine Art Parkplatz für Dienstgleiter und kleine raumtaugliche Jets zu sein. Eine nennenswerte Zugangssicherung kann ich von hier aus nicht anmessen. Das heißt natürlich nichts. Es könnte durchaus einfache elektronische Augen geben, die anschlagen, wenn man das Gelände betritt.« Er tippte auf sein Gerät. »Hier der breite, ringförmige Gürtel um den Parkplatz, der ständig grün blinkt, das ist ein kleiner Grüngürtel. Ich hoffe auf Eisholzbäume. Dort könnten wir niedergehen.«

»Gut«, Sah-Gahn hob die Hand. »Dann los!«

Vorsichtig flogen sie weiter. Vereinzelte Regentropfen fielen noch vom Himmel. Unter ihnen matschige Schneepfützen, zunehmend niedrige, buschartige Vegetation. Aber sonst war hier nichts. Keine Dörfer oder Ansiedlungen, nur ab und zu vereinzelte, große Anwesen, von begüterten, wohlsituierten Haspiri. *„Hier hat sich nichts verändert!"*, dachte Sah-Gahn. Endlich kam der Grüngürtel in Sicht von dem Pet-Russo gesprochen hatte.

Ein schmaler, künstlich angelegter Streifen Wald, den es vor fünfzig Jahren hier noch nicht gegeben hatte. Eisholzbäume, deren Stamm, Äste und Blätter voller Hitze speichernden Hydrontiumkristall waren, wuchsen schnell. Deswegen konnte es gut sein, dass dieser Wald, erst kurz nach ihrer Flucht mit der Sternenspürer angepflanzt worden war. Sie landeten vor dem mächtigen Stamm eines der Baumriesen mit ausladendem dichtem Blätterdach. Sah-Gahn lehnte sich gegen den festen Stamm. »So Leute, kurze Lagebesprechung. Diesen Grüngürtel um das Observatorium, mit dem Parkplatz gab es zu unserer Zeit noch nicht. Möglich das er so eine Art Sperrgebiet ist. Was sagen deine Geräte Pet? Könnte es sein, das es hier schon elektronische Sperren gibt?«

»Nein! Keine Gefahr! Wir können weiter.«

Es war stockdunkel unter dem Blätterdach der Bäume. Stolpernd tastend, lediglich angewiesen auf das spärlich durchschimmernde Mondlicht tasteten sie sich vorwärts. Sah-Gahn verlor jegliches Zeitgefühl.

Als sie endlich durch waren, stellte er überrascht fest, dass erst zwanzig Gorgosminuten vergangen waren. In hellem Mondlicht lag der Gleiter- und Spacejet Raumhafen vor ihnen. Nebeneinander standen sie hinter einem der letzten Eisholzbäume. »Der Parkplatz ist rundum mit einer unsichtbaren elektronischen Schranke gesichert«, flüsterte Pet. »Sie ist so breit wie ein dickes Seil, das man in halber Mannshöhe gespannt hat. Wenn wir dieses Seil zerreißen, gibt es irgendwo einen stillen Alarm.«

Sah-Gahn schüttelte den Kopf. „»Ich kann es kaum glauben. So einfach ist die Sache? Wir brauchen uns nur zu bücken und drunter her zu kriechen!«

Pet zuckte die Schultern. »Sie haben nicht damit gerechnet. Dass irgendjemand von außen mit einem Ortungsgerät daherkommt. Es ist wahrscheinlich nur eine Sicherung des Parkplatzes, um die Gleiter vor Diebstahl zu schützen. Da Gleiter normalerweise auch mit einem Code gesichert sind, haben sie keine umfangreicheren Sicherungsmaßnahmen für nötig gehalten.«

»Na gut«, flüsterte Sah-Gahn. »Runter auf den Boden und robben. Rät-Illim hätte seine helle Freude an uns.«

Auf die Ellenbogen gestützt, kamen sie Zentimeter für Zentimeter vorwärts. Dann standen sie zwischen einer langen Reihe von kleinen Planetengleitern, dahinter in einigem Abstand, doppelt geschützt durch einen blau schimmernden Schutzschirm, die größeren raumtauglichen Spacejets.

Sah-Gahn streckte einen Arm aus, »da hinten ist das Observatorium, mein gutes altes Gorgosinstitut. Wenn wir davon ausgehen, dass es jetzt keine Fallen mehr gibt, sind wir in zehn Minuten da.«

Sie stapften los und drückten sich an dem bläulich schimmernden Schutzschirm vorbei.

Sie brauchten nicht lange um den Raumhafen zu überqueren. Links von ihnen, Kilometer entfernt, begann das dichte Netz der Laufbänder, das den Moloch Gorgodia fast vollkommen überspannte. Schließlich standen sie am anderen Ende des Raumhafens, versteckt hinter einem silbrig schimmernden Privatgleiter.

Ein schmaler asphaltierter Gehweg, der in einem kleinen Vorplatz mündete, trennte sie vom Observatorium.

Es hatte sich in den letzten fünfzig Jahren nicht verändert. Nur die Kuppel schimmerte jetzt silbrig, und die flutlichtartige Außenbeleuchtung hatte es auch nicht gegeben. Er warf einen Blick auf Jes-Sieh. Der sich seit einer Minute mit geschlossenen Augenlidern konzentriert dem Observatorium zugewandt hatte. »Hast du was gefunden?«

Jes-Sieh öffnete die Augen. »Nicht viel. Ein oder zwei körperlich anwesende Lebewesen. Ich kann von hier aus nicht genau sehen was sie denken, fühlen oder wo sie sind, dafür müssten wir rein!«

»Tja Freunde«, flüsterte Sah-Gahn, »Wir könnten versuchen zum Hintereingang zu gelangen, aber das bringt uns auch nicht weiter. Wir haben links und rechts, asphaltiertes offenes Gelände! Wir schalten die Deflektoren ein und gehen auf direktem Weg über den Platz. Los!«

Sah-Gahn als Erster voran, huschten sie lautlos über den Vorplatz. Sie sammelten sich unter dem halbrunden Vordach über dem Eingangsschott. »Halt!«, Jes hob die Hand. »Irgendjemand kommt von innen her näher. Ich spüre seine Gedanken. Feierabend, Abendessen, Rendezvous! Völlig belanglos, aber das ist die Chance für uns, ohne Probleme reinzukommen!«

Sie pressten sich seitlich neben dem Schott an die Wand und erstarrten. Gerade noch rechtzeitig. Das Schott öffnete sich, zwei haspirische Männer traten angeregt plaudernd heraus. Gedankenschnell lösten sich Sah-Gahn und seine drei Gefährten von der Wand, drückten sich vorbei an den Männern und hechteten lautlos durch das sich schließende Schott. Hastig schaute Sah-Gahn sich um. Alle waren da. Erleichtert stieß er die Luft aus.

Nach wenigen Metern tauchten in seinem Blickfeld zahlreiche kleinere Schotts auf, links neben den Eingängen waren gut lesbar Schilder angebracht.

»Hier hat sich nichts geändert«, sagte er. »Vorne sind die astronomischen Labors. Das große Schott in der Mitte war meins, und es ist immer noch das Labor des Astromeisters, aber der Name fehlt.«

Jes-Sieh war neben Sah-Gahn getreten, wie lauschend blieb er stehen. »Spürst du etwas?«

»Ich spüre mindestens einen Haspiri.« Jes-Sieh packte Sah-Gahn am Handgelenk und zerrte ihn zur Seite.

»Er kommt auf uns zu! Er will das Labor verlassen«, flüsterte er. Lautlos, fast wie virtuose Tänzer sprangen die Männer zur Seite, und drückten sich neben dem Schott an die Wand. In der nächsten Sekunde schob sich das Schott leise summend auseinander. Ein groß gewachsener, schlanker Mann trat heraus mit dunkelbeigefelligem Zopf und auffallend unfelligem Kinn. Das war aber auch seine einzige Auffälligkeit. Er trug ein dünnes kurzärmeliges Leinenhemd und eine weit geschnittene Leinenhose. Die vier Haspiri hielten den Atem an. Doch der Mann, den Sah-Gahn für den leitenden Wissenschaftler hielt, schien tief in Gedanken versunken, als ob er über ein wissenschaftliches Problem nachdachte. In der Hand hielt er eine Schreibfolienmappe. Schnell, ohne ein Geräusch zu verursachen, löste Sah-Gahn sich von der Wand, die anderen huschten hinter ihm her. Bevor sich das Schott endgültig schloss, schlüpften sie hindurch. Automatisch ging Sah-Gahns Hand zum Strahler, flitzten seine Augen in dem großen Raum hin und her, ein großer Rundumbildschirm, mit mehreren unterteilten Sektoren. Eine Konsole mit den üblichen Sensortasten, an der Hauptwand, zwei Arbeitsplätze. Sessel aus Formenergie geschöpft. Doch das Labor schien ihm leer zu sein. Jes-Siehs Gefühl hatte ihn nicht getrogen. Hier war kein Haspiri mehr.

»Jes«, sagte Sah-Gahn, »du stellst dich an den Eingang und lauschst. Hast du die Gedanken von diesem Astromeister gelesen?« »Nein, es gab keine Veranlassung. Ich habe kein anderes lebendes Wesen im Raum gespürt. Ich spüre auch jetzt nichts. Es muss der Astromeister oder sein Assistent gewesen sein. Du hast mir erzählt, das Labor des Astromeisters ist immer mit einem Code gesichert!«

Sah-Gahn winkte ab. »Schon gut Jes! Pet, Lu-Cas, wir kümmern uns um Sol-Choi.«

Sah-Gahn trat einen Schritt näher. »Das Eiszapfensymbol auf allen Sektoren, lasst uns doch mal schauen ob dieser Astromeister ein paar nette Informationen für uns, dahinter versteckt hat.«

Mit dem nächsten Schritt, stand Sah-Gahn neben dem Arbeitssessel, warf einen Blick zur Seite und stieß zischend die Luft durch die Zähne heraus. »Gorgos, was ist hier ...«

In diesem Augenblick gab Jes ein Zeichen. »Es kommt jemand. Eine Frau, sie ist schon am Eingang!« Gewaltsam riss sich Sah-Gahn von dem Anblick los. Gehetzt blickte er sich um.

Das Labor musste doch einen Hinterausgang haben, wo war der... »An die Wand«, schrie er. »Stellt euch vor die linke Wand, und bewegt keinen Muskel.« Sie drückten sich alle vier an die Wand, als wollten sie, sie durchdringen. *»In was sind wir hier wieder hineingeraten?«* Sah-Gahn wagte fast nicht, zu atmen. Das fuhr Schott zur Seite. Eine goldfellige Frau trat ein, sie trug eine Art Raumkombination. Als wenn sie gerade von einem Einsatz käme. Unsicher schaute sie sich um, Sah-Gahn hörte sie etwas murmeln, »ich habe doch Licht schimmern sehen!« Sie bewegte sich auf den hochlehnigen Arbeitssessel zu. Stand wie er direkt neben dem Sessel. Zufall, dass sie einen kurzen Blick zur Seite warf. Erst schien sie nicht zu verstehen, runzelte die Stirn. Sah-Gahn sah geradezu ihre Gedanken arbeiten, hörte sie laut reden. Verständnislosen Schrecken in der Stimme!

»Was ist das?« *Sie musste dasselbe gesehen haben wie er. Eine bleiche Hand!* Sie berührte den Arm, so weiß wie das ewige Eis in der Wüste, wie die Tunika aus ungefärbten Pflanzenfasern! Aufgelöstes rot-schwarz gesträhntes Fell! Ein schmales, schönes Gesicht, aus dem alle Farbe gewichen war. Sie trat näher heran. »Su-Nev?«, rief sie laut, Angst in der Stimme. »Bist du doch da? Was ist...?«

Noch einmal berührte sie den blassen Arm, und zuckte augenblicklich zurück. Durch die Bewegung schwang der Drehsessel herum.

Sie starrte auf leere Augen, starrte auf die Mitte des Brustkorbs, *sah genau das Bild, das ihn so aus der Fassung gebracht hatte.* Etwas wie einen bläulich leuchtenden Griff, mitten in einem dunkelrot verlaufenden, noch feuchten Fleck? Jetzt schien sie zu begreifen.

»Su-Nev? Su-Nev!« Sie schrie diesen Namen, die Augen weit aufgerissen.

Starr wie Eismumien, angespannt bis aufs Äußerste standen die vier Haspiri an die rechte Wand geschmiegt, verfolgten das unheimliche Schauspiel. Sah-Gahn presste die Zähne zusammen, wandte vorsichtig den Kopf. Links von ihm stand Jes-Sieh, die Augen geschlossen, sein Brustkorb hob und senkte sich kaum. Plötzlich ein Gedanke. *»Sie denkt an sich als Ra-Ennas! Sie war es nicht Großvater. Und sie ist die Astromeisterin. Ich habe einen Fehler gemacht, die Gedanken dieses Wissenschaftlers nicht gelesen zu haben. Er muss es gewesen sein! Wir müssen hier weg, ich spüre etwas kommen!«*

»Aber wie sollen wir das anstellen?«, dachte Sah-Gahn zurück, und warf einen verzweifelten Blick auf die Anderen. *»Jedes Geräusch verrät uns in dieser Stille. Wir können nicht vor, nicht rückwärts!«*

»Ist jetzt auch egal, ich spüre die Schwingungen von vielen Lebewesen. Dieses Gebäude, der Raum ist umzingelt.«

»Angekommen Jes! Ich verständige die Anderen über den Einsatzfunk.«

Mit vorsichtigen Bewegungen aktivierte Sah-Gahn die Einsatzfunkfrequenz, die nur von Einsatzanzug zu Einsatzanzug verstanden werden konnte. »Achtung Freunde, weiterhin toter Haspiri spielen! Wir sind umzingelt! Nicht bewegen wir sind umzingelt!«

Unerwartet nahm er einen schattenhaften, verwischten Blitz in seinem rechten Augenwinkel wahr. Eine vorher nicht sichtbare, fast fugenlose Hintertüre öffnete sich in einer Lücke zwischen der Computerwand. *»Verdammt«*, dachte Sah-Gahn, *»doch etwas, was sich in fünfzig Jahren geändert hat.«*

Eine Gestalt in schwarzem Einsatzanzug stürmte herein. *»Sieh an, der vermeintliche Astromeister!«*

Sah-Gahn knirschte leise mit den Zähnen.

So schnell, dass es kaum einer bemerkte, zog der Haspiri seine Waffe, wirbelte sie herum und schlug Ra-Ennas die Waffe über den Kopf. Keine Chance zu reagieren, brach sie ohne einen Laut zusammen.

Durch die Hintertüre quollen plötzlich sechs schwarz uniformierte Männer und Frauen. Ein schabendes Geräusch von rechts, ließ Sah-Gahn den Kopf wenden. Das Hauptschott hatte sich geöffnet, weitere Schwarzgardisten stürmten herein. Sah-Gahn sah den Haspiri, der die goldfellige Astromeisterin niedergeschlagen hatte, Befehle geben. Sah ihn einen Blick auf ihre zusammengesunkene Gestalt werfen. Dann trat der Mann auf die Leiche der rot-gesträhnten jungen Frau zu, zog ihr mit behandschuhten Händen, das Vibratormesser aus der Brust und drückte es der Astromeisterin in die schlaffe Hand. Als er sich wieder aufrichtete, strich er sich kalt grinsend eine lange Fellsträhne aus dem Gesicht, und steckte sie hinter das Ohr. Entsetzt starrte Sah-Gahn auf die linke Schläfe des Mannes. Er starrte auf eine bläuliche scharf gestochene Tätowierung. Ein großes schmuckloses E in einem geschlossenen Kreis, darüber zog sich diagonal von links nach rechts, ein Eiszapfen, geformt wie ein Blitz. Das Zeichen der Abteilung E – wie Elimination! Die Gardisten, und ihr Hauptmann, schauten ihm emotionslos dabei zu.

»Eine Intrige«, raunte Jes in Sah-Gahns Gedanken! Eine
hinterhältige Intrige, warum auch immer. Ich kann nichts tun!
Ich kann sie nicht alle auf einmal lähmen, und beeinflussen
schon gar nicht! Irgendeiner wird immer Hilfe anfordern
können!«
»Wir können uns nicht rühren, ohne dass wir uns selber ans
Messer liefern. Verdammt!«, dachte Sah-Gahn. »Die
Abteilung E! Keiner sollte diesen freundlichen Herren
ausgeliefert sein! Irgendetwas muss mir einfallen!«
Das Erste, was sie wieder wahrnahm, war ein Gefühl!
Unverständnis! Angst! Trauer, Entsetzen! Su-Nev war nicht
mehr! Jemand hatte sie mit einem Vibratormesser, ein
Vibratormesser? Jemand? Sie fühlte plötzlich etwas in ihrer
linken Hand! Etwas schmales, metallisches. Trotz der
schrecklichen Kopfschmerzen schaffte sie es, ihre Augen
endgültig aufzuschlagen. Ungläubig starrte sie auf ihre linke
Faust, die etwas umklammerte. Ein Vibratormesser, von dem
Blut heruntertropfte! Heiße Angst durchfuhr sie. Sie sah noch
etwas anderes, Leppod-T-Nega! Seine schlaksige Gestalt, sein
hübsches, unfelliges Gesicht, das traurig, verzerrt, auf sie
hinunterlächelte. Mit klagender Stimme hörte sie ihn sagen,
»oh Ra-Ennas, das es so enden musste! Warum bloß?«
Jetzt registrierte sie auch die anderen Gestalten. Schwarze
Gestalten, mit steinernen Gesichtern, straffen Zöpfen und vor
allen Dingen Desintegratorpistolen, die auf sie gerichtet
waren. Sie griff sich an die Schläfen, ihre Kopfschmerzen
wurden stärker! Einer der Gestalten, ein breiter, kräftiger
Haspiri trat vor und öffnete den Mund. Seiner Kehle entfloh
ein harter, dröhnender Strom von Worten! »Ra-Ennas-
Toiraksi, sie sind verhaftet wegen heimtückischen Mordes an
ihrer Freundin Su-Nev Issut!«
Ra-Ennas schüttelte den Kopf, um die entsetzlichen, wirren
Gedanken von sich zu schleudern, diesen Albtraum, in dem
sie gefangen schien zu vertreiben! Doch es nützte nichts, die

Haspiri der schwarzen Garde umzingelten sie noch immer und richteten ihre Gewehre auf sie! Leppod-T-Nega stand noch immer da, erstarrt in einem betroffenen, vor Mitgefühl und gespielter Trauer triefenden Lächeln! Das hier war knallharte Realität! Noch immer auf dem Boden hockend starrte sie den Haspiri an, der zu ihr gesprochen hatte, ein Haspiri mit zwei tätowierten Eiszapfen auf der Stirn! »Hauptmann«, krächzte sie mühsam. „»Ich weiß nicht was sie von mir wollen. Ich habe Su-Nev nicht umgebracht! Warum sollte ich das tun? Ich bin ins Labor gekommen, und habe sie hier gefunden!« Hastig ließ sie das blutige Vibratormesser fallen, das sie noch immer umklammert hielt. Ihr Atem ging keuchend. Sie hatte das Gefühl jemand würde ihr die Kehle immer weiter zuschnüren! Stoßweise nur kamen ihre Worte. »Irgendwer Hauptmann, hat mich niedergeschlagen und mir dieses Messer in die Hand gedrückt! Warum sollte ich meine Freundin umbringen?«

Ihr Nacken schmerzte wie Feuer! Ihr war schwindelig, keiner der Männer machte Anstalten ihr zu helfen, sie aus ihrer Hockstellung heraus auf einen Stuhl zu setzen.

Nur Leppod beugte sich zu ihr hinunter. Seine grünen Augen glitzerten auf einmal kalt, sein Lächeln, das mitleidig wirken sollte, verzerrte sich in ihren Augen zu einer grinsenden Grimasse!

»Es ist zwecklos Ra-Ennas! Niemand hat dir das Messer in die Hand gedrückt. Ich bin hierhergekommen, um Su-Nev vor dir zu warnen. Möglicherweise erinnerst du dich nicht gerne daran. Aber du hast am E-kom zu mir gesagt, »wenn du es ihr nicht sagst, sage ich es ihr, wenn ich wieder im Labor bin, und wenn ich sie umbringen muss!«

»Aber«, Ra-Ennas Stimme überschlug sich fast, »das stimmt nicht!«

Leppods Stimme war heiser als er weitersprach.

»Ich habe dem Hauptmann erzählt, wie eifersüchtig du immer warst. Ich habe ihm auch gesagt, was ich gesehen habe. Als ich vor zehn Minuten das Labor betreten habe, um Su-Nev zu warnen, musste ich feststellen, dass ich zu spät gekommen bin. Ich musste mit ansehen, wie du das Vibratormesser aus ihrem Körper gezogen hast. Ich habe dich niedergeschlagen, doch ich konnte Su-Nev nicht mehr retten. Wie hingezaubert traten plötzlich Tränen in Leppods Augen. Sein Körper bebte. Vor Schmerz? Ra-Ennas schien es eher ein Lachen zu sein. Ihr wurde eiskalt! *»Warum«*, dachte sie, *»lügst du Leppod? Hast du sie etwa umgebracht?«*

Um die Show zu vervollständigen, fing er an zu schwanken, als wenn der Gram ihn niederdrücken würde! Einer der Soldaten machte Anstalten ihn zu stützen. Auf der linken Seite Leppod mit dem hilfreichen Gardisten, auf der rechten Seite, der andere Soldat mit dem Hauptmann.

Für Sekunden starrte Ra-Ennas auf den noch immer offenstehenden Hinterausgang. *Wenn sie jetzt den Überraschungsmoment ausnutzte, aufsprang und zum Hinterausgang rennen würde, aber das schaffte sie nicht. Der verdammte Schwindel, die Übelkeit! Es war, als würde sie jemand auf den Boden nageln.«*

»Verdammt«, dachte Sah-Gahn«, *irgendetwas muss mir doch einfallen! Wir müssen hier raus, wir müssen diese Astromeisterin mit ins Boot nehmen. Sie ist irgendeiner Schweinerei zum Opfer gefallen, außerdem, vielleicht könnte sie uns auch helfen!«*

Erneut aktivierte Sah-Gahn den Anzugfunk.

»Sah-Gahn an alle«, flüsterte er. »Wir werden uns jetzt so schnell und vorsichtig wie möglich in die Mitte des Raumes, zu den Soldaten und der Astromeisterin vorarbeiten. Ich gehe voran, und ziehe sie in mein Deflektorfeld. Durch den kurzen Überraschungseffekt gewinnen wir einen winzigen Vorsprung.

Den müssen wir sofort nutzen, losrennen und durch die Hintertür verschwinden!«

»Angekommen!«, flüsterte Pet zurück. »Deine gute Absicht in Ehren, aber wären unsere Chancen nicht größer, wenn wir uns erst mal selber in Sicherheit bringen, und dann diese Astromeisterin retten?«

»Pet, sie könnte wichtig für uns sein. Sie ist eine Toiraksi, sie verfügt eventuell über brisante Informationen. Der Eisaal, den sie Leppod-T-Nega nennen ist, ein Leutnant der Abteilung E. Ich habe das Zeichen auf seiner Schläfe gesehen!«

„Bist du sicher?"

»Ich würde dieses Zeichen im Schlaf, mit geschlossenen Augen erkennen! Wir können nicht mehr lange diskutieren Pet. Seit ihr bereit oder nicht?«

»Bereit«, flüsterte es dreimal in seinem Empfänger.

»Dann los, ihr wisst, was zu tun ist!«

Lautlos lösten sie sich von der Wand. Wie in einem skurrilen Pantomimentheater schlichen sie katzenhaft leise an den Konsolen, an der flimmernden Computerwand vorbei, bis zu der Stelle, wo die kleine Hintertüre in der Wand eingelassen war. Die Soldaten der schwarzen Garde hatten dort einen Kreis um die Astromeisterin Ra-Ennas Toiraksi gebildet. Dieser T-Nega zog eine grandiose Ein-Mann-Show ab. Als er theatralisch schwankte, nutzte Sah-Gahn die entstandene Lücke, schlängelte sich ohne Hast in den Kreis, packte mit einem Arm Ra-Ennas Toiraksi und zog sie in sein Deflektorfeld. Erschrocken riss sie die Augen auf, öffnete den Mund, um zu schreien. »Maul halten«, knurrte Sah-Gahn leise. Bevor sie irgendetwas tun konnte, packte er sie, warf sie wie ein Bündel über die Schulter, und rannte los, durch die Reihen der Soldaten. Pet, Lu-Cas und Jes-Sieh knapp hinter ihm mit gezogenen Lähmstrahlern. Überraschte Schreie, Flüche!

Reihenweise fielen die Soldaten zu Boden, rührten sich nicht mehr.

Die Hintertüre stand noch immer einen Spalt offen.

Zwei Schritte, taumelnd vor Anstrengung zwängte Sah-Gahn sich hindurch. Die drei anderen hörten auf zu schießen, drehten sich um, hechteten hinter ihm her. In einer fließenden, fast eleganten Bewegung, stieß Pet kraftvoll mit dem Fuß die Türen zu, und rammte sie einem Soldaten direkt vor den Kopf. Schon im Rennen hörte er noch den dumpfen Schlag auf der anderen Seite.

Keuchend liefen die vier Männer durch die Halle, Sah-Gahn noch immer die benommene Ra-Ennas, über die rechte Schulter geworfen, im Schutze seines Deflektorfeldes. Sie quetschten sich durch das sich öffnende Hauptschott, die Geräusche der schweren Soldatenstiefel schon in den Ohren.

»Die Notsensoren«, keuchte Sah-Gahn, als sie unter dem Vordach standen. »Linker Hand gibt es Notsensoren, schnell Pet!«

Pet-Russo sah sofort, was er meinte. Hastig griff er auf die linke Seite des Schotts schlug, auf einen der Notsensoren ein, und verriegelte das Gebäude hermetisch!

»Das gibt uns etwas Zeit!« Schwer atmend blieb Sah-Gahn stehen. »Aber nicht lange!«, ertönte eine schwache, helle Stimme in seinem Rücken. »Lassen sie mich runter! Ich kann selber laufen!«

»Sicher? Sie haben dann keinen Deflektorschutz mehr.«

»Wir kommen so besser voran! Ich weiß einen Fluchtweg!«

Sah-Gahn bückte sich und ließ Ra-Ennas vorsichtig auf den Boden gleiten.

Überraschend schnell stemmte sich die Astromeisterin hoch, sprang in die Hocke, kam schwankend zum Stehen. Sah-Gahn griff ihr geistesgegenwärtig unter die Arme. Doch sie stieß ihn heftig beiseite.

»Die schwarzen Gardisten können mit einer Vorrangschaltung die Verriegelung wieder aufheben!« Heftig atmend, witternd wie ein Tier schaute sie sich um, »da hinunter!« Sie zeigte Richtung Parkplatz. »Folgen sie mir einfach!«

Durch das geschlossene Schott hörten sie gedämpft die schweren Schritte der Soldaten durch die Vorhalle stampfen. »Los«, schrie Sah-Gahn. „Sie sehen uns nicht, aber sie hören uns! Keine Ziele bilden, möglichst versetzt laufen. Ihr nach!« Ra-Ennas an der Spitze, Sah-Gahn als Zweiter, rannten sie zurück über den Vorplatz. »*Wohin zum Le-Fu-Et will sie?*«, dachte Sah-Gahn. »*Die überfüllten Laufbänder, keine Chance! Der kleine Asphaltweg! Dahinter der Gleiterparkplatz! Dahin also!*« Noch einmal beschleunigten sie ihren Lauf! Das Schott öffnete sich. Die Soldaten der Schwarzen Garde, der Hauptmann und Leppod-T-Nega stürmten hinaus, die Strahler im Anschlag. Sah-Gahn hörte sie rennen, hörte die schneidenden Befehle des Leutnants. Sah, wie er die Waffe hob und auf Ra-Ennas zielte. Keuchend, nach Luft schnappend, erreichten die Haspiri den Gleiterparkplatz. »Ra-Ennas, ducken!«, schrie Sah-Gahn. Zischend schoss ein gleißend heller Lichtstrahl über Ra-Ennas Kopf hinweg, und versengte in einem breiten Streifen, das goldene Kopffell. Sie musste die Glut der Hitze spüren, doch sie rannte weiter, vorbei an den schwarzen Dienstgleitern, die dort zu Hunderten parkten.

Die tanzenden weißen Lichtstrahlen der Monde auf der spiegelnden Oberfläche. Rechts von ihr, nahe ihrer rennenden Füße, schlug der nächste Strahlschuss in den Boden, verlor sich dampfend und wabernd im Asphalt. »drüben links«, stieß Ra-Ennas atemlos hervor, »steht mein Privatgleiter!«

Sah-Gahn sah ein elliptisch, lang gezogenes Gefährt, silbern-metallisch aufblitzen.

Es waren nur noch wenige Meter! Knapp hinter ihnen klapperten die Stiefel der Soldaten auf dem Asphalt. Noch im Laufen fuhr Ra-Ennas Hand in die Seitentasche ihres Einsatzanzuges und zog einen rot blinkenden Metallstift, einen Impulsschlüssel hervor. Sekundenbruchteile nahm sie den Blick vom Boden, stürzte der Länge nach hin, und blieb liegen.

»Ra-Ennas!« brüllte Sah-Gahn. Sie schien zu atmen, aber sie rührte sich nicht. Neben ihm kamen Pet, Lu-Cas und Jes zum Stehen. »Was ist los?«, schnaufte Pet. »Sie haben uns gleich eingeholt!«

»Verdammt sie ist bewusstlos!« Hastig bückte Sah-Gahn sich zu ihr hinunter, wand den Impulsschlüssel aus ihrer Hand, griff um ihre Hüfte und wollte sie mit sich nach oben ziehen. Er hörte Jes noch einen Warnruf ausstoßen, »Großvater, schnell! Sie können uns anmessen, und ich fürchte sie können uns auch!«

»Zu spät Jes!« Sah-Gahn sah nach vorne. Hart klackten die Absätze der Soldaten auf dem Asphalt, mit gezückten Waffen bildeten sie einen Halbkreis um die Gefährten. Sah-Gahn kniete auf dem Boden, einen Arm noch immer um Ra-Ennas Hüfte geschlungen. »Oh wie rührend!« Eine leise, emotionslose Stimme. Ein großer schlanker Mann richtete seinen Strahler auf ihn. Sah-Gahn erstarrte. »*Der Schwarze Leutnant*«, dachte er. »Wie rührend«, wiederholte Leppod-T-Nega.

»Ich wusste gar nicht, dass Ra-Ennas Toiraksi einen zweiten Lover hat. T-Nega lachte amüsiert.

»Aber sie ist ja ein hübscher Eisflügler! Mein Lieber, sie können ihre Deflektorfelder abschalten! Für wie dumm halten sie uns? Nach der ersten Schrecksekunde haben wir kapiert, was hier vor sich geht, und die Anti-Flex-Brillen aufgesetzt.«

Sah-Gahn musterte T-Nega und seine Soldaten, tatsächlich, sie trugen alle diese kastenförmigen, wie schmale Bänder gearbeiteten Sichtgeräte über den Augen.

Ihre Strahlen konnten Deflektor Schilder durchdringen, und Personen wieder sichtbar machen. Wütend auf sich selbst ballte er die Fäuste. Wieso hatte er nicht daran gedacht!

»Ich mache ihnen einen Vorschlag«, ertönte T-Negas kalte Stimme wieder, »wenn sie und ihre Freunde noch etwas weiterleben wollen, nehmen sie ihn an.«

»Das kommt auf den Vorschlag an", antwortete Sah-Gahn kühl.

Der Leutnant lächelte breit, »da ist aber jemand sehr misstrauisch. Keine Angst, der Vorschlag ist leicht zu befolgen. Sie überlassen mir ihre kleine Freundin, zur weiteren Verwendung, dann können Sie und ihre Freunde gehen. An ihnen bin ich nicht interessiert.«

»Was wenn nicht?«

»Tja«, Leppod zuckte mit betrübtem Blick die Schultern, »dann werde ich ihre Freunde hier erschießen lassen.« Er zeigte mit dem Kinn auf die Schwarz-Gardisten, die starr wie Statuen, um sie herumstanden. »Diese Männer haben reichlich nervöse Zeigefinger.« Er richtete seinen Blick wieder auf Sah-Gahn. »Zum Schluss werde ich sie und diese süße Kleine hier erschießen! Was wirklich schade wäre, denn ich kenne sie ja gar nicht!«

»*Scheinheiliger Eisaal*«, Sah-Gahn rührte noch immer kein Glied. Er spürte die Astromeisterin schwach atmen. Die linke Faust um ihren Impulsschlüssel geklammert, dachte er krampfhaft nach, ließ den Blick als wolle er die Lage abschätzen über die Soldaten, über seine Freunde gleiten. Pet, regungslos, mit geballter Faust, seine Augen sprühten Feuer, Lu-Cas abwartend, die linke Hand auf dem Strahler, Jes sein Gesicht war blass, fast versteinert, Schweißperlen standen auf seiner Stirn, die schwarzen bodenlosen Augen weit aufgerissen, nickte er Sah-Gahn unmerklich zu. Ein Gedanke tauchte in Sah-Gahns Hirn auf, *„die Soldaten, mehr schaffe ich nicht, gleich!"*

T-Negas Stimme war eiskalt. »Ich warte nicht mehr lange!«

Sah-Gahn fuhr herum, »für wie blöd halten sie mich Leutnant? Sie werden alle erschießen. Die Abteilung E kann keine Zeugen gebrauchen!«

T-Nega spitzte die Lippen. »Oh, da weiß jemand Bescheid! Schon mal Erfahrungen mit der Abteilung E gemacht? Dann leben sie nur noch durch reines Glück. Möglicherweise habe ich hier einen Haufen ungläubiger Rebellen aufgetan. Dann werde ich ihre unwürdige Existenz jetzt beenden.

»Feuer frei, Männer!«

Nichts rührte sich. »Verdammt, Feuer!«

Nichts rührte sich. Nur die Strahlen der zwei Monde erhellten den Gleiterparkplatz, das Geräusch des einsetzenden Regens klopfte auf dem Asphalt. Die sechs Gardisten standen da, mit gestreckten Armen, vor Schrecken verzerrten Gesichtern, die Waffen auf die Crew gerichtet. Ihre Glieder zitterten vor Anstrengung. Sie waren nicht fähig eine einzige Bewegung zu machen.

Leppod-T-Nega starrte seine Männer verwirrt an.

»Bravo Jes!« Blitzschnell, bevor Leppod-T-Nega reagieren konnte, zog Sah-Gahn seinen Strahler und schoss! Kein Laut der Überraschung, nicht mehr fähig einen Schrei auszustoßen, ging der „schwarze Leutnant", in Flammen auf, und rieselte nach Sekunden nur als ein Häufchen Asche auf den Boden!

Kurz, starrte Sah-Gahn auf die schwarze, glühende Asche, die einmal ein Haspiri gewesen war, wischte hastig die schreckliche Vision beiseite, die ihn überkommen wollte. Skrupel waren jetzt nicht angebracht. Jes stand noch immer da, den Blick auf die Soldaten gerichtet, durchtränkt von Schweiß, als sei er unversehens in einen Regenguss geraten. Er würde nicht mehr lange durchhalten können.

Sah-Gahn packte Ra-Ennas in einem Rautegriff unter die Achseln, zog sie schwer atmend hoch.

»Schnell Pet«, rief er, »nimm den Impulsschlüssel!«

Wie der Fänger einer Eis-Base-Mannschaft, reckte Pet-Russo sich in die Luft, schnappte sich den stabförmigen Schlüssel, und richtete ihn auf einen stetig blinkenden Punkt auf der ihnen zugewandten Seite des Gleiters.

Leise summend klappte die Hülle des Gleiters nach links, wie der Deckel eine Truhe. Ra-Ennas war noch immer bewusstlos. Pet sprang hinein, und rutschte auf den Pilotensitz. So vorsichtig wie möglich hoben Sah-Gahn und Lu-Cas Ra-Ennas nach oben und ließen sie auf die hinteren Sitze gleiten.

»Jes-Sieh!«, schrie er atemlos, »lass los! Wir haben es geschafft!«

Es war als würde die Luft aus einem Ballon herauszischen. Jes-Sieh zuckte zusammen, atmete heftig ein und aus, als könne er damit Kraft sammeln, warf sich abrupt herum und war in zwei Schritten am Gleiter.

»Schnell keuchte er, »in zwei, drei Minuten sind sie wieder einsatzfähig!« Hilfreiche Hände zogen ihn in den Jet. Pet betätigte den Verschlussmechanismus. »Gerade noch geschafft!«, schnaufte Sah-Gahn. Wenige Meter entfernt sah er, wie die Soldaten anfingen sich zu bewegen, und verwirrte Blicke tauschten.

»Los Pet, starten! Worauf wartest du noch?«

„Worauf schon", knurrte Pet. „Ich habe sämtliche Sensoren gedrückt, aber das Ding will ein Codewort – vorher können wir nicht starten!" Zusammengepfercht wie haspirische Nenidrasfische in einer Büchse, hockten Jes und Lu-Cas im rückwärtigen Teil des Gleiters, ein winziger Laderaum, der fast vollständig von Ra-Ennas schlaffem Körper ausgefüllt wurde. Sah-Gahn hatte sich neben Pet, auf den Beifahrersitz gezwängt.

Draußen brandete gedämpfter Lärm auf. Lu-Cas warf einen Blick nach draußen. »Scheiße, wir sollten uns ganz schnell was einfallen lassen. Die Soldaten haben sich erholt, sie kommen und sie wirken gar nicht freundlich!«

Mühsam drehte Sah-Gahn sich um. »Ist unsere Freundin immer noch bewusstlos Lu-Cas?«

»Sie regt sich schwach!« Lu-Cas beugte sich zu ihr hinunter und schlug ihr nachdrücklich auf die Wangen. »Ra-Ennas, hey Ra-Ennas!«

»Der Bund stehe uns bei«, keuchte Pet. »Die Gardisten haben uns umzingelt. Wenn sie alle gleichzeitig ihre Laserstrahler abfeuern, ist dieser Gleiter Geschichte!«

»Hey Ra-Ennas!« Lu-Cas ging jetzt etwas weniger sanft vor. Stöhnend schlug sie die Augen auf. »Ra-Ennas hören sie mich?« Lu-Cas sprach eindringlich, laut. »Wir sind in ihrem Gleiter, wir brauchen den Code!» Ra-Ennas sah ihn verständnislos an. Draußen hoben die Soldaten gleichzeitig ihre Strahler und richteten sie auf einen Punkt aus.

»Ra-Ennas der Startcode verdammt, die Soldaten!«

Endlich bewegte sie die Lippen, schaffte es nicht, setzte noch einmal an, »Sternentod«, flüsterte sie, »Sternentod!«

Mit hastigen Bewegungen gab Pet den Code ein. Endlich hoben sie ab. Die Laserstrahlen gingen ins Leere.

Pet zog den Gleiter hoch, bis weit über die Wolken, bis an den Punkt, an dem die Stratosphäre auszufransen schien. »Ich sage euch Haspiri«, brüllte er durch den Motorenlärm, »dieser Gleiter war seine Gorgs wert. Aber wohin jetzt? Für den Weltraum ist der Gleiter nicht ausgelegt!«

»Wohin?« Sah-Gahn atmete durch, zur MCII, in die Eiswüste, seit Urzeiten Zuflucht für Selbstmörder, Verbrecher, Eigenbrötler, Aufständische. Du kannst dir aussuchen, was wir davon sind.«

»Alles, außer Verbrecher!«

Sah-Gahn lachte bitter. »Der Planetenvorstand ist wahrscheinlich anderer Meinung! Wenn er spitzkriegt, dass dieselben Typen sie hereingelegt haben, wie vor fünfzig Jahren, werden sie Amok laufen! Wie geht es Jes und unserem Gast?«

Abwehrend hob Jes-Sieh die Hand, bevor Lu-Cas etwas sagen konnte. »Mir, geht es gut!«

Sah-Gahn musterte ihn. Er war blass und verschwitzt, sein Atem ging wie ein Dampfhammer. »Na gut, sieht aber anders aus!«

»Doch ich bin in Ordnung! Lasst mich nur einen Augenblick in Ruhe!«

Sah-Gahn sah seufzte, »du musst es wissen. Lu-Cas wie geht es Ra-Ennas?«

»Sie hat eine dicke Beule am Kopf, und wahrscheinlich eine Gehirnerschütterung. Ich hab sie wieder schlafen gelegt. Damit das Hirn sich erholen kann!« Sorgfältig verstaute der Mediker eine leere Ampulle in seinem Rucksack.

Ra-Ennas lag dort mit geschlossenen Augen, doch sie atmete regelmäßig. Das goldfarbene Kopffell hatte sich aufgelöst, und umhüllte in einem wirren Durcheinander ihr fahles Gesicht wie die Strahlen des untergehenden Gorgosballs. Hastig löst Sah-Gahn den Blick von ihr und schaute nach vorne. »Wie weit sind wir Pet?«

Pet-Russo schaute auf die Instrumente. »Gleich da!«

Unter ihnen glitt das ewige Weiß der Eiswüste dahin, unterbrochen von dem breiten, kilometerlangen Riss, der sich infolge des Planetenbebens und des instabilen Eises gebildet hatte. Bläulich funkelndes, klares Schmelzwasser füllte den Riss, vereinzelte Eisbrocken, abgebrochenes Schelfeis schwamm halb auf der Oberfläche. Als wäre ein schmales Band des weit entferntes Eismeeres auf Wanderschaft gegangen, und hier am Rande der Wüste wieder nach oben

gedrungen. Düster zog Sah-Gahn die Brauen zusammen.
»Hoffentlich ist unserem Forschungsraumer nichts passiert!«
Sie hatten Glück! Groß und mächtig ragte das
Pentanossigebirge vor ihnen auf, direkt in der Mitte, erhob
sich als größter Berg der Sie-El-Höh! Der kuchenstückartige
Einschnitt im Felsen war verdeckt, durch den lang gezogenen
steinernen Ausläufer und das vorspringende Felsplateau.
Sie schwebten einige Hundert Meter über dem Gipfel des Sie-
El-Höh. Langsam senkte Pet-Russo den Gleiter, und
manövrierte das kleine Flugboot knapp neben dem
Forschungsraumer in eine winzige Nische. »Passt gerade
noch«, grinste Pet-Russo. »Sollte To-Lip mal unpässlich sein,
ich könnte einspringen!«
Grelles Licht stach ihr schmerzhaft in die Augen, als sie
erwachte. Es musste Morgen sein. Aber das war nicht ihr
Bett! Das konnte nicht ihr Bett sein! Sie lag auf einer
schmalen, harten Liege. Und der Raum war viel zu klein. Wo
war sie? Irgendetwas piepste ständig. Ra-Ennas blinzelte, das
Bild vor ihren Augen wurde schärfer. Ein schmaler,
beigefelliger Haspiri hantierte an irgendeinem Apparat
herum! War sie in einem Krankenhaus – warum?
Und dann, mit einem Mal schlug die Erinnerung wie eine
Woge über ihr zusammen!
Ihre Rückkehr von der Gorgosstation! Sie betrat ihr Labor, Su-
Nevs stille blutbefleckte Gestalt, das Vibratormesser in ihrer
Brust. Leppod, die Soldaten, ihre seltsame Flucht. Rennen,
Strahlschüsse! Alles wirbelte immer schneller, immer heftiger
in ihrem Kopf herum! Wo war sie? Oh Gorgos, wo war sie?
War sie tot? War sie im Hochsicherheitsgefängnis auf einer
Krankenstation? »Wo bin ich?« Wie eine Sprungfeder
schnellte sie ihren Oberkörper nach oben, und stieß den Satz
wie einen Schrei aus. Der beigefellige Mann schnellte herum
und hielt sanft aber nachdrücklich ihre Schultern fest. »Ruhig

73

Ra-Ennas, ruhig! Sie sind in einer Krankenstube, ich bin Lu-Cas der Mediker! Keiner tut ihnen hier etwas!«
»Das sagen sie immer!«, stieß sie wütend hervor. »Hat man mich verhaftet? Wo ist Leppod? Er hat sie erschossen! Er hat Su-Nev getötet, jetzt versucht er mir alles in die Schuhe zu schieben! Das lass ich mir nicht gefallen! Ich will sofort den Minister sprechen! Ich bin eine Toiraksi, hören sie?«
„Hören sie auf Ra-Ennas!", schrie Lu-Cas.! Ich sollte das eigentlich nicht sagen, aber sie bekommen sonst noch einen Zusammenbruch. Sie sind nicht verhaftet worden, auch nicht im Hochsicherheitstrakt des Staatsgefängnisses. Sie sind in der Krankenstube des Forschungsraumers MCII! Wir wissen, dass sie diese Su-Nev nicht getötet haben! Wenn sie sich jetzt ganz brav hinlegen, die nächsten Minuten ruhig verhalten, werde ich dem Kommandanten von ihrem Anliegen benachrichtigen. Er kann ihnen alle weiteren Fragen beantworten! Ist das ein Vorschlag?"
Schwer atmend nickte Ra-Ennas, ließ sich wieder auf die kleine Pritsche sinken. Beruhigt hatte sie sich noch nicht, aber zumindest geschah etwas! Der Mediker mit dem Namen Lu-Cas hielt Wort und sprach irgendetwas in sein Armbandkom. Dieser Kommandant musste schon auf den Anruf gewartet haben. Nach fünf Minuten glitt die Stahltüre zur Seite, ein großer, breitschultriger Haspiri in leicht verschrammten Einsatzanzug trat ein, das dunkelbraune Kopffell war nach hinten gebunden.
Sie schaute in braune, in diesem künstlichen Licht golden schimmernde Augen. »Guten Morgen Ra-Ennas Toiraksi. Ich begrüße sie auf der MCII. Ich hoffe es geht ihnen besser!«
Mit Hilfe des Medikers setzte sie sich ächzend auf, und kam auf der Kante ihrer Pritsche zu sitzen. »Guten Morgen«, sagte sie. *Er hatte seinen Namen nicht genannt, warum nicht?*
»Danke, es geht mir nicht gut, aber ich kann mich bewegen, ich bin aufnahmefähig. Ich nehme an das sie der

Kommandant dieses Schiffes, oder was immer das hier auch ist, sind?«

Er hatte sich inzwischen auf einen Schemel gesetzt, der neben der kleinen Liege stand. Die Arme locker auf die Knie gestützt schaute er ihr intensiv in die Augen. »Das nehmen sie richtig an!« Bevor das Gespräch in Gang kam, öffnete sich das Schott erneut, ein anderer Haspiri trat ein. Ein schlanker, sehniger junger Mann mit nachtschwarzem, langen Kopffell und seltsam, bodenlosen schwarzen Augen. Er nickte und lehnte sich mit verschränkten Armen an die Wand neben dem Ausgang. Er war dem älteren Mann wie aus dem Gesicht geschnitten. *Sein Sohn? Dafür war er zu jung. Wo war sie hier? In einem schlechten Holofilm?*

Entschlossen schaute sie diesem „Kommandanten" wieder ins Gesicht. Dann ... wie ein Sekundenfilm, zogen die Bilder im Observatorium an ihr vorbei. Sie kannte dieses Gesicht, sie kannte diese dunkle, sonore Bassstimme. Sie hatte diesen Mann schon einmal gesehen! Doch natürlich! Das musste er sein! Er war es gewesen, der sie gepackt und aus dem Pulk der Soldaten befreit hatte. Dann waren sie zu ihrem Gleiter geflohen, sie war gestolpert. Danach wusste sie nichts mehr! Instinktiv griff sie wieder nach der Beule an ihrem Kopf.

»Sie sind derjenige, der mich gerettet hat«, stieß sie hervor. »Woher wissen sie, wer ich bin, und wer sind sie überhaupt? Warum haben sie das getan? Woher sind sie gekommen?«

Lachend hob er die Hände. »Langsam! Ich werde ihnen ihre Fragen beantworten, aber eins nach dem anderen! Erstens, wir sind Forscher. Sie befinden sich auf unserem Forschungsraumer, den Namen kennen sie. Zugegeben, wir haben uns selbst in das Observatorium eingelassen, und uns eine Nachtführung verordnet. Die offiziellen Führungen beinhalten sicher keine Besichtigung des Astromeisterlabors. Den Forschungsauftrag haben uns das Befinden dieses Planeten gestellt. Wir wollten Daten sammeln über den

Zustand des Planeten. Über das Ausmaß der Erwärmung und die Auswirkungen auf die Bevölkerung.«

Er zuckte mit den Schultern. »Wo kann man das besser, als im Gorgosobservatorium? Es ist nur so, dass uns der Planetenvorstand mit keine Führung dieser Art genehmigt hätte. Also sind wir eingedrungen, und dann haben wir diese junge Frau entdeckt!«

»Su-Nev!«, presste sie heraus, und krampfte ihre Hände ineinander, um sie nicht zittern zu lassen. »Ja«, sagte er leise, Su-Nev! Es geht mich nichts an, aber diese junge Frau stand ihnen sehr nahe?«

»Sie war meine beste Freundin!« Ra-Ennas schluckte, dann straffte sie sich, sog die Luft tief ein, als könne sie so Kraft tanken.

»Das tut mir leid!«, seine Stimme klang sanft.

»Möchten sie reden, oder sollen wir einen Moment Pause machen?«

»Nein!« Heftig schüttelte sie den Kopf und verzog sofort schmerzgepeinigt das Gesicht. »Ihr Mediker behauptet, sie wissen, dass ich es nicht getan habe. Woher? Wer sagt mir, dass sie es nicht getan haben? Vielleicht sind sie ja Rebellen, und Su-Nev hat sie überrascht!«

Sah-Gahn saß noch immer da, und rührte kaum einen Muskel. »Nein!«, sagte er. »Wir können es nicht getan haben. Bevor wir in ihr Labor eingedrungen sind, haben wir einen Mann herauskommen sehen, der nachher als Leppod-T-Nega bezeichnet wurde. Wir hielten ihn zuerst für den Astromeister. Dieser Mann hat sie niedergeschlagen. Er zog ihrer Freundin das Messer aus der Brust und drückte es ihnen in die Hand. Ich könnte natürlich lügen. Aber sagen sie selber, warum sollte ich mir so etwas Kompliziertes ausdenken? Warum sollten wir sie dann auch noch retten wollen? Wir hätten uns doch einfach im Schutz des Deflektorfeldes davonschleichen können. Zu dem Zeitpunkt wäre das gar nicht aufgefallen.«

Stirnrunzelnd schwieg sie eine Weile. »Das klingt überzeugend!«, sagte sie vorsichtig.

»Aber trotzdem, sie haben noch immer nicht gesagt, was hier gespielt wird, und wer sie sind!"

Seine Mundwinkel bebten. Sie lassen nicht locker was? Aber sie haben ein Recht auf Information.

Die will ich von ihnen auch haben. Was geht in diesem System vor sich? Gorgos war schon vor fünfzig Jahren ein roter Riese und zum Sterben verurteilt, aber warum jetzt? Warum zum Lefuet, ist Gorgos in dieser kurzen Zeit ein solches Monster geworden! Ich will Informationen über die Lebensumstände auf diesem Planeten!«

Ra-Ennas blickte ihn forschend an, dann schüttelte sie den Kopf.

»Wer sind sie? „Herr Kommandant!" Sah-Gahn lächelte leicht!

„Entschuldigen sie, natürlich! Mein Name ist L,Rac! Sah-Gahn L ,Rac!«

Ihre Lippen pressten sich so fest zusammen, dass sie nur einen schmalen Strich bildeten. »L ,Rac«, zischte sie, und ballte ihre Hände zusammen, wie um sich im Zaum zu halten. »Sie sind Sah-Gahn L ,Rac?«

»Kaum zu glauben, aber schon seit fünfundneunzig Jahren!" Ra-Ennas bebte plötzlich am ganzen Körper, ihre Augen zogen sich zu Schlitzen zusammen! »Nach alldem, was geschehen ist, wagen sie es noch hierhin zurückzukommen?«

Sah-Gahn lachte wieder, aber jeglicher Humor war daraus verschwunden. „Erstens Ra-Ennas Toiraksi, ist dies mein Heimatplanet, und zweitens, wenn ich nicht zurückgekommen wäre, dann säßen sie jetzt entweder in einem Gefängnis und würden auf ihren Prozess warten, oder sie würden die Extremkältekammer von innen sehen. Das geht hier nämlich ganz schnell.«

»Das würden die Priester nicht wagen, dafür ist meine Familie zu bekannt!« Sie machte Anstalten aufzuspringen, aber ein Schwindelanfall zwang sie, sich wieder zu setzen.

Sah-Gahn saß noch immer auf seinem Schemel, aber seine Ruhe war jetzt eher erzwungen. Hart auf die Oberschenkel gestützt, beugt er sich vor.

„Oh, oh! Die Familie ja? Sie gehören zu einer der heiligen Familien! Sogar zu der heiligen Familie! So heilig, dass sie die zweite heilige Familie die L‚Racs gelinde gesagt von ihrem ersten Platz verdrängt hat. Aber -!", Sah-Gahn hob die Hände, »Ich scheiße auf diesen ganzen heiligen Kram. Heilige Familien, das ich nicht lache! Was ist an zwei intriganten, arroganten Familienclans, die sich auf Kosten des haspirischen Volkes ein angenehmes Leben machen heilig? Verstehen sie mich nicht falsch, ich habe meine Eltern geliebt. Sie waren die besten Haspiris die ich kenne! Auch meinen Urgroßvater Trebla nehme ich da aus, aber alles, was davor war, ich bitte sie...

Mühsam beherrscht hielt sie sich an der Kante ihrer Liege fest, ihre Handknöchel traten weiß hervor.

Ra-Ennas schoss einen finsteren Blick zu Sah-Gahn hinüber, ihre goldenen Augen waren fast dunkel. Sie quetschte die Sätze regelrecht zwischen den Zähnen heraus.

»Es ist mir egal Sah-Gahn, ob sie ein L‚ Rac sind oder ein Haspiri-Irgendwer! Sie haben dem haspirischen Volk die Evakuierungspläne, die sie entwickeln sollten, gestohlen! Sie haben meinem verdammten Dreckshaufen von Bruder Sad-Uj Toiraksi, die Flucht ermöglicht. Sie haben diesem Dreckskerl geholfen sich den Behörden zu entziehen!"

Sah-Gahn setzte sich wieder, und schüttelte den Kopf.

»Ist das alles, was sie mir vorwerfen? Möglicherweise habe ich ja das Sterben von Gorgos selber verursacht, um einen

Grund zu haben die Sternenspürer zu bauen. Vielleicht wollte ich mit dem Raumschiff das Hasperod System angreifen und die Macht an mich reißen!«

Mit gerunzelter Stirn schaute sie ihn an, ihre Lippen bebten! Sah-Gahns Stimme klang ungläubig, amüsiert. »Das haben sie wirklich gedacht? Ist es das was der Planetenvorstand über uns auf verbreitet hat?« Er sprang auf. »Können sie sich in ihrer heilen Toiraksi-Welt vorstellen, dass die Sonnenpriester gelogen haben? Was ihren verehrten Bruder betrifft, dass er ein Dreckskerl ist, der einiges auf dem Eissplitter hat, das ist mir leider hinreichend bekannt. Aber was er während meiner Internierung in der Eiswüste verbrochen hat, davon habe ich nichts gewusst!«

»Erzählen sie mir nichts! Es war in allen Medien. Ihr feiner Freund Sad-Uj hat ihnen geholfen aus der Eiswüste zu entkommen, und sie haben ihm zur Flucht vor seinen Häschern verholfen. Eine Hand wäscht die andere. Wo ist er jetzt übrigens? Ist er oben in seinem Mutterschiff? Hat er sie, als seinen willfährigen Kommandanten vorgeschickt um die Lage zu sondieren?«

»Bitte was?«, sagte er schließlich. Dann lachte er kurz und freudlos auf. „Mein – Freund – Sad-Uj? Lu-Cas, Jes, habt ihr das gehört? Mein Freund Sad-Uj!" Er fing an zu kichern, seine Schultern bebten.

Es war das erste Mal, das Jes-Sieh sich in seiner Ecke regte. Mit einem Schritt war er bei Sah-Gahn und legte ihm eine Hand auf die Schulter. »Großvater!« Sah-Gahn schüttelte ihn ab und atmete mehrmals tief durch, um die Hysterie zu beenden »Nein Jes, lass das! Ich will mich nicht beruhigen! Ich werde dieser Dame, jetzt mal erklären. Wie sehr Sad-Uj und ich befreundet waren. Zuvor etwas Anderes!

Glauben sie eigentlich Ra-Ennas, das mich die Sonnenpriester in der Wüste regelmäßig über die neuesten Nachrichten informiert hätten? Sind sie wirklich so naiv? Ich bin von aller

Information, von jeglichem gesellschaftlichen Leben abgeschnitten gewesen! Das war kein Abenteuerurlaub Ra-Ennas, das war bitterer Ernst. Ich wäre am Anfang fast drauf gegangen! Haben sie schon mal überlegt, dass ich keine andere Möglichkeit hatte, als Sad-Ujs Vorschlag, anzunehmen? Wenn ich seine Forderungen nicht erfüllt hätte, wäre dieses Generationenschiff nie gebaut worden, wäre meine Lebensgefährtin schon damals getötet und Ma-Ira wäre nie geboren worden. Oh ja, er war mein Freund! Ihr Bruder Ra-Ennas hat meinen besten Freund zum Krüppel gemacht, und fast meine Tochter vergewaltigt!« Er holte tief Luft um seine Fassung wieder zu gewinnen. Wie ein Wächter stand Jes-Sieh noch immer hinter ihm.

»Sie hätten ihn ja nicht wirklich mitnehmen müssen, oder?«, fragte Ra-Ennas schon ruhiger.

»Ra-Ennas, sie sind wirklich hartnäckig! Sie kennen doch die Umstände gar nicht!«,

»Glauben sie nicht Sah-Gahn«, sagte sie leise, fast emotionslos, »dass sie ihrer Tochter vieles erspart hätten, wenn sie Sad-Uj nicht mitgenommen hätten?«

Lu-Cas keuchte entsetzt! Jes-Sieh krampfte eine Hand um die Schulter seines Großvaters. Es war ruhig. Es war plötzlich sehr ruhig in dem kleinen Raum. Sah-Gahn hatte die Augen geschlossen, öffnete sie wieder, seine Stimme klang kalt, als er sprach. »Da könnten sie recht haben Ra-Ennas. Meine Tochter wäre nicht geboren worden, folglich wäre sie jetzt auch nicht tot!« Er schluckte und zwinkerte heftig mit den Augen, dann drehte er sich nachdrücklich aus Jes-Sieh's Griff heraus und verließ den Raum.

»Großvater, warte! Ich geh ihm nach Lu-Cas!«

Stumm schaute Ra-Ennas auf das sich schließende Schott. Sie schüttelte den Kopf. »Das wusste ich nicht!«

Jes-Sieh drehte sich im Gehen noch einmal zu ihr um. Die schwarzen Augen funkelten. »Ich bin übrigens Jes-Sieh L, Rac,

sein Enkel! Seine Tochter war meine Mutter! Er ist fast
zugrunde gegangen, als sie gestorben ist. Er hat sich erst
kürzlich wieder gefangen, und da kommen Sie!«
Noch einmal schüttelte Ra-Ennas den Kopf. »Ich – das wusste
ich nicht!«
»Sie wussten es nicht! Sie kennen uns nicht! Warum haben
sie dann nicht den Mund gehalten?«
Jes-Sieh trat auf den kleinen, schmalen Gang hinaus, doch
dort war Sah-Gahn nicht. Er war auch nicht in der Zentrale.
Das spürte er. Er schloss die Augen. Sah-Gahn musste
draußen sein. Ja, er stand vor dem Raumer. Jes spürte sein
Gefühlsmuster dort am stärksten. Mit schnellen Schritten ging
er zur Ausstiegsluke, drückte einen Sensor auf der linken Seite
und verließ das Schiff. Sah-Gahn stand ein paar Meter weiter
und starrte ins Leere. Sein Atem kondensierte in der kalten
Morgenluft. Es sah grau und wolkenverhangen aus, so als
würde es bald wieder anfangen zu regnen. Jes-Sieh trat näher
an ihn heran. »Großvater?« Sah-Gahn hob den Arm und
deutete in den Himmel.
»Siehst du die Regenwolken Jes? Wenn das weiter so geht,
erlebt Gorgodia die größte Überschwemmung seiner
Geschichte!«
Jes nickte. »Ja, so könnte es kommen! Deswegen brauchen
wir diese Astromeisterin. Sie verfügt als leitende Gorgos-
Astronomin über entscheidende Informationen! Ich konnte
ihre Gedanken nicht alle auslesen. Aber da ist ein Wust von
Gedanken, über die Zustände auf Hasperod, über angebliche
Evakuierungspläne, über das Sterben von Gorgos, – und über
den Flug vorbei an Seßorg-Egua, zu einer schwarzen Station
hinter den Feuern von Gorgos!«
»Seßorg-Egua!« Sah-Gahn lächelte leicht. »Ich habe das
Riesenteleskop damals beantragt. Und wollte das Geld, das
sie dafür lockermachten für das Generationenschiff
verwenden. Aber dann sind wir verhaftet worden. Alte

Geschichten«, seufzte er. »Schwarze Station? Was hat es damit auf sich Jes?«

»Das konnte ich nicht aus ihren Gedanken herausfiltern. Da wirbelte so einiges durcheinander. Du musst noch einmal mit ihr reden Großvater! Sie ist gar nicht so arrogant, wie sie scheint. Sie trägt einen tief vergrabenen Hass auf ihren Bruder mit sich. Und sie hat vor allen Dingen Angst!«

Sah-Gahn nickte. »Das dachte ich mir schon Jes. Obwohl ich gestehe, dass ich eben nahe davor war, ihr jedes Haar ihres goldenen Felles einzeln auszureißen. Außerdem wollte ich nicht, dass sie mich plärren sieht, wie einen kleinen Beutling!« Einmal heftig ein und ausatmend, wischte er sich mit der Hand die Augenwinkel aus. »Aber lass uns wieder reingehen. Vielleicht können wir das Gespräch ja fortsetzen. Ich muss schließlich nicht ihr Fell kraulen.«

Sah-Gahn öffnete über einen Codegeber die elektronische Einstiegsluke des Schiffes. Mit klappernden Stiefeln betraten sie über die Gangway einen kleinen, schmalen Gang, der geradewegs zur Zentrale führte.

»Hey Lu-Cas! Sah-Gahn hier«, sprach er in sein Armbandkom. »Wie geht es unserem lieben Gast? Wäre die hohe Dame fähig wieder ihren Plausch mit mir fortzusetzen?«

Lu-Cas grinste. »Fähig? Sie brennt geradezu darauf. Sie hat sich auf eigene Gefahr aus meiner Obhut entlassen. Sie duscht gerade in meiner Hygieneeinheit!«

Sah-Gahn fühlte ein hysterisches Kichern in seiner Kehle aufsteigen, wie blubbernde Luftblasen. »Wenn das Lucius erfährt, bist du reif!«.

»Darüber reden wir später, mein Freund!«, drohte Lu-Cas. Sah-Gahns Mundwinkel bebten noch immer. »Zur Sache, sag ihr, wenn sie mit mir sprechen will, dann soll sie in die Zentrale kommen Ende!«

»Hallo Pet!«, rief Sah-Gahn als er und Jes die Zentrale betraten. »Gibt's was Neues?«

»Nein alles ruhig zurzeit!« Pet-Russo saß vor den Funk- und Orterkontrollen. »Was tun wir nun mit dieser Astromeisterin Sah-Gahn? Lu-Cas hat mir von eurem freundlichen Gespräch erzählt!«

»Fragen wir sie doch selber!« Schnarrend öffnete sich das Schott. Leicht hinkend, aber anscheinend entschlossen, kam Ra-Ennas Toiraksi herein. Ihr Gesicht war noch immer blass, ihre Züge beherrscht.

Betont ruhig blickte Sah-Gahn ihr entgegen und verbeugte sich leicht! »Guten Morgen Astromeisterin! Schön, dass sie wieder auf den Beinen sind, und sich entschlossen haben, uns in der Zentrale zu besuchen. Wer ich bin, haben wir ja bereits erörtert, den jungen Mann neben mir haben sie bereits gesehen, aber...«

»Danke Großvater, dass du mich der jungen Frau vorstellst, aber wir haben uns bereits zur Genüge kennengelernt!«, Jes-Sieh lächelte schief.

»Na dann«, mühsam unterdrückte Sah-Gahn ein Grinsen, bleibt mir nichts mehr anderes übrig als ihnen als letzten der Ungläubigen Pet-Russo-Gnikwah vorzustellen, Astronom, Funker und Orter! Er hat eben gefragt was wir mit ihnen anfangen sollen? Sicher hat man ihnen schon gesagt, dass wir als Staatsfeinde Nr. 1 kleine Beutlinge zum Frühstück fressen, und schöne junge Astronominnen zum Mittag oder Abendessen verspeisen. Außerdem gewähren wir gesuchten Verbrechern Unterschlupf! Was glauben sie? Was sollen wir mit ihnen anfangen?« Er spürte, wie ihre golden schimmernden Augen sich auf ihn richteten, wie sich in ihnen, in schnell wechselnder Folge die Emotionen abwechselten. Unsicherheit, Vorsicht, Angst und Ärger. Er konnte nicht anders, er musste ihre Selbstbeherrschung bewundern, als sie ihm mit ruhiger Stimme antwortete.

»Sparen sie sich ihre Ironie Sah-Gahn L, Rac. Ich weiß, dass ich eben einen Fehler gemacht habe. Ich bin ziemlich ausgerastet! Es tut mir leid, wenn ich sie persönlich verletzt habe. Das wollte ich nicht. Zumindest nicht bewusst. Aber wenn es um meinen Bruder geht, sehe ich manchmal nur noch Eissplitter!« Ihre Stimme schien zu kippen.

»Was ist das?«, dachte Sah-Gahn, »sie scheint ja eine Heidenangst, vor Sad-Uj Toiraksi zu haben!«
Er schlug kurz die Augen nieder, ein wenig drückte ihn schon das schlechte Gewissen. *»Aber verdammt will ich sein, wenn ich ihr jetzt sage, das Sad-Uj tot ist! Wer weiß, wie sie darauf reagiert. Man hat schon Eisspringer vor der Medikusstube kotzen sehen!"* Stattdessen lachte er trocken auf. »Dafür habe ich allerdings Verständnis Astromeisterin! Ich mache ihnen einen Vorschlag. Lassen sie uns einen Waffenstillstand schließen, und unser Gespräch in etwas ruhigeren Bahnen fortsetzen. Sonst kommen wir ja beide nicht weiter!«
Sah-Gahn streckte die Hand aus. Ra-Ennas rührte sich nicht und nagte zögernd an ihrer Unterlippe. Sah-Gahn wollte seine Hand schon zurücknehmen, da sagte sie endlich, »zugegeben was sie über meine Naivität und die Sonnenpriester gesagt haben, könnte stimmen! Ich bin eben wirklich eine Toiraksi! Ich muss darüber nachdenken!«, und dann schlug Ra-Ennas ein.
Kühl und trocken fühlte sich ihre Hand an, trotzdem sie schmal und zart schien, war ihr Händedruck kräftig. Bedächtig zog Sah-Gahn seine Hand wieder zurück, zeigte hastig auf einen der Sessel. »Setzen sie sich doch Ra-Ennas!«
Sie ließ sich ausgerechnet in seinem Kommandantensessel nieder. Pet-Russo, der hinter ihr an den Funk- und Ortungskontrollen stand, grinste ihm unverschämt zu. Doch Sah-Gahn ging nicht darauf ein. »Also«, sagte er. »Sie wollten mich sprechen, uns irgendetwas erzählen! Tun sie sich keinen Zwang an!«

Seufzend strich sie eine lange goldene Strähne aus der Stirn.
»Erst muss ich mich ja wohl bei ihnen bedanken. Sie haben
mir das Leben gerettet, auch wenn es reiner Zufall war!"
Er winkte ab. »Schon gut, geschenkt! Weiter!«
Sie nickte. Wie sie wollen. Ich werde ihnen kurz die
Vorgeschichte zu meiner Verhaftung erzählen.«
Sie ließ nichts aus. Die Affäre mit Leppod-T-Nega nicht, und
vor allen Dingen nicht ihr Gespräch mit Chol-Rasch, und ihren
Besuch auf der Schwarzen Station der Sonnenpriester.
»Habt ihr gehört?«, wandte Sah-Gahn sich an die anderen.
»Chol-Rasch hat eine steile Karriere gemacht, vom
wissenschaftlichen Assistenten zum Minister für technische
Versorgung und Sicherheit. Textaufgabe Freunde, durch wie
viel Ärsche musste er dafür kriechen?«
Er hörte Lu-Cas hinter sich leise prusten, Pets Schultern
bebten, Jes grinste, Ra-Ennas Mundwinkel bebten leicht. Sie
schien also Humor zu besitzen. »Was ist eigentlich aus Sleb-
Bög geworden Ra-Ennas?«
Sie runzelte die Stirn. »Sleb-Bög ist irgendwann nach ihrer
Flucht einem Unfall zum Opfer gefallen!« Plötzlich feixte sie
wie ein Schulbeutling. »Die Ministersterblichkeit auf diesem
Planeten ist ausgesprochen hoch! Aber lassen sie mich
weitererzählen. Abgeholt wurde Ich von einer Eskorte der
Schwarzen Garde und unserem allgegenwärtigen
Sicherheitschef Erdrag-Vitagen!«
Unerwartete Hitze durchflutete Sah-Gahn, sein Atem ging
plötzlich schneller. Fahrig leckte er sich über die trockenen
Lippen. »Erdrag-Vitagen? Sind sie sicher?«
Verwundert schaute Ra-Ennas ihn an. »Ja Erdrag-Vitagen!
Kennen sie ihn?«
Seine Ohrspitzen hatten sich steil aufgerichtet. »Nein! Nein
ich denke nicht. Ich habe kurz geglaubt ein alter Bekannter
könnte... aber nein unmöglich! Er ist längst verstorben.
Erdrag-Vitagen ist ja nicht so ein seltener Name! Ich... lieber

85

Sternenhimmel, ich werde geschwätzig erzähle sie weiter!«
Sekundenlang spürte er ihren forschenden Blick auf sich
ruhen, spürte Lu-Cas Mediker-Augen, sah aus den
Augenwinkeln Jes-Siehs geradezu sezierenden Blick.
»*Keine Chance Beutling*«, dachte er, »*ich setze einen Block.*«
Dann war der Augenblick vorbei, und er hörte wieder Ra-
Ennas Toiraksis helle, kühle Stimme von dem Flug zur
schwarzen Station erzählen, von den erstaunlich
fortschrittlichen Antrieben des Raumgleiters, von Seßorg-
Egua, das Teleskop das er damals beantragt hatte, und
schließlich vom Inneren der Station selbst, von der seltsamen
Führung, und ihrem Erlebnis mit Reu-Inegni. Als sie schließlich
endete, schwieg Sah-Gahn eine Weile. Er hatte sich wieder
gefangen, die Gedanken von eben hatte er fieberhaft
beiseitegedrängt. Ruhelos stand er aus seinem Sessel auf,
verschränkte die Arme hinter dem Rücken und ging auf und
ab. Schließlich blieb er vor Ra-Ennas stehen. »So die
Sonnenpriester betreiben also, ohne das Wissen des Volkes,
wenn ich sie richtig verstanden habe, eine Raumstation hinter
der Korona von Gorgos, und sie nennen eine Technik ihr
Eigen, von der auf dem Planeten keiner was weiß. Sehr
interessant! Ich gehe mal davon aus, dass diese Station oder
dieses autarke Riesenraumschiff auch Waffensysteme hat, die
man ihnen natürlich nicht gezeigt hat.
Sagen sie Ra-Ennas«, Sah-Gahn schüttelte den Kopf. »Sie
haben doch nicht wirklich daran geglaubt, dass dieses
Riesenschiff irgendwann einmal zur Evakuierung des Volkes
benutzt werden würde?«
Sie seufzte. »Ich weiß es nicht Sah-Gahn! Am Anfang habe ich
es geglaubt. Ich wollte es glauben! Jetzt bin ich mir da nicht
mehr sicher!«
»Sie haben als Wissenschaftlerin doch auch nicht wirklich an
den Quatsch geglaubt, den ihnen dieser Ingenieur Reu-Inegni
da erzählt hat? Ich denke Ra-Ennas, das was er ihnen nicht

erzählt hat, oder nicht erzählen konnte, weil sie gestört wurden, war das wirklich Wichtige! Der Rest ist einfach falsch! Eine hastig erfundene Ausrede!«

Sie wurde rot und klopfte mit den Fingerknöcheln auf ihre Sessellehne. »Natürlich habe ich das nicht wirklich geglaubt! Aber was blieb mir denn anderes übrig? Was meinen sie, was passiert wäre, wenn ich die Aussagen Reu-Inegnis öffentlich bezweifelt hätte? Ich habe sowieso schon zu viele Fragen gestellt. Mir ist schon klar, dass irgendetwas an seiner Aussage nicht stimmt, von wegen „Energiegewinnung durch Beschuss des Gorgoskerns mit Hydrontium 4!«

»Irgendetwas ist gut, das ist vollkommener Unsinn!«, mischte sich jetzt Pet-Russo ein. Sein Schnurrbart zitterte vor Aufregung. »Durch die höllischen Temperaturen im Inneren eines Sterns, insbesondere eines roten Riesen zerschmilzt sogar Hydrontiumkristall und was glauben sie, was dann passiert!« Entsetzt starrte Ra-Ennas die Männer an.

»Sie wollen doch wohl nicht sagen...?«

»Aber sicher«, warf Sah-Gahn ein. »Pet-Russo liegt richtig. Überlegen sie doch! Das Hydrontiumkristall zerschmilzt, verdampft. Aber vorher hat es eine unvorstellbare Hitze aufgenommen, zusätzlich zu der Wärme, die es von seiner Umgebungstemperatur schon mitgenommen hat. Sie wissen doch selber, das Hydrontium nicht nur die Eigenschaft hat Hitze zu binden, sondern sie durch seine chemischen Reaktionen auch zu verdoppeln und sogar zu verdreifachen. Sie können sich vorstellen Ra-Ennas, was das für einen sterbenden Stern heißt. Es würde zwar Jahrtausende dauern, und ich kann mir schon deshalb nicht denken, warum das jemand tun sollte, aber man könnte diesen Stern sogar noch vor seiner Zeit zur Explosion bringen! Sehen sie jetzt ein was für ein Eiswasser ihnen dieser Reu-Inegni erzählt hat?«

»Aber warum?« Ratlos hob Ra-Ennas die Hände.

»Das wüsste ich auch gerne!«, antwortete Sah-Gahn.

»Ihre Verhaftung, diese offensichtliche Intrige gegen sie, Leppod-T-Nega, nicht nur ein Leutnant der   Schwarzen Garde Ra-Ennas, sondern ein Mitglied der gefürchteten, geheimen, aber allseits bekannten Abteilung E! Ich bin mir sicher, sie haben irgendetwas...!« Heftig ruckte er herum...»Pet, was ist das?«

Quäkend schlug das Funkgerät auf einer versteckten Geheimfrequenz an. Pet-Russo zuckte zusammen, und wandte sich mit steil aufgerichteten Ohren seinen Bildschirmen zu. Plötzlich drehte er sich um, winkte Sah-Gahn heran. »Sieh selber!« Alarmiert trat Sah-Gahn an die Funkkonsole, die Kennung der Marie-Curie. Thom-Asso war auf dem Bildschirm zu sehen, sein Gesicht war ernst. Sah-Gahn sah Pet-Russo an. Ein unangenehmes Kribbeln stieg von seiner Magengrube bis in die Glieder, ließ ihn heftiger atmen. Er schielte mit einem Auge nach Ra-Ennas Toiraksi, die noch immer wie erstarrt in seinem Sessel saß. »Pet, ich schalte ein privates Akustikfeld.« Er ließ sich vom Computer, das Gespräch durchstellen. »Hier Sah-Gahn! Was ist passiert!"

»Sah-Gahn, gut das ich euch erreiche! Wo seid ihr?«

»Wir sind im Raumer! Was ist los?«

Die Worte sprudelten nur so aus Thom-Asso heraus. Sah-Gahn hörte konzentriert zu, unterbrach ihn mit keinem Wort, dann wurde er leichenblass, und schloss die Augen. Schwindel stieg in ihm auf. Die Zentrale schien sich um ihn zu drehen. Krampfhaft schloss sich seine Faust um die Lehne eines Sessels. »Nein«, flüsterte er heiser, nicht schon wieder!«

»Sah-Gahn? Hörst du?«

»Ja, ich habe verstanden«, quetschte er mühsam heraus.

»Sind Eixa und Sulu verletzt?«

»Sie sind auf der Krankenstation, Sulu ist schwer verletzt, aber er wird wieder Sah-Gahn!«

Sah-Gahn schnitt ihm mit einer Handbewegung das Wort ab. »Thom lass den Datenkristall von Sol-Choi I auslesen. Unternehmt noch nichts, verhaltet euch ruhig. Die Marie-Curie darf auf keinen Fall ins Visier der Sonnenpriester geraten! Benachrichtigt uns über das Ergebnis so schnell wie möglich!« Er wartete Thom-Assos Klarmeldung gar nicht erst ab, »Ende!«

Steif wie ein Roboter drehte Sah-Gahn sich um. Pet-Russo stand hinter ihm, seine Ohrspitzen zuckten!

»Sag schon«, krächzte er, »Neph?«

Sah-Gahn fühlte den schmerzhaften Druck von Pet-Russos Händen auf seinen Schultern, fühlte, wie er ihn durchschüttelte wie eine Puppe. »Ist irgendetwas mit meinem Sohn Sah-Gahn? Rede endlich!«

Sah-Gahn holte mühsam Luft, befeuchtete die trockenen Lippen und schaute Pet-Russo entschlossen in die Augen..

»Pet hör mir zu, und alle anderen auch! Sulu, Eixa, und Nephets haben hinter den Feuern von Gorgos eine geheime Station der Sonnenpriester entdeckt. Es muss die Station sein, von der Ra-Ennas eben geredet hat. Sie sind in diese Station eingedrungen, und haben anscheinend etwas von ungeheurer Tragweite gefunden. Aber das ist nicht unbemerkt geblieben! Sulu und Eixa konnten gerade noch fliehen, und dabei einen hochbrisanten Datenkristall sichern. Thom-Asso lässt ihn gerade auslesen! Nephets hat es nicht geschafft! Er ist von den Sonnenpriestern verhaftet und abgeführt worden!«

Keiner interessierte sich mehr für Ra-Ennas, sogar sie starrte Sah-Gahn betroffen an. Lu-Cas ballte stumm die Fäuste, Jes keuchte, »Neph!«, flüsterte er, »oh Gorgos Neph!«

Pet-Russo krallte seine Hände fester um Sah-Gahns Schultern. »Lebt er noch?

Die Stille in der Zentrale der MCII schien endlos. Kraftlos ließ sich Pet auf einen der Formenergiesessel sinken und stützte den Kopf in die Hände. Schwerfällig ging Sah-Gahn zu ihm hinüber, berührte ihn sanft am Handgelenk. Mühselig hob Pet den Kopf und sah ihn an. Tränen standen in seinen Augen.

»Pet«, Sah-Gahn ballte die Hände zu Fäusten. Die schwarze Garde hat ihn abgeführt. Sie werden ihn verhören, sie werden wissen wollen, was er auf der Station gesucht hat. Wer er ist, in wessen Auftrag er handelt. Jeder Sicherheitsdienst im Universum würde solche Fragen stellen. Wenn sie ihn töten wollten, hätten sie das sofort tun können! Wir holen ihn da wieder raus!«

»Und ich werde ihnen dabei helfen!« Eine helle klare Stimme klang durch den Raum. Sah-Gahn wirbelte herum! »Sie Ra-Ennas?«

»Ja!, das bin ich ihnen schuldig!«

Sah-Gahn schüttelte langsam den Kopf. »Sie sind uns gar nichts schuldig, mir persönlich schon gar nicht.

Diese Aktion wird ein gefährliches Unternehmen Ra-Ennas! Sie müssen das nicht tun! Auf dem Planeten können sie wahrscheinlich nirgendwo mehr hin. Dafür werden sie zu großflächig gesucht. Aber ich kann sie auf einem der Monde, oder, wenn sie wollen, vorübergehend auf der Sternenspürer II unterbringen lassen! Sie müssen nicht ...!«

»Nein« schneidend, bebend war ihre Stimme!

»Sie hat Angst«, dachte Sah-Gahn. *»Sie hat Angst die Sternenspürer zu betreten, und dann ihrem Bruder zu begegnen. Ich sollte ihr sagen...«*

»Ich muss nicht, ich musste so vieles nicht!«, unterbrach sie seinen Gedankengang leise. »Su-Nev hatte Recht, ich hätte mein Maul halten sollen. Doch gefahrlos ist mein Leben schon lange nicht mehr, und keiner Sah-Gahn, sollte den Sonnenpriestern in die Hände fallen!«

Pet-Russo saß noch immer mit kalkweißem Gesicht in seinem Sessel und rang sichtlich nach Fassung.

Trockenes Schluchzen stieg in Sah-Gahns Kehle auf.

»Genau das habe ich gedacht, als wir sie befreit haben. Gut wenn sie unbedingt wollen. Wir können jede Hilfe gebrauchen. Vielen Dank, im Namen aller. *Verdammt, ich muss ihr sagen, das ihr Bruder tot ist. Später!*« Wider ertönte das hohe, helle Summen der versteckten, zerhackten Geheimfrequenz der Sternenspürer II. Ein Funksignal bis zur Unkenntlichkeit verstümmelt, das für einen Lauscher eigentlich nur ein leises Wispern, ein Störrauschen war. Mit zwei Schritten war Sah-Gahn an der Funkkonsole, »Thom-Asso!« Doch Thom-Asso erschien nicht selber auf dem Bildschirm. Er schickte ihnen eine geraffte, schriftliche Botschaft mit seiner Kennung. Sah-Gahn überflog den Inhalt. Langsam drehte er sich um, sein Gesicht war eine steinerne Maske. „Haspiri – es ist unfassbar! Wenn das was Nephets da entdeckt hat, richtig ist, dann steuert diese Galaxis in den nächsten zehn Standardjahren auf eine Katastrophe ungeahnten Ausmaßes zu. Ich betone, eine Katastrophe, die unsere Sonnenpriester anscheinend gewollt haben!« Pet-Russo sprang auf, seine Fäuste ballten sich. »Das hört sich so an, als sei Nephets...«

Sah-Gahn nickte. »Wir werden sofort mit der Sternenspürer Richtung Gorgos fliegen. Wenn wir von dem ausgehen, was hier steht, ist Neph in akuter Lebensgefahr!«

Kapitel 6
Die Materieformer von Soulamat

»Haut wie Feuer, köstliches loderndes Feuer. Ihre sanften Hände, die über seine Muskeln und Sehnen strichen, wie leiser Windhauch. Er hatte sie geküsst, ungeschickt aber hingebungsvoll! Ich habe Angst Ma-Ira! Loderndes Feuer! Oh Gorgos sie verbrennt, sie verbrennt! Ihre Haut, sie geht in Flammen auf! Ihre samtene, weiche Haut, ihre glänzenden Haare, ihr wohlgeformter Körper, die bodenlosen schwarzen

Augen... sind nur noch Asche! Ihre Asche rieselt durch meine Hände, in den Wüstensand! Es schmerzt! Es schmerzt! Warum Ma-Ira? Warum?«

Schritte, hastige Schritte, Stimmen, Hände, die ihn bei den Schultern packten.

»Verdammt komm zu dir Neph!«

»Ma-Ira, Ma-Ira ich habe Angst! Sie geht in Feuer auf! Sie verbrennt! Ich habe AAAAAAAngst!«

»Neph hör auf, du träumst!«

Eine Frauenstimme! »Es geht nicht anders Sulu!« *Heftige, brennende Schmerzen auf seinen Wangen! Feuer und Rauch, Ma-Iras brennende Gestalt verschwand, wohin? Er blinzelte, zwei Gestalten!*

»Neph um Gorgos Willen wach endlich auf!«

Ein Mann, eine Frau, ein halbrunder Raum! Computerterminal, flimmernde Zahlen? »Mein Labor! Sulu, Eixa! Lieber Sternenhimmel!«

»Nephets!«, rief Sulu-Ap aus. »Junge hast du uns erschreckt! Gut, das du wieder bei dir bist!«   Nephets-Gnikwah starrte die beiden mit weit aufgerissenen Augen an. Sein Atem ging schwer. Wie ein nasser Sack hing er auf seinem Drehsessel. Mit einer fahrigen Bewegung wischte er sich den Schweiß von der Stirn. »Es ist gut, dass ihr gekommen seid. Ich bin im Labor eingeschlafen. Ich, ich hatte den furchtbarsten Albtraum meines Lebens!«

»Ist ja auch kein Wunder!« Eixa wies auf die kleine Computerwand mit den blinkenden Zahlenkolonnen, Formeln und Berechnungen, Textteilen, »du arbeitest zu viel! Wer sollte da nicht Albträume kriegen. Du solltest dich endlich schlafen legen! Wir sind vierundzwanzig Stunden unterwegs, davon bist du jetzt zwanzig Stunden auf, ist dir das klar? Jetzt komm mir bloß nicht mit deinen Sensoren und der Unsterblichkeit! Irgendwann ist auch für dich das Ende des Eisbergs erreicht!«

Nephets sah sie an, und quietschte kläglich. »Ich weiß es Eixa! Ich weiß auch, dass ich meine Gesundheit auf dünnes Eis schicke, aber wenn ich einschlafe, dann kommen diese Albträume!«

Stöhnend massierte er seine Schläfen, »ich habe schon eine regelrechte Schlafphobie! Ich weiß nicht mehr was ich tun soll!«

Sulu schüttelte den Kopf, »du kannst doch nicht für immer und ewig schlaflos durch das Schiff wandeln. Du siehst doch, was dabei rauskommt, du nickst auf deinem Stuhl ein und hast trotzdem Albträume!«

Nephets schwieg und stützte den Kopf schwer in beide Hände. Eine Hand berührte ihn sacht an der Schulter. Er sah auf, direkt in die grünen Augen von Eixa-Lag. Ihr ernstes Gesicht wurde von dem gerade ebenfalls grün schimmernden, offenen Kopffell eingerahmt. »Neph, hör mir zu! Ich weiß nicht, ob ich dir damit helfen kann, aber vielleicht ist es eine Möglichkeit für dich. Meine Eltern sind bei dem Absturz der Sternenspürer ums Leben gekommen!«

»Das tut mir leid Eixa!«, sagte Nephets leise.

Sie winkte ab. »Schon gut! Ich will nicht darüber reden, wie sehr mich das damals geschmerzt hat, wie sehr ich manchmal heute noch darunter leide.« Sie griff nach Sulus Hand, und er drückte sie zart. »Damals«, fuhr sie fort, »hatte ich auch Albträume! Jede Nacht. Ich habe sie bekämpft, versucht den Schlaf zu unterdrücken, mich mit Arbeit eingedeckt, und...na das wisst ihr ja, mit allen möglichen Männern geflirtet, um die Gedanken an meine Eltern zu unterdrücken. Aber die Träume wurden immer schlimmer. Doch eines Nachts glaubte ich plötzlich, zu verstehen! Ich durfte die Gedanken an meine Eltern nicht unterdrücken. Sonst würde ihr Gedenken in einer dunklen verkrusteten Form immer ihr Recht fordern. Seitdem denke ich vor dem Schlafengehen immer an die schönen Zeiten mit meinem Vater und meiner Mutter. Ich erzähle ihnen sogar gedanklich, wie mein Tag war, oder was sich so ereignet hat. Vielleicht hört es sich blöd an Neph, aber mir hat es geholfen. Seit dieser Zeit haben die Albträume aufgehört. Dann habe ich Sulu getroffen, und jetzt ist sowieso alles besser.«

Neph sah Sulu an, der knallrot geworden war, und dann wieder Eixa. »Daran habe ich noch gar nicht gedacht Eixa«, nickte er. »Das könnte klappen!« Er stemmte sich aus dem Sessel hoch. »Ich danke dir! Ich versuche es!« Mit schlurfenden Schritten ging er zum Ausgangsschott, bevor er sich zu dem kurzen Weg in seine Kabine machte, drehte er sich noch einmal um. »Sulu? Du hast verdammtes Glück Eixa gefunden zu haben!«

Neph betrat seine Kabine, die aus Platzgründen ziemlich klein gehalten war. Eine Schlafpritsche, ein Klapptisch, ein in die Wand eingelassenes Computerterminal, mit Bildschirmsensorik. Das hieß, dass die Funktionen des Computers über empfindliche Bildschirm Sensoren gesteuert wurden. Langsam ließ sich Nephets auf das Klappbett nieder, und streckte sich aus. Es hatte überzeugend, hoffnungsvoll geklungen, was Eixa ihm erzählt hatte. Es leuchtete ihm ein.

»Ich habe viele schöne Zeiten mit Ma-Ira erlebt! Sogar die tränenreichen, sehnsuchtsvollen Stunden wären mir jetzt lieber, als dieser Zustand. Sogar dann war immer die Hoffnung dabei!«

Ihm stand plötzlich wieder die Zeit vor Augen, als er gerade zwanzig wurde, gerade sein Offizierspatent bekommen hatte, kurz vor seinem Astromeister stand und plötzlich entdeckte, wie schön sie war, wie ihre bodenlosen Augen seine Seele durchdrangen.

Es war schmerzlich, und es war schön gewesen.

Er sah sich den Holobrief verfassen, sah ihr verzweifeltes Gesicht in der Kantine, als sie ihm versuchte beizubringen, dass sie ihn nicht liebte. Er sah sich auch Jahrzehnte später wieder auf der Krankenstation des gerade gefundenen Sternenschiffs sitzen, der Moment als sie aus dem Koma erwachte, und sein unendlich scheinendes Glück, als sie plötzlich doch in seinen Armen lag und Küsse...und...es funktionier...!« Seine Gedanken brachen ab. Er verfiel in einen traumlos wirkenden festen Schlaf!

Plötzlich schreckte Nephets auf! Was? Lieber Sternenhimmel, es musste wirklich für einen Augenblick funktioniert haben! Komisch, dafür, dass er nur ungefähr zehn Minuten eingenickt war, fühlte er sich seltsam erfrischt. Er blinzelte in die abgedunkelte Kabine. »Servo« quietschte er. »Uhrzeit bitte!«

»Es ist zehn Uhr morgens Nephets-Gnikwah!«

Heftig sprang Nephets auf. »Was? Das kann doch nicht sein! Vertust du dich nicht Servo?«

»Es ist zehn Uhr morgens Nephets-Gnikwah, ich vertue mich nie!«

»Schon gut, ich habe also tatsächlich zehn Stunden geschlafen! Eixa«, rief er laut, »dein Tipp hat wirklich sehr gut gewirkt!«

Hastig verschwand er in der Hygienenische, ließ sich mit eiskaltem Wasser berieseln und anschließend trocken föhnen, tappte zurück in die Kabine und fuhr in seine Kleidung. Erfrischt und so agil wie schon seit Wochen nicht mehr, erschien er in der kleinen Zentrale der MC-I. Er fühlte sich sogar einigermaßen wohl, nur eine leichte beständige Traurigkeit wühlte noch in seinem Hirn und seiner Seele. Aber das musste wohl so sein, für ein paar Stunden konnte er damit umgehen! Entschlossen drängte er die Gedanken beiseite. »Guten Morgen zusammen!«

»Guten Morgen Nephets«, rief Sulu-Ap fröhlich. »Hast du gut geschlafen?«, fragte Eixa lächelnd. »Wie ein Eisklotz«, Nephets kam näher und nahm in seinem Sessel Platz. »Ihr hättet mich ruhig etwas früher wecken können!«

»Das ging nicht«, grinste Sulu. »Wir waren viel zu beschäftigt!«

»So, so!«, Nephets fuhr seinen Augenzoom vor und zurück. »Spaß beiseite! Was liegt an? Ist was passiert in der Zwischenzeit?«

»Nichts Wesentliches«, Sulu schüttelte den Kopf. »Wir stehen kurz vor dem ersten Hypersprung!«

Neph schaute auf seinen Bildschirm, »Wega hm?«

»Ja, richtig«, sagte Sulu. »Wir kommen bei Wega aus, wie geplant! Dort füllen wir unsere Reaktoren auf, und dann kommt das Wurmloch!«

Nephets seufzte. „Nach der Hyperraumetappe werde ich die groben Wurmloch Berechnungen machen!" *Ich hätte ihn ja gerne dabei! Er ist zugegeben, der Fachmann! Danach kann er von mir aus wieder platzen!*

»Wo werden wir nach dem Sprung durch das Wurmloch auskommen?«, fragte Sulu.

»Ich hoffe kurz hinter dem Gorgos-System Sulu! Je nachdem, wo wir stehen, sollten wir versuchen, uns dem System von oben zu nähern!«

»Das wird das Beste sein, Neph.« Sulu runzelte die Stirn. »Wir können schlecht in das System einfliegen und sagen, »hallo Haspiris, wir sind wieder da! Wir wollten uns hier mit dem Team unter Sah-Gahn L,Rac treffen! Sind sie schon da? Wir sollten uns irgendwo außerhalb verstecken!«

»*Davon abgesehen, dass ich mich bestimmt nicht mit ihm treffen werde, stimme ich dir zu!*«

»Was meinst du mit außerhalb Sulu?«, fragte Nephets laut.

»Einige Lichtmonate entfernt, vom Gorgos-System liegt ein noch unerforschtes Sternensystem. Die Sonnenpriester haben sich nicht um dieses System gekümmert, und wir haben es bei unserer Flucht damals auch links liegen lassen! Wir wollten nur so schnell wie möglich raus aus dem Herrschaftsgebiet der Priester. Und streng genommen gehört dieses Sternengefüge noch dazu!«

»Dass ihr euch damals nicht darum gekümmert habt, kann ich ja noch verstehen!« Nachdenklich kaute Nephets an seiner Unterlippe, »aber warum nicht die Sonnenpriester?«

»Tja«, Sulu zuckte die Schultern. »Ich weiß es nicht genau. Es war immer die Rede dieses System sei gefährlich, und aus irgendeinem Grunde tabu. Warum? Keine Ahnung! Die Priester haben schon immer ein großes Geheimnis daraus gemacht. Nachforschungen waren bei Strafe verboten! Nach meinen Informationen ist es von höheren Intelligenzen unbewohnt. Aber ich denke, eine Rolle wird wohl die Verbohrtheit der Priester spielen. Das System, wie immer es auch heißt, gehört nicht mehr zu Gorgos, der absoluten Gottheit! Zu meiner Schande muss ich gestehen, ich weiß selber nicht, ob dort überhaupt höheres Leben existiert!«

»Na gut«, Nephets strich über seinen Bart, »das lässt sich anmessen, wenn wir da sind! Also los Freunde, bauen wir uns ein Wurmloch!«

Das Wurmloch entstand problemlos. Sie überstanden den Sprung mit den gleichen Befürchtungen und Ängsten, wie die große Schwester, Marie-Curie. Eixa und Sulu benötigten ein wenig Zeit um sich zu erholen, während Neph schnell wieder auf den Beinen war. »Gorgos sei Dank!«, murmelte er, »wir sind genau dort, wo wir hin wollten.« Auf dem Bildschirm bot sich ihm ein atemberaubendes Bild, das Gorgos-System von oben. Doch bei genauerem Hinsehen erschrak Nephets heftig! Gorgos roter Sternenball brannte wie ein feuriges, höllisches Fanal!

»Das ist, das ist ja das reinste Inferno!«, keuchte Sulu.

Eixa-Lag sagte gar nichts. Maßlos entsetzt starrte sie auf den Bildschirm.

»Neph«, stöhnte Sulu, »Gorgos war schon ein Monster, als wir seinerzeit in den freien Weltraum flüchteten, aber das hier, hätte ich nicht erwartet! Noch nicht!«

»Nein!«, stieß Nephets hervor. »Das kann man auch nicht erwarten. Gorgos Daten, die ich auf dem Computer habe, erzählen etwas ganz anderes. Sicher sie erzählen von einem sterbenden Stern, einem Stern, der den Zenit seines Lebens erreicht hat! Aber Gorgos darf nach diesen Werten erst in neunhundertfünfzig bis tausend Jahren ein Stadium erreicht haben, in dem er alles Leben auf Hasperod unmöglich macht. Doch so wie es jetzt aussieht, fehlen nur noch wenige Jahrzehnte bis dort hin!«

»Was machen wir jetzt«, fragte Eixa.

»Was schon?«, antwortete Nephets. »Wir verschwinden vorerst von hier! Wer weiß denn schon, wie umfassend die Sonnenpriester das System abgeriegelt haben! Sulu, was ist mit deinem unbekannten Sternensystem?«

»Eine Sekunde Neph!« Sulu-Ap schaute seiner Gefährtin konzentriert über die Schulter. »Eixa sucht gerade danach! Ich habe ihr ein paar grobe Daten geben können!«

Mit wirbelnden Händen gab Eixa die Koordinaten ein, und löste den Suchmechanismus aus. Wie ein verrückt gewordener Komet wischte der leuchtende Suchpfeil durch die schematische Darstellung des Weltraums, blieb plötzlich stehen, und fing heftig an zu blinken! Fünf winzige Lichtpunkte, und in der Mitte ein gelbrot lodernder, Ball!

»Sieh nur Neph!«, rief Eixa, »das könnte es sein!«

Heftig, unerwartet flackerte der Bildschirm! Die Planeten Darstellung verschwand. »Ortungsalarm!«, gellte die computermechanische Stimme durch den Raum. Auf dem Schirm erschien wieder das Gorgos-System und von dem riesigen, feurigen Sternenball löste sich plötzlich ein schwarz glänzender Punkt, einen feurigen Schweif hinter sich herziehend. »Scheiße!«, schrie Nephets, jetzt haben wir den

Salat!« Seine Finger flogen über die Sensoren. »Klarmeldung, Steuerung und Startmodus auf ein Minimum reduziert, Navigation heruntergefahren! Eixa?«

»Klar, Ortung steht auf null!«

»Klar!«, antwortete Sulu-Ap ruhig, Getriebe bis auf notwendiges Minimum heruntergefahren – Sol-Choi junior schaltet auf Energiesparmodus! Automatische Rückschaltung auf Betriebsmodus bei abgewendeter Gefahr!« Übergangslos gingen die Lichter im Schiff aus, wurden die Bildschirme dunkel! Blind, taub, und fast antriebslos schwebte das Schiff im Raum. Die drei Haspiri hielten den Atem an. Regungslos saß Nephets auf seinem Sessel und krallte die Hände um die Armlehnen. »Hoffentlich war das noch rechtzeitig!«, flüsterte er, als könne man sie draußen hören.

»Das hoffe ich auch«, flüsterte Sulu zurück. »Ich habe das Objekt nur Sekunden lang gesehen, aber soviel ich erkennen konnte, war das ein Schiff der hasperodianischen, schwarzen Garde. Wie die auf uns reagieren, will ich gar nicht erst austesten!«

»Nein« – Nephets Ohren fuhren durch die Luft, »diese Erfahrung will ich uns auch ersparen!«

Dann wurde es ruhig. Keiner sprach mehr. Nephets hoffte, dass die schwarze Garde sie nicht anmessen konnte. Dass sie ihre winzigen Restemissionen nicht aufspürte. Er hatte auch keine Ahnung, wie die Sonnenpriester sich verhalten würden! Das schwarze Schiff war kein einfacher Gleiter gewesen, das hatte er noch erkennen können.

Es war mindesten so groß, wie die MC-I, und es war eine Militärmaschine gewesen! In einem Gefecht hätte der Forschungsraumer keinerlei Chance!

Die Minuten tropften dahin – je länger es dauerte, desto angespannter wurde Nephets. Die Dunkelheit, die Ungewissheit machte ihn wahnsinnig! Wann war dieses Schiff endlich verschwunden! Sie waren zwar kaum noch zu orten, im Energiesparmodus, aber sie waren auch vollkommen hilflos. Wenn sie doch entdeckt wurden, konnte mit einem Schlag alles-! Es blitzte hell. Es waren die Lichter, die zuerst wieder angingen. Die dunklen Bildschirme wurden grün, Sol-Chois Symbol erschien. Das Schiff fing leicht an zu vibrieren, das leise stetige Dröhnen der Triebwerke war wieder zu hören. Der Bildschirm zeigte das gewohnte Bild des Gorgos-Systems, das Schiff der schwarzen Garde war verschwunden. Unendlich erleichtert löste Nephets seine verkrampften Hände von den Sessellehnen und leitete den Start ein. »Sulu, Eixa! Stehen die Koordinaten dieses fremden Systems noch?«

»Klar«, antwortet Sulu-Ap aufatmend.

»Dann los, wir gehen in die nächste Hyperraumetappe!«

Nephets konnte nicht sagen, dass die Hyperraumsprünge ihm nichts mehr ausmachten, aber sie waren Routine geworden, die körperlichen Unannehmlichkeiten mittlerweile auszuhalten. Er war sofort wieder arbeitsfähig, als sie aus dem grauen, wabernden Nichts des Hyperraums auftauchten, genauso wie Sulu, und Eixa, wenn auch mit zusammengebissenen Zähnen. Eixa-Lag wies auf den Schirm.

»Da, ein System zu deinen Koordinaten haben wir hier auf jeden Fall, Sulu!«

Sulu und Nephets schauten auf ein Fünf-Planeten-System, mit einer gelben Sonne, mittlerer Größenordnung. Ein eher unauffälliger Stern, aber für die Entwicklung von Leben genau richtig!

»Was sagen deine Ortungsgeräte Eixa?«, fragte Nephets.

»Kannst du einen Planeten anmessen, auf dem Leben existieren könnte?« Mit einer kleinen Seitwärtsbewegung ihres Kopfes warf Eixa eine grüne Fellsträhne aus ihrem Gesicht. »Kann ich! Ich zoome das Bild mal größer und schick es dir mit den dazugehörigen Daten auf deinen Schirm, aber etwas ist seltsam dabei!«

»Warum?«, Nephets stellte die Ohren auf.

»Sieh selber!«

Auf Nephets Bildschirm baute sich das Bild einer hell leuchtenden Kugel auf, wurde automatisch vergrößert und wuchs zu einem Planetenball von der Größe der Erde heran. Er konnte zuerst nichts Ungewöhnliches entdecken. Ein Planet überzogen mit Seen, Meeren und Vegetation, mit endlosen Wäldern und dichtem Grasland. Sol-Choi Junior I, hatte die entsprechenden Daten in einem Schema darübergelegt, Größe, Durchschnittstemperatur ca. 20 Grad. Möglicherweise geeignet für Sauerstoffatmer! Was meinte Eixa bloß? Plötzlich flackerte das Bild, stabilisierte sich, flackerte, blieb eine Zeit lang ruhig, flackerte wieder! »Was ist das?« Nephets schüttelte irritiert den Kopf. »Gibt es eine Störung im Computer?«

»Ich habe keine Störung, du hast selber eine!«

Nephets stöhnte, »es gibt nichts Schlimmeres als Computer mit Biomasse! Halt die Klappe Sol-Choi junior! Also was ist es Eixa?«

»Ich weiß es nicht! Aber darum geht es nicht, schau genauer hin. Du müsstest es besser sehen können als ich Neph!«

Nephets kniff die Augen zusammen, sah ein leichtes Flimmern um den Planeten? Er zwinkerte zweimal und schaltete seinen Augenzoom ein. Tatsächlich, ein Flimmern und Wabern, alles wirkte ein wenig unscharf. Als wenn, der Planet in eine Hülle von durchsichtigem Gelee gehüllt worden wäre! »Könnte ein Schutzschirm sein«, vermutete Nephets. »Aber um das festzustellen, müssten wir näher ran!« Nephets ließ die MC-I vorsichtig in das System einfliegen. Langsam im Schutz der gelben Sonne, vorbei an öden atmosphärelosen Planeten näherten sie sich diesem seltsam flimmernden Objekt. Und tatsächlich, der erste Eindruck hatte ihn nicht getäuscht. »Als würde der Planet in zähflüssiges Wasser getaucht«, quietschte Nephets. »Ein seltsamer Schutzschirm, wenn es denn einer ist. Kannst du jetzt irgendetwas anmessen Eixa?«

»Nein, kein bisschen.« Irritiert rieb sie ihr rechtes Auge, und verschmierte mal wieder ohne es zu merken, den Lidschatten. Ich kann keine höheren Intelligenzen, irgendwelche Industrieanlagen, technische Emissionen oder Ähnliches anmessen!«

»Aber irgendjemand«, warf jetzt Sulu ein, »muss doch diesen Schutzschirm, erzeugen!«

»Wohl wahr!«, seufzte Nephets. »Aber das werden wir nur erfahren, wenn wir versuchen ihn zu durchdringen. Mit aller gebotenen Vorsicht natürlich!«

»Sol-Choi Junior, schiffsinterne Schutzschirme hochfahren! Sulu, wir funken den Standardspruch »Forschungsraumer MC-I bittet um Landeerlaubnis!«

»Glaubst du«, fragte Sulu, »das irgendjemand den Luftraum überwacht?«

»Nein eigentlich nicht! Das ist nur Vorsicht! Wir sind so nahe am Planeten, sie müssten schon längst reagiert haben! Stehen die Schutzschirme Sulu? Seid ihr bereit?«

»Alles klar Kommandant!«

»Falscher Spruch«, antwortete Nephets äußerlich unbewegt, »ich bin der Beutling! Es geht los!«

Auf ihren Funkspruch reagierte niemand. Mit hochgefahrenen Schutzschirmen fing Nephets an, das Schiff zu beschleunigen. Die Planetenkugel kam in rasender Geschwindigkeit näher, und füllte bald die Bildschirme aus. Undeutlich, durch das geleeartige Flimmern, erkannte Nephets Wolkenbänder, eine blaue, transparente, gasartige Substanz, Atmosphäre? Verwaschenes Grün, Meere, Seen? Je näher sie dieser Geleehülle kamen, desto mehr stieg sein Unbehagen! Keine Sekunde mehr, und sie würden eintauchen! *»Jetzt!«*, dachte er. Das Wabern stand auf dem Bildschirm wie eine gebogene Wand aus Wasser. Nephets hielt den Atem an, krampfte die Hände zusammen, er warf einen Blick auf Sulu und Eixa, sah sie zittern, ihre Gesichter waren blass. Er erwartete jeden

Augenblick einen heftigen Schlag einen Bocksprung des Schiffes! Doch nichts geschah! Plötzlich waren sie mitten drin! Das war kein Schutzschirm, das war ein regelrechtes Geleefeld! Der Raum, das Licht um das Schiff herum schien zu verschwimmen, in vielfältiger Art und Weise gebrochen zu werden! Er hatte das Gefühl in eine lebendige, atmende Gallerte zu geraten, dieses Zeugs einzuatmen, sein Atem ging schneller und heftiger! Mühsam drehte er den Kopf zur rechten Seite, um zu sehen, wie es Sulu und Eixa ging. Sie waren fast noch blasser geworden. Eixa hatte sich wimmernd in ihren Sessel gedrückt. Sulu war aufgesprungen, Schweißperlen standen auf seiner Stirn. Mit einem Satz war er an den Steuerungssensoren, und bevor Nephets reagieren konnte, stieß Sulu ihn zur Seite. Nephets stieß einen überraschten Schrei aus und landete hart auf dem Boden. Aus den Augenwinkeln sah er Sulu mit fahrigen Bewegungen etwas in die Steuerung eingeben. »Was zum Lefuet?«, keuchte er, sprang sofort wieder auf und umklammerte Sulus Handgelenk. Sulus Kopf ruckte herum. Er starrte Nephets mit weit aufgerissenen Augen an. »Es geht nicht!«, stammelte er. »Neph es geht, oh Sternenhimmel stehe uns bei, es geht nicht!«

»*Verdammt*«, dachte Nephets, »*er ist ja total in Panik!*« Er ließ sein Handgelenk los, packte ihn bei den Schultern, und schüttelte ihn! »Sulu, was ist los?«

Sulu-Aps Atem ging keuchend, stoßweise! »Wir, wir müssen, müssen sofort umkehren!«, stieß er hervor! „Die, die Gallerte zersetzt unser Schiff! Wir, wir werden abstürzen, wir werden abstürzen! Und wenn wir das überleben, warten unten auf dem Planetenboden, die Ungeheuer auf uns! Mit aufgesperrten Rachen!«

„Sulu, du redest Unsinn! Merkst du nicht was du...!«

»Neph, du verdammter gefühlloser Blechkopf!«, brüllte Sulu-Ap, und riss ihn überraschend kraftvoll, am Kragen seines

Kombis nach vorne. »Kapierst du nicht Neph, wenn wir nicht sofort umdrehen, sind wir tot!« Fassungslos quietschte Nephets auf, als Sulu ihn nach hinten schleuderte. Vergeblich ruderte er mit den Armen, krachend landete er auf dem Boden, rutschte einige Meter bis zum Ausgangsschott, und knallte mit dem Rücken heftig gegen den massiven Stahl. Schmerzgepeinigt stieß er einen rostigen Schrei aus. Eine Zeit lang sah er Sternchen vor seinen Augen tanzen, dann flauten die Schmerzen etwas ab, sein Blick klärte sich. Er sah nach oben auf den Bildschirm, sie steckten noch immer in der Gallerte, das Schiff schien nur mühsam weiterzukommen. Sulu-Ap hatte sich wieder auf die Steuerungskontrollen gestürzt. Sein Atem ging schwer, blasiger Schaum stand vor seinem Mund, kaltschweißig, mit zitternden Händen, versuchte er das Schiff zurückzusteuern. Doch Sol-Choi junior hatte wahrscheinlich eine Paniksperre auf die Tasten gelegt, das Schiff flog unbeirrt weiter. Eixa-Lag wimmerte auf ihrem Sessel nur noch leise vor sich hin, und bebte am ganzen Körper. *»Ich weiß nicht, was hier abgeht«*, dachte Nephets, *»aber ich muss etwas tun! Bevor er Unsinn macht oder kollabiert!«* Hastig aktivierte er sein Armbandkom. Sulu beachtete ihn nicht, und versuchte noch immer verzweifelt in die Steuerung einzugreifen. „Medo-Robot, sofort in die Zentrale«, flüsterte er ins Kom, „Notfall!«
Sekunden später öffnete sich das Schott. Der Roboter stürmte herein. Sulu-Ap stützte sich schwer atmend auf das Sensorfeld. Er war kaum fähig noch irgendetwas zu tun, noch immer tropfte Speichel aus seinem Mund. Er zitterte haltlos. »Medo«, krächzte Nephets. »Schnell injiziere den Beiden ein Beruhigungsmittel. Sulu bricht gleich zusammen!«
Leise summend glitt der Roboter nach vorne, näherte sich Sulu-Ap seitlich, und stach ihm zielgenau eine Spritze in die Armvenen. Sulu stieß einen hellen Schrei aus, versuchte eine halbe Drehung, und fiel schlaff in die Greifarme des Roboters.

Und während der sich um Eixa kümmerte, war Nephets
aufgesprungen und bettete Sulu in einen der Sessel.
Endlich warf er wieder einen Blick auf den Bildschirm. Die
Gallerte wurde dünner, zerfetzte schließlich. Nephets
Unbehagen löste sich auf. Er sah plötzlich auf eine grün-blaue
Welt. Sie waren durch!
Nephets ließ Sulu sanft in seinen Sessel gleiten. »Danke
Medo«, sagte er, und ließ seinen Blick über die beiden
gleiten. Sie schliefen jetzt friedlich in ihren Sesseln. Sogar Sulu
schien sich wieder stabilisiert zu haben. Sein Gesicht hatte
wieder Farbe bekommen! Keine Spur mehr von Angst, oder
Aggression in seinem Gesicht. Aufatmend widmete er sich
wieder den Steuerungskontrollen zu.
Die Geleehülle war vollständig vom Bildschirm verschwunden.
Sein eigenes Gefühl des Unbehagens war ebenfalls gewichen.
Was war das gewesen? Wieso waren Eixa und Sulu plötzlich
durchgedreht? Der sonst so besonnene Sulu war ja
vollkommen von der Rolle gewesen! Die grün-blaue
Planetenkugel kam immer näher. Sie stießen jetzt durch die
Wolkenbänder, durch die oberen Luftschichten. Unter ihm
breiteten sich unendliche Wälder und Seen aus, Grasland,
Meer und weit entfernt, im südlichen Rund des Planeten,
sanft geschwungene Gebirge. »Paradiesisch!« Etwas anderes
fiel Nephets dazu nicht ein. Trotzdem wunderte er sich über
das leicht euphorische Gefühl, das sich in seine Gedanken, in
sein Hirn einnistete. Wieso nur glaubte er, dass dies nicht
seine eigenen Gefühle waren, das sein vorsichtiges
Misstrauen, nur überlagert wurde? Das Ortungsgerät des
Schiffes hatte einen Platz gefunden, auf dem er das Schiff
gefahrlos landen konnte. Hinter einem flachen,
kilometerlangen Gebirgszug im nördlichen Teil, landete
Nephets das Schiff auf einen geröllhaltigen, steinigen Boden.
Die aufkommende Hochstimmung unterdrückend, setzte er
die Außenkameras ein und sondierte die nähere Umgebung.

Rechts von ihm der flache, ca. zweihundert Meter hohe Felsen, links von ihm ein schmaler hundert Meter breiter steinerner Untergrund, übergehend in Grasland, vereinzelten Bäumen, dichtem tropischen Wald.

Er warf einen Blick auf seine zwei Gefährten. Sulu und Eixa schliefen immer noch tief und fest. Der Medo-Robot musste ihnen eine ordentliche Dosis Beruhigungsmittel verabreicht haben. Der Roboter stand noch immer neben ihren Sesseln und kontrollierte mit dem Bio-Scanner ihre Vitalwerte. »Alles in Ordnung bei den Zweien, Medo?«, fragte Nephets. »Alles in Ordnung Nephets-Gnikwah. Ihr Kreislauf ist jetzt stabil! Sie werden noch ungefähr zwei Stunden schlafen. Es wird nichts zurückbleiben.«

»Danke Medo«, sagte Nephets. »Bleib noch so lange bei ihnen, falls sich doch noch was tun sollte.«

Seufzend lehnte er sich in seinem Sessel zurück. Er würde gerne aussteigen, und die nähere Umgebung des Planeten zu erkunden. Aber er wollte Sulu und Eixa nicht alleine lassen, und außerdem war es nach diesen Ereignissen sowieso besser, wenn sie zusammenblieben. *Es ist schon gut, das ich nicht alleine geflogen bin! Ich wäre wahnsinnig geworden. Ich wäre meine Albträume nie losgeworden. Ich frage mich, was oder wer Sulu und Eixa, solche Albträume beschert hat. Dieser seltsame Schutzschirm, dieses Gelee oder Gallerthülle, wie immer man es bezeichnen möchte, es scheint zu leben. Es hüllt den gesamten Planeten ein. Sendet diese Hülle irgendwelche Impulse aus, die bei Lebewesen diese starken Angstgefühle und Aggressionen auslösen?*

»Sol-Choi I Junior, kannst du noch irgendetwas anmessen, oder ist diese Gallerte verschwunden?«

»Ich kann nichts anmessen, zumindest nichts was sich mit einem militärisch-waffentechnischen Schutzschirm, vergleichen ließe. Allerdings empfängt die Biomasse eine große Menge an psionischer Energie!«

106

»Psionische Energie also«, murmelte Nephets. »Aber wer zum Le-Fu-Et strahlt diese Energie aus, und warum? Irgendwo hier müssen doch Lebewesen sitzen, mit gewaltigen Psi-Kräften. Es dürfte schon allerhand an Kraft kosten einen Planeten umspannenden Schutzschirm, zu errichten! Und es ist ein Schutzschirm, davon bin ich überzeugt!«

Ohne Vorwarnung wurde er jäh wieder von Trauer übermannt. »Ma-Ira«, dachte er, oh Gorgos Ma-Ira! Du hättest es gewusst, du hättest es sofort gespürt! Ich brauche dich, ich vermisse dich an allen Ecken und Enden. Wieso sitze ich eigentlich hier? Was tue ich hier? Wir sollten alle vier zusammen auf der Sternenspürer II sitzen, ach scheiße!« Den Kopf in die Hände gestützt, überließ er sich dem Beben seines Körpers, bis ein leises Stöhnen neben seinem Sessel ihn aufschreckte. Langsam, sachte bewegte Sulu-Ap sich in seinem Sessel, richtete sich schließlich auf und öffnete die Augen.

»Was«, ächzte er, „was ist los Nephets? Was ist passiert? Ich hab das Gefühl stundenlang geschlafen zu haben und doch nicht wirklich fit zu sein. Als hätte ich zu viel Eiswein gesoffen! Stehen wir immer noch vor dem System?« Sein Blick fiel hinüber zu Eixa-Lag. Ihr Gesicht war blass, aber sie atmete jetzt regelmäßig. Sulu sprang auf. »Um Gorgos Willen, Eixa!« Hastig drängte er sich an dem Medo-Robot vorbei, und beugte sich über sie. »Eixa, Neph, was ist mit ihr? Was geht hier ab?«

Nephets stand auf, und legte ihm eine Hand auf die Schulter. »Keine Angst Sulu. Es geht ihr gut. Das Beruhigungsmittel wirkt bei ihr nur noch etwas länger nach.« Sulu schaute ihn an. »Beruhigungsmittel?«

»Du erinnerst dich wirklich nicht mehr Sulu?«

»Was auch immer! Bitte – sag mir endlich, was los ist!"

„Wir haben diesen „Schutzschirm", durchstoßen. In der
Zwischenzeit Sulu, während wir diese – Gallerte – durchflogen
haben, seid ihr Zwei ganz schön abgedreht!«
In knappen Worten erzählte Nephets ihm, was geschehen
war.
Sulu schüttelte den Kopf!»Nichts mehr, ich weiß nichts mehr
Neph! Ich weiß nur noch, kurz bevor wir einflogen, fühlte ich
mich plötzlich, zittrig, unbehaglich, mir war übel,aber
dann...Filmriss! Lieber Gorgos, das ist mir so was von peinlich
Neph, was ich da gefaselt habe. Ich hoffe ich Toidi, hab dich
nicht ernsthaft verletzt!«
»Schon gut, ich merk schon fast nichts mehr! Ich hatte eher
Angst, ihr brecht mir hier zusammen. Aber es ist ja noch mal
gut gegangen. Fühlst du dich wieder fit?«
»Ich fühle mich wunderbar! Etwas zerschlagen, wie nach
hartem Training, aber es geht! Ich hoffe nur, dass es Eixa
gleich auch wieder gut geht.« Ängstlich griff er nach ihrer
Hand! Und endlich begann auch sie sich zu regen.

Nacheinander kletterten sie aus dem Schiff. Vorsichtig setzten
sie ihre Füße auf den fremden Boden und schauten sich um.
Es war kurz vor Sonnenuntergang. Die gelbe Sonne tauchte
Felsen, Grasland und Wälder in ein spätes Dämmerlicht. Es
war ein ruhiges, ein erhabenes Bild. Die Luft war noch warm,
aber ließ schon die Kühle der Nacht ahnen. Der
Temperaturmesser seines Armbandkoms zeigten Nephets
eine Temperatur von ca. 8 Grad über null an. Die Luft war
schwer von Feuchtigkeit gesättigt. Irgendwo, versteckt in den
Wäldern, hörten er fremdartiges Knurren, Grunzen, zirpen
und Brummen! Hoch oben in der Luft zwitscherte und
krächzte es. »Seht nur", rief Nephets, tatsächlich Vögel. Wisst
ihr was? Dieser Planet erinnert mich von seiner Natur her an
Leukos!«

»Und nicht nur in einer Hinsicht!«, Sulu verzog das Gesicht. „Ich frage mich, wo unsere Freunde sitzen, die uns noch vor Kurzem so übel mitgespielt haben!«

Eixa, die sich auch wieder erholt hatte, runzelte die Stirn. »Es sieht fast so aus, als sei der Planet unbewohnt – zumindest von Lebewesen wie wir!«

Nephets strich über seinen Bart. »Das muss nicht sein. Wir sind vielleicht nur in einer abgelegenen, Gorgos verlassenen Gegend gelandet! Irgendwo könnte es durchaus eine Stadt geben.«

Sulu schüttelte seine beigefellige offene Mähne. »Du vergisst Nephets, das Eixa nichts anmessen konnte, was auf eine höhere technische Zivilisation hindeutet!«

»Das brauchen wir auch nicht bei einem Psi-Schirm.« Nephets starrte nach oben in den ungetrübten Sternenhimmel, der sich mit aufkommender Dämmerung entfaltete. Er sah noch nicht einmal mehr Reste dieser gallertartigen Substanz. »Womöglich braucht man gar keine höheren Einzelintelligenzen dazu.«

»Wie meinst du das?«, fragte Sulu.

»Ihr wart damals nicht dabei, als die sterbliche Hülle Sie-Sahs auf Leukos verbrannte, getroffen durch Nocturnos Blitzstrahl.« Nephets schluckte schwer, andere Bilder stiegen in ihm auf.

»Ich sehe mich noch, als sei es gestern gewesen, die eine Hand auf Ma-Iras Schulter legen, mit der anderen wollte ich Sah-Gahn aus der Gefahrenzone reißen.

Da wurden wir alle drei eingehüllt von Sie-Sahs aufsteigendem Geist. Aus ihren Eindrücken, wussten wir schlagartig Sulu, dass Planeten riesige Organismen sind, dass sie eine gedankliche Stimme haben verstehst du?«

Sulu schaute ihn mit offenem Mund an, »du glaubst -?«

»Wenn ich euch mal kurz unterbrechen darf?« Eixas Stimme klang unsicher. Fragend schauten die beiden Männer sie an.

»Schaut euch doch bitte mal diesen Wald an. Siehst du was Sulu?«

Sulu starrte angestrengt auf die schon im Dunkeln liegenden Bäume, die wie eine schwarze schweigende Masse vor ihm lagen. »Ich sehe nichts, sollte ich denn?«

Auch Nephets schaute angestrengt auf den Wald, fokussierte das Bild, aktivierte mit einem zweimaligen Zwinkern, sein Nachtsichtgerät und zoomte es näher heran. »Was siehst du denn Eixa?«

Sie sprang von einem Bein auf das andere. »Vielleicht bin ich noch überreizt, von den Geschehnissen im Schiff, vielleicht bilde ich mir alles nur ein. Aber meint ihr nicht auch, das der Waldrand vor ein paar Minuten noch ca. hundert Meter weiter entfernt war?« Sulu schaute sie durchdringend an und räusperte sich. Es war jetzt fast ganz dunkel, nur noch vereinzelte schwache Sonnenstrahlen am Horizont tauchten die Landschaft in ein, goldenes Zwielicht. »Bist du dir sicher Eixa?«

»Nein, verdammt noch mal«, fuhr sie ihn an. »Sonst würde ich euch ja wohl nicht fragen!«

Nephets zoomte inzwischen seine Augen wieder einwärts, und drehte sich zu ihnen um. »Ich bin mir zwar nicht sicher Eixa, aber es könnte sein das du recht hast. Langsam habe ich den Eindruck, dass hier fast alles passieren kann. Wir sollten zurück ins Schiff gehen und uns die Außenaufnahmen ansehen die, die Kameras vor wenigen Stunden gemacht haben. Dann kann ich die Bilder mit meinen Aufnahmen, die ich im Augenhintergrund gespeichert habe vergleichen.«

Er wandte sich noch einmal um und wies mit ausgestreckter Hand auf den Waldrand. »Es wird Nacht die sollten wir sowieso………« Mitten im Satz brach er ab. »Neph?«, fragte Sulu. Doch Nephets antwortete nicht.

Leise summend fuhren seine Augen wieder nach vorne, dann zuckte er heftig zusammen. »Das...das...kann nicht sein! Das glaube ich nicht! D...d...das i...ist nicht wahr!« Ohne jede Vorwarnung lief er plötzlich los. Sulu und Eixa hatten kaum Zeit, um zu reagieren. »Ma-Ira«, hörten sie ihn schreien, »Sternenhimmel das ist Ma-Ira, oh Gorgos!«

Es war jetzt ganz dunkel, nur die Sterne und der Mond dieser Welt spendeten etwas Licht.

In Sekundenschnelle überwand Nephets den schmalen felsigen Untergrund, keuchte mit weiten Sprüngen über das Grasland, er brauchte keine Stablampe. Sein infrarotes Nachtsichtgerät tauchte die Dunkelheit in gespenstisches Rot! Er hatte Mühe seinen zitternden Körper in Gang zu halten, aber er rannte weiter, stolperte, rappelte sich wieder auf. Hitze, durchflutete ihn, als würde ein plötzliches Fieber seinen Körper verzehren. Schließlich war er am Waldrand angekommen, und starrte auf die hoch gewachsene näherkommende Frauengestalt. Ihr langes dunkles Fell wehte wie eine schwarze Fahne im aufkommenden Wind, die bodenlosen Augen sahen bis auf den Grund seiner Seele, die vollen Lippen lächelten ihn an. Lautlos formte er einen Namen, »Ma-Ira!«

Sie stand dort in ihrer vollen Schönheit. Er war nicht mehr fähig weiter zu gehen, bebend, sich nur mühsam aufrecht haltend, sah er ihr entgegen. *War das wieder einer dieser Albträume? Aber er fühlte sich wach, er war wach, wurde er jetzt vollständig verrückt? Aber er sah sie! Sie kam näher!* Lächelnd, stumm trat sie an ihn heran. Erst jetzt konnte er sich wieder rühren. »Bist du, bist du das wirklich?« Sie lächelte nur ihr unnachahmliches, süßes Lächeln und blieb wenige Zentimeter vor ihm stehen. Er hörte sie atmen! Langsam, vorsichtig hob er den Arm...

„Nephets! Nein tu es nicht! Das kann nicht Ma-Ira...........!" Zu spät, zu spät! Seine Hände berührten, strichen sanft über ihre Haut, die samtig und weich sein musste.

Samtig und... winzige Körner zerrieben unter seinen Händen, fielen zu Boden! Körner? Ihre Haut... bröckelte, ihre Schulter zerfiel, zerrann wie Sandkörner unter seinen Fingern! Der ganze Körper zerkrümelte, blätterte ab, wie ein rutschender Berg aus Sandstein. Das Gesicht, das schöne Gesicht zerrissen, nur noch halb vorhanden. Als hätte er sich verbrannt, zuckte Nephets zurück. Die spitzen Ohren fuhren hin und her, seine Augen zoomten außer Kontrolle vor und zurück. Er schrie in hellen Tönen und sprang zurück, prallte gegen Sulu und Eixa, die ihn, bewaffnet mit ihren Stablampen und gezogenen Strahlern, endlich erreichten. Stoßweise atmend, zuckend sank er in ihre Arme. „Helft mir! Oh Gorgos, helft mir doch! Ich, ich v....verliere den Verstand! Bitte Sulu, Eixa bitte! Ich...!«

Fast beruhigend spürte er ihre schmerzhaft festen Griffe, fühlte, wie sie ihn sanft auf den grasigen Boden absetzten. Sulu's ruhige Stimme. »Neph, du wirst nicht verrückt! Wenn, dann sind wir alle wahnsinnig geworden. Wir sehen sie auch! Hörst du? Du kannst dich beruhigen, wir sehen sie auch!«

Nephets Augenzoom beruhigte sich endlich, sofort kniff er die Augenlider zusammen. »Ihr seht sie auch? Was tut sie?«

»Was auch immer das zu bedeuten hat«, antwortete Eixa. »Sie zerrinnt, wie Sand! Es ist nur eine Erscheinung Neph!«

Endlich wagte er es die Augen wieder zu öffnen, und nach vorne zu schauen. Tatsächlich, dort lag im hohen Gras ein kleiner Hügel fein aufgeschichteter Sand, fast schon wieder verweht vom leichten Nachtwind. Langsam beruhigte Nephets sich wieder. Er bekam seine Nerven, seine Atmung wieder unter Kontrolle. Tief die klare Nachtluft einsaugend streckte er sich, wand sich aus den Armen seiner Freunde und richtete sich auf. »Danke«, krächzte er, »danke!«

„Keine Ursache!", sagte Sulu leise. „Die Frage ist nur – was war das?"

»Vielleicht habe ich im Hintergrund zu intensiv an sie gedacht!«, sagte Nephets mit mühsam beherrschter Stimme. »Vielleicht begünstigt dieser Planet psychische Manifestationen!«

»Ich war es, ich habe deinen Gedanken Ausdruck gegeben! Es tut mir Leid Fremder, es tut mir leid! Ich wollte dir eigentlich nur helfen!«

Diese Stimme, diese weibliche, melodische Stimme! »Hört ihr das auch?« Er wandte sich Eixa und Sulu zu, die sich wie zwei Schildwachen, links und rechts neben ihn postiert hatten.

»Ja«, nickten sie, »ja, diese Stimme ist auch in unserem Kopf!«

»Wer bist du?«, dachte Nephets intensiv.

»Entschuldige meine Unhöflichkeit Fremder! Ich entstamme dem Volk der Soulis und mein Name ist Soulana, ihr befindet euch auf dem Planeten Soulamat im Soulasystem!«

»Mein Name ist Nephets«, antwortete er laut. »Die zwei andern sind Sulu-Ap und Eixa-Lag! Wir sind Haspiri! Wie immer du das gemacht hast, mach das nicht noch mal! Ich – ich dachte ich werde verrückt! Vielleicht weißt du das sowieso schon, wenn du in meinen Gedanken wühlst! Aber dieses Wesen war meine Gefährtin! Ma-Ira ist tot!«

»Entschuldige Nephets vom Volk der Haspiri! Ich wollte weder in deinen Gedanken wühlen, noch wollte ich dich erschrecken. Ich habe schon seit eurer Ankunft gespürt, dass du traurig bist und oft an dieses Wesen gedacht hast. Du trägst deine Traurigkeit, wie eine graue Wolke mit dir herum, sie hüllt dich ein! Ich brauchte gar nicht in dein Gehirn zu schlüpfen, um deine Gedanken zu erkennen – du trägst ihr schwarz umflortes Bild ständig mit dir herum. Ich dachte – ich könnte dir mit ihrer Erscheinung helfen, deine Trauer etwas zu besiegen. Aber die Stabilität meiner Materiemanifestationen lassen noch zu wünschen übrig!«

113

Nephets hatte das Zittern seiner Glieder wieder vollständig unter Kontrolle. Müde winkte er ab. Diese Stimme schien friedlich und hilfsbereit zu sein. Diese Stimme wirkte auf ihn wie ein schuldbewusstes Schulmädchen, das seine Lektionen nicht richtig gelernt hatte.

»Schon gut Soulana. Wir haben nicht das Recht dir Vorwürfe zu machen. Eigentlich müssen wir uns entschuldigen. Wir sind einfach so auf euren Planeten eingedrungen, ohne um Einlass zu bitten, und euch zu sagen, was wir hier wollen. Wir sind Wissenschaftler, und dieses Schiff, das du hinter uns in der Ferne siehst, ist Teil einer Expedition! Wir wollten auch eigentlich nach Hasperod. Denn wir sind lange nicht mehr dort gewesen! Wir haben Dinge gesehen, die uns schockiert haben! Außerdem...« Nephets schwieg einen Augenblick, sollte er der Stimme Soulana vertrauen? Diese mentale Stimme wirkte so friedlich! »*Aber wenn sie und ihr Volk mit dieser Gallerthülle zu tun haben, dann steckt auch eine gehörige Portion Aggression in ihnen! Wo stehen sie?*« Nephets schaute hoch, als ob Soulana dort vor ihm stehen würde, er sah auf den schwarzen, in der Dunkelheit kompakt wirkenden Wald. Plötzlich ergriff ihn das Gefühl, als ob diese dunkle **Masse von Bäumen, miteinander verschmelzen** und ihm abwartend entgegenstarren würden. »Soulana?« Die Stimme Soulana schwieg, doch übergangslos schlug eine Woge flüsternder, wispernder Stimmen, weiblich, männlich, kindlich, dunkel, hell, über ihm zusammen! Lautlose, nur in seinem Kopf existente Stimmen. Er schaute sich nach seinen Gefährten um, Sulu und Eixa starrten in dieselbe Richtung, lauschend hatten sie ihren Kopf erhoben, die Ohren aufgerichtet, zitternd vor Spannung und Konzentration. Während er noch lauschend vor sich hinstarrte, bildete sich auf seiner künstlichen Netzhaut, ein bewegtes Bild! In einer fließenden für ihn nicht nachvollziehbaren Bewegung rückte der Wald immer näher heran, die flüsternden Stimmen in

seinem Kopf wurden lauter! Er spürte, wie sich Hände um seine linke und rechte Schulter krampften. Sulu-Ap und Eixa-Lag zitterten vor Anspannung! Jäh konnte er einzelne Bäume unterscheiden, wurde das Grasland überwuchert von mächtigen Wurzeln, verdunkelt von massigem Astwerk, wuchs dieser seltsame Wald von mehreren Hundert Meter hohen Bäumen in wenigen Schritten Abstand vor ihnen auf. Fast hatte er Angst, erschlagen zu werden. Doch der Wald blieb stehen, die riesigen Kronen rauschten in einem plötzlich aufkommenden Wind! »*Willkommen Haspiri auf unserem Planeten! Wir sind die Soulis, das Volk von Soulamat! Ihr habt den Mut gehabt unseren Schutzschirm zu durchdringen, ihr seid nicht vom Wahnsinn befallen worden! Ihr habt euch von eurer Angst und Panik nicht dazu verleiten lassen, euch gegenseitig auszulöschen, sondern seit in der Lage mentale Blöcke zu setzen, euren Geist vor fremdem Zugriff zu schützen. Wir spüren eure positive Ausstrahlung, eure leidvollen Erfahrungen! Ihr müsst friedliche Wesen sein.*« Es war ein Chor von unterschiedlichen Stimmen, ein Gesang, Melodie unendlich fremd und wiederum vertraut, sanfte Autorität ausstrahlend! Mehrere Wesen, ein Wesen, die wussten, das wusste, was es darstellte? »*Habt keine Angst! Ihr könnt mir uns vertrauen. Wir sind die Soulis, wir sind Soulamat, wir sind Natur, wir sind Planet! WILLKOMMEN!*«
Schlagartig war es wieder still!
Nur der leise, säuselnde Wind, der die Blätter der Baumkronen bewegte, der Wald - der immer noch dicht vor ihnen aufragte und bewies, dass sie nicht träumten. Trotzdem kniff sich Nephets noch einmal in den Arm, der Schmerz bewies ihm endgültig, dass er wach war. Sulu zwinkerte mit den Augen, atmete tief ein und aus. Eixa massierte ihre Augenbrauen, schüttelte ihre Mähne, dann zeigte sie auf den Wald, »glaubt ihr noch immer, dass ich spinne?«

»Das habe ich nie behauptet«, antwortete Sulu und hockte sich neben sie.

»Man darf solche Wahrnehmungen ja wohl mal anzweifeln oder? Laufende, wispernde Wälder sind nicht unbedingt was Alltägliches! Geht es dir gut Neph?« Eine Weile sah Nephets Sulu und Eixa schweigend an, dann nickte er. »Ja, mir geht es gut. Ihr habt diese Stimmen gehört. Ihr habt gesehen, das dieser Wald zu uns hinüber geflossen ist!«

»Er hat mit uns geredet«, bestätigte Sulu.

»Er hat speziell uns gemeint. So unglaublich es klingt, ich glaube, er hat den Schutzschirm errichtet!«

Nephets war aus seiner hockenden Stellung nach oben gekommen, und blickte hoch aufgerichtet, die mächtigen Baumstämme entlang, bis nach oben in die weit entfernten Baumkronen. Das Licht eines kleinen Mondtrabanten erhellte nun die Szenerie.

»Dann sind wir uns einig«, sagte er rau, »dass dieser Wald, nicht einfach nur ein Wald ist. Dieser Schutzschirm könnte aus psionischer, kristallisierter Materie bestehen.«

»Es sieht so aus«, warf Eixa ein, als wenn wir hier einem Lebewesen gegenüberstehen!«

Nephets drehte sich um, und sah sie eindringlich an.

»Nicht nur einem Lebewesen, das sind Pflanzen sowieso, sondern einer höheren Intelligenz, einem Wesen mit Bewusstsein!«

Er wandte sich dem Wald zu, »wo bist du Soulana? In welchem Baum hat sich deine Mentalenergie manifestiert? Bist du die Stimme des Waldes? Oder gibt es da noch andere? Wir hörten es raunen und wispern!«

Es blieb still, doch dann, ertönte plötzlich wieder, diese melodische sanfte Frauenstimme, sie schien von überall herzukommen. »Ihr habt noch immer nicht verstanden Nephets-Gnikwah! Wir sind viele, wir sind unterschiedlich, wir sind ein Wesen, und wir sind nicht nur Wald. Wir haben diesen Schutzschirm errichtet. Er ist ein Teil von uns. Du hast recht, kristallisierte Psi-Energien! Und ich-wir merken, dass er der Grund ist, warum ihr uns nicht vertraut!«

»Wundert dich das?«, fragte Nephets blechern. »Meine Gefährten wären fast getötet worden. Ich selber war nicht betroffen, weil stählerne Technik in meinem biologischen Gehirn verarbeitet ist! Nur deswegen war ich noch handlungsfähig!«

Soulanas sanfte Stimme klang hart, als sie antwortete, und fast erwartete Nephets einen der Bäume gleichmütig mit den ausladenden Ästen zucken zu sehen.

»Wir haben den Schirm zu unserem Schutz errichtet. Nicht nur ihr habt leidvolle Erfahrungen gemacht. Wirklich vernunftbegabte Wesen, die zumindest bereit sind zu verstehen, überleben diesen Schirm, die anderen versinken in ihrem eigenen Chaos! Ihr habt überlebt!«

Nephets seufzte. »Das haben wir wohl, ich weiß nicht warum, aber wir werden euch vertrauen!« Aus den Augenwinkeln blickte er zu Sulu und Eixa herüber, sie nickten.

Nephets trat einen Schritt zurück, ließ sich dann auf dem schmalen Streifen übrig gebliebenen Graslandes nieder, neben ihm Eixa und Sulu. Sie saßen, zusammen als wollten sie am Lagerfeuer eine Geschichte erzählen, so war es ja auch fast. »Ich«, sagte Nephets, »bin ein Schiffsgeborener Haspiri! Einst sind wir von Hasperod geflohen, vor einer sterbenden Sonne...« Er zögerte, doch dann, fuhr er fort. »Wir flohen vor den Sonnenpriestern. Fünfzig Jahre ist das her. Wir sind einen langen Weg geflogen!«

Nephets mechanische, metallische Stimme, klang noch hohler und blecherner als sonst. »Angekommen sind wir nicht. Ich weiß auch nicht, ob wir das jemals werden! Dies ist unsere Geschichte, unsere Passion...«

Für einen außenstehenden Betrachter wäre es ein seltsames Bild gewesen. Drei Haspiri saßen beisammen, schauten auf zu einem riesigen hoch aufragenden Wald. Einer der Kräftigste von ihnen schien dem Wald eine Geschichte zu erzählen, stundenlang, ununterbrochen. Erst im heraufdämmernden Morgen, als der kleine gelbe Stern über dem Horizont aufging, beendete Nephets seine Erzählung, schwieg eine Weile erschöpft. Eixa-Lag hatte schon lange den Kopf auf Sulus Schulter gelegt und schlief friedlich, ihr Fell bedeckte Sulus Schulter, wie eine wallende, grasige Matte. Sulu war wach geblieben, aber auch er konnte kaum noch die Augen aufhalten.

Der Wald, der die ganze Zeit gerauscht hatte, als wolle er der Erzählung eine dramaturgische Hintergrundmelodie hinzufügen, war still. Eine Weile regte sich nichts.

Nephets begann schon zu glauben, dass er sich umsonst eine ganze Nacht lang heiser geredet hätte. Es war so still, das er sich fragte, ob dies vielleicht doch alles nur ein Traum gewesen sei. Doch dann geschah etwas!

Erst hörte Nephets, in seinem Kopf wieder die Stimme Soulana!

»Deine Geschichte Nephets-Gnikwah war anrührend, mitreißend, und wahr. So kann man nur erzählen, wenn man es wirklich erlebt hat! Ihr habt das Wesen Nocturno auf den Rest reduziert, der ihm gebührt, doch ihr habt einen hohen Preis bezahlt! Ich-Wir verstehen deine unendliche Trauer. Wir haben damals gespürt, dass etwas im Gange ist.«

»Ihr habt es gespürt?«, fragte Nephets heiser.

»Das System der Menschen liegt im äußersten Spiralarm der Galaxie, und ihr habt alles mitbekommen? Eure mentalen Kräfte müssen weit in die Galaxie reichen! Wenn das so ist, warum habt ihr nicht eingegriffen?«

»Ihr versteht noch immer nicht! Wir sind gar nicht so gut, wie du denkst«, Soulanas Stimme klang verlegen.

»Wir haben nur eine vage Bosheit gespürt, wir konnten nicht erfühlen was und wo das war. Unsere Kräfte sind nicht unendlich. Sie sind an den Planeten und seine nähere Umgebung gebunden!«

„Aber ihr habt den Schutzschirm errichtet! Das kostet euch doch bestimmt eine Menge mentale Kraft, diese Geleehülle aufrecht zu erhalten, diese kristallisierte psionische Energie!"

„Nicht so viel wie du denkst. Nur ein Teil von uns ist an dem Schutzschirm beteiligt. Wir haben ihn errichtet, weil einst vor Tausenden von Jahren, Raumfahrer mit schwarz glänzenden Schiffen, auf denen das Symbol eines Eiszapfens, auf einer feurigen Sonne prangte, hier landen wollten um die Bodenschätze, des Planeten zu rauben. Du musst wissen, dass unter der Planetenkruste immens viel Wärme erzeugendes Hydrontium 4 lagert. Sie hätten für eine Bergung, den Planeten rücksichtslos zerstört. Damals haben wir einen Teil unserer Energie abgespalten und diesen psionischen Schutzschirm gebildet. Die Flotte ihrer Schürf Tender kam nie wieder zurück. Sie gerieten so in Angst, Panik und Verwirrung, dass sie sich gegenseitig auslöschten. Seitdem steht dieser Schirm, kaum jemand hat ihn überwinden können, bis ihr kamt!«

»Sonnenpriester!«, knurrte Nephets.

»Ja«, warf Sulu-Ap ein, der seine Müdigkeit jetzt überwunden hatte. »Unsere guten alten Freunde! Ich bin wahrlich nicht stolz ein Haspiri zu sein!«

»Ihr könnt nichts dafür«, raunte Soulana.

»Wir haben gespürt, dass ihr keine schlechten Wesen sein könnt, und ihr seid nur zu dritt.

Im Notfall hätte der Planet noch Mittel und Wege gefunden, sich gegen euch zu wehren. Doch die Sonnenpriester, wie ihr sie nennt kamen mit einer ganzen Flotte, einmal auf dem Planeten gelandet wären sie schwieriger zu bekämpfen gewesen.«

»Das ist etwas, was ich nicht verstehe Soulana«, sagte Nephets. »Wenn eure Kräfte, wenn auch Planeten gebunden, so groß sind, wieso könnt ihr mit eurer mentalen, psychischen Kraft keine Raumschiffflotte zerstören, oder zumindest kampfunfähig machen. Ihr haltet doch immerhin einen mächtigen, zerstörerischen Schutzschirm aufrecht!«

»Nephets hat Recht«, Sulu-Ap nickte, »was hindert euch daran eure Kräfte zu entfalten?«

»Ihr begreift einfach nicht!« Soulana klang verzweifelt. *»Wenn sie damals gelandet wären, hätten sie unseren Körper mit ihren Schürfgeräten verwundet, unsere Abwehr wäre zerstört gewesen. Ich werde euch zeigen, was ich meine!«* Plötzlich fingen die Bäume des Waldes wieder an zurückzugleiten. Es war eine mächtige Demonstration von fließendem, schwebendem Wurzelgeflecht und einer endlos laufenden Welle von grünen Blätterkronen. Doch einige Bäume blieben stehen. Nephets riss seine müden Augen auf, ließ seinen Zoom hin und her fahren. Übergangslos fingen die Bäume an ihr Wurzelwerk in eine Art Füße umzuwandeln, bildeten sie haspirische Gesichter, auf ihren Stämmen aus, wie ein lebendes Relief. Gras wuchs dort, wo der Wald gestanden hatte, wanderte hinunter bis zu dem gebirgigen Streifen, auf dem ihr Schiff stand. Das Gras wogte und wisperte, einzelne Halme wuchsen weit in die Höhe, wurden bräunlich, verhärteten sich zu Stämmen mit robuster Rinde bildeten Blätter und Äste aus, andere welkten dahin, flossen ineinander, verhärteten zu Steinen, die wieder zu Staub und Sand zerfielen.

Das ging so schnell das Nephets künstliche Augen dem Geschehen kaum folgen, geschweige denn speichern konnten. Einen Augenblick lang schien das Spiel innezuhalten. Er atmete durch, versuchte einen Gedanken zu fassen, etwas zu sagen, um seiner Verwirrung Luft zu machen, da schoss der Sand blitzartig in mehreren kleinen Fontänen nach oben, verdichtete sich in wirbelnden, senkrechten Spiralen daraus formte sich jeweils eine humanoide, Haspiri ähnliche Figur! Männer, Frauen, Kinder umringten Nephets und seine Freunde plötzlich, in einem Vegetationsdurcheinander von Sträuchern, Gräsern, Riesenbäumen und Steinen. Figuren aus hart gebackenem Sand, denen aus manchen Gliedern und Extremitäten, wie in einem skurrilen Traum, noch Äste und Blätter herausragten.

Nephets und Sulu waren aufgesprungen, auch Eixa war mittlerweile wieder hellwach.

Hand in Hand, wie um sich gegenseitig zu wappnen, starrten die Drei auf die blitzschnell aufeinanderfolgende Metamorphose der Natur, die jetzt endgültig zum Stillstand kam. Aus der Mitte der humanoiden Wesen löste sich die Gestalt einer jungen, dunkelbeigefelligen Frau, mit wallendem, glattem Kopffell. Nephets schätzte sie vom Ansehen her auf ca. sechzehn Jahre. Sie hatte ein schmales Gesicht mit hohen Wangenknochen, vollen roten Lippen und blauen Augen. Zielgerichtet trat sie auf Nephets zu und sagte, »Guten Morgen Nephets-Gnikwah. Ich hoffe die Manifestation meiner Mentalenergie in Materie ist mir jetzt etwas besser gelungen. Ich habe die Gestalt deiner Gefährtin mit Absicht vermieden, damit ich dir keinen Schmerz bereite, denn dazu sind wir nicht geboren. Ich bin Soulana!«

Sie wies mit einer Hand auf die Bäume, auf die anderen humanoiden Wesen, auf die Gräser, auf die Steine. „Ich bin all das! Und sie sind auch immer ich. Ich vergehe und werde immer neu geboren! Kannst du nun erkennen, Nephets-Gnikwah, was ich-wir dir sagen wollen?«

Nephets spürte den Druck von Eixas und Sulus Händen, er befeuchtete seine trockenen Lippen und sagte, »ja ich glaube jetzt verstehe ich.«

Soulana legte ihm eine schlanke Hand auf die Schulter, schaute ihm in die starren Augen. »Ja du und deine Freunde ihr versteht endlich! Deswegen heiße ich euch willkommen. Endlich begegnen wir Wesen, die begreifen, Wesen mit hoher emotionaler Intelligenz. Ich-Wir Nephets-Gnikwah sind die Materiewandler von Soulamat. Wir sind Soulamat. Ich-Wir sind der Planet!«

Kapitel 7 Der Auftrag

Der fortschreitende Morgen auf Soulamat zeigte ein tropisch, warmes Klima. Die Lufttemperatur maß zur achten Stunde schon fast zwanzig Grad.

Das Spiel der Vegetation hatte sich mittlerweile beruhigt. Bäume, Gräser und die geistigen Manifestationen aus Sand blieben vorerst stabil und gruppierten sich in einem respektvollen Abstand um die Freunde herum. Nephets, Sulu und Eixa, saßen abwartend im Gras, nachdem sie die erste Euphorie, das Erstaunen, die existenzielle Erkenntnis verdaut hatten, auf einem lebenden, atmenden Planeten zu sitzen, sogar mit ihm zu kommunizieren! Soulana schien das Sprachrohr des Planeten zu sein, »seine Botschafterin!«, dachte Nephets. »Sie ist die Einzige, die mit uns direkt kommuniziert, die uns anspricht! Etwas bedrückt sie, sie will etwas von uns. Das ist unschwer zu erkennen.«

»Du ahnst Nephets-Gnikwah«, sagte sie laut, dass wir uns Sorgen machen, nicht wahr? Du hast recht. Wir driften in astronomisch kurzer Zeit einer Gefahr entgegen, die du am Ende deines Berichtes über eure

Geschichte erwähnt hast. Der Stern eures Systems liegt im Sterben! Das ist nichts Neues, Gorgos war seit Langem ein roter Überriese. Wir beobachten diesen Stern seit Anbeginn unserer Existenz. Bis zum Tod dieses Riesen, zur endgültigen Explosion, wären noch 2000 Jahre vergangen. Nach 1000 Jahren, eurer Zeitrechnung wäre Leben auf seinen Planeten unmöglich geworden. Aber was erzähle ich. Ihr seid Wissenschaftler, ihr habt beim Anflug des Systems den Zustand von Gorgos gesehen. Es wird nur noch wenige Jahre, Sekunden für uns dauern, bis Gorgos Tod stattfindet, und alles Leben erlischt! Ihre Stimme wurde dringend.

Nephets glaubte Tränen in ihren Augen zu sehen.

»Das System Soulamat wird ebenfalls mit Gorgos zerrissen werden. Denn es ist zu nahe am Gorgos-System. Dessen explosive, gewaltige Ausdehnung wird uns verschlingen. Zu einer Zeit, an dem unsere Existenz noch nicht enden sollte! Wir bitten um eure Hilfe!«

Nephets saß dort mit über Kreuz geschlagenen Beinen. Immer wieder zupften seine Hände einzelne Strähnen aus seinem rot-braunen Zopf, die wirr abstehenden langen Locken straften sein starres Eisgesicht Lügen.

»Wie sollen wir euch helfen Soulana?«, brachte er schließlich heraus, und seine Stimme näherte sich dem Klang einer rostigen Eisentür. »Natürlich, wir sind Wissenschaftler. Wir sind unterwegs mit einem selbst gestellten Forschungsauftrag, das Sterben des Sterns Gorgos aufzuhalten, aber all meine Berechnungen und Ergebnisse nützen uns nichts, wenn wir nur so wenig Zeit haben, wie du uns gesagt hast.

Man sagt mir eine hohe Intelligenz nach, aber so weit kann es damit nicht her sein! Ich komme einfach nicht weiter Soulana! Und es wird nicht einfacher, wenn uns nur noch ein kosmisches Fingerschnippen Zeit bleibt,

das Problem zu lösen. Vor allen Dingen, wenn solche verbohrten „Intelligenzen", wie die Sonnenpriester unzweifelhaft dagegen arbeiten! Aber vielleicht hast du ja einen Vorschlag Soulana, was sollen wir tun?"
Sie schaute ihn mit ihren blauen Augen durchdringend an. »Ihr seid vor einem Schiff der Sonnenpriester geflohen, bevor ihr unser System angesteuert habt. Dieses Schiff habt ihr ins Innere des Gorgos-Systems fliegen sehen?«
»Ja!«
»Ich werde euch sagen, wohin es geflogen ist.« Soulanas Gesicht nahm wieder einen harten Ausdruck an. »Es ist hinter die Feuer von Gorgos geflogen. Es hat eine Station unter einem starken Schutzschirm, zusätzlich versteckt hinter der Gorogoskorona angesteuert. Wir wissen, dass die Sonnenpriester dort etwas tun, etwas Grausames, etwas Verbotenes. Aber wir wissen nicht, was sie tun. Doch wir spüren, das dort die Lösung aller Rätsel liegt.«
»Und wir sollen dort für euch hinfliegen?«, warf Sulu ein!
»Wenn ihr dort wart, wieso habt ihr nicht eingegriffen?«
»Ja warum?«, fragte Nephets.
Soulana seufzte tief. »Warum, denkt nach. Wir sind ein Planet. Unsere geistige Macht beschränkt sich auf das Soulasystem und seine nähere Umgebung, das heißt mehrere Lichtminuten um das System herum, und das schließt Gorgos nicht ein. Wir haben diese Station mehr gespürt, als gesehen. Versteht ihr, wir können nicht dort hin! Wir sind unbeweglich! Das ist unser Problem! Deshalb müssen wir euch bitten, diese Station anzufliegen und euch umzusehen!«
»Du meinst wir sollen uns einschleichen, und die Pläne der Priester ausspionieren!«, sagte Nephets ruhig.
»Genau das. Wir wissen, dass es gefährlich ist. Aber es gibt keine andere Möglichkeit. Und noch etwas«, Soulanas intensiver Blick traf wieder auf Nephets-

Gnikwah. »Wenn das Unternehmen gelingen soll, musst du dich mit ihm versöhnen. Denn er ist der zweite unsterbliche Wissenschaftler! Und er ist im Grunde ein guter Mann!«

Nephets Ohrspitzen zitterten, seine Augen zoomten vor und zurück. »Du hast mal wieder in meinen Gedanken gewühlt Soulana, nicht wahr? Ich hab es nicht gerne, wenn jemand meine ureigensten, privaten Gedanken ausspioniert, das tut man einfach nicht! Auch für mental begabte Planetenwesen sollte es Grenzen geben!«

Gekonnt haspirisch, zuckte Soulana mit den Schultern. »Entschuldigung, ich wollte nicht in deinen Gedanken wühlen! Du hast diese Gedanken, wie eine Fahne hinter dir hergezogen. Es war für mich als hättest du sie laut ausgesprochen!«

Nephets starrte sie, die Männer, Frauen und Kinder hinter ihr an. »So sehr ihr mich fasziniert«, sagte er und ballte seine Hände zu Fäusten, »so sehr könnt ihr einen nerven. Und verdammt will ich sein, wenn ich euch eine Antwort darauf gebe!«

Soulana grinste plötzlich wie ein Schulbeutling, »das brauchst du auch gar nicht, du weißt doch, mentale Wesen!«

Mit zusammengepressten Lippen drehte Nephets sich zu Eixa und Sulu um, Eixas Lippen, zuckten verdächtig, Sulu schaute ihn mit hochgezogenen Augenbrauen an.

»Fliegen wir?«, fragte Nephets die beiden knapp!

»Wir sind dabei!«, nickte Sulu. »Wo Sulu hingeht, geh auch ich hin!« Eixa versuchte, ein ernstes Gesicht zu machen!

»Das ist kein Scherz!«, antwortete Nephets knarzend. »Ihr wisst, dass es gefährlich ist!«

Sulu lachte ein kurzes, emotionsloses Lachen. »Ich wüsste nicht Neph, das wir in den letzten Jahrzehnten, jemals etwas Ungefährliches getan hätten!«

»Weiß Gorgos nicht!«, antwortete Nephets.

Noch einmal wandte er sich zu Soulana und ihren Mitwesen um. »Wir gehen jetzt in unser Schiff, Planet! Wir normalen Wesen müssen erst einmal ein paar Stunden schlafen, um uns zu regenerieren. Sonst läuft unser Organismus nicht. Sogar ich muss das tun, dann werden wir fliegen!«

Soulanas dunkelbeiges Kopffell flatterte im Morgenwind. Sie lächelte leicht, unergründlich, geheimnisvoll!

»Ich wünsche euch viel Glück!«

Nephets wandte sich brummend dem Schiff zu, etwas langsamer folgten ihm Eixa und Sulu. Aus den Augenwinkeln heraus registrierten sie, wie die Metamorphose der planetaren Natur wieder in Gang kam. Wie die Wesen aus Sand und Stein wieder zerflossen, sich zu körnigem Sand, grünen Gräsern und Bäumen transformierten, wie die ursprüngliche Anordnung wieder hergestellt wurde, als sei es nie anders gewesen!

Neph lag in seiner Kabine auf der Schlafpritsche und hatte die Augen geschlossen. Er musste schlafen, zumindest entspannen. Der Flug, den sie noch vor sich hatten, würde es in sich haben. Der Sprung in die Nähe von Gorgos heftigen Feuern würde ihnen kaum Probleme bereiten. Wie die große Marie-Curie, oder vorher die Sternenspürer, hatten sie einen gut funktionierenden Hitzeschild, aus einem Material, das die Hitze wie einen Ball wieder ins All zurückwarf. Nein das war wirklich nicht das Problem!

Aber sie würden diese Station der Sonnenpriester, von der Soulana gesprochen hatte, erstmal finden müssen. Und dann – mussten sie dafür sorgen, dass sie selber nicht gefunden wurden. Denn was auch immer die Sonnenpriester dort verbargen, sie würden bestimmt nicht begeistert sein, sie würden bestimmt keine kostenlose Touristenführung bekommen! »*Hör auf*«, rief er sich zur Ordnung. »*Du musst schlafen. Du hast dir eine Ruhepause von vier Stunden verordnet, um arbeitsfähig zu sein. Sulu und Eixa werden noch ein, zwei Stunden länger schlafen. Du musst Gorgos für eine Übergangszeit alleine anfliegen!* Er seufzte, *wenn Soulana ihm wenigsten, die Koordinaten der Station gegeben hätte. Schluss jetzt! Entspannungsübung! Denk an was Schönes, denk daran als du das erste Mal deine Liebe zu Ma-Ira …"*

»*Nephets-Gnikwah!*«, wisperte es in ihm, „*Nephets-Gnikwah!*« »Soulana?«, er schreckte auf, erhob sich halb von seiner Liege! »*Bleib liegen Nephets-Gnikwah, so kann mein Geist dich besser durchdringen!*«

»Was willst du Soulana? Ich muss schlafen, der Flug wird kein Zuckerschlecken, das weißt du.«

»*Ich bin gekommen, um dir die Koordinaten für die Station hinter Gorgos Feuern zu geben.*«

»Ich dachte ihr wisst nicht genau, wo die Station liegt?«

»*Du hast uns falsch verstanden! Wir-Ich wissen die Koordinaten. Wir können nur nicht selber dort hin!*«

»Warum hast du sie uns dann nicht schon eben gesagt?«

»*Ich wollte sie persönlich in dein Gehirn speichern! Und ich wollte dir beim Entspannen helfen! Ich werde dir deine seelischen Schmerzen nehmen. Und ich werde dafür sorgen, dass der Planet weiter besteht, was immer auch geschieht!*«

»Eis und Hagelschauer Soulana was…?« Er richtete sich wieder auf.

»*Bleib liegen!*«, wisperte sie erneut. »*Ich werde dir helfen, deine schmerzhafte Trauer zu überwinden! Ich werde meinen Geist und meine Mentalkraft mit dir vereinigen. Du brauchst keine Angst zu haben. Ich werde kein anderes Wesen aus dir machen, ich werde dich nicht beeinflussen! Ich bin die weibliche Komponente des Planeten, und du bist ein gut*

aussehender geistig kräftiger junger Bursche, verstehst du? Ich, der Planet wird sich in dir fortpflanzen!«
Langsam dämmerte es Nephets, was sie von ihm wollte. *Nein, nein das würde sie doch wohl nicht tun?* Plötzlich spürte er, wie ein leiser Windhauch über seinen Körper strich, leise und zart, wie die Berührung von sanften Frauenhänden.
Die Sensoren unter seiner Haut kribbelten angenehm, sein Atem ging schwerer. In seiner Bauchhöhle bildete sich ein angenehmes warmes Gefühl.
Er schloss die Augen, sein Geist fing an, sich zu entspannen. Bilder eines tropisch-warmen Sommers in Soulamats grünen Regenwäldern, weiten Graslandschaften und blauen Seen durchzogen seinen Geist. Euphorie überflutete ihn. »Nein Soulana, das will ich nicht – ich!«
»Ich werde dir die Ekstase des Geistes und des Körpers geben!«
»Soulana!« Seine Sensoren kribbelten stärk, kleine Feuer, köstliche Feuer? Das Bild einer dunkelbeigen jungen Frau, wie die Natur sie geschaffen hatte? Er hörte eine sanfte Traurigkeit, eine klagende enttäuschte Stimme. *Es hat nicht funktioniert! Es tut mir so Leid Nephets-Gnikwah! Irgendetwas hat unsere Vereinigung die Ekstase des Geistes und des Körpers gestört! Oh es wäre so schön gewesen, wenn der Planet in dir hätte weiterleben, können Nephets-Gnikwah. Was ist das, was die Vereinigung gestört hat? Irgendetwas Künstliches, eine technische Komponente. Ich wollte dir und ich wollte mir helfen – es hat nicht funktioniert. Alles war umsonst!«*
Endlich war Nephets wieder fähig sich aufzurichten, auf die Ellbogen gestützt, pustete er eine schweißnasse Strähne aus seinem Gesicht. Plötzlich hatte er Mitleid mit Soulana, mit dem Planeten. Er schaute nach oben zur Kabinendecke, als könne er sie dort sehen. »Nein

Soulana!«, sagte er mit seiner blechernen, kalten Stimme und versuchte tröstlich zu wirken. »Nichts war umsonst. Es konnte nicht funktionieren. Das hatte ich dir die ganze Zeit sagen wollen. Ich bin ein Wesen aus Fleisch und Blut, aber ich bin ein Cyberwesen! Mein Organismus, mein biologisches Gehirn ist vernetzt mit fortschrittlicher Neuro-Technik! Die Folge einer erblichen Nervenkrankheit. Ein Wesen wie du kann sich nicht mit meinem Geist verbinden! Du hast mir trotzdem geholfen, du hast mir meine Schmerzen genommen, wenn schon nicht meine Trauer. Aber damit kann ich leben! Wir werden alles geben um dem Planeten, um den Haspiri im Gorgos-System zu helfen!"

Eine Zeit lang herrschte Stille in seinem Geist, und er dachte schon die Enttäuschung wäre zu viel für Soulana gewesen, doch da zogen plötzlich Zahlen, Daten, Richtungsangaben durch sein inneres Auge wie ein laufendes Band. Die Koordinaten der ´schwarzen Station´, der Sonnenpriester! Immer wieder tauchte der Name in seinem Geist auf.

In einer unbewussten, für ihn selber nicht nachvollziehbaren Anstrengung, speicherte er die Daten auf dem künstlichen Augenhintergrund!

»Danke Soulana!«, rief er laut, aber er bekam keine Antwort mehr. Sie war fort!

Vier Stunden später wachte Nephets wieder auf aus einem tiefen Schlaf. Erfrischt und bereit betrat er die kleine Zentrale, seine Gefährten schliefen noch. Nur kurz dachte er an die zurückliegenden Stunden und wusste nicht, ob es Wirklichkeit war, oder ein Traum. Schnell schob er den Gedanken wieder beiseite und leitete den Start ein. Alles ging ohne Probleme vor sich. Nach wenigen Minuten hatte das Schiff den Schutzschirm erreicht, der anscheinend wirklich permanent aufrechterhalten wurde. Doch während er noch überlegte, was jetzt geschehen würde, schaltete sich eine breite Lücke in die gallertartige Masse, ein an den Rändern ausfransender von Psi-Flocken durchsetzter Korridor. Durch alle Lautsprecher und Ritzen schienen Nephets wispernde, flüsternde Stimmen zu sickern. *Danke Haspiri! Alles Gute. Wir wünschen euch viel Glück!*«

Kapitel 8
Hinter den Feuern von Gorgos

Nephets-Gnikwah stieß einen erleichterten Seufzer aus und löste mit einem Klick die Sitzgurte. Sie hatten den zweiten Hyperraumsprung überstanden, und materialisierten wieder über dem Gorgos-System. Direkt über dem flammenden Roten Riesen, weit genug entfernt um nicht in den Einzugsbereich der Systemortung zu gelangen. »Sulu«, Neph schaute zu dem Ingenieur hinüber, der sich ebenfalls losgeschnallt hatte, »wir sind am berechneten Punkt, aber wir sollten trotzdem den Deflektorschirm einschalten. Ich möchte nicht noch mal so eine Begegnung haben, wie vor Kurzem, als wir das Gorgos-System angeflogen sind.«
Sulu nickte, und berührte einen der Sensoren. »Schon erledigt! Ich habe zwar keine Ortung, aber man weiß nie! Noch mal müssen wir die schwarze Garde, nicht im Fell sitzen haben! Das kommt noch früh genug!«
»Also gut«, Nephets streckte angespannt seinen Rücken durch, und ließ den Sessel per Knopfdruck in eine bequemere Form bringen. »Sehen wir uns die Koordinaten für die Schwarze Station mal an.«
Sulu grinste. »Wie hast du es geschafft die von Solana zu bekommen? Sie hat doch behauptet die Koordinaten nicht zu kennen. Gib zu, du hast heftig mit ihr geflirtet!"
Nephets wurde rot. »Hör auf mit dem Blödsinn! Sie hat sie mir eben gegeben, fertig!«

130

Sulu grinste von einem Ohr zum anderen. Eixa der Junge hat tatsächlich seinen Charme spielen lassen, und mit einem Planeten-!«

»Sulu es reicht!«, quietschte Nephets wütend. »Wir kümmern uns jetzt um die Koordinaten, okay?«

»Gnade!« Sulu winkte glucksend ab. »Ich habe die Koordinaten schon auf meinem Schirm.«

Übergangslos wurde er Ernst, und deutete auf die blinkenden Zahlen. „Ein richtiges Bild kann ich leider nicht bieten, nur die Zahlen und eine schematische Darstellung. Seht ihr das hier?"

Sulu wies auf den grünlich blinkenden Kreis, der Gorgos darstellen sollte, und fuhr mit dem Finger eine hoch aufragende Zacke entlang.

»Hier, ist die genaue Position des Teils der Korona, hinter der diese Station versteckt sein muss! Seltsamerweise kann ich die Station selber aber noch nicht orten!«

»Das ist in der Tat seltsam«, Nephets stand auf und schaute Sulu über die Schulter.

Eixa kräuselte ihre Stirn. »So seltsam ist das gar nicht. Habt ihr daran gedacht, dass sie die Station hinter einem Tarnschirm versteckt haben könnten?«

Nephets starrte sie an. »Eixa du bist genial. Natürlich haben sie einen Tarnschirm errichtet. Laut Soulana tun sie dort etwas Geheimnisvolles, etwas Schreckliches! Glaubt man den Geschichten unserer alten Leutchen, den Hasperodgeborenen, dann sind die Sonnenpriester nicht Ich wette Freunde, die Station ist auch von Hasperod aus, mit keinem Teleskop zu sehen! Ich gehe gleichfalls jede Wette ein, dass dieser Tarnschirm mit einem Schutzschirm kombiniert ist, der fremde Schiffe auf ziemlich unangenehme Art und Weise zurückwirft!«

Sulu-Ap seufzte. »Diese Wette wirst du gewinnen! Also gut! Wir wissen, dass es diese Station gibt, und zwar genau hinter diesem Zacken, nur sehen und anmessen können wir sie nicht. Außerdem müssen wir mit einem bösartigen Schutzschirm rechnen! Aber bevor wir ins Abenteuer springen Neph«, Sulu wandte sich um und schaute ihm ernst in die Augen. »Wir sollten eine Nachricht an die Marie-Curie schicken! Sie sollten wissen was wir tun, wo wir sind! Wenn etwas schief geht…!" Nephets straffte sich und öffnete den Mund!

»Neph!« Sulu baute sich in seiner ganzen Größe vor ihm auf, du musst nicht mit Sah-Gahn reden. Es geht um uns – es geht um alle!«

»Wir werden es nicht tun!«

»Neph du…!«

»Sulu!« Nephets packte sein Handgelenk, seine Stimme hatte die Tonlage rostigen Eisens erreicht. «Für wen hältst du mich? Denk nach! Ich weiß, dass es nicht nur um Sah-Gahn und um mich geht! Aber eben deswegen werden wir die Marie-Curie nicht anfunken! Schon, kurz bevor wir durchs Wurmloch gegangen sind, habe ich mit Pet-Russo darüber gesprochen, dass ich mich ab dem Zeitpunkt nicht mehr melden werde! Wir müssen jedes Risiko entdeckt zu werden vermeiden! Wir haben es mit einem Staat zu tun, der auf Angst und Druck aufgebaut ist. Das müsstest du doch besser wissen als ich. Ich bin sicher, wenn wir uns gleich an die Arbeit machen, werden wir feststellen, dass sie eine lückenlose Überwachung des Flug- und des Funkverkehrs installiert haben! Wir dürfen die Marie-Curie nicht anfunken!«

Sulu nickte. Schweigend, mit flinken Fingern bediente er die Ortungskonsole. Endlose Zahlen und Lichtpunkte erschienen rings um das Gorgos-System, um Gorgos selber wurden die Lichtpunkte sogar noch dichter. »Eixa«, fragte Sulu tonlos. »Was sagen die Funkkontrollen!« Sie schaute ihn fast entschuldigend an. »Ein dichter Teppich an Überwachungssonden und Wachforts! Auch verdeckte und zerhackte Funksprüche sollten nur im absoluten Notfall abgesetzt werden!«

»Gut«, dann müssen wir uns also was einfallen lassen! Neph, du hast Recht gehabt. Ich habe nicht nachgedacht!«

»Schon in Ordnung!« Sekundenlang schwieg Nephets, dann sah er Sulu an und seufzte.

»Ich habe überreagiert Sulu. Ich hätte dich nicht so anfahren dürfen! Vergessen wir das, und machen wir weiter!«

Sulu nickte lächelnd, »alles klar Junge! Wollen doch mal sehen ob wir in diesem ach so dichten Überwachungsteppich, nicht eine Lücke finden!«

»Der Asteroidengürtel wäre vielleicht eine Möglichkeit«, überlegte Eixa, »aber dann müssten wir immer noch an den Monden und Hasperod selber vorbei! Wir sind dann immer noch nicht in der Nähe von Gorgos!«

»Das wäre tatsächlich die schlechteste Möglichkeit«, sagte Nephets seufzend, »auch mit eingeschalteten Deflektorschild. Eine Restemission könnten sie immer noch anmessen. Wir müssen Gorgos quasi von der Rückseite anfliegen. Um es mal salopp auszudrücken, den Sternenkarten nach ist hinter den Feuern von Gorgos lange nichts, dann kommt nach einigen astronomischen Einheiten, ein kleiner gelber Stern, der von einem einzelnen fürchterlich heißen Planeten in rasender Geschwindigkeit umrundet wird. Wäre doch möglich Haspiri, das die Bewachung in dieser Richtung etwas dünner ausfällt, weil sie von dort nicht mit einer nennenswerten Gefahr rechnen!«

„Hm", machte Sulu und kratzte seinen Haaransatz, „du meinst also wir machen einen Riesenhüpfer nach oben, schlagen einen Haken, fliegen dann wieder zurück, um von dort aus die Schwarze Station hinter der Gorgoskorona zu suchen?«

»Wenn mein Gedankengang richtig ist, ja!«

»Das lässt sich schnell feststellen!«, Eixa holte sich einige Richtungsangaben auf den Schirm und schaltete die

Rundumortung ein. Sie zeigte auf die wenigen Lichtpunkte hinter dem rotglühenden Feuerball. »Deine Vermutung ist richtig Neph. Die militärische Präsenz ist von dieser Seite aus schwächer, als sei ihnen das Geld ausgegangen!«

»So wird es sein«, antwortete Nephets. Ich denke die rapide Erwärmung des Planeten wird sie ungeheure Summen kosten! Aber das ist nicht unser Problem. Sulu wir nehmen Fahrt auf starten nach oben durch, dann schlagen wir deinen Haken. Der Deflektorschild bleibt als kleineres Übel eingeschaltet.«

Sulu grinste wie ein Schuljunge, »dann haltet euch mal fest, es geht los!«

Es war fast zu einfach. Das Schiff startete im Schutz des Deflektorschildes steil nach oben durch, dann flogen sie eine riesige Schleife, um einige Zeit später weit hinter den Flammenzungen Gorgos anzukommen. Nephets gab Soulanas Koordinaten in die Schiffssteuerung ein und sie nahmen wieder Kurs auf den roten Riesenstern. „Schleichfahrt Sulu!", sagte er und deutete auf die wenigen blinkenden Punkte auf seinen Schirm. »Die Wachforts haben sich ausgedünnt. Aber wir halten alle Sicherheitsmaßnahmen ein, die man treffen kann. Vorsicht ist die Mutter der Eishöhle!«

Sulu-Ap nutzte jede Lücke, tauchte unter ihnen hindurch. Dann hatten sie den Teil der Gorgoskorona erreicht, der für sie interessant war. »Energie bis auf winzige Reste herunterfahren!«, flüsterte Nephets. Wieder trieben sie wie ein dunkler, lichtloser Schemen durchs All, obwohl es so schien, als würde es hier kaum eine Bewachung geben.

»Ich trau dem Frieden nicht! Sulu wir verstecken uns hinter einer benachbarten Feuerlohe!«

Sulu gab einige Zahlen ein, das Schiff machte eine kaum merkliche Bewegung, und plötzlich waberte auf dem Bildschirm eine rote, mächtige Wand aus Feuer. Es wirkte so, als würden sie nur wenige Zentimeter davor stehen, eine

Respekt einflößende, optische Täuschung. Angespannt starrte Nephets auf sein Terminal. »Wir sind da, wo wir hinwollten, aber wir wissen trotzdem nicht wirklich, was es ist, und wie es aussieht! Verdammt! Wenn es da einen Tarn- und Schutzschirm gibt, immer vorausgesetzt die Koordinaten stimmen wirklich, wie knacken wir ihn?"

»Da ist was«, rief Eixa plötzlich! »Irgendetwas messe ich an!« Nephets sprang auf, und trat hastig hinter sie. »Die Restemission eines riesigen Deflexionsschildes? Aber was hat der andere Wert zu bedeuten? Abgesehen davon, dass die Umgebungstemperaturen, durch Gorgos schon natürlicherweise hoch sind, wieso sind die Werte auf diesem zwar großflächigen, aber trotzdem begrenzten Raum, so extrem hoch? Das ist nicht normal und hat auch nicht mit Gorgos Aufheizung zu tun!«

Eixa drehte sich zu Nephets um. »Wir haben die Restemissionen eines Deflexionsschildes genau an diesem Punkt angemessen. Vielleicht ist dieser Riesendeflektor mit einem Schutzschild kombiniert worden, der Flugkörper, egal welcher Art abhält, bis zu dieser Station durchzudringen! Das wäre doch nur logisch, wenn die Sache so geheim bleiben soll!«

»Gut kombiniert!«, Nephets hob den Daumen. »Am liebsten würde ich ja eine Sonde in ein Deflektorschild hüllen und losschicken! Aber das ist auch wieder ein Risiko!«

»Aber wenn wir weiterkommen wollen, werden wir es tun müssen!«, seufzte Sulu-Ap

Nephets nickte. »Schicken wir eine verdeckte Spionsonde los und schauen wir, was passiert. Sonst stehen wir noch hier, wenn Gorgos explodiert!«

Eixa-Lag gab die erforderlichen Befehle in ihr Terminal ein. Sie warteten fünfzehn Minuten, im Bereich des Messpunktes gab es plötzlich eine kleine, heftige Entladung. Die Messsonde schien sich auszudehnen, zu wabern, vor Hitze zu flimmern,

135

dann verflüssigte sie sich vollständig, tropfte ab und verdampfte, wie ein Regentropfen, der auf eine glühend heiße, altertümliche Herdplatte gefallen war!

Nephets quietschte, und klammerte sich überrascht an Eixas Sessellehne fest.»Was ist das? Sol-Choi Junior, konntest du feststellen, was das für ein Effekt ist?«

»Selbstverständlich«, meldete sich die kleine Schwester des biopositronischen Gehirns auf der Marie-Curie.

»Na dann erzähl es uns doch mal«, stöhnte Nephets.

»Wenn du möchtest!«, sagte die Computerstimme unbeeindruckt.»Diese Zerstörung geschah durch einen thermodynamischen Effekt, auf Hydrontiumbasis!«

»Na super!«, warf Nephets ein.»Wenn du uns das jetzt noch erklären könntest?«

»Aber gerne! Wir haben es hier mit einer thermodynamischen Entladung zu tun. Die Sonde wurde durch einen Schirm aus vergastem Hydrontium so stark aufgeheizt, dass sie sich selber verflüssigte, ausdehnte und dann schließlich verdampft ist! Bei der Berührung durch ein Raumschiff würde es bedeuten, dass dieser Flugkörper während der Verflüssigung auch noch durch eine zusätzliche Explosion zerstört würde, je nach Antriebsart.«

»Ich bin dir sehr zu Dank verpflichtet, Sol-Choi!« Nephets verbeugte sich ironisch.»Fragt sich jetzt nur noch, wie wir diesen Schutzschirm knacken?«

Sulu verzog sein Gesicht zu einem schiefen Lächeln.»Ob Soulana auch dafür eine Lösung wüsste?«

»Ich fürchte«, sagte Nephets, »wir müssen selber denken.«

„Eine Lücke in diesen Schutzschirm zu sprengen, auf welche Art auch immer, können wir vergessen. Die konventionelle Art mit Bomben wäre zu gefährlich. Zwar würde ich mit Sicherheit nach einigen Wochen Forschungsarbeit, eine unauffälligere Lösung finden, aber so viel Zeit haben wir nicht! Bleibt nur noch eins, wir müssen warten bis eines von ihren Versorgungsschiffen den Schutzschirm passiert. Dann, werden sie ihn ja wohl öffnen müssen!«

»Ich will deine Hoffnungen ja nicht zerstören«, Sulu setzte sich wieder auf seinen Sessel, »aber wenn sich hinter diesem thermodynamischen Schild eine Station verbirgt, dann ist sie riesig! Glaubst du nicht Neph, das so eine Station autark ist und gar keine Versorgungsschiffe braucht?«

»Doch, das glaube ich schon Sulu! Du hättest vielleicht Recht, wenn diese Station im freien Weltraum stehen würde. So nahe vor einem Stern, verbietet sich eine unabhängige Versorgung von selbst. Trotz interner Schutzschilde, die sie ohne Zweifel besitzen werden, wird es im Inneren der Station viel zu warm sein, um auf die Dauer eine interne Versorgung aufzubauen! Die Hitze wird sie zwingen, auch die Mannschaften im Schichtverfahren öfter auszutauschen!«

»Gut«, gab Sulu zu. »Das könnte so sein. Aber wie hast du dir das vorgestellt? Unser Raumer ist zwar nicht besonders groß, aber um unauffällig in eine Station einzudringen, kann man ihn vergessen! Geschweige denn, dass wir ihn auch irgendwo verstecken müssen!«

»Das ist richtig Sulu! Aber…«

Eixa grinste, »du denkst an die zwei Rettungskapseln!«

»So ist es!«, schnarrte Nephets. »Kluges Mädchen! Drei Meter hohe, breite Kapseln. Du und Sulu, ihr müsstet euch eine teilen. Das wird zwar etwas eng. Aber für kurze Zeit dürfte das reichen! Im Katastrophenfall kommt ihr bis zum nächsten Mond damit!«

»Das heißt«, warf Sulu ein, »wir warten darauf, dass ein Versorgungsschiff die Station anfliegt, und beobachten, in welcher Regelmäßigkeit ein solches Schiff den Schutzschirm passiert. Denn wir müssen daran denken, dass wir auch wieder raus müssen.«

»Genau! Wenn wir diese Information haben, springen wir kurz vorher in die Kapseln und folgen mit eingeschaltetem

Deflektor, dem einfliegenden Schiff wie ein Schatten. Wenn wir den Schutzschirm passiert haben, driften wir je nach Lage, sofort zur Seite ab und suchen uns ein Versteck!«

Sulu lachte verdrießlich. »Unter den gegebenen Umständen ist dein Plan der sicherste. Machen wir es so!«

»Eixa?«, Nephets schaute sie an. »Ja, einverstanden!« Nephets wandte sich zum Ausgangsschott der Zentrale, »gehen wir nach hinten ins Heck und checken wir die Kapseln. Sol-Choi junior, benachrichtige uns per Kom, wenn sich ein Versorgungsschiff zeigt!«

Sie gingen nach hinten, in den Heckteil des Schiffes, nur durch eine Wand von der Getriebekammer und dem engen Reaktorraum getrennt, waren seitlich in einer halbkugelförmigen Vertiefung, die Rettungskapseln angeflanscht. Der Raum zwischen den Heckflossen war nur begrenzt begehbar. Der größte Teil war vollgepackt, mit technischen Anlagen. Die Höhe vom Boden zur Decke betrug 1,50 Meter. Ein ausgewachsener Haspiri musste dort kriechen. Seufzend zwängte Nephets sich in den Raum der linken Heckflosse und öffnete mit einem Notsensor die Einstiegsluke zu der kleinen kugelförmigen Rettungskapsel und kletterte in den Innenraum. Ächzend zwängte er sich auf den schmalen Sitz vor die Steuerungskontrollen, die noch den meisten Platz einnahmen. Er saß dort eingezwängt, wie ein Embryo im Mutterleib. Es war nicht gerade das Bequemste, wenn man über zwei Meter groß war. Für zwei Haspiri musste es noch schlimmer sein, aber für den Notfall reichte es.

Über das Funkgerät der Kapsel kontaktierte er Sulu und Eixa. »Wie geht es euch?«

»Wunderbar«, antwortete Eixa. „Wir sitzen hier in inniger Umarmung. So ein Notfall könnte auch Spaß machen!«

Nephets quietschte hell, »vergesst nicht, dass wir im Augenblick nur simulieren!«

»Schade«, kam Sulus Stimme. »Aber eins haben wir schon abgecheckt, der Funk funktioniert!«

»Machen wir weiter Sulu! Leise fluchend rutschte Nephets auf seinem Sitz hin und her. »Hitzeschild?«

»In Ordnung!«

»Deflektor!«

»Eingeschaltet!«

»Sauerstoffvorrat?«

»Aufgefüllt für die Reise zum nächstgelegenen Mond!«

Nach und nach gingen sie alle Checkpunkte durch. Da die Rettungskapseln sehr klein waren, brauchten sie nicht lange dafür. Nach zwanzig Minuten lehnte Nephets sich erleichtert zurück, da meldete sich der Notfallkanal seines Armbandkoms. »Schwarzer Raumer fliegt in den Einzugsbereich des Schutzschirms! Schwarzer Raumer...«

Hastig verließ Nephets die Rettungskapsel. Auf dem schmalen Gang traf er auf Sulu und Eixa.

»Zurück in die Zentrale. Die Daten schauen wir uns auf dem großen Bildschirm an!«, stieß er hervor.

Fieberhaft, mit der Virtuosität eines Klavierspielers rief Nephets die Daten des schwarzen Raumers auf.

Sol-Choi legte ihnen zusätzlich ein Schema des Versorgungsraumers auf den Schirm. »Bei den Eisheiligen!«, stieß Nephets hervor. »Seht euch diese Werte an! Ein Versorgungsraumer von dreihundert Metern! Wie groß muss diese Station erst sein?«

Sulu befeuchtete seine trockenen Lippen, »sie muss gigantisch sein!«

139

Kapitel 9
Projekt Sternentod

Drei Tage saßen sie untätig, nur mit Routineangelegenheiten beschäftigt in der Zentrale. Immer bereit, vorsorglich waren sie schon in ihre Einsatzanzüge geschlüpft.

Keiner wagte es, seine Schlafkoje aufzusuchen. Nephets hatte mit dem Formenergiestrahler drei zusätzliche Liegen in der Zentrale geschaffen. Während zwei schliefen, saß einer vor den Kontrollen.

Am Abend des dritten Tages saß Nephets mit erzwungener Ruhe und angespannten Sinnen vor dem Bildschirm. Längst hatte er den gesicherten Funk Code für den Forschungsraumer in das Terminal eingegeben. Für den Fall, dass sie das Schiff aus einer größeren Entfernung herbeiordern mussten. Das Schiff würde noch in einer Entfernung von 20 Millionen Kilometern auf dieses Funksignal reagieren! Sonst gab es nichts mehr zu tun. Dieses verdammte Warten!

Endlich der quäkende, durchdringende Alarmton, »schwarzer Raumer im Anflug, schwarzer Raumer...!«

Wie eine gespannte Feder sprang er aus seinem Sessel hoch, »Eixa, Sulu? Los!«

Wie Sprinter rannten sie den Gang entlang, nach hinten zu den Rettungskapseln und sprangen hinein. »Sulu«, funkte Nephets ihn an, »es wird ernst! Alles klar?«

»Klar!«

„»Kapseln lösen!«

»Kapsel gelöst!«

»Ab jetzt kein Funk mehr! Alles Gute, wir sehen uns!«

Lautlos lösten sich die Kapseln aus den Heckflossen des Schiffes. Auf Nephets kleinem Bildschirm zeigte sich die Schwärze des Weltraums. Er starrte auf Gorgos gigantische

Feuerkugel, ihre Nähe ließen alle anderen Objekte augenblicklich verblassen. Vor ihrem massigem, Feuer spuckendem Leib, flog das ca. dreihundert Meter große Flugobjekt ihrem kleinen Forschungsraumer nicht unähnlich, unbeirrt auf einer der flammenden Protuberanzen zu. Mit eingeschaltetem Tarnschild beschleunigte Nephets die Geschwindigkeit der Kapsel, hinter ihm flogen Sulu und Eixa. Er konnte durch die Antiflex-Ortung ihre Kapsel als leuchtenden Punkt auf dem Bildschirm sehen. Nephets folgte dem Raumer wie ein Schatten, machte jede Bewegung seines Kurses mit. »Bitte Bund«, flüsterte er, »schlage sie mit Blindheit!« Wo zum Lefuet wollte dieses Ding hin? Dort wo er hinflog, herrschte nichts als höllisch, heißes Feuer! Die Flammenzunge kam immer näher. Fast sah es so aus als würde er in Gorgos hineinfliegen. War da wirklich eine Station, oder wollten die Typen einfach nur Selbstmord begehen? »Kaum!«, dachte Nephets. »Da muss etwas sein, ein riesiger Körper mit einer starken Antigravitationskraft! Sonst wären wir schon längst in Gorgos hineingezogen, und trotz der Hitzeschilde verbrannt worden! Etwas ist dort, aber langsam muss es sichtbar werden, muss der Schirm sich öffnen!«
Plötzlich änderte sich die feurige Korona, als ob ein Vorhang geöffnet, würde. Weit in den Raum reichende Entladungen, wie gezackte Blitze, bildeten die Ränder des Vorhangs, trafen sich wie ein nach oben zeigendes Dreieck an der Spitze! In der Mitte dieses wie ein Unwetter zuckenden, bläulichen Dreiecks präsentierte sich Nephets der Ausschnitt eines skurrilen, gewaltigen Bühnenbildes. Der riesige Ausschnitt eines schwarzen, im Gorgoslicht gleißenden Etwas! Ohne zu zögern, folgte er dem Versorgungsraumer. »Hoffentlich« flüsterte er, »bemerken sie uns nicht doch noch, und hoffentlich passieren wir den Schutzschirm noch rechtzeitig.«

Denn wenn sich der Vorhang schloss, während sie noch in der Einflugschneise hockten, würden sie jämmerlich verbrennen, zerschmelzen wie Eis über dem Feuer!
Der Raumer vor ihm flog jetzt einen geraden Kurs, erhöhte seine Geschwindigkeit. Seine Spitze durchstieß das riesige Einflugs Dreieck. Elmsfeuer bildeten sich an den seitlichen Flügeln, bläuliches Leuchten hüllte ihn ein, übergehend in weißglühende Energien, die sich krachend in den Raum entluden. Die thermodynamischen Entladungen! Würden sie den Raumer vernichten? Blödsinn, sie würden doch nicht ihre eigenen Leute, aber auch die beste Technik versagte schon mal! Nephets sah auf seinem Bildschirm, aufatmend das die zweite Kapsel noch immer hinter ihm war. Er hing jetzt genau hinter dem Schiff! So knapp, dass er gerade noch dem Feuer der Abstrahldüsen entging. Das Versorgungsschiff durchstieß den Riss im Schutzschirm, wurde jetzt vollständig von den Energien die am Rand tobten umspült. Die zwei Rettungskapseln folgten ihm, es gab kein Zurück mehr! Nephets wurde plötzlich heftig durchgeschüttelt, die Kapsel hin und her geworfen, ein Spielball von künstlich zusammengefügten Naturmächten. Auf dem winzigen Bildschirm tobten bläulich-weißglühende Energien, er drehte sich mit der Kapsel in einer enormen Geschwindigkeit, oben, unten, ihm wurde schwindelig, Übelkeit stieg hoch.
»Diese verdammten Kapseln sind für solche Gewalten nicht geeignet. Beim Sternenhimmel, wenn wir jetzt seitlich in den Schirm getrieben werden! Hoffentlich schließt sich die Lücke nicht gerade!« Er hatte keine Lust zu verglühen, und als heiße Masse in den Weltraum abzutropfen! Trotz der bedrohlichen Situation, fuhr wie der Blitz ein Gedanke durch sein Hirn. Er hatte Angst. Das erste Mal war es ihm nicht egal. Er wollte leben! Schlagartig beruhigte sich alles, sie waren durch! Nephets atmete heftig, Schwindel und Übelkeit legten sich langsam. Doch eine Verschnaufpause konnten sie nicht

einlegen. »Gorgos sei gedankt«, rief Nephets laut, als er Sulu und Eixas Kapsel wieder auf dem Schirm sah. Dann fiel sein Blick auf das gewaltige Panorama eines schwarzen, amöbenhaften Gebildes. Dieses Ding – war bestimmt mehrere Tausend Meter lang! Unwillkürlich ging ein Schauder durch seinen Körper, als er auf dem metallenen Körper das stilisierte Zeichen sah, eine flammende Kugel, über die ein Eiszapfen gelegt war, das Zeichen der Sonnenpriester! Wie sie es einstmals in der Bordschule gelernt hatten. Sie waren angekommen in der Höhle des Frostbärs! Und der Frostbär schien seine Höhle ziemlich gut ausgestattet zu haben! Wie vereinbart hatte er den Antrieb der Kapsel auf das Nötigste gedrosselt. Sie schlichen seitwärts, von dem Versorgungsraumer weg, der jetzt irgendwo nahe dem verdickten Zentrum der Station andockte, um zu entladen. Ein Teil der Oberfläche war als Raumschiffsträger angelegt worden. Versorgungsraumer konnten dort andocken – *„oder"*, dachte Nephets, *»Kampfschiffe können von dort starten. Aber mit Sicherheit haben sie innen einen riesigen Bootshangar. Sie werden ein Hauptschott besitzen über das sie einfliegen. Aber das können wir nicht benutzen. Wir müssen uns irgendwie einschleichen. Noch wird entladen. Sie müssen ein Schwerkraftfeld über die Oberfläche der Station gelegt haben. Ich sehe Haspiri das Schiff verlassen, die durch eine Luke ins Innere steigen! Aber wir können uns schlecht unter sie mischen. Vielleicht die Container! Wir müssen irgendwie in die Versorgungscontainer!"*
Schnell schickte er eine Textbotschaft zu Sulu und Eixa hinüber. »Wir landen neben diesem kleinen schwarzen Jet unsere Kugeln. Das Versorgungsschiff ist hundert Meter entfernt. Wir schleichen uns an, und schalten die Anzugsmagnetisierung für Handschuhe und Stiefel ein! Dann haften wir uns an die Seitenwände der Container, natürlich immer mit eingeschaltetem Deflektor!«

»Gute Idee!«, antwortete Sulu. »Aber Vorsicht! Sie überprüfen anscheinen jeden dritten Container mit einem Scanner! Wir müssen uns darauf einstellen!«

»Landen wir und gehen es an«, gab Nephets zurück. Fieberhaft aktivierte er mit einer leichten Berührung an der linken Schulter eine Minikamera mit einem zusätzlichen Speicher für Textdateien. Der Chip konnte jederzeit herausgenommen werden. Eine Spezialanfertigung, die er sich noch von Computertechnikern der Marie-Curie fertigstellen lassen hatte.

Sie landeten ihre Kapseln neben einem kleinen schwarzen Kampfjet und stiegen vorsichtig, mit eingeschaltetem Individualdeflektor aus. Nephets streckte leise stöhnend seine Muskeln und Gelenke. Er warf einen Blick auf seine Gefährten. »Seid ihr in Ordnung?«, fragte er.

Sulu grinste schief. »Alles klar.« Sulu deutete mit der Hand nach rechts. »Die Container werden anscheinend per Traktorstrahl auf Schwebeplattformen gezogen, und dann durch einen Antigravschacht, nach unten in die Station befördert!«

Nephets Ohren spielten unruhig durch die Luft. »Schaut auf die zweite Luke, dort schleusen sie die frischen Mannschaften ein. Wahrscheinlich landen sie dort sofort in ihren Quartieren, oder im Kommandostand. Es ist am unauffälligsten, wenn wir uns an die Container haften. Von einer Lagerhalle aus, können wir am unauffälligsten starten. Los! Wir müssen uns beeilen, sie werden die Ladung bald gelöscht haben!«

Vorsichtig, zügig schlichen sie hintereinander aus ihrer Deckung hervor. Möglichst lautlos huschten sie über die schwarze, metallene Oberfläche der Station, quer über einen Raumhafen, auf dem die Marie-Curie mehrmals Platz gehabt hätte. Vorbei an kleinen, schnellen Kampfjets, ihr Blick fiel auf zwei kugelförmige dreihundert Meter Kampfschiffe. Links von diesen Kampfverbänden, Transportschiffe, genaue Kopien des

Schiffes, dem sie gefolgt waren. Diese Station war unter anderem ein riesiges Trägerschiff. Noch im Laufen dachte Nephets, *»wer die Sonnenpriester militärisch angreift, sollte über dies hier Bescheid wissen! Er sollte über eine gut bestückte Flotte verfügen!«*

Zehn, zwanzig Meter schlichen sie über freies Gelände ohne Deckung! Ständig kamen ihnen haspirische Arbeiter und Soldaten entgegen oder Roboter die, die Ladung kontrollierten. Wie Eisaale wanden sie sich zwischen ihnen hindurch, versuchten kein Geräusch zu machen, keinen Luftzug zu verursachen! Nephets wagte kaum zu atmen. Sein Herz schlug so heftig, das er schon glaubte, das Wummern, würde sie verraten! Er war nass geschwitzt unter seiner Montur, als sie endlich am Container-Umschlagplatz ankamen. Einer der Roboter kontrollierte gerade stichprobenartig, einen der ca. zwei Meter hohen, würfelförmigen Container auf den Schwebeplattformen. Stumm zeigte Nephets auf den nächsten Würfel, als er nur noch Zentimeter entfernt war, sprangen sie. Erst im Sprung aktivierte Nephets die Magnethaftung. Er wurde angesogen, als wäre er in das Gravitationsfeld eines Planeten geraten. Mit einem leisen „Klong", haftete er seitlich an dem metallenen Behälter an.

Er presste sich hart an die Stahlwand und hing dort festgekrallt wie eine irdische Spinne, während der Container langsam herunterkippte und im Antigravschacht sanft aufgefangen wurde. Ohne sich umzudrehen, wusste er, das Sulu und Eixa hinter ihm waren. Zweimal war das charakteristische „Klong!", ertönt, gepaart mit einem kollektiven, leisen Stöhnen. Sie schwebten minutenlang durch eine dunkle Röhre. Ab und an durchstach ein breites Lichtband die Dunkelheit, wahrscheinlich ausgehend von den verschiedenen Decks. Plötzlich stach grelles Licht empfindlich in Nephets Augen.

Er wagte nicht seine künstlichen Linsen zusammenzuziehen, aus Angst, das Geräusch könnte ihn verraten. Dann setzte der Container sanft auf eine weitere bereitstehende Schwebeplattform auf, andere folgten ihm nach. Nephets atmete tief durch, und schaute sich das erste Mal nach Sulu und Eixa um.

Blass aber wohlauf hingen sie mit Händen und Füßen neben ihm. Hastig schaute er wieder nach vorne und sah in eine riesige Lagerhalle, kein Lebewesen war zu sehen.

Anscheinend lief hier unten alles vollautomatisch über Computer. Die Schwebeplattform surrte leise auf ein breites Förderband zu, auf das schon etliche Container weitertransportiert wurden! »Schnell Freunde, abspringen«, flüsterte er über Anzugfunk. »Wer weiß, wo dieses Ding hinführt.«

Sulu und Eixa nickten. Gleichzeitig lösten sie die Magnetisierung wieder, und landeten aus einem Meter Höhe unsanft auf dem Hallenboden! Eilig sprangen sie wieder auf, und versteckten sich hinter einem meterhohen Turm schon gestapelter Vorratscontainer.

Heftig atmend ging Nephets neben diesem Turm in die Hocke, gleichzeitig mit ihm Eixa und Sulu. „Seid ihr in Ordnung?", fragte er, als er wieder zu Atem kam. »Ja alles klar!«, stieß Sulu hervor.

»Dann lasst uns überlegen, wie wir weiter vorgehen.«

»Bisher ist ja alles gut gegangen«, Sulu atmete erleichtert aus.

»Zu gut«, skeptisch zupfte Nephets an seinem Bart.

»Also wohin? Was wollen wir hier?« Nephets gab sich selbst die Antwort. »Informationen sammeln, herausbekommen, was die Priester hier treiben. Wo finden wir diese Informationen?«

»Im Hauptcomputer!«, antwortete Sulu.

»Richtig!«, bekräftigte Nephets.

»Dieser Hauptcomputer wird in der obersten Etage dieser Station stehen, in der Zentrale!"

„Du glaubst also auch, dass diese Amöbe ein Raumschiff ist, nicht nur eine feststehende Trägerstation?"

»Auf jeden Fall Sulu! Das, was diesen Stahlboden vibrieren lässt…!«

»Sind wahrscheinlich Triebwerke«, ergänzte Sulu-Ap.

»Triebwerke, die jederzeit hochgefahren werden könnten! Ich bin deiner Meinung!«

»Irgendetwas läuft hier«, knarzte Nephets. »Irgendetwas Unheimliches! Wenn hier alles ganz legal laufen würde, wieso diese scharfe Geheimhaltung! Wieso dieser aufwendige Schutzschirm? Wir werden es herausfinden. Aber die Frage ist, wie kommen wir ungesehen in die Zentrale an den Hauptcomputer? Und das noch zu einer Zeit in der keiner anwesend ist?«

»Gar nicht!«, mischte sich Eixa ein. Die Männer schauten sie verblüfft an. »Denkt doch nach! Die Zentrale können wir vergessen! Eine Zentrale ist immer besetzt. Das ist doch wahrscheinlich auf jedem größeren Raumschiff so. Es muss doch möglich sein, von einer Nebenstelle aus, auf den Hauptcomputer zu zugreifen!«

Nephets kratzte sein Haaransatz und schuttelte den Kopf. »Sulu was für tief gefrorene Eisköpfe sind wir eigentlich? Eixa hat mal wieder die besten Ideen! Vielleicht müssen wir uns noch nicht einmal weit von hier wegbewegen! Auch in dieser vollautomatischen Station muss es doch einen Überwachungsterminal geben, der zumindest manchmal von Arbeitern benutzt wird! Nephets wandte sich zu Eixa um.

»Wenn ich mich recht erinnere, hast du dich damals im Bordseminar zur Freude aller Kommilitonen öfter mal in die Prüfungsergebnisse gehackt. Glaubst du, du kannst so was noch?«

»Hacken«, grinste sie, »das ist immer noch meine Spezialität!«

Sie schlichen durch die turmhohen Reihen der gestapelten Container, noch immer im Schutz des Deflektorfeldes, bisher waren sie noch keinem Lebewesen begegnet. Hier unten schien es tatsächlich nur Roboter zu geben. Gewaltige Lastengleiter flogen durch die breiten Gänge und stapelten die Container. Kegelförmige Schweberoboter, ohne Kopf und Beine, nur Körper, mit einer Art integriertem Sehschlitz, schienen die Container zu scannen, zu delegieren, zu registrieren. Für andere Dinge schienen diese Roboter vollkommen blind zu sein. Allerdings wollte Nephets sich nicht dafür verbürgen was geschehen würde, wenn sie mit ihnen zusammenstoßen würden. Er fragte sich langsam, wann diese verdammten Reihen der Container endlich aufhören würden. Klar, dass dies hauptsächlich eine Lagerhalle war, aber irgendwo musste es doch ein Computerterminal geben, von der die Logistik der Lagerhalle ausging! Er wollte schon vorschlagen, zurück zum Transportband, in der Nähe des Antigravschachtes zu schleichen, vielleicht sollten sie sich doch von dem Band weitertragen lassen, da endeten die Containerreihen plötzlich. Auf der einen Seite war das riesige Förderband zu sehen, das die Container wahrscheinlich an ihre Bestimmungsorte transportierte, und auf der anderen Seite öffnete sich ein im Vergleich schmaler Gang, der nach rechts führte. Nephets blieb stehen. Hinter ihm schlossen Sulu und Eixa auf. Nephets seufzte, »*wir sind im Kreis gelaufen! Dafür haben wir immerhin einen Gang entdeckt, den wir am Anfang übersehen haben!*«

»Den sollten wir uns mal anschauen«, flüsterte er über Anzugfunk. »Aber Vorsicht. Hier könnte es auch lebendige Arbeiter geben!«

Lautlos bogen sie in den hell erleuchteten Gang ab. Links und rechts, unverkleidete stählerne, graue Wände. Nach zwei

Metern öffnete sich auf der rechten Seite eine Lücke! Nephets sah vorsichtig um die Ecke und entdeckte einen kleinen Raum, in dem eine Person an einem Computerterminal hantierte. Jäh drehte sich die Person um, und verließ mit hastigen Schritten den Raum. Reflexartig pressten sie sich an die Wand und blieben mit klopfendem Herzen stehen! Ein großer schmaler Haspiri trat heraus, mit hellbeigem Fell, gekleidet in eine Art grauer Arbeitsmontur. Sie hatten Glück. Der Mann bog nicht in ihre Richtung ab, sondern ging mit schnellen, ausgreifenden Schritten den langen Gang weiter hinunter. Erleichtert winkte Nephets seinen Gefährten. »Los, Sulu, Eixa! Jetzt haben wir eisfreie Höhle! Schauen wir doch mal Eixa, ob du dich von diesem Computer aus in das Hauptelektronengehirn einloggen kannst! Sulu du stellst dich an den Eingang, und stehst Schmiere! Auf geht's!«

!Der Raum war wirklich nicht sehr groß. Einem kleinen Abstellraum ähnlicher, als einem Büro, von dem aus eine große Lagerhalle verwaltet wurde. Aber mehr brauchte es ja auch nicht. Ein Terminal, ein Drehsessel und ein oder zwei Haspiri, die sich in der Bedienung abwechselten. Doch die waren Gorgos sei Dank, im Augenblick nicht anwesend! Während Eixa sich um den Terminal kümmerte, schaute Nephets sich nach Flucht und Versteckmöglichkeiten innerhalb des kleinen Raumes um. Skeptisch, die Augen hin und her zoomend, flitzte sein Blick in jede Ecke! Überall nur niedrige, fugenlose Wände. Der Computerbildschirm war aus Platzgründen in die Wand eingelassen. Der Terminal war als schräge Konsole direkt darunter angebracht. Eixa bediente eifrig, aber vorsichtig die Sensorfelder. Nephets Blick glitt über sie hinweg, nach links. Dort wurde er endlich fündig. Eine schmale, hohe Türe. Er trat näher an heran, und legte bedächtig die Hand auf die Klinke, behutsam, langsam drückte er sie herunter. Ein Schloss schnappte auf. Im Zeitlupentempo zog er die Türe einen Spalt auf, schaute durch die schmale, Lücke in einen zweiten, noch winzigeren, dunklen Raum. Sicher konnte man hier irgendwie Licht einschalten, aber wozu das Risiko eingehen? Er zwinkerte sein Nachtsichtgerät an, und sah in dem infraroten Licht, einen quadratischen Raum, in dem mit Mühe drei Personen Platz hatten. Rundherum, die filigrane Technik des Steuerungscomputers, an dem Eixa bereits arbeitete.

Nephets legte seinen Kopf in den Nacken. Über ihm war in der Decke eingelassen, eine Klappe, die mit Scharnieren bewegt wurde, und mit einem normalen ordinären Handgriff komplett geöffnet werden konnte. »Sehr gut«, murmelte er, »ein Lüftungsschacht!«

Mit zwei Schritten trat er aus dem Wartungsraum heraus und schloss die Türe, bis auf einen kleinen Spalt. Dann wandte er sich Eixa zu, die wie eine Klavierspielerin alter Zeiten, die Sensortasten des Computers bediente. »Wie weit bist du Eixa?«, wisperte Nephets. Eixa schwieg eine Sekunde und starrte, weiterhin ihre Finger bewegend, auf den Bildschirm. »Ich glaube Neph... Aber sieh selber hin! Ich bin drin...und ich habe etwas entdeckt!«

Der Bildschirm war dunkelblau. Nur in der Mitte blinkte ein grellweißes Kästchen...»Bitte geben sie ihr Password ein, bitte geben sie...«

Nephets schüttelte irritiert den Kopf. »Ich dachte du hast was entdeckt.«

»Habe ich auch! Nur das Passwort kriege ich einfach nicht geknackt!«

Aber wieso...?«

»Warte noch einige Sekunden!«

Nephets starrte weiter auf den blinkenden Bildschirm! Plötzlich verschwand das blaue Flimmern. Der Bildschirm wurde schwarz, eine Überschrift entstand in riesigen weißen

Lettern. »Projekt Kernbeschuss...Fernziel Gamma-Ray!
Verschlussdatei!«
Nephets wurde blass! »Was bei den Sternendämonen
bedeutet das?« Eine vage Ahnung stieg in ihm auf. Langsam
dämmerte in ihm eine Erkenntnis. Eine schreckliche
Erkenntnis. Aber der Gedanke, der da dunkel, und finster in
seinem Gehirn, an die Oberfläche seines Bewusstseins stieg
war so ungeheuerlich, dass er sich fast weigerte, diesen
Gedanken zu denken! »Kannst du, kannst du die Datei öffnen
Eixa?«
»Das ist es eben! Immer wenn ich versuche die Datei zu
öffnen«, sie berührte den entsprechenden Sensor, »geschieht
das.« Sofort sprang Nephets wieder der blaue blinkende
Bildschirm ins Auge!
»Ich glaube ich verstehe!« Neph stand noch immer über ihre
Schulter gebeugt. »Ich denke Eixa, das du so weit gekommen
bist, ist schlicht und einfach ein Computerfehler.
Wahrscheinlich sollte das Passwort schon vorher eingegeben
werden. Denn diese Dateiüberschrift alleine, sagt einiges
aus!« Seine Stimme klang wie eingerostet. »Darüber
unterhalten wir uns gleich. Versuch erst einmal
weiterzukommen! Wie könnte dieses Passwort lauten?"
Verzweifelt zupfte Nephets an seiner Ohrspitze.
»Versucht es doch mal mit Gamma-Ray Leute!«
Hastig wandte Nephets sich um. Es war Sulus ruhige Stimme.
Er hatte sich nicht von seinem Beobachtungsposten
weggerührt. Noch immer stand er da in der gleichen Position
mit ausgestrecktem Arm, das Ortungsgerät in der Hand.
»Sulu«, sagte Neph, »du bist genial! Das könnte vielleicht
klappen! Eixa...«
»Schon geschehen Neph, es klappt!«
Nephets war wieder vor den Bildschirm getreten und starrte
auf die Textdatei, die sich dort geöffnet hatte, als er mit
seinen Kameraaugen den komplizierten Text in rasender

Abfolge überflog, brach ihm plötzlich der kalte Schweiß aus, er musste tief Luft holen. Er spürte sein Herz bis in die Stirnader hinein klopfen. Was er dort las, übertraf seine schlimmsten Befürchtungen. Wortlos, mit zitternden Händen löste er den Datenkristall aus dem Schulterstück seines Einsatzanzuges. »Hier Eixa, du kannst die gesamte Datei hier aufspeichern!« Seine Stimme war so tonlos, maschinenhaft wie noch nie, »was dort steht, muss Sah-Gahn, müssen unsere Leute von der Marie-Curie sofort erfahren! Unter allen Umständen! Was hier steht, ist dem Gehirn einer bösen machtgierigen Priesterkaste entsprungen! Der Plan ist des Lefuets und er ist schon Jahrtausende alt, aber er ist nun so reif, er wird in einigen Jahrzehnten aufgehen!«

Nephets Augen zoomten vor und zurück. Es war als seien seine Stimmbänder unfähig diese Worte auszusprechen. »Eixa, Sulu«, quetschte er aus seiner Kehle heraus, »die Sonnenpriester wollen Gorgos bewusst in die Luft sprengen! Sie werden unserem Stern vorzeitig das Leben nehmen! Milliarden von Lebewesen, etliche Systeme werden zugrunde gehen!«

Eixa war ebenfalls blass geworden, unruhig überflog sie den Text, eine Art Kurzbeschreibung des Projektes.

»Aber«, stotterte sie, »wieso machen die das? Was haben sie davon? Diese durchgeknallten, alten Männer!«

»Die sind weder durchgeknallt, noch sind sie alle alt Eixa!« Nephets hatte sich etwas gefasst, der Zoom seiner Augen lag wieder in den Höhlen, doch seine Fäuste waren geballt. Rostiger Zorn lag in seiner Stimme. »Siehst du, was hier unten steht, im letzten Absatz? Sie haben durchaus was davon, nämlich Macht! Enorme...!«

»Neph, Eixa, wir müssen weg hier! Schnell, Soldaten von links! Um Gorgos Willen, von beiden Seiten!«

Sulu schnellte herum, das Ortungsgerät noch in der Hand, die spitzen Ohren steil aufgerichtet, die Augen weit aufgerissen!

»Sie sind gleich hier, ich kann sie schon sehen, wir sind eingekesselt!«

»Schnell«, Nephets zog Sulu in den kleinen Raum. Er schien plötzlich eiskalt. »Sulu, ihr beide müsst in den Wartungsraum«, er zeigte auf die kleine schmale Türe neben dem Terminal. »Hast du alles aufgespeichert Eixa?«

»Ja! Ich hab den Kristall schon wieder eingesteckt!«

Sie sprang auf und stieß den Stuhl von sich.

„Sehr gut, schnell in den Raum, klettert den Lüftungsschacht hoch! Flieht, ihr müsst den Kristall in die Marie-Curie bringen! Ich werde die Soldaten aufhalten!«

Sulu starrte ihn entsetzt an. »Neph, wir können dich doch nicht...!«

Schwere Stiefel krachten laut auf metallenen Boden, die Geräusche kamen aus beiden Richtungen.

»Das ist ein Befehl Sulu«, schrie Nephets!

Ihr könnt es noch schaffen! Nimm Eixa und den Datenkristall und hau endlich ab! Sonst ist es zu spät!« Er wirbelte herum, und stieß seine Gefährten in den offenstehenden Wartungsraum. »Ich komme hier raus Freunde! Bringt den Kristall zur Marie-Curie, unter allen Umständen! Viel Glück!«

Er sah noch, das Sulu wortlos, bleich an der Klappe des Wartungsschachtes hantierte, dann warf er die Türe zu...in diesem Augenblick stürmten sie auch schon herein.

Zwanzig Soldaten, mit gezogenen Desintegratorpistolen! Mit nach vorn geöffneten Handflächen hob Nephets langsam die Hände.

»Habt ihr mich also doch gefunden Jungs! Kommt ihr wirklich alle nur wegen mir?«

Wie aus dem Ei gepellt trat Erdrag-Vitagen aus seiner Kabine. Den schwarzen Zopf straff nach hinten gebunden, die schwarze Uniform aus leichtem, kühlendem Stoff saß absolut korrekt. Mit grimmigem Lächeln strich er sich über das nackte unfellige Kinn! Eigentlich war es ein Novum, sich das Kinnfell abzurasieren! Mit Sicherheit würde es Getuschel und seltsame Blicke geben! Offen darüber zu reden, würden sie nicht wagen! Erdrag-Vitagen war immerhin der Sicherheitschef! Er kam gleich hinter dem Minister, das hieß für die anderen Haspiri, das er in der Reihenfolge der zweite Sonnenpriester hinter D,ion Arap war. Beinahe wäre er bei diesen Gedanken in hysterisches Gekicher ausgebrochen. Aber das wäre bei den vorüberpatrouillierenden Soldaten etwas komisch angekommen. Also beherrschte er sich. Mit harten, wütenden Schritten klapperte er auf dem metallenen Boden! Wenn sie wüssten! Diese Toidis würden sterben vor Ehrfurcht. Das taten sie ja jetzt schon fast. Noch einmal strich er sich über das Kinn.

Er hatte diesen langen Spitzbart einfach nicht mehr ertragen können, er musste ihn einfach abrasieren. Er wäre sonst verrückt geworden. Seit Wochen hatte er jetzt wieder diesen schrecklichen Traum aus seiner Kindheit, den Albtraum, den er schon längst besiegt geglaubt hatte. Jedes Mal wachte er schweißgebadet, mit starken Kopfschmerzen auf. Als gerade keiner auf dem Gang zu sehen war, starrte er zähnefletschend zur Decke und reckte die Faust in die Luft. »Du verdammtes Larmantigesicht, in deiner verfluchten fliegenden Blechkugel! Wieso störst du mich ausgerechnet jetzt wieder im Schlaf! Jahrelang habe ich nicht an dich gedacht! Verrecken sollst du!«

Seine Stimme triefte vor Hass! Nur mit Mühe gelang es ihm, den bebenden Körper zu beherrschen. Dann stand er schließlich vor dem Schott des Konferenzraumes. Er schaute auf sein Armbandkom. Eine Gorgminute vor zwölf! Erdrag-Vitagen atmete tief durch, das Schott öffnete sich und er betrat stocksteif den Raum. Alle fünf Priester, inklusive des Wesens hinter dem wabernden, grauen Tarnschirm waren schon anwesend. Die Synode der Sonnenpriester konnte beginnen!

Als er eintrat, wandten sich ihm alle Köpfe zu. Nur das graue wallende Nichts, am Kopfende des langen rechteckigen Konferenztisches, rührte sich nicht vom Fleck. Doch trotzdem schien es irgendwie ständig in Bewegung zu sein, zu fließen, wabernde sich ineinander verlierende, grau-weiße-schwarze, breite Schlieren! Und aus diesem Nichts heraus klang eine kalte emotionslose Stimme. »Du kommst spät Erdrag-Vitagen!«

»D ,ion-Arap, es, es ist erst kurz vor zwölf!«

»Du irrst, Sicherheitschef, es ist fünf nach zwölf! Du solltest deine Zeitanzeige neu einstellen lassen«, das darauf folgende Lachen klirrte wie Eisstückchen in einem Glas extra gekühlten Eisweines. Hastig ging Erdrag-Vitagen um den Tisch herum und nahm seinen Platz, rechts neben dem obersten Sonnenpriester und zwischen dem Minister ein. Es war still im Raum, keiner der Anwesenden, wagte es über den Scherz des obersten Priesters zu lachen. Denn niemand wusste, ob es wirklich ein Scherz gewesen war, und dann wäre der oberste Priester erzürnt, das wäre nicht gut ... überhaupt nicht gut! Erdrag-Vitagen schaute dieses Wesen nicht an. Er hielt den Blick gesenkt, tat so als ob er konzentriert auf das Arbeitsblatt seines im Tisch eingelassenen, kleinen Terminals schaute, als ob er den Informationstext, zum Themeninhalt der Synode überfliegen würde. Die anderen Sonnenpriester, unter anderem auch Chol-Rasch starrten wie hypnotisiert, auf den wabernden Schutzschirm D,ion-Araps, als könnten sie ihn durchdringen.

Und das war gut so, denn sonst hätten sie gesehen, das Erdrag-Vitagen lachte, lautlos in sich hineinlachte!

Als das Wesen, das den obersten Sonnenpriester darstellte die Synode eröffnete, schaute er ruckartig wieder hoch. Furcht und Aufmerksamkeit heuchelnd. Oh, er konnte das gut. Er war ein wirklich hervorragender Schauspieler! Dass er anderen etwas vorspielen musste, in seiner Position, das hatte man ihn gelehrt, in der geheimen Schule des Gorgosiums. Aber er spürte mit seinen Sinnen, dass auch die anderen Priester ihre Konzentration nur spielten. Logisch, auch sie waren auf dem Gorgosium ausgebildet worden, wenn sie auch nicht die geheimen Kammern durchlaufen hatten.

Wie ein unangenehmer, im Ohr schmerzender Ton, erklang die Stimme D,ion Araps.

„Priester des innersten Kreises! Der Jahrtausende alte Plan, der heiligsten aller Familien, des Clans der Toiraksi, neigt sich nun bald seiner Vollendung zu. Ihr wisst, was ich meine. Eure Familien haben ihm damals alle zugestimmt, außer den L,Racs, diesen Volksschädlingen! Doch dieser störende Einfluss ist Gorgos sei gedankt, hinweggefegt worden. Die Familie L,Rac gibt es nicht mehr! Vor wenigen Stunden ist der alte Na-Gas, einer der letzten L,Rac, bei einem Flug mit seinem Gleiter verstorben!

Das aber nur nebenbei. In nur noch einem Jahrzehnt wird es geschehen. Durch die Aktivitäten unserer Techniker und Wissenschaftler wird Gorgos seine äußere Hülle in einem explosiven Akt beiseite schleudern! Die Geister der Haspiri und Milliarden anderer Lebewesen in dieser Galaxie werden von ihrem körperlichen Dasein befreit werden. Ihr wisst, was das bedeutet! Wir werden...!«

Erdrag-Vitagen, der Mühe hatte die Augen offen zuhalten, schreckte plötzlich auf. Das Armbandkom an seinem Handgelenk vibrierte so stark, das ein Zittern seinen Arm hinauflief. Das Display blinkte immer wieder grün auf. Die Notfallfrequenz! Was war da los? Das hatte ihm gerade noch gefehlt! Mit flinken Händen berührte er einige Sensoren. Er starrte auf die rot leuchtende Textbotschaft und sprang so heftig auf, dass sein Sessel nach hinten gekippt wäre, wenn man ihn nicht im Boden befestigt hätte.

Alle Köpfe drehten sich zu ihm um, sogar das wabernde, graue Nichts verstummte.

»Meine Brüder! Oberster Sonnenpriester – ich muss Kraft meines Amtes die Synode für beendet erklären! Ich bitte, meine Unbotmäßigkeit zu entschuldigen. Meine Sicherheitsleute haben mir gerade berichtet, dass sie einen Eindringling von außen, einen fremden Haspiri festgenommen haben, der sich über den Computer im Lagerraum, bis in das Projekt Gamma-Ray vorgearbeitet hat. Ich fürchte Brüder, wir haben ein kleines Problem!«

Kapitel 10 Das Verhör

Seine Hand- und Fußgelenke brannten wie Feuer. Er spürte eine warme Flüssigkeit über Hand- und Fußknöchel laufen. Fast hätte er gelacht. Sie hatten ihn auf eine primitive, aber effektive Art und Weise gefesselt. Was waren schon energetische Fesseln, gegen primitive stählerne Hand- und Fußschellen, die einem ins Fleisch schnitten und Schmerzen bereiteten. Die Schmerzen bereiteten, auch wenn sie nur in Bioplast schnitten, der mit feinsten unter der Haut liegenden, künstlichen Nervensensoren verbunden war. Der Hauptmann dieser Einheit der Schwarzen Garde hatte keinerlei Humor besessen! Sie redeten kein Wort. Auf einen Befehl des Hauptmanns packten sie ihn und legten ihm Fesseln an. »Was soll das? Ihr verdammten Lefuets!« Er strampelte mit Armen u. Beinen, schlug um sich, kämpfte wie ein Frostbär. »*Hoffentlich sind Eixa und Sulu schon unterwegs!*«, dachte er und versuchte krampfhaft, nicht zur Tür zu schauen. So schnell, dass sie kaum reagieren konnten, zog er ein Bein an den Körper, und stieß es einem Gardisten hart in den Unterleib. Er brüllte auf vor Schmerzen, krümmte sich, presste die Hände auf den Leib, und schnappte wie ein Fisch nach Luft.

Doch schon stieß der Nächste nach, diesmal packten sie ihn. Mit der brutalen Kraft von fünf Männern hielten sie ihn fest! Irgendjemand, vielleicht der Hauptmann, presste ihm etwas kaltes, metallisches an die Schläfe. »So mein Freund!«, keuchte eine wütende, atemlose Stimme, »jetzt ist Schluss, jetzt hörst du auf mit dem Eissplitterwerfen, sonst wird dieses Ding hier dich aus nächster Nähe in einen Feuerball verwandeln! Du wirst noch nicht einmal Zeit haben zu schreien!«

»Vielleicht nicht das Schlechteste«, dachte Nephets.

»Keine Schmerzen, einfach weg! Ma-Ira sehen! Ma-Ira! Verdammt, vor Kurzem wollte ich doch noch leben! Für sie. Reiß dich zusammen. Eixa und Sulu stecken jetzt im Lüftungsschacht!«

Er atmete heftig, rührte sich aber nicht mehr.

»Sehr vernünftig Bursche!«, hörte er die Stimme des Hauptmannes, dann wurde er von zwei Seiten hochgerissen, und auf die Beine gestellt. Halb schleiften sie ihn, durch die langen stählernen Gänge, halb stießen sie ihn. Zeit, endlos wie die Eiswüste, die er nur aus Erzählungen kannte. Heiß war es hier! Schweiß lief ihm den Körper hinunter, obwohl ihm kalt wurde! Was für ein Paradoxon!

Ein Schott öffnete sich. Sie stießen ihn in einen größeren, quadratischen Raum! Es schien eine Art Wachstube zu sein, oder besser gesagt, eine militärische Einsatzzentrale. Überwachungsmonitore, die anscheinend die wichtigsten Bereiche überwachten.

Die Lagerhalle, und der winzige Computerraum fielen nicht darunter. Doch wie zum Lefuet hatten sie gemerkt… Unter den zahlreichen Monitoren an der Frontwand, fiel ihm einer auf. Er blinkte in einem grellen Blau, dasselbe Szenario, in das sich Eixa gehackt hatte. Mit einem Unterschied, riesige rote

Buchstaben am Seitenanfang schrien einem fast entgegen, Warnung – Warnung! Eindringling ins Projekt Gamma-Ray! Der blinkende Bildschirm war kein Computerfehler, sondern ein stiller Alarm gewesen, schon bevor sie überhaupt das Password gefunden hatten. So einfach war das! Mit harten Fäusten zerrten sie ihn zu einem der Sessel und ketteten ihn dort fest. Irgendeiner der Soldaten sprach in sein Armbandkom. Er hörte den Namen Vitagen, und Sicherheitschef…Verhör!

Die Einsatzzentrale summte. Es war das Summen der Maschinen und das Summen haspirischer Stimmen. Doch keiner sprach mit ihm. Drei Wachgardisten bildeten mit gezogenen Desintegratorgewehren, ein Dreieck um ihn herum. Zwei standen links und rechts neben ihm, einer stand ihm genau gegenüber! Sie alle warteten auf etwas. Sie warteten auf den Sicherheitschef! Diesem Vitagen! Und jäh, in eiskalter Konsequenz, war Nephets klar was geschehen würde! Dieser Vitagen würde ihn verhören! Er würde versuchen ihn auszuquetschen, wie eine irdische Zitrone! Davon abgesehen, dass er niemals irgendetwas über die Marie-Curie, seine Leute, ihre Mission verraten würde, es war so oder so egal was er tun oder lassen würde. Er würde sterben. Er wusste zu viel! In diesem Augenblick öffnete sich das Schott erneut, ein Mann in der schwarzen Uniform, die hier alle Soldaten trugen trat ein. Vier stilisierte Eiszapfen prangten silbern auf den Schulterstücken seiner Uniformjacke. Doch das war es nicht was Nephets-Gnikwah den Mund aufreißen, und die Augen aus den Höhlen zoomen ließ. Trotz des felllosen Kinns stieg ein Name aus seiner Kehle nach oben und drängte sich ihm auf die Zunge. Im letzten Augenblick konnte er sich noch beherrschen, und stieß ein unartikuliertes Quietschen aus. »Sah-Gahn!«, dachte er. »Sah-Gahn!« Aber natürlich war es nicht Sah-Gahn. Von anderen Dingen abgesehen, das Bild stimmte einfach nicht.

Dieser Mann war etwas kleiner, und kompakter. Sein Zopf war pechschwarz und nicht dunkelbraun. Das Entscheidende aber waren seine Augen. Sie waren zwar ebenfalls dunkelbraun, aber sie schienen erloschen! Obwohl dieser Mann nicht blind schien, waren seine Augen ohne jede Emotion. Kein Zorn, kein Hass, kein Ärger...nichts. Und trotzdem!

Eine kalte, farblose Männerstimme riss ihn aus seinen Überlegungen. »Darf ich mich vorstellen? »Mein Name ist Erdrag-Vitagen. Zu deiner Information Haspiri, ich bin der oberste Sicherheitschef. Der zweite Priester hinter D,ion Arap! Deine Anwesenheit hat es geschafft, mich aus einer wichtigen Sitzung zu holen. Ich bin nicht gerade darüber amüsiert! Und deshalb werden wir Zwei uns jetzt ein wenig über deinen Besuch hier unterhalten!«

Nephets schwieg, und zuckte mit keinem Muskel, das konnte er sehr gut! Er würde auf keinen Fall zuerst reden! Dieser Sicherheitshaspiri würde schon von selber rauskommen! Erdrag-Vitagen stand jetzt dicht vor ihm und sah kalt lächelnd auf ihn herab. Wie hatte er nur jemals denken können Sah-Gahn käme ihm entgegen! Leise, herablassend war seine Stimme. »Ich weiß nicht, wie du hier hereingekommen bist, Bursche, aber das ist auch egal, ein dummer Zufall mehr nicht!«

»*Lügner*«, dachte Nephets, »*das kann dir gar nicht egal sein! Ich bin sicher du lässt im Hintergrund schon fieberhaft danach forschen, und du wirst mich gleich danach fragen! Hoffentlich schaffen es Sulu und Eixa!*«

»Du wirst mir alles erzählen, wie du eingedrungen bist, warum, wieso dich gerade dieses Projekt interessiert hat! Du wirst mir sagen, wer dein Auftraggeber ist!"

Es war das erste Mal, das Nephets reagierte. Gleichmütigkeit vorspielend zuckte er mit den Schultern.

»Ein dummer Zufall Erdrag-Vitagen, mehr nicht!«

Eine lange Fellsträhne löste sich aus seinem Zopf und fiel ihm über das linke Auge. Blinzelnd sah er Erdrag-Vitagen die Stirn in wütende Falten legen. Er entschloss sich, wenigstens halb die Wahrheit zu sagen. Es würde nichts bringen, diesem haspirischen Eiszapfen eine fantastische Geschichte vorzulügen. Nachher würde er sich noch so verhaspeln, dass er sich verplapperte. Dieser Mann war arrogant, aber nicht dumm.

»Ich habe keinen Auftraggeber! Ich bin Wissenschaftler, Einzelkämpfer! Mir kam es schon seit Jahren seltsam vor, das Gorgos sich in so rasantem Tempo ausdehnt. Ich wollte wissen warum!«

»So, so«, Erdrag-Vitagen zog die Mundwinkel nach oben. »Du bist also von Hasperod losgeflogen, und hast in dieser Station danach gestöbert, warum Gorgos so schnell stirbt. Ich rate mal weiter, die offiziellen Führungen waren dir zu langweilig. Du hast nach Abenteuer gesucht! Kein Haspiri, der nicht hier oben tätig ist, weiß etwas von der Station. Glaubst du eigentlich mein rotfelliger Freund, ich sei ein Toidi?«

»*Oha*«, dachte Nephets, und sah mit halbgeschlossenen Augen wie sich die Zornesfalte auf Erdrag-Vitagens Stirn vertiefte. »*Er zeigt Nerven!*

»Nein«, sagte er laut. »Es ist einfach so. Ich bin mit meinem Raumschiff hergeflogen, habe mich durch den Schutzschirm gemogelt, und mich schließlich in euren Hauptcomputer gehackt! So war es!«

Erdrag-Vitagen lachte, ein kurzes, bellendes Lachen!

»Natürlich war es so! Zumindest versuchst du mir, das weiszumachen!«

Der Sicherheitschef trat näher an Nephets heran, und packte ihn am Kragen seines Einsatzanzuges. Nephets bekam kaum noch Luft. Keuchend sah er in die kalten Augen, spürte widerwillig die heftigen Atemzüge Vitagens auf seinem Gesicht.

»Wissenschaftler tragen natürlich grundsätzlich Kampfanzüge, das ist ihre Alltagskleidung«, knurrte er! Ein feiner Sprühregen von Speicheltropfen landete auf Augen und Stirn. Nephets schluckte, brennende Magensäure stieg in seine Kehle.

»Hör auf, mir so einen Eisdreck zu erzählen!«, brüllte Vitagen. »Du willst jemanden schützen, du räudiger Larmanti! Du gehörst zu einer Rebellengruppe. Du wirst mir jetzt sofort sagen, wer du bist, in wessen Auftrag du handelst, sonst werde ich dich auf der Stelle in die Extremkältekammer schicken, und langsam zu Tode gefrieren lassen!«

»Das wirst du doch sowieso tun«, stieß Nephets atemlos hervor. Die Faust um seinen Kragen hatte sich so fest zusammengekrampft, dass er kaum noch Luft bekam. »Du wirst mich töten. Denn ich weiß zu viel! Ich werde kein Wort mehr sagen! Gar nichts mehr!«

Erdrag-Vitagen zog seinen Kragen noch fester zusammen, Nephets atmete nur noch stotternd.

»Du gehst mir langsam auf die Nerven Bursche! Ich werde nicht nur dich töten mein Freund! Seitdem wir uns hier unterhalten, lasse ich permanent die nähere Umgebung der Station überwachen! Wenn du Helfer hast, denen du die Flucht ermöglichen willst, dann werden wir sie finden und eliminieren!«

Nephets spürte eisige Kälte durch seinen Körper kriechen, »ruhig«, dachte er. »Ganz ruhig«, natürlich lässt er jeden Zentimeter überwachen. Was dachtest du! Das heißt aber nicht, dass sie Eixa und Sulu finden werden! Sie winden sich da raus, egal was kommt, du sagst nichts! Du gibst nichts preis!

»Tu, was du willst Sicherheitchef«, quetschte er heraus. »Glaub, was du willst. Ich habe dir nichts zu sagen, egal was du mir androhst.« Diese Fellsträhne nervt langsam!

Erdrag-Vitagen ließ Nephets Kragen los trat einen Schritt zurück, und lächelte.

162

»So«, sagte er mit freundlicher Stimme, und musterte Nephets mit emotionsloser Kälte. Dann weiteten sich seine Augen jäh und fingen an zu glitzern. Sein Blick blieb an etwas hängen, das um Nephets Hals hing. Er machte einen hastigen Schritt nach vorne und packte die Lederschnur, die um Nephets Hals hing. An deren Ende baumelte ein Holowürfel.

»Was haben wir denn da?«, flüsterte Vitagen.

»Ferienaufnahmen etwa? Das interessiert mich! An Urlaubsfotos bin ich immer interessiert!«

»Verdammt was will er damit?«, dachte Nephets. *Sah-Gahn, Ma-Ira und ich selber auf der Sternenspürer! Ich weiß nicht warum, aber er sollte das nicht sehen! Er sollte diese privaten Holoaufnahmen nicht sehen!* Zu spät! Mit einem scharfen Ruck riss Erdrag-Vitagen ihm den Holowürfel vom Hals und aktivierte ihn. Ohne dass er Einfluss darauf gehabt hätte zoomten Nephets Augen vor und zurück. Vor seinen Augen bauten sich bläulich flimmernd drei Holos auf. Links Neph, rechts eine strahlend schöne, junge Ma-Ira und in der Mitte ein lächelnder, entspannter Sah-Gahn. Es war kurz vor dem Absturz gewesen, und Neph stützte sich auf Sah-Gahns Schultern, da seine Standfestigkeit noch nicht sehr groß war. Erdrag-Vitagen riss die Augen auf, als er plötzlich die Gestalten vor sich aufspringen sah. Er schien schlagartig nervös zu werden. Seine Bewegungen wirkten fahrig. Seine Lippen bebten. Nur mit Mühe schien er sich in Zaum zu halten. Mit unruhiger Hand zeigte er auf Sah-Gahns Gestalt.

»Wer ist das?«, herrschte er Nephets an. Seine Stimme klirrte.

Nephets tat so als verstände er ihn nicht. »Das bin ich! Rechts, das ist meine Gefährtin...«

»Verdammt,« brüllte Vitagen. »Du weißt genau, wen ich meine! Wer ist diese hässliche Fratze in der Mitte? Rede, oder der Soldat hinter dir wird einen Wackelkontakt in seinem Finger bekommen!«

Nephets spürte übergangslos den Druck eines Stahlrohres an seinem Hinterkopf. Doch er blieb ruhig, noch brauchte ihn Vitagen.

»Ach so, du meinst den da«, antwortete er mit seiner tonlosesten Roboterstimme. »Das ist ein Bekannter! Sein Name, und die Umstände interessieren dich nicht.«

Vitagen machte dem Soldaten ein Zeichen, und der Druck an Nephets Hinterkopf verstärkte sich. »Was mich zu interessieren hat, Eislaus, entscheide hier noch immer ich! Aber du hast Glück, unwahrscheinliches Glück. Ich kenne diesen Mann! Das ist Sah-Gahn L,Rac, nicht wahr? Dieser machtgierige Verräter! Dieser Volksschädling. Seine Daten sind noch immer in allen Archiven gespeichert! Handelst du in seinem Auftrag? Wer bist du, sein Sohn? Und wo ist dieser Mann jetzt!«

Nephets hätte am liebsten gelacht. Vitagen war vollkommen von der Eisscholle gerutscht. Er bebte vor Zorn. Seine Stimme troff vor Hass! Sah-Gahn hatte nie über seine Familie geredet, aber Neph war sich jetzt fast sicher, dieser Mann, stand in irgendeiner Beziehung zu Sah-Gahn! Vielleicht konnte er das ausnutzen, und Vitagen etwas aus der Spur werfen. Vielleicht würde das seine Hinrichtung noch etwas hinauszögern.

»Ma-Ira", dachte er, »Sulu und Eixa werden es schaffen. Sah-Gahn, Pet und Jes werden mich raus, sie werden kommen!«

Plötzlich schoss es wie eine Eingebung durch seinen Kopf! »Sah-Gahn? Sah-Gahn L,Rac ist tot!«

Erdrag-Vitagen erstarrte mitten in einer Bewegung, den winzigen Bruchteil einer Sekunde weiteten sich seine Augen. In seinem Gesicht stand eine Mischung aus Enttäuschung und Entsetzen. »Tot? Dieser Eiskriecher ist tot?«

»Ja, er ist tot. Ums Leben gekommen bei einem katastrophalen Absturz der Sternenspürer, während eines Anflugs im Einflussbereich eines fremden Planeten. Etliche Lichtjahre vom Hasperodsystem entfernt, am Rande der

Galaxie. Ein schwerer Getriebeschaden. Weit über die Hälfte der Mannschaft kam dabei ums Leben. Darunter er und meine Gefährtin!« Seine Stimme klang Rost zerfressen, tragisch. Und das war noch nicht einmal gelogen. Nicht wirklich!

»Das Schiff?«, stieß Erdrag-Vitagen aus.

»Das Schiff«, antwortete Nephets monoton, »ist totaler Schrott.« Als hätte er sein Schweigen als zwecklos aufgegeben, redete er weiter wie ein Wasserfall. »Ich konnte mich mit den wenigen Überlebenden in ein Beiboot retten.

»Mehr«, *was war das? Dieser leichte Druck in seinem Kopf, dieses – angestrengte, leise Tasten in seinem Geist?*

»Mehr gibt es dazu nicht zu sagen!«

Die Starre war von Erdrag-Vitagen gewichen. Er beugte sich zu Nephets hinunter, der noch immer an diesen unbequemen harten Stuhl aus Formenergie gekettet war. Sein nacktes Gesicht war nur noch Zentimeter von seinem entfernt. Sein breites Lächeln, war das eines zähnefletschenden Dirkahns, als er langsam sagte, »du lügst!«

»Nein, wieso ich!«

Erdrag-Vitagens Arm holte weit aus, und traf mit brutaler Kraft Nephets Unterlippe. Sein Kopf flog zur Seite.

Ein scharfer Schmerz fuhr durch seine Lippe und zog bis in den Unterkiefer. Er hörte geradezu das Geräusch aufplatzenden Fleisches und spürte, wie das warme Blut sich in seinem Bart verfing und hinuntertropfte. Seltsamerweise, beherrschte ihn nur ein Gedanke, »*wieso kriegt man immer auf derselben Stelle, eins in die Fresse?*«

Erdrag-Vitagen hatte sich wieder aufgerichtet. »Du lügst!«, wiederholte er triumphierend. »Wen glaubst du, eigentlich vor dir zu haben? Ich bin nicht umsonst der Sicherheitchef des gorgosischen Imperiums! Ich bin nicht nur das, ich bin ein Priester! Ein Priester des innersten Kreises! Ich bin der zweite Priester! Hinter Di´on Arap!"

Nephets schwieg. Er hatte das Gefühl, das es nicht gut war, jetzt noch irgendetwas zu sagen. Und langsam ahnte er, warum seine Finte gescheitert war.

»Du kannst mich nicht täuschen!«, fuhr Vitagen fort. »Sah-Gahn L, Rac lebt! Ich habe die Schwingungen deines Geistes gespürt! Und auch dein Schiff gibt es noch. Und du wirst mir verraten, wo es ist, mein Freund! Ich sage dir jetzt noch was anderes du kleine Eislaus. Du scheinst ja einer derer zu sein, die Tod und Lefuet nicht fürchten. Zu deiner Information, ich habe auch andere Möglichkeiten dich zum Sprechen zu bringen! Und wenn ich dann mit dir fertig bin, wirst du danach winseln, reden zu dürfen. Du wirst Lefuet für einen freundlichen Gott, und den Tod für eine Gnade halten – also entscheide dich!«

Das erste Mal seit seiner Gefangennahme bekam Nephets Angst, dass es Schlimmeres geben könnte als den Tod. Sein Atem ging schneller, seine gefesselten Hände krampften sich zusammen. Es dauerte einige Sekunden, bis er fähig war zu reden. *Ma-Ira, Jes, Pet, Lari-Nah – Sah-Gahn! Helft mir!* Seine Stimme klang wie eine hohle, singende Metallröhre! »Nein«, brüllte Nephets. »Ich kenne die Koordinaten nicht, und ich weiß nichts von seinen Plänen!« Erschrocken wich Erdrag-Vitagen zurück. »Nichts Vitagen werde ich verraten, egal was es ist, nicht im Leben, nicht im Sterben!«

Vitagen erholte sich rasch. Er straffte sich, sein Gesicht wurde ausdruckslos. »Dann packt ihn Soldaten! Macht seine Ketten los, und bringt ihn in das Speziallabor! Wir werden herausfinden, wo er zu packen ist! Dieses Großmaul wird sich noch wünschen nicht geboren zu sein!«

Endlose dunkle Wartungsschächte, links, rechts, geradeaus. Klaustrophobisch eng! Nephets hätte hier seine Probleme

gehabt. Für Eixa und Sulu waren die Schächte gerade ausreichend. Gerade noch rechtzeitig hatte Neph sie in den kleinen Wartungsraum gestoßen, als die Türe hinter ihnen zufiel, dröhnten schon die schweren Stiefel der Soldaten in den Computerraum. Lautlos hatte Sulu Eixas Hand genommen und sie unter die Wartungsklappe gezogen. Mit dem anderen Arm zog er kraftvoll, aber vorsichtig an dem Bügel, der an der Wartungsklappe befestigt war, und langsam, geräuschlos, bewegte sich die schwere Platte zur Seite. Angestrengt schaute er nach oben und schaute in ein quadratisches, gerade haspiribreites Loch. Hastig drehte er sich nach Eixa um und zeigte stumm nach oben. Dann griff er in das Loch hinein tastete es ab, bekam endlich etwas zu fassen, was sich wie eine Eisensprosse anfühlte, und hangelte sich schließlich nach oben. Mit gespannten Armmuskeln zog er sich weiter in den Schacht hinein, beugte sich nach unten und zog mit dem freien Arm Eixa-Lag nach oben. Alles geschah in völliger Stille, denn von unten schallten noch immer die Tritte und Stimmen der Soldaten herauf. Während sie wortlos begannen, nach oben zu klettern, drangen noch eine Zeit lang die Geräusche eines wilden Handgemenges zu ihnen hinauf. Doch irgendwann verklangen die Laute dieses Spektakels. Stumm hingen sie jeder ihren Gedanken nach.
»*Neph*«, dachte Sulu während sie diesen schier endlosen Schacht entlang kletterten, »*wir werden deinen Chip zur Marie-Curie bringen. Verlass dich drauf. Wir schaffen es! Und dann kommen wir wieder und holen dich.*«
Nach Stunden, so kam es Sulu vor, tauchte links neben ihm in der Wandung des kaminartigen Schachtes eine Art Nebengang auf. Sulu stoppte, und machte Eixa, die schwer atmend hinter ihm herkletterte, ein Zeichen. Als sie ihn eingeholt hatte, stieß er keuchend hervor.
»Hier in diesem Nebengang können wir einen Moment ausruhen, und uns weiter besprechen.

Hastig kletterten sie nacheinander in den Nebengang, der noch enger war als der Hauptschacht. Gekrümmt, pustend saßen sie gegen die kühle Metallwand gelehnt. Sulus Atem beruhigte sich schnell wieder. Eixa brauchte etwas länger. Ihr Atem ging schnell, ihr Gesicht war weiß vor Anstrengung. Sulu warf ihr einen scharfen Blick zu. Verdammt sie war doch sonst immer so fit. »Was ist los Eixa? Geht es dir nicht gut?«

»Doch, doch!«, wiegelte sie ab. »Ich hab nur seit Stunden nichts mehr gegessen. Das wirft mich immer etwas um!«

Sulu kramte in den Taschen seines Einsatzanzuges. »Ich hab noch ein paar Konzentratwürfel!«

»Gleich Sulu, jetzt noch nicht!«

»Eixa, ich will nicht, dass du mir hier zusammenbrichst!«

»Das tue ich auch nicht«, ihr Gesicht hatte wieder Farbe angenommen. »Mir geht es schon besser. Ich werde gleich deine Konzentratwürfel einwerfen. Lass mich nur etwas ausruhen!«

Er nickte seufzend. «Gut, du bist erwachsen! Dann lass uns mal die Situation analysieren!«

»Sulu, wir haben Nephets nicht im Stich gelassen, oder?«

Er holte tief Luft und nagte an seiner Unterlippe. »Nein! Nein im Gegenteil! Er hat recht. Wir haben ihm so mehr geholfen! Der Durchgang dieser Wartungsklappe bietet immer nur für eine Person genügend Platz. Die Zeit war zu knapp, wenn wir auf Neph gewartet hätten, wären wir alle drei erwischt worden!« Sulu schüttelte den Kopf, wie um sich selbst zu beruhigen. »Nein Eixa, wir haben ihn nicht verraten, der Chip ist so brisant, er muss umgehend auf die Marie-Curie! Sah-Gahn, Pet, Jes, und die anderen, werden alle Sternendämonen durcheinanderwirbeln, um ihn hier herauszuholen!«

Sie nickte. »Das sehe ich ein! Aber wie kommen wir hier heraus? Wir können nicht warten, bis das nächste Versorgungsschiff kommt. Das dürfte nämlich erst in zwei

Gorgosstandardtagen sein. So viel Zeit haben wir nicht Sulu. Bis dahin kann er schon längst tot sein!«

»Hast du eine Idee Sulu!« Eixa-Lag rieb verzweifelt ihre Stirn.

»Ich muss gestehen, dass mir im Augenblick nichts einfällt! Ach verdammter Mist, das dauert alles viel zu lange!« Hoffnungslos schüttelte Sulu den Kopf, dann sah er ruckartig s hoch. »Verdammt, warum sind wir da nicht eher drauf gekommen? Wir klauen einen Gleiter!«

Eixa starrte ihn an! »Das soll eine Lösung sein? Wir müssen immer noch durch den Schutzschirm kommen, gesetzt den Fall es gelingt uns, einen Gleiter zu klauen!«

Sulu ballte die Faust. »Die einzige Schwierigkeit ist den Gleiter zu knacken. Der Gleiter wird mit einem Codewort gesichert sein. Aber das werden wir herausbekommen. Der Schutzschirm? Eixa, wir sitzen in einem ihrer Militärgleiter! Sie werden doch nicht ihre eigenen Leute vernichten!«

Eixa stieß heftig die Luft aus. »Ich bin nicht so ganz davon überzeugt!«

»Mag sein!«, sagte Sulu tonlos. »Aber wir haben keine andere Wahl!«

»Gut, nehmen wir an das funktioniert, und wir kommen durch den Schutzschirm! Ist dir klar, dass wir die Koordinaten der Marie-Curie nicht kennen? Dort wo sie stand, bevor wir das Schiff verlassen haben, steht sie nicht mehr! Sie haben sich mit Sicherheit irgendwo versteckt! Wir können nicht einfach einen wilden Sprung ins Hasperodsystem machen. Dann können wir uns auch freiwillig an die schwarze Garde ausliefern!«

Sulu seufzte. »Natürlich, es muss so sein. Sie haben sich versteckt, und wo? Wenn ich sie wäre, ich würde mich im Asteroidengürtel zwischen den dicken Brocken verstecken. Genau dahin müssen wir springen! Natürlich nicht mitten rein. Wir müssen unterhalb des Feldes landen und dann

werden wir sie anfunken! Ich weiß, das ist nicht gerade
ungefährlich! Aber anders geht es nicht!«
Eixa verzog säuerlich das Gesicht, »ein Risiko mehr macht
jetzt auch nichts mehr aus!«
Sie gönnten sich fünf Minuten Verschnaufpause, dann
kletterten sie weiter nach oben! Sie verständigten sich nur
noch über den Anzugfunk. Das war sicherer, jedes Wort in
diesen stählernen Schächten hallte laut und war noch
meterweit zu hören. Ab und zu schwebten kleine stabförmige
Wartungsroboter, mit ausgefahrenen Werkzeugarmen an
ihnen vorbei. Sie erstarrten jedes Mal zu Eis. Aber die kleinen
„Blechröhren", wie Sulu sie nannte beachteten sie nicht. Sulu
und Eixa waren für sie gar nicht vorhanden, ihr Programm war
nur auf Wartungsarbeiten ausgerichtet. »Wo sind wir?«,
flüsterte Eixa schließlich, als sie nach einer Viertelstunde an
die nächste Abzweigung gerieten, »wohin wollen wir
eigentlich?«
»Gute Frage!«, gab Sulu zurück. »Wir sind unten in der
Lagerhalle in den Wartungs- und Belüftungsschacht
eingestiegen, darunter liegen nur noch die Triebwerke! Ich
habe keine Erfahrung mit solch riesigen Trägerschiffen. Aber
im Grunde sind diese Kästen alle gleich aufgebaut, egal wie
groß sie sind. Ich könnte mir vorstellen, dass wir jetzt in dem
Bereich eines Innenhangars kommen! Dort könnten auch eine
Schiffswerft, Quartiere der Techniker und Soldaten
untergebracht sein!«
»Dann sollten wir schauen, dass wir uns irgendwie zum
inneren Schiffshangar durcharbeiten. Es wäre doch einfacher,
direkt von dort aus zu starten, als erst von der Oberfläche des
Schiffes!«
Sulu schüttelte den Kopf. »Im Gegenteil. Wenn wir uns hier
einen Gleiter greifen, müssen wir ihnen erst klar machen,
dass sie uns das Außenschott öffnen sollen, wir müssen durch

den Schutzschirm. Das ist doppeltes Risiko! Wir müssen auf die Oberfläche. Es wird uns nichts anderes übrigbleiben!« Eixa-Lag seufzte. »War ja nur mal so ein Gedanke!« Keuchend, auf allen Vieren , kletterten sie in die Abzweigung hinein. Die Abzweigung war nur wenige Meter lang, und am Ende mit einer Wartungsklappe verschlossen. Die Wartungsklappe war sogar beschriftet – D020 »das heißt Deck 20,« sagte Sulu leise, »und ich hoffe, dass ich mit meiner anderen Vermutung auch Recht habe!«
»Schön und gut, aber wie sollen wir über den unteren Hangar nach oben auf die Schiffsoberfläche kommen?«
»Über die Mannschaftsnotschleuse! Sie werden bestimmt eine haben!«
»Das mag sein, aber sollten wir nicht über das Oberdeck klettern? Das ist doch risikoärmer!«
»Da oben ist die Zentrale! Da ist die Bewachung noch schärfer! Wir haben beide ein Sicherungsseil im Anzug integriert, und die Magnete in Stiefeln und Handschuhen. Wenn wir vorsichtig sind, kann nichts passieren. Wir können gar nicht abdriften. Sie haben doch schon wegen des Außenhangars ein Gravitationsfeld um das Schiff gelegt.«
»Du hast mich nicht ganz überzeugt«, ächzte Eixa, während sie sich halb aufrichtete »aber wahrscheinlich gibt es wirklich keine andere Möglichkeit!«
Vorsichtig zog Sulu-Ap an den zwei stählernen Bügeln der Öffnungsklappe. Sobald ein kleiner Spalt zu sehen war, stoppte er den Vorgang und lugte hinaus. »Besser kann es gar nicht kommen!«, wisperte er. »Wir sind direkt im Innenhangar! Kein einziger Haspiri zu sehen!«
Sulu schob die Luke weiter auf. »Halt!«, zischte Eixa. »Wir sollten trotzdem die Deflektoren einschalten. Der Hangar wird bestimmt von außen überwacht!«
»Na klar, aber ich habe Angst, dass sie die Deflektoren anmessen! Wir schalten sie nur kurz ein, wenn wir nach unten

171

klettern. Dann müssen wir versuchen die Deckung auszunutzen!«

Er winkte sie heran. »Sieh selbst! Die Hangarhalle ist riesig, mit etlichen Forschungsschiffen und Raumgleitern besetzt. Die können wir als Sichtschutz benutzen!«

»Kannst du erkennen, wo die Mann-Schleuse ist?«

»Nein, aber der Hangar scheint sich am rechten Ende der Halle in den Weltraum zu öffnen. Die Mannschleusen müssten aus Sicherheitsgründen, eigentlich in der Mitte sein. Komm wir ziehen los, bevor es jemandem einfällt, das er im Hangar was zu tun hat!«

Leise, sich windend wie zwei Eisaale, schlüpften sie durch den kleinen Spalt, den Sulu geschaffen hatte, und kletterten die Stiegen hinunter auf den Boden. Sulu stöhnte leise und wischte sich die Schweißperlen von der Stirn. Es war verdammt heiß hier. Er schaute sich stirnrunzelnd nach Eixa um. Sie war so blass, hoffentlich hielt sie das durch! Aber es half nichts, sie mussten weiter. »Wir schließen schon mal die Raumanzüge«, raunte er. Leise surrend entfalteten sich die Helme aus dem Nackenwulst und stülpten sich automatisch wie Kapuzen mit Sichtscheibe über ihre Köpfe. Zügig lösten sie sich von der Wand, schlichen nur wenige Meter weiter, zum Gleiterfeld hinüber. Hunderte von kleinen, schmalen Gleitern standen hier. Ihre spitz zulaufende Nase war leicht nach unten gekrümmt. Links und rechts befand sich jeweils eine Art Heckflosse. Die Gleiter wirkten auf Sulu wie Raubvögel, mit halb ausgebreiteten Schwingen. Hastig mit ein, zwei Sprüngen, drängten sie sich zwischen die Reihen, der kleinen Raumfahrzeuge, duckten sich unter die Schwingen, und schalteten den Deflektor aus. »Bomber«, wisperte Sulu, Eixa zu. »Siehst du die kleinen Geschützrohre unter den Flügeln? Das sind kleine, aber wendige Raumbomber!«

Zischend öffnete sich das Innenschott des Hangars, bevor Sulu und Eixa reagieren konnten, strömte ein ganzer Pulk von mindestens fünfzig Soldaten in dunkelgrünen Raumanzügen herein. Das Material glänzte leicht im grellen Licht der Lampen. Sie verteilten sich zügig und geordnet über die Gleiter der vorderen Reihen. »Scheiße!«, dachte Sulu. »Sie kommen genau auf den Gleiter zu, hinter dem wir uns versteckt haben.« Fieberhaft legte er die Hand auf seinem Sensor-Gürtel um den Deflektor einzuschalten, aus den Augenwinkeln sah er Eixa dieselbe Bewegung machen, doch zu spät, die Soldaten waren heran. Gleich würden die Burschen den Kopf drehen, und sie sehen! Wild um sich blickend packte er Eixa am Handgelenk. Doch es gab keine Fluchtmöglichkeit. Zwei rennende, Haken schlagende Haspiri! Hinter sich fünfzig Soldaten! Da konnten sie auch gleich stehen bleiben. Zwei der Soldaten drehten die Köpfe, Blicke die sich ihnen zuwandten.

Gleich war es aus. Für einen winzigen Bruchteil der Zeit schien alles zu erstarren! Sein eigener heißer Schrecken, Eixas weißes Gesicht, ihre weit aufgerissenen Augen.

Der noch gleichgültige Blick der Soldaten! In vorderster Front ein Zwei-Zapfenträger! Und in dieser winzigen Nanosekunde schwappte eine verrückte Hoffnung durch seinen Geist. Er ließ Eixas Handgelenk los, straffte sich, als würde er strammstehen, und hob die Hand grüßend an die Stirn. Er hoffte das Eixa verstand! Die Haspiri hatten sie jetzt voll im Blick. Der Hauptmann schien sie scharf anzusehen, nickte und hob ebenfalls grüßend die Hand. Dann gingen er und der Rest der Truppe vorbei zu den anderen Gleitern. Mit aller Kraft riss Sulu sich zusammen, um nicht zu zittern. Steif wie eine Puppe stand er neben seinem Gleiter. Eixa-Lag schien es nicht viel anders zu gehen. Sie krampfte ihre Hände zu Fäusten zusammen! Er schielte unauffällig zu seinen „Kameraden" hinüber. Zu zweit besetzten sie die Gleiter, die einfach über

173

einen Sensor an der Seite zu öffnen waren. »*Dann haben sie lediglich eine Wegfahrsperre*«, dachte Sulu. Hoffentlich konnten sie die rechtzeitig knacken. Schnell sprang er, mit Eixa in den geöffneten Gleiter. Alle Funktionen wie Funk, und Ortung ließen sich einschalten, nur den Start konnte er nicht einleiten. Verzweifelt sah er Eixa an, da meldete sich plötzlich der Bordfunk. »Durchsage an alle! Durchsage an alle, Startcode wird freigegeben! Code lautet heute Funkenflug! Ich wiederhole, Code lautet Funkenflug! Los, Hy-Bomber abheben!«

Mit fliegenden Fingern gab Sulu den Code ein. Er hatte kaum Zeit erleichtert zu sein, da gaben die Maschinen schon dröhnend Schub, rasten dem geöffneten Hangar entgegen und hoben ab in den freien Weltraum!

Stumm saßen Sulu und Eixa nebeneinander, sprachen nur das, was der Betrieb dieser Maschine erforderte. Anweisungen und Befehle kamen herein. Sulu ließ den Funk vorerst offen. Der Hauptmann wäre misstrauisch geworden, wenn er den Funk sofort abgeschaltet hätte. Der Kurs war eindeutig. Sie flogen Gorgos flammenden Leib an. Eine Zeit lang machte Sulu das Spiel mit. Dann schaltete er den Funk ab. »Los Eixa schnell, Deflektorschild ein! Wir scheren aus!«

Mit bebenden Händen, aber präzise nahm Eixa die Schaltungen vor. »Kurzer Hypersprung vorbereitet!«, ihre Stimme war klar. »Zielpunkt, unterhalb des Asteroidengürtels! Achtung, Hypersprung jetzt!«

Graues eintöniges Wabern auf dem Bildschirm, unbegreiflicher Zwischenraum! Der Jäger bockte, heulte auf, kreischte, ein heftiger Schlag durchlief den Jet. Bevor Eixa reagieren konnte, wurde sie hart gegen die Sicherheitsgurte gepresst, knapp vor ihrem Gesicht schoss plötzlich eine bläuliche elektrische Entladung aus dem Terminal. Sie spürte die Hitze auf ihrem Gesicht, erwartete schon den elektrischen

Schlag, doch dann wurde sie wie durch ein Wunder wieder in ihren Sessel zurückgeworfen!

Ein zweites dröhnendes Krachen, jemand schrie! Der nächste Bocksprung, sie wurde wieder nach vorne geschleudert! Knallte mit dem Kopf auf das zerstörte Terminal, und wusste nichts mehr...versank in lichtlose Tiefen!

Ein Hammer! Irgendwie betätigte sich ein Hammerwerk in ihrem Kopf, dröhnend, wummernd! Ihr Kopf würde gleich in tausend Stücke zerplatzen! Was war das, hatte sie gestern gefeiert? Stöhnend richtete sie sich auf. Alles drehte sich um. Ein bunter Wirrwarr von metallischen Gegenständen? Kabeln? Endlich gelang es ihr das Karussell anzuhalten, das Bild klarer zu stellen! Mit einem Schlag war ihr klar, was geschehen war. Ihre Flucht! Sie hatten die Gleiterstaffel täuschen können, sie waren mit ihnen durch den Schutzschirm gekommen, alles hatte wunderbar funktioniert, dann musste es passiert sein. *»Als wir ausgebrochen sind, hat der Staffelführer sofort Lunte gerochen uns beschossen, zumal es vorher ja einen umfassenden Alarm gegeben hatte. Wir sind einen Bruchteil von Sekunden zu spät im Hyperraum gelandet!«*

Es war so dunkel und still hier, »Sulu!«

Heftig ruckte ihr Kopf zur rechten Seite. Herunterhängende Kabel. Abgerissene Metallteile. Die Deckenverschalung des Jets war halb aufgerissen, rauchende, verschmort riechende Technik. Ein großes Stück der metallenen Deckenverkleidung war herunter gekommen hatte den kleinen Terminal in ein Trümmerfeld verwandelt! In sich zusammengesunken, schlaff, blass hing der dunkelbeigefellige Chefingenieur in den Sicherheitsgurten seines Sessels. Sein Atem ging flach. In der Mitte der Stirn klaffte von der Nasenwurzel bis zum Haaransatz, ein dunkelrotes Loch. Ein ständiges Rinnsaal von

Blut, lief aus der Wunde, über die Augen und tropfte auf die Wangen, als würde er blutige Tränen weinen!

»Sulu«, Eixa schluchzte! Hastig riss sie die linke Seitentasche ihres Einsatzanzuges auf, und fischte aus dem Notfallpäckchen, sterile Wundauflagen und einen Mullverband heraus. Bebend beugte sie sich über ihn, wischte ihm vorsichtig das Blut vom Gesicht. Die Wunde war tief, und innen voller winziger kleiner Metallsplitter! »Verdammt!«, verzweifelt ballte Eixa die Fäuste. »Wenn ich die Wunde einfach mit dem Bio-Scanner schließe, dann entzündet sie sich!«

Vorsichtig tupfte sie die Wundränder ab, legte ein Päckchen steriler Wundauflagen darauf, und fixierte sie mit zwei Klebestreifen. In diesem Augenblick fingen Sulus Augenlider an zu flattern. Stöhnend regte er sich, richtete sich schwankend in seinem Sessel auf, und öffnete die Augen.

»Was«… seine Hand fuhr zur Stirn, berührte den dicken Verband. Schnell ließ er sie wieder fallen, verzog schmerzgepeinigt das Gesicht.

»Eixa« was ist los? Was ist passiert? Haben wir es geschafft? Wo sind wir?«

Sie griff nach seiner Hand, drückte ihn an den Schultern sanft wieder in seinen Sessel zurück. »Langsam Sulu! Ich weiß es nicht! Du bist verletzt. Ich musste mich erstmal um dich kümmern! Aber Tatsache ist, wir sind gesprungen! Der Jäger ist zerstört, die Technik, scheint Matsch zu sein. Sieh dich um! Aber irgendwie haben wir es geschafft, ihnen zu entwischen! Sonst wären sie uns schon längst nachgekommen!«

»Vielleicht tun sie das noch«, ächzte er, und richtete sich schwer atmend vollends auf. »Versuche festzustellen wo wir sind!«

Sie lachte bitter, »lehn dich zurück Sulu, verdammt! Deine Kopfverletzung ist nicht gerade von schlechten Eltern!« In

176

einer weit ausholenden Geste umfasste sie den gesamten Raumer.

»Wie soll ich feststellen, wo wir sind? Hier funktioniert nichts mehr. Gar nichts! Die Triebwerke geben noch nicht einmal ein Brummen von sich. Wir treiben blind, taub, Licht- und antriebslos durchs All! So gesehen haben wir noch Glück! Vielleicht orten sie uns einfach nicht mehr, weil es nichts mehr zu orten gibt!«

»Aber«, sagte Sulu zwischen zwei Atemstößen, »wenn wir gesprungen sind, haben wir zumindest ansatzweise die Koordinaten erreicht. Was siehst du draußen?«

Stirnrunzelnd sah sie, dass er sich mit beiden Händen den Kopf hielt! »Sulu?«

»Bitte Eixa, was siehst du!«

»Nichts«, antwortete sie tonlos!

»Ich sehe nur ein paar Lichtpunkte und die Schwärze des Alls! Das ganze Terminal ist aufgerissen, dort wo die Ortung war, ist gar nichts mehr!«

»Scheiße! Verfluchte Scheiße! Das kann's doch nicht gewesen sein, nicht nach all dem was wir erlebt haben! Es kann doch nicht sein, das Nephets da oben in der schwarzen Station ganz umsonst leidet. Verdammt, wie ich die Brüder kenne, leidet er ganz bestimmt! Wenn nur nicht mein Kopf so wehtun würde! Es klopft und hämmert, und sticht wie mit Messern. Ich kann nicht mehr klar denken! Mir ist schwindelig, ich... Dass er nur verschwommen sah, sagte er ihr gar nicht erst. Eixa ergriff seine Hand, »Sulu«, weinte sie, »ich liebe dich, wir werden es schaffen! Schon weil ich...!« Jäh krampften sich ihre Finger um sein Handgelenk. Kerzengerade schoss ihr Oberkörper in die Höhe!

»Der Notrufsender! Sie müssen doch einen autarken Notrufsender haben! Einen Sender, der unabhängig vom Terminal ist!«

177

Mühsam am ganzen Körper zitternd, drehte er den Kopf.
»Natürlich! An der Seitenwandung, meistens rechts, neben
dem Pilotensitz! Greif über mich, ich kann mich nicht mehr
bewe...!«, übergangslos sackte er wieder in sich zusammen.
»Beim Sternenhimmel, Sulu!« Sie beugte sich über ihn, er
atmete noch. Sein Brustkorb, bewegte sich langsam auf und
ab! Hektisch fühlte sie seinen Puls, spürte ihn nur noch
schwach. »Stirb nicht, bitte! Was soll ich ohne dich machen!«
Eixa stemmte sich hoch, stand auf, und stolperte, sich
mühsam an den Lehnen festhaltend auf die rechte Seite des
Pilotensitzes. Alle Knochen taten ihr weh.
Es dauerte, bis sie, in dem Gewirr von herausgerissenen
Kabeln, den Notrufsender fand, der tatsächlich noch intakt
war. Man konnte mit diesem Ding in einem begrenzten
Bereich orten. Daten liefen über den winzigen Monitor, eine
schematische Darstellung des Hasperod-Systems! Das
Asteroidenfeld, sie hatte ein Echtbild des Asteroidenfelds. Sie
konnte funken! Kein Hyperfunk mit unendlicher Reichweite,
aber für einen Notruf ging es! Mühsam erinnerte sie sich an
die Geheimfrequenz der Marie-Curie. Mit zitternden Händen
bediente sie die Sensoren und... „Gorgos", murmelte sie.
»Kontakt, ich habe Kontakt! Die Kennung der Marie-Curie!«
Krächzend vor Erschöpfung, mit Tränen in den Augen, redete
sie. »Hier ist Eixa-Lag! Hört, ihr mich? Wir sind in Raumnot.
Bitte hört mich!«

In der Zentrale der Marie-Curie war es ruhig. Thom-Asso
hatte vor ein paar Minuten gähnend die Nachtschicht
übernommen. Jetzt wo ein Teil der Führungscrew, außer To-
Lip als Pilot, nicht anwesend war, griff die zweite Zentrale-
Crew. Und Thom-Asso hatte mal wieder das Kommando, als
dritthöchster Führungsoffizier und Navigator aufgedrückt
bekommen! Na ja, schließlich war das ja seine Aufgabe.

Seufzend starrte er auf seinen Bildschirm, auf den riesigen Asteroiden, hinter dem sie sich versteckten, und seine kleineren Brüder!

Zurzeit war alles ruhig! Die Wachforts rund um Hasperod rührten sich nicht. Sah-Gahn und das Erkundungsteam würden sich in zwei, spätestens drei Tagen wieder melden. Wenn sie sich dann nicht rührten, mussten sie sich hier oben was überlegen!

Fast achtlos nahm er ein paar Routineschaltungen vor. Nun gut, in ein paar Tagen würde, wenn alles gut...! Heftig zuckte er zusammen, in einem hellen, singenden Ton schlug die Notruffrequenz an! Wie ein Katapult schoss er in die Höhe, war mit einem Satz an der Ortung. »Woher kommt das? Wer ist das?«

»Moment, ich hol's gerade rein!«

Die junge Nachwuchsorterin fuhr mit fliegenden Händen über die Sensoren.

»Ein schwarzer Militärjäger! Eine Maschine der Schwarzen Garde schätze ich! Aber wenn ich die schematischen Darstellungen richtig deute, ziemlich zerschossen und zerfetzt.«

»Ein Flugobjekt der Schwarzen Garde?«, Thom-Asso zupfte an seinem linken Ohr. »Lefuet! Wieso funken sie blind in den Asteroidenhaufen? Wieso nicht direkt an ihre Leute?«

»Sie werden nicht mehr anders können!«, warf To-Lip ein, der etwas oberhalb auf dem Pilotenstand saß! »Ich schätze Thom, das ist ein verzweifelter Versuch Hilfe zu erreichen!«

Alle Augen richteten sich auf ihn. Thom-Asso wurde heiß. Sie erwarteten eine Entscheidung. Thom-Asso schüttelte den Kopf. »Wir werden abwarten. Wisst ihr, ob das nicht eine Finte ist? Vielleicht haben sie uns entdeckt, wollen uns nur herauslocken! Uns hier im Asteroidengürtel zu beschießen würde ihnen nicht einfallen! Stellt euch nur mal vor, die Marie-Curie würde zwischen diesen Brocken aus Stein und Eis explodieren! Da würde einiges auf die in der Nähe stationierten Wachforts zu kommen! Selbst ein Abstrahlfeld würde da nicht mehr viel helfen! Nein, wir rühren uns erst mal nicht vom Fleck!«

Eine ganze Weile herrschte gespanntes Schweigen! Die Orterin starrte wie gebannt auf ihren Bildschirm! Der für den Funk zuständige Haspiri hatte seine Ohren konzentriert aufgestellt! Plötzlich rauschte und knisterte es, dann, eine leicht verzerrte erschöpfte Frauenstimme!

„Eixa-Lag an Marie-Curie! Hört ihr mich? Wir sind in Raumnot! Bitte hört mich! Brauchen dringend Hilfe! Sulu ist schwer verletzt! Beutling über Bord, schwere Fracht! Hört ihr mich? Beutling über Bord, schwere Fracht!«

Thom-Assos Augen zogen sich zu Schlitzen zusammen. Plötzlich wurde er ganz ruhig. »Funker! Wir antworten, stell durch. Der Funker berührte eine Sensortaste. Thom trat hinter ihm, hier ist die Marie-Curie! Thom-Asso spricht! Wo seid ihr?«

»Gorgos sei Dank, Thom! Wir sind unter dem Asteroidengürtel! Schräg versetzt unter einem der dicksten Brocken! Ihr müsst uns hier rausholen! Sulu geht es überhaupt nicht gut!"

»Keine Angst«, unterbrach Thom sie, »Ich habe verstanden! Ihr steht günstig zu uns! Wir werden euch sofort holen! Vorerst Ende!

Okay! Thom-Asso an Hangarzentrale, ihr habt es mitbekommen Rettungsmaßnahmen einleiten! Objekt über Traktorstrahlen ins Boot ziehen, sie sind direkt unter unserem Asteroiden! Die Ortung wird euch Anweisungen geben! Lucius mit einigen Medos sofort in den Hangar, wir haben zwei Verletzte! Außerdem Rät-Illim verständigen, der Fall „Beutling über Bord, schwere Fracht", ist eingetreten!«

»Was ist das für ein Fall?«, fragte die junge Orterin verwundert.

Thom-Asso sah sie streng an. »Das Erste, Gnut-Ro kannst du nicht wissen, das ist ein Interna. „Der Beutling", ist der Spitzname von Nephets-Gnikwah, heißt also er ist nicht mehr an Bord! Aber der Fall schwere Fracht muss jedem in der Zentrale ein Begriff sein. Eine uralte Vorschrift. Schwere Fracht, ist der Begriff für brisante Daten! Wenn beides zusammen kommt, muss etwas Entscheidendes passiert sein!«

Thom-Asso hatte sofort die Zentrale verlassen, und machte sich mit einem kleinen, offenen Flugboot, auf zur Medo-Station.

Kurz vor der Station stoppte er das Boot so abrupt, das er fast nach vorne geflogen wäre. Ziemlich zerrupft aussehend traf er vor dem Eingangsschott auf Rät-Illim. Ernst nickte Rät ihm zu. »Hallo Thom! Ich bin sofort gekommen! Ich habe irgendwie kein gutes Gefühl!"

Fünfzehn Minuten später betrat Thom-Asso wieder die Zentrale. Sein Gesicht war ernst. »Eixa und Sulu müssen die Hölle durchgemacht haben!« Sulu-Ap konnte gerade noch gerettet werden. Eine tiefe Wunde auf der Stirn hat eine Gehirnblutung verursacht. Lucius lässt die Medo-Roboter sofort operieren! Sie werden alles tun, was in ihrer Macht steht. Mehr kann Ich noch nicht sagen! Eixa-Lag ist körperlich in Ordnung. Aber wir haben ein anderes sehr ernstes Problem Haspiri! Rek-Nuf«, wies er den Funker an. »Geheimkanal zur MC-II schalten! Wir müssen Sah-Gahn verständigen, auf der Stelle! Die Priester haben Nephets! Nur Sah-Gahn und das Erkundungsteam können ihn da jetzt noch rausholen!«

Sein eigener Satz hallte ihm in den Ohren nach wie ein hohles Echo! »Ist Nephets in akuter Lebensgefahr, akuter ... »Sah-Gahn schloss die Augen, krampfte die Hand um Aylas Amulett, und hob dann entschlossen die Schultern.

Er warf einen Blick auf Pet-Russo, der stumm, finster vor sich hinstarrend in seinem Sessel saß. Dann blickte er in die Runde, in die betroffenen entsetzten Gesichter.

»Es hilft nichts«, sagte er leise. »Wir können uns nicht in Angst und Entsetzen verlieren. Wir müssen ihn rausholen! Aber bevor wir losstürmen, sollten wir überlegen wie wir die MC-II wieder in den freien Weltraum befördern! Die schwarze Garde wird uns mit Sicherheit schon suchen. Die Soldaten von Leppod-T-Nega haben uns gesehen! Man kennt unsere Gesichter also! Die Garde wird nicht nur das gesamte Gebiet hier umkrempeln, sie wird auch den Luftraum noch schärfer überwachen!«

Ra-Ennas Toiraksi saß die ganze Zeit stirnrunzelnd in Sah-Gahns Sessel,dann hob sie jäh den Kopf. »Vielleicht«, sagte sie, »kann ich das für euch erledigen!«

Sah-Gahn beendete seine nervöse Wanderung, blieb knapp vor ihr stehen, und starrte sie auffordernd an. »Was schlagen sie vor Ra-Ennas!«

»Nun«, sagte sie gedehnt. »Ich bin, nein«, lachte sie bitter, »ich war die leitende Astromeisterin. Und es war ja nicht das erste Mal seit dem Flug nach Gorgos `Schmutzfleck`, das ich ins All gestartet bin. Zwar bin ich nie über solche Entfernungen geflogen, aber ich habe sehr oft astronomische Beobachtungen am Rande des Systems gemacht! Man hat von dort aus einen unverstellten Blick auf Gorgos, und ich hatte meine Ruhe! Schon damals musste man einen Code haben, wenn man das System verlassen wollte. Normale Bürger können das System nur verlassen, wenn sie einen Antrag auf einen Code stellen, dessen Bearbeitung natürlich sehr lange dauert, oder etwas einfacher, mit einem codierten Passagierschiff fliegen. Das sind dann die registrierten Schürftender oder Touristenbarken. Die höheren Wissenschaftler haben immer einen privaten Code, der bei Beginn der Karriere automatisch registriert wird. Diesen Code, den Vorrangcode der leitenden Wissenschaftlerin, werden wir benutzen!«

Sah-Gahn schaute sie nachdenklich an. „Die Priesterschaft ist wahrhaftig noch verrückter geworden, als sie schon war, bevor wir geflohen sind. Aber das ist natürlich, wenn man bedenkt, was sie vorhaben!«

Sah-Gahn lächelte schief.»Leider hat ihre Idee einen Haken Ra-Ennas. Es ist ihr persönlicher Vorrangcode. Sie werden im ganzen System gesucht! Außerdem, was ist, wenn sie den Code jetzt geändert haben?"

Ra-Ennas lachte.»So kompliziert denken die Priester gar nicht Sah-Gahn! Die Priester sind selbstherrliche Bürokraten! Das dauert bei ihnen immer etwas. Der Code gilt nicht nur für einen einzelnen Wissenschaftler, sondern immer auch für ein Team!«

»Aber der Schiffstyp!«, wandte Pet-Russo, noch immer blass, aber mit beherrschter, leiser Stimme ein.»Werden sie sich nicht an den vollkommen anderen Schiffstyp stören?«

Ra-Ennas zuckte die Schultern.»Die einzelnen Forscherteams haben manchmal eigene Schiffe, die ihnen von reichen Familien gesponsert werden! Ich glaube darum müssen wir uns am wenigsten Sorgen machen!«

Dass sie gar nicht erst ans Nachdenken kommen«, ließ sich eine freundliche dunkle Stimme vernehmen,»dafür werde ich sorgen!«

Verblüfft schaute Ra-Ennas sich um und blickte in Jes-Siehs schwarze Augen.»Wie wollen sie das machen?«

»Nun es ist etwas schwer zu erklären. Ich werde mit deiner Erlaubnis Großvater den Chefwissenschaftler mimen! Mich kennen sie noch nicht so gut. Ich war vor fünfzig Jahren noch gar nicht im Spiel! Ich werde mich mit den Soldaten unterhalten, ganz freundlich, ganz sanft dann werden sie schon glauben, dass sie von selbst auf die Idee gekommen sind, dass wir harmlos sind!«

Sah-Gahn schaute ihn verwundert an. »Sehr gut Jes! Ich wusste gar nicht, dass du auch ein Suggestor bist!«

»Das bin ich auch nicht wirklich. Ich kann die Gedanken von Lebewesen nicht tatsächlich beeinflussen! Aber ich kann eine freundliche Grundstimmung schaffen!«

Ra-Ennas starrte Jes-Sieh fast erschrocken an. »Sie sind doch wohl nicht ... ?«

»Doch«, sagte er, »ich bin ein Mutant!«

Unbehaglich wich sie seinen bodenlosen Augen aus. »Dann haben sie die ganze Zeit auch meine Gedanken sondiert?«

»Nein, nur am Anfang, als wir sie aufgelesen haben! Ich tue das nicht permanent, das ist nicht meine Art!«

Ra-Ennas schnaufte von sich. »Eins verstehe ich bei der ganzen Sache nicht, warum habe ich das nicht gespürt. Ich bin so weit sensibilisiert, ich würde es spüren!«

Jes-Sieh lachte gutmütig, »weil ich es nicht wollte! Keine Angst, die tiefsten Tiefen ihrer Seele offenbaren sich mir nicht!«

Als er ihre gerunzelte Stirn sah, fügte er hinzu, »sie können mir vertrauen!«

Sekundenlang sah Ra-Ennas ihm prüfend in die Augen. Sie war keine Mutantin. Sie hatte nur eine starke Emphatie, aber sie spürte, dass er die Wahrheit sagte.

»Na gut, das werde ich!«

»Wunderbar!« Sah-Gahn begann wieder hin und her zu wandern. „Nachdem sie also mit meinem Enkel Frieden geschlossen haben, lassen sie uns anfangen den Plan in die Tat umzusetzen.

Mit ihrem Code kommen wir durch den Sperrgürtel, den die schwarze Garde ums Hasperodsystem gelegt hat. Aber wie kommen wir aus dieser Eishöhle in den freien Weltraum? Versteht ihr, was ich meine? Die MCII ist zwar kein großes Schiff, aber unauffällig ist sie auch nicht, und es ist auch nicht alltäglich, das ein zwanzig Meter Raumer aus der Eiswüste heraus startet!«

Pet-Russo erhob sich schwerfällig und schüttelte sich, als wolle er eine Last von den Schultern abwerfen. »Nun, uns wird wohl nichts anderes übrigbleiben, als den Deflektorschild einzuschalten und einfach zu starten! Das ist ein Risiko! Aber es gibt keine andere Möglichkeit!«

»Ja«, sagte Sah-Gahn knapp. »So machen wir es.«

Er blieb vor Pet-Russo stehen und legte ihm eine Hand auf die Schulter, »fühlst du dich in der Lage, dich wieder auf Funk und Ortung zu konzentrieren? Wenn du noch etwas ausruhen musst, dann können auch Jes oder Lu-Cas das für übernehmen!«

»Nein Sah-Gahn! Vielen Dank! Ich schaffe das schon! Ich muss es schaffen, für Neph, für Lari-Nah!« Dann wandte Pet-Russo sich zu Ra-Ennas um. »Ich danke ihnen für meinen Sohn auch im Namen meiner Gefährtin«, sagte er mit rauer Stimme, dann übernahm er entschlossen wieder seinen Posten.

Sah-Gahn folgte ihm, und Ra-Ennas räumte freiwillig den Kommandantensessel. Pet-Russo aktivierte den Deflektor, und Sah-Gahn lenkte das Schiff aus der Eishöhle heraus. Er leitete den Start ein, schließlich brüllten die Triebwerke ihr wildes Lied, und sie hoben ab.

„Ja", flüsterte Sah-Gahn, mit belegter Stimme – „für dich Neph! Kommandant an Beutling – halt durch! Bitte!"

Zeit ohne Bedeutung… Langsam wie eine zähflüssige, geleeartige Masse!

Oder immer schneller werdend! Wie ein stetig tropfender Wasserhahn…Pling, Pling, Pling! Immer auf den Kopf! Immer auf dieselbe Stelle, irgendwann quälte es, schmerzte, glaubte er zu spüren, dass der nächste Tropfen ein Loch im Schädel verursachen würde.

In seinem Fall war der Wassertropfen ein Ton, ein durchdringender hoch frequentierter Ton, wie quietschendes, singendes Glas. Einen Ton, den sie ständig, durchgehend auf seine Trommelfelle schleuderten!

Verdammt! Er hätte sich so gerne die Ohren zu gehalten!

Nach dem Verhör hatten sie ihn gepackt, und weil er mit den Fußfesseln kaum laufen konnte, schleiften sie ihn aus dem Raum.

Wieder ging es durch endlose Gänge, Füße und Knie waren blutig. Der gerade entstandene Schorf riss wieder auf! War das schon Teil der Folter, denn das war es doch, was Erdrag-Vitagen ihm am Ende des Verhörs versprochen hatte! Mit zusammengebissenen Zähnen unterdrückte er die Schreie, die ihm die Kehle hinaufstiegen. Irgendwann, als er schon glaubte es nicht mehr auszuhalten, war es dann doch vorbei. Sie hatten ihn in diesen Raum geschleift mit seinen summenden, blinkenden Apparaten. Ein Raum wie die Intensivabteilung auf der Marie-Curie, nur größer. Keuchend zerrten und hoben ihn vier Soldaten auf eine stählerne Liege, die wie ein großes T geformt war. Sie ließen ihn fallen wie ein Transportstück, das ihnen zu schwer geworden war. Hart knallte er auf den festen Stahl, wäre beinahe runtergekippt, weil er sich mit den Fesseln nicht halten konnte. Stöhnend blieb er mit dem Oberkörper halb nach unten hängend liegen. Wortlos zerrten sie ihn wieder hoch, packten Arme und Beine und ließen die Stahlschellen zuschnappen! Dann, begannen die Versuche!

Dieser Ton, dieser verdammte Ton! Sie wollten sein Gehör testen! Lieber Gorgos sie wollten testen, ob sie ihn mit bestimmten sich ständig wiederholenden Tönen an den Rand des Wahnsinns bringen könnten. Mit diesem wundervollen

Ton könnte es ihnen fast gelingen! Aber nicht ganz. Mehrmals tief atmend versuchte er zu meditieren, dachte an Musik, dachte an eine Geige, die er auf der Erde für den kleinen Jes-Sieh gebaut hatte, die er ihm kopfschüttelnd wieder weggenommen hatte, als Jes eine halbe Stunde lang seine Nerven damit strapaziert hatte. Der Ton, der fürchterliche Ton trat plötzlich in den Hintergrund, verschwand nicht, aber war zu ertragen. Dann hörten sie plötzlich damit auf.

Eine Zeit lang herrschte Ruhe. Doch dann fuhr ein silbern blitzender, kastenförmiger Medo-Roboter durch sein Blickfeld, ohne Kopf, nur mit einer Art rot blinkenden Sehschlitz, surrend schob sich einer seiner Greifarme nach vorne, stoppte knapp über seinem Hals! Schnappend wie ein Taschenmesser, ließ er ein scharfes Skalpell hervorspringen. Geräuschlos senkte sich das Messer auf ihn herab, langsam, fast behutsam, bis es seine Kleidung berührte. Nephets fühlte, wie sich kalter Schweiß auf seiner Stirn bildete, und plötzlich, mit einem Ratsch von oben nach unten, von links nach rechts, zerriss das Ding seine Kleidung, und stand still. Dann fuhr der Roboter die Klinge weiter aus, knickte den Messerarm ab, packte mit der anderen stählernen Klaue seinen Schopf Wollten sie ihn jetzt skalpieren? Ratsch! Ein scharfes, schmerzhaftes Reißen. Seine Kopfhaut brannte, wurde leichter.

Mit einem einzigen sauberen Schnitt hatten sie ihm sein Kopffell abgeschabt! Er hörte jetzt noch das Klopfen seines Herzens, das heftige Schlagen seines Pulses am Hals! Nein, sie brauchten ihn noch! Noch würden sie ihn nicht töten! Kalte Elektroden senkten sich auf seinen Kopf, seinen bloß da liegenden Körper herab, ließen ihn trotz der Hitze frösteln. Sein Körper, sein Organismus wurde ausgeleuchtet. Jede Elektrode unter seiner Haut, in seinem Hirn, jede Faser ob künstlich oder natürlich, jede Zelle. Jede technische Spielerei! Er war nackt! Sein Innerstes wurde nach außen gekehrt, im wahrsten Sinne des Wortes. Er sah die blinkenden Apparate und Bildschirme Datenströme ausspucken, seine Daten! Er hörte sie reden. Ausrufe des Erstaunens. »Bei Gorgos, seine Wunden, sind dabei sich zu schließen!« »Seht seine Daten, ein halber Roboter, ein Cyborg! Seine Augen sind künstlich! Sie speichern eine unendliche Anzahl von Bildern!« »Er ist total verdrahtet, vernetzt!

Hm, ein erblicher Gendefekt, der mit den Jahren immer weiter fortschritt!«

»Sehen sie hier, das Bioscannerbild! Diese technische Neuvernetzung, ist die Arbeit eines genialen Arztes! Den müssten wir hier oben haben!«

»Da ist noch etwas anderes, sehen sie auf diese Werte Obermediker! Es ist unglaublich! Wissen sie jetzt, warum sich seine Wunden dauernd schließen?«

»Ja, und wenn es das ist, was der Computer hier ausspuckt, dann gibt es unendliche Möglichkeiten der Verhöroptimierung. Er kann einiges aushalten!«

Ein Quietschen stieg Nephets Kehle hoch.

»Lu-Cas, du wirst berühmt! Für diese Typen bin ich dein geniales Werk! Nicht nur das, ich bin ein spitzenmäßiges Versuchsobjekt, um ihre Verhörmethoden zu optimieren! Sie haben tatsächlich meine Unsterblichkeit entdeckt. Das motiviert doch, das gibt ein Gefühl von Wichtigkeit! Ich habe Angst! Ma-Ira hilf mir, langsam bekomme ich doch Angst!«

Er spürte nicht mehr, wie viel Zeit verging. Endlose Szenen wie ein sich ewig fortsetzendes immer gleiches Schauspiel? Wieder diese Stimmen! Kalt, geschäftsmäßig!

»Ich werde Erdrag-Vitagen verständigen! Ich kann ihm jetzt einige effektivere Verhörmethoden empfehlen!«

Ein Stich in seine Vene, der unaussprechliche Schrecken dieser Worte erreichten gerade noch sein Gehirn doch, bevor er anfangen konnte zu schreien, versank er in Dunkelheit!

Laut schreiend fuhr er hoch! »Nein, das könnt ihr nicht tun! Helft mir!«

Jemand packte schmerzhaft seine Schultern, schüttelte ihn!

»Oh Gorgos, helft mir! Nein - ihr Schweine!«

Eine Stimme brüllte ihn an, er wurde heftiger geschüttelt!

»Nein, ihr kriegt mich nicht! Ihr...!« Er holte aus, wollte zuschlagen, jemand fing sein Handgelenk auf, hielt es fest wie ein Schraubstock! Eine Stimme eindringlich, jedes Wort betonend! »Hallo da drin! Ich bin Sah-Gahn! Du bist an Bord der MCII! Du bist Jes, der mit seinen Gedanken, gerade in Nephets Gedanken eingedrungen ist. Komme zu dir!«

Atmen...schweres Atmen...sein Atmen!

Nebel zerfetzten, Bilder klärten sich! Eine große, kräftige Gestalt taucht in seinem Blickfeld auf, braunes Kopffell, braune Augen, gepflegter Spitzbart. »Großvater!«

»Endlich!« stöhnte Sah-Gahn. »Ich hatte schon Angst du findest nicht mehr in deinen Geist!«

Jes-Sieh brauchte einige Sekunden bis sich sein Atem, seine Sinne wieder beruhigten, klärten! Er saß in einem Sessel, mitten in der Zentrale. Der Schweiß lief ihm in dicken Perlen den Körper hinab, sein langes Fell war klatschnass geschwitzt. Alle standen um ihn herum und starrten ihn betroffen an. mühsam seinen Kopf drehend, an Sah-Gahn. „Wo sind wir? Was ist eigentlich geschehen?"

Sah-Gahn runzelte die Stirn. „Verdammt das muss wirklich eine ungewöhnlich starke Vision gewesen sein! Er hat sie nicht im Griff gehabt. Das weißt du wirklich nicht mehr Jes?"

»Nein, ich weiß eigentlich gar nichts mehr. Ich weiß nur noch, dass wir starten wollten! Dann...« Er zuckte mit den Schultern!

»Wir sind auch gestartet«, antwortete Sah-Gahn. »Wir sind der Atmosphäre des Planeten entronnen, und nähern uns den Monden Sankarod und Pentanos! Allerdings stehen wir jetzt gerade, denn wenn wir jetzt fliegen, würde es in zehn

189

Minuten Ernst. Dann erreichen wir nämlich den Sperrgürtel!
Jes, es sah ziemlich heftig aus. Du bist mitten in der Zentrale
zusammengebrochen. Du hast dich am Boden gewälzt, du
hast geschrien, dir sind die Augen fast aus dem Kopf getreten.
Wir wollten dich in die Krankenstube bringen, aber du hast
dich so gewehrt – das war gar nicht möglich! Du hast
mindestens eine Viertelstunde in deiner Vision verharrt! Was
hast du gesehen?«
Jes atmete tief ein und aus. »Das ist es ja! Ich weiß es nicht
mehr genau. Aber was ich weiß, hat gereicht! Es war so
schlimm, ich kann mich nur noch an die Gefühle erinnern, die
ich gespürt habe. Es war Stärke zu spüren! Es war aber sehr
viel Angst dabei! Angst vor etwas, was schrecklicher sein
könnte, als Tod! Sah-Gahn, Pet, ich habe Nephets
Gedankenmuster gespürt! Es war sein Ruf, der mich erreicht
hat. Er hat an meine Mutter gedacht, er hat unsere Namen
gedacht. Es war ein geistiger Aufschrei! Verdammt Sah-Gahn,
was stehst du hier so rum. Wir müssen uns beeilen!« Tränen
lösten sich aus Jes-Siehs Augen. »Was starrst du mich so
entsetzt an Großvater? Ausgerechnet du!«
Sah-Gahn straffte sich, presste die Lippen zu einem Strich
zusammen, spürte, wie das Blut aus seinem Gesicht wich.
»Ich weiß genau was du meinst Jes! Lasst uns wieder auf
unsere Posten gehen!«
Er warf einen Blick auf Jes-Sieh, der steif in seinem Sessel saß.
»Ich hoffe du hast dich wieder erholt.«
»Geht schon«, Jes-Siehs Stimme war tonlos, ächzend wie ein
alter Mann stemmte er sich aus dem Sessel hoch, und nahm
Sah-Gahns Platz ein, um sich in wenigen Minuten den
Soldaten der schwarzen Garde, als Chefwissenschaftler zu
präsentieren. Er betätigte eine Schaltung, und der
Bordcomputer leitete den automatischen Weiterflug ein. Sie
hatten nur die Aufgabe zu warten. Der kurze Flug ging in
vollkommenem Schweigen vor sich. Alle saßen auf ihren

Plätzen. Sah-Gahn hatte auf einem Sessel im Hintergrund, des großen Bildschirms Platz genommen, neben Ra-Ennas Toiraksi. Dort würden sie von der Optik nicht erfasst werden. Man durfte sie nicht sehen. Ra-Ennas war aktuell zu bekannt, und Sah-Gahn war für die Soldaten ein alter Bekannter. Zwar war es fünfzig Jahre her. »*Aber die letzten Ereignisse*«, dachte er, »*dürften mich persönlich wieder ins Gedächtnis der Soldaten gebracht haben. Wahrscheinlich ist ihnen mein Bild besonders eingeprägt worden!*«

Er warf einen Blick nach vorne. Jes-Sieh saß dort steif wie ein deaktivierter Roboter und wartete auf seinen Einsatz.

Sol-Choi Junior I filterte die Monde als zwei kurz hintereinanderstehende, leuchtende Punkte aus der Schwärze des Alls heraus. Obwohl sie natürlich wesentlich weiter auseinander standen. Doch die optische Täuschung war perfekt. Bevor sie die Monde erreichen würden, erwartete sie der erste Sperrgürtel, ein leuchtendes Band von Wachplattformen, die aus der Ferne wirkten wie feurige Löcher im schwarzen Samtmantel des Universums! Er schielte kurz zur Seite, und begegnete Ra-Ennas Toiraksis forschendem Blick. Er schenkte ihr ein gequältes Lächeln. Lieber Sternenhimmel! Eine schöne Familienvorstellung hatten sie ihr da gegeben! Aber das war jetzt auch unwichtig!

»Ortung, Ortung!«, quäkte die Computerstimme. Gleichzeitig schlug der Funk an. »Jes!«, meldete Pet-Russo knapp, »fremde Funkkennung, WF178.001 verlangt dringend durchgestellt zu werden." Jes streckte sich, holte tief Luft, schloss kurz die Augen, dann sah er zu Pet herüber. »Stell durch, ich werde mit ihnen reden!«

Der große Bildschirm flackerte, die Darstellung des Weltraums wurde überlagert und zeigte einen halbrunden Raum, der in seiner Einrichtung ihrer Zentrale ähnelte, nur von größerem Ausmaß. In einem körperangepassten Sessel saß von seinem Bildschirm weggedreht ein Haspiri in der

Uniform der schwarzen Garde. Das helle Kopffell war straff zurückgebunden. Hellwach und misstrauisch richtete er seinen Blick auf Jes. »Identifizieren sie ihr Schiff! Der Schiffstyp ist mir unbekannt. Nennen sie mir ihren Code!« Sah-Gahn krampfte die Hände um die Sessellehnen.
»*Verdammt der Typ, war aber sehr misstrauisch! Pet hatte mit seinen Befürchtungen recht.*« Ra-Ennas neben ihm kaute unentwegt auf der Spitze ihres Zopfes. Pet-Russo schaute betont emotionslos zu Jes-Sieh herüber.
»Aber selbst verständlich Hauptmann! Wir sind Forscher, genau genommen Astronomen. Ich bin der leitende Chefwissenschaftler unseres Teams«, antwortete Jes-Sieh mit der genau richtigen Prise Langeweile in der Stimme, die notwendig war, um zu zeigen, wie oft er diese Frage schon beantworten musste. Bevor der Hauptmann nach seinem Namen fragen konnte, sah er ihm offen und freundlich in die Augen, während er die Zahlen und Buchstabenfolge herunterbetete, die Ra-Ennas ihm genannt hatte. Seine Augen hatten sich um eine Spur geweitet, sie schienen dunkler, tiefer, intensiver zu werden. Er betonte jeden Buchstaben, jede Zahlenfolge. Der Haspiri auf der anderen Seite, erstarrte erst, wurde aber dann in seiner Haltung merklich lockerer, ein freundliches Lächeln legte sich plötzlich auf sein Gesicht. Jes lächelte strahlend zurück, als der Soldat ihm nicht antwortete.
»Soll ich den Code noch einmal, wiederholen Hauptmann. Durchdringend richtete er wieder seine Augen auf den Mann, »haben...sie...mich verstanden?«
Der Soldat nickte, und lächelte wieder, als wolle er einen Freund begrüßen. »Natürlich Astromeister. Sie wollen mit ihrem Team also Gorgos-astronomische Beobachtungen direkt von Seßorg-Egua aus machen! Ihr Code ist registriert Astromeister. Ein Vorrangcode. Sie und ihr Team können

selbstverständlich, ohne Probleme passieren. Viel Erfolg bei ihren Forschungsaufgabe, guten Weiterflug!«

Der Haspiri winkte lächelnd in den Bildschirm. Dann schaltete er ab, das bekannte Bild legte sich wieder langsam auf den Schirm. Die Monde schienen ihnen verheißungsvoll entgegenzulächeln. Jes drückte hastig den Startknopf, das Schiff nahm wieder Fahrt auf, und kam ungehindert ohne Aufenthalt durch den leuchtenden Sperrgürtel, der die Planetenkugel Hasperods umschloss. Erst als sie weit genug vom Planeten entfernt waren, sank Jes-Sieh zitternd, und keuchend wie ein ausgepumpter Langstreckenläufer in sich zusammen.

Lu-Cas war sofort bei ihm. Diesmal wehrte Jes ihn nicht ab, und ließ sich eine Aufbauspritze zwischen Vitamin-B-Komplex und Aufputschmittel spritzen. »Lieber Himmel!«, stöhnte Jes. »Es hätte beinahe nicht funktioniert! Der Typ war ein harter Brocken. Den musste ich mehr als in freundliche Stimmung versetzen. Ein äußerst widerstandsfähiger Charakter. Im Prinzip gut, aber für unsere Fälle schlecht!«

Sah-Gahn war aufgesprungen und legte ihm eine Hand auf die Schulter. »Du hast deine Sache gut gemacht Jes! Du solltest für eine Viertelstunde in deiner Schlafkoje verschwinden! Das ist gar nichts, aber mehr ist nicht drin!"

Jes-Sieh nickte kraftlos. Seufzend schaute er Sah-Gahn in die Augen, »bis gleich dann also!« Schwer stemmte er sich aus seinem Sessel hoch und schlurfte zum Ausgang der Zentrale. Das Schott schloss sich hinter ihm. Sekundenlang starrte Sah-Gahn ihm nach, dann wendete er sich wieder um.

»Wo stehen wir Pet?«

»Wir haben den inneren Sperrgürtel um Hasperod überwunden, durch Jes-Siehs Hilfe. Jetzt haben wir noch die gesamte Strecke, Hasperod – Gorgos zu überwinden. Aber das wird nicht das Problem sein. In zwanzig Minuten haben wir den Flug hinter uns. Problematisch wird es, wenn der zweite Sperrgürtel um Gorgos auftaucht. Ich weiß nicht, wie dicht er vorher war, aber jetzt werden sie alle verfügbaren Kräfte um unseren Stern zusammengezogen haben. Jede Wette!«

»Ich fürchte diese Wette werden sie gewinnen«, mischte sich Ra-Ennas ein. »Als ich mit den schwarzen Gleitern Richtung Gorgos geflogen bin, hatten sie eigentlich nur wenige Wachstationen um Gorgos zusammengezogen. Wer wusste da schon von der schwarzen Station?« Mit einem wütenden Schnauben warf sie die Strähnen aus der Stirn, die sich vereinzelt, aus ihrem goldenen Zopf gelöst hatten.

»*Wie ein eleganter Eisspringer!*«, dachte Sah-Gahn unwillkürlich, und runzelte gleich darauf die Stirn. »*Lass dich nicht ablenken Astromeister!*«

»Aber ich schätze nach meiner Entdeckung von Gorgos Schmutzfleck werden sie die Bewachung verstärkt haben!« Sah-Gahn lachte bitter. »Schmutzfleck ist der richtige Ausdruck! Wir werden später noch über diesen Schmutzfleck reden müssen, wenn wir die Gorgoskorona erreicht haben hinter der die schwarze Station versteckt ist! Und über die Details, die in Nephets Datenkristall gespeichert sind! Aber jetzt müssen wir erst einmal weiter kommen. Ich bin überzeugt, dass wir kurz vor Gorgos kontrolliert werden. Besonders jetzt, wo klar ist, dass jemand von außen in die Station eindringen konnte. Glauben sie Ra-Ennas, ihr Vorrangcode kann uns da weiterhelfen?"

Sie zuckte die Schultern. »Ich bin mit diesem Code bis zum großen Teleskop Seßorg-Egua«, gekommen. »Näher ist nie jemand nach Gorgos vorgestoßen. Nur die Schiffe der engsten Priester durften das. Wie zum Beispiel Minister Chol-Rasch oder Erdrag-Vitagen!«

»Erdrag-Vitagen ist ein Sonnenpriester?«, fragte Sah-Gahn eine Spur zu gleichgültig.

194

Ra-Ennas schaute ihn eigentümlich an. »Natürlich! Er ist immerhin der Sicherheitschef des gesamten Planeten. Er ist der zweite Priester hinter dem obersten Sonnenpriester Dio'n Arap. Obwohl ich bei meinem Besuch schon fast den Eindruck gewonnen habe, das Erdrag-Vitagen mehr zu sagen hat als Chol-Rasch!«

Sah-Gahn zupfte an seinem Kragen, als sei er ihm zu eng geworden. »Wenn ihr Code uns nicht weiterhilft, müssen wir uns was ausdenken. Sie werden uns bestimmt nicht glauben, dass wir Sonnenpriester sind, oder in ihrem Auftrag handeln!«

»Kann ihr Enkel nicht wieder?«

»Sie meinen er soll der schwarzen Garde suggerieren, dass wir im Auftrag der Priester handeln? Nein Ra-Ennas. Ich glaube das kann ich einfach so vorwegnehmen. Er hat das vielfache Potenzial seiner Großmutter und seiner Mutter. Aber er hat es ja selber gesagt. Er ist nicht wirklich ein Suggestor. Das würde seine Kräfte n übersteigen! Wir müssen auf konventionelle Art und Weise vordringen. Wenn wir bei Seßorg-Egua angelangt sind, werden wir so tun, als ob wir nur astronomische Beobachtungen anstellen wollen.«

Pet-Russo kratzte seinen Schnurrbart, »damit wiegen wir sie in Sicherheit und dann schalten wir irgendwann den Deflektorschirm ein und verschwinden einfach!«

Sah-Gahn zog die Augenbrauen hoch. »So einfach nun auch wieder nicht. Wir schalten den Deflektorschirm ein, aber wir drosseln auch alle anderen Energien! Damit minimieren wir das Risiko entdeckt zu werden, bis auf einen kleinen Rest!«

»Okay«, sagte Pet-Russo und wandte wieder seinen Kontrollen zu.

Schließlich öffnete sich das Schott, Jes trat ein, zurück von seinem kurzen Erfrischungsschlaf. »Schaut her!«, sagte Pet gerade. »Schaut alle hin, Seßorg-Egua Sah-Gahn! Ist es nicht gewaltig? Das große Auge zum Universum. Du hast es beantragt Sah-Gahn. Und irgendwann müssen sie es doch noch gebaut haben! Nephets hätte seinen Spaß daran!«, fügte er leiser hinzu.

Sah-Gahn regte sich nicht. »Ja«, sagte er. Seine Stimme war hart und entschlossen. »Ich werde dafür sorgen Pet, das er ihn noch bekommt. Seinen Spaß! Da kannst du Eisblumensaft drauf trinken! Auch wenn sich herausstellen würde, dass ich mich gegen meinen eigenen Bruder wenden müsste!« Im gleichen Augenblick hätte Sah-Gahn sich am liebsten selber geohrfeigt. Hatten sich Ra-Ennas goldfarbene Augen, nicht gerade eine Spur geweitet? *»Warum konntest du nicht dein vorlautes Maul halten Kommandant! Kannst du nicht einmal nachdenken, bevor du anfängst zu blubbern!«*

Keiner sagte etwas. Alle schauten konzentriert zu Boden oder auf ihre Terminals. Doch jeder wusste, dass er etwas Entscheidendes über seine Vergangenheit gesagt hatte. Keiner wusste genau, worum es sich eigentlich handelte, aber er sah es hinter den Köpfen gerade zu rattern. »Wenn es so wäre«, sagte er laut, »dann würde ich es mit Sicherheit tun. Auf jeden Fall, für Nephets! Deshalb lasst uns jetzt fortfahren. Pet«, seine Stimme klang etwas gepresst, »Pet Deflektorschild eingeschaltet?«

»Klarmeldung! Deflektorschild aktiviert!«

»Gut, dann werde ich das Getriebe drosseln und die Schleichfahrt einleiten, jetzt!«

Das Summen und stetige Vibrieren des Schiffes wurden schlagartig leiser, das Licht im gesamten Schiff dimmte sich automatisch bis auf eine Notbeleuchtung zurück. Sah-Gahn gab den automatischen Kurs ein. Dann lehnte er sich zurück, und sog scharf die Luft ein. »Jetzt können wir nur noch beobachten und warten!«

Pet-Russo schwang seinen Sessel um eine halbe Drehung herum, mit einem Auge fixierte er Sah-Gahn und mit dem anderen, den Rest der anwesenden Haspiri. »Damit eins

klargestellt wird«, sagte er eindringlich, »bevor jemand auf andere Ideen kommt. Wir wissen alle Sah-Gahn, dass du dich für Nephets, für uns alle hier lieber zerreißen lassen würdest, als irgendjemanden im Stich zu lassen!« Pet ballte die linke Faust, und sein strenger Blick wanderte von Ra-Ennas zu Jes-Sieh. »Sollte jemand darüber diskutieren wollen, kann er gerne zu mir kommen, ich habe da ein paar überzeugende Argumente für ihn!«
Der gellende Pfeifton, der jäh durch das Schiff tönte, enthob die Anwesenden einer Antwort. »Ortungsalarm, Ortungsalarm!« In der weiblich warmen Computerstimme klang fast so etwas wie Panik auf!
»Sol-Choi, Maschinen stoppen, Getriebe vollständig runterfahren!«, befahl Sah-Gahn. Übergangslos wurde es dunkel, verstummte jegliches Geräusch außer dem eigenen Atmen. Es war so still, das Sah-Gahn fast zusammengezuckt wäre, als Pet-Russo meldete. »Keine Feindberührung, wir treiben lediglich auf den zweiten Sperrgürtel zu!«
Zischend stieß Sah-Gahn die Luft aus. »Gorgos sei Dank! Aber trotzdem, Getriebe nur auf halbe Kraft wieder hochfahren. Nur die Ortung bleibt eingeschaltet. Hitzeschilde hochfahren! Alles andere lassen wir, wie es ist. Pet, wenn wir den Sperrgürtel durchbrochen haben, verstecken wir uns hinter einer von Gorgos aufschießenden Protuberanzen, und erst dann werde ich dir die Koordinaten von Ra-Ennas „Schmutzfleck!", überspielen. Danach müssen wir uns einigen, wie wir weiter vorgehen!« Langsam, schlichen sie mit einem Viertel ihrer Kraft durch den Sperrgürtel hindurch, vorbei an Kilometer großen Wachforts, große eiserne Plattformen mit kleinen Gebäuden und Geschützaufbauten. Wie ein lästiges kleines Insekt nutzten sie die nicht einsehbaren Lücken aus, tauchten unter den Plattformen hindurch, in der Hoffnung nicht von einem Daumen oder einer Fliegenklatsche erwischt und zerquetscht zu werden.

Endlich zeigte sich auf dem Ortungsbildschirm das Ende des Sperrgürtels. Sie flogen an dem letzten Gürtel aus Wachplattformen vorbei und befanden sich wieder in einem schwarzen, breiten Band aus interstellarer Leere.

In der Ferne leuchtete der flammende Körper des „Roten Riesen", Gorgos! »Haspiri«, flüsterte Sah-Gahn, »die Fliegenklatsche hat uns nicht getroffen!«

»Ortung!«, rief Pet und zeigte auf die schematische Darstellung des riesigen Sternenkörpers. »Seht mal dort! Hinter dieser Protuberanz steckt ein vergleichsweise winziges Objekt. Moment, ich zoome die Daten mal etwas näher heran!« Zahlen und Buchstaben vergrößerten sich, die flach gedrückte Darstellung eines kleinen Raumschiffes baute sich auf. »Das Schwesterschiff der MCII!«, zischte Sah-Gahn. »Ich verwette meinen Zopf das es die MCI ist Pet!«

»Ich glaube das kannst du ohne Risiko tun!«, sagte Pet, ohne ein Lächeln im Gesicht.

»Jes!«, Sah-Gahn drehte sich zu ihm um. »Jes, wenn dort drin jemand ist, würdest du ihn spüren können?«

»Ja«, sagte Jes tonlos, und schloss die Augen seine Stirn legte sich in steile Falten.

»Aber ich spüre nichts! Dieses Schiff hinter der Spitze der Protuberanz ist leer, vollkommen leer!«

»Kann es nicht sein«, als könne er die Worte nur schwer aussprechen, quetschte Pet-Russo die Worte heraus, »das dort nur noch…!«

Die Stimme versagte ihm ganz.

»Das dort nur noch Leichen, Tote liegen Pet-Russo?«, beendete Jes-Sieh den Satz. Jes schüttelte heftig den Kopf.

»Mein Spürsinn bezieht sich nicht nur auf lebende Personen. Ich kann eine Person noch orten, auch wenn sie schon tagelang tot ist. Eine Restemission bleibt sogar noch wochenlang erhalten! Da ist nichts Pet gar nichts! Dieses Schiff ist leer!"

Pet-Russos Lippen zitterten. Er musste dreimal schlucken, bevor er reden konnte. »Gut zu wissen! Sah-Gahn, du kannst das Schiff...!«

»Schon geschehen Pet! Ortswechsel vollzogen!«, sagte er knapp, seine zusammengepressten Lippen straften, seine Sachlichkeit Lügen. Vor ihnen baute sich eine flackernde, gierige Flammenwand auf, und vor dieser riesigen Flammenwand glitzerte silbern, seltsam verloren wirkend, der Zwillingsraumer der MCII. »Spürst du auch jetzt nichts Jes?«, fragte Sah-Gahn dringlich! »Nein, da ist nichts! Es gibt vier Lebewesen Großvater deren Gedankenmuster und Individualschwingungen in meinem Hirn eingebrannt sind. Ich würde es sagen, wenn ich ihn spüren würde!« Jes-Siehs Stimme wurde immer leiser.

»Schon gut Jes«, nickte Sah-Gahn und klopfte ihm beruhigend auf die Schulter, dann griff er in die Brusttasche seines Einsatzanzuges und zog einen flachen millimetergroßen Chip daraus hervor. „Hier Haspiri ist alles drauf was wir wissen müssen! Nephets hat mit diesem Chip alles aufgenommen, was ihm, Eixa, und Sulu auf der schwarzen Station widerfahren ist. Ich habe euch schon auf Hasperod in kurzen Worten erzählt, was Neph da entdeckt hat. Das Wissen, das unsere Freunde vom Zentralcomputer der Station heruntergezogen haben, ist so brisant, so unglaublich und gefährlich, das wir wahrhaftig nicht mehr viel Zeit haben werden ihn da raus zu holen. Aber wenn wir bei der Aktion, eventuell tödliche Fehler vermeiden wollen, dann müssen wir uns die Aufnahmen des Chips wohl reinziehen. Film ab Sol-Choi!"

Die Aufnahmen brachen ab, nachdem Eixa-Lag das Projekt Sternentod entdeckt hatte. Sah-Gahn fasste den Text für die anderen zusammen. »Kurz und gut«, sagte er und zwang sich ruhig zu bleiben, »die Sonnenpriester haben durch den Beschuss des inneren Kerns von Gorgos einen schnelleren, manipulierten Tod unseres Muttergestirns eingeleitet – und zwar mit voller Absicht! Diesen Berechnungen nach explodiert Gorgos in hundert Jahren! Aber Hasperod wird schon in ca. zehn – zwanzig Jahren bar jeglichen Lebens sein! Das ist noch nicht alles! Diese Explosion wird so gewaltig werden Leute, dass sie fast an einen Gammastrahlenausbruch heranreichen wird. Dieser Ausbruch wird milliardenfachen Tod nach sich ziehen.« Sah-Gahn schaute in die blassen Gesichter seiner Gefährten. Er sah Jes-Sieh den Kopf schütteln. »Das ist der absolute Wahnsinn. Wer ist so wahnsinnig, dass er unzählige Lebewesen, für die Idee einer sogenannten Religion umbringt? Nur damit, das, was sie einen Gott nennen noch mächtiger wird?"

Sah-Gahn atmete tief ein und aus.

»Nein Jes, du verstehst ihre Logik nicht. Wie solltest du auch. Keiner würde darauf kommen. Dieses Projekt Sternentod verrät uns Eines!«

Er wies auf einen umfangreichen Absatz. Der »Plan der Sonnenpriester ist nämlich uralt. Jahrtausende alt! Zu meiner Schande muss ich gestehen, das nicht nur die herrschenden Toiraksis, er schaute Ra-Ennas an, sondern auch meine Familie, die L,Racs daran beteiligt waren. Das hat sich erst geändert mit der Generation meines Urgroßvaters Trebla-Niest-Nie! Er hat diesem Plan nicht mehr zugestimmt! Deswegen musste er nämlich mit seinen Getreuen fliehen. Ich sage dir Jes, was das mit deiner Frage zu tun hat.« Sah-Gahns Spitzbart zitterte. »Die Kalkulation der Priester, ist eiskalt. Jeder Sonnenpriester hat ein gewisses Psi-Potenzial. Sie sind keine starken Mutanten wie du Jes. Aber sechs Priester zusammengenommen, bilden eine notwendige Zahl um die milliardenfachen, frei gewordenen Mentalenergien der Lebewesen dieser Galaxis aufzunehmen.

Diesem Text Jes-Sieh ist zu entnehmen, dass die Priester diesem Ereignis in einer gebührenden Entfernung beiwohnen werden. Ihre Körper – ihre Gehirne werden alle zusammen diese Energien aufnehmen. Sie sind dann die mächtigsten körperlichen Wesen dieser Galaxis, wenn nicht des Universums. Sie werden alles beherrschen. Keiner wird ihnen etwas entgegenzusetzen haben. Versetz dich einen Augenblick lang in ihr Denken! Verstehst du nun, warum sie durchaus nicht wahnsinnig sind? Macht kann ein ungeheuer starker Antrieb sein! Diese Leute wissen genau was sie tun, und wen sie sich holen!«

Nachdem es einige Sekunden totenstill war, räusperte sich Ra-Ennas lautstark. »Jetzt ist mir auch klar, warum man ein solches Theater mit mir gespielt hat. Sie haben mir einen Teil der Wahrheit gezeigt, die Station selber. Weil sie befürchtet haben, dass ich weitere Nachforschungen anstellen würde, die sie nicht beeinflussen können. Vielleicht hätte ich dann die Wahrheit herausgefunden und öffentlich gemacht. Dann muss irgendwann ein Fehler passiert sein! Ich hätte wahrscheinlich gar nicht mitkriegen sollen, dass der Hydrontiumbeschuß des Gorgoskerns wieder stattfinden kann! Zu diesem Zeitpunkt müssen Chol-Rasch und Vitagen, Leppod-T-Nega aktiviert und diese Intrige gegen mich gesponnen haben.«

»Genau«, Sah-Gahn lachte bedrückt, »sie sind ein kluges Mädchen. Sie sollten aus dem Weg geräumt werden ohne das die Öffentlichkeit bemerkt, was da eigentlich abgeht! Aus verständlichen Gründen werden die Priester versuchen jeden auszuschalten der ihren Plan zerstört. Vor allem, wo sie jetzt so kurz vor dem Ziel sind.«

»Das heißt«, Pet-Russos Stimme kippte, »die Priester versuchen jetzt herauszufinden, in wessen Auftrag Nephets handelt, und wie ich die Burschen kenne, werden sie nicht gerade zimperlich dabei vorgehen!«

Zum zweiten Mal innerhalb der letzten vierundzwanzig
Stunden betrat Erdrag-Vitagen den großen Konferenzraum
der Sonnenpriester. Er sah etwas mitgenommener aus, als am
Morgen des letzten Tages. Einige lange, schwarze
Haarsträhnen hatten sich aus dem Zopf gelöst. Seine Augen
waren gerötet vor Müdigkeit. Die Angelegenheit mit diesem
penetranten Eindringling, der zu einer Rebellengruppe um
den verdammten Sah-Gahn L,Rac zu gehören schien, hatte
ihn kaum schlafen lassen. Aber die Priester verlangten nun
Rechenschaft von ihm.
Er stand vor seinem Stuhl an dem ovalen Konferenztisch, um
diesen Tisch versammelten sich wieder einmal fünf seiner
Mitbrüder, den obersten Priester nicht eingerechnet, war dies
der innerste Zirkel der Sonnenpriester. Ihre Blicke richteten
sich starr auf ihn. Sie scharrten mit den Füßen zupften an
ihren Bärten, oder fuhren mit ihren Ohren wild durch die Luft!
Sie waren nervös! Erdrag-Vitagen hätte beinahe gelacht. Aber
sein Gesicht blieb steinern. Nein er durfte jetzt keinen Fehler
machen. Sie sollten ruhig weiter glauben den servilen,
eilfertigen Sicherheitschef vor sich zu haben. Sollten sie ruhig
glauben, dass er wie alle hier vor dem Wesen hinter dem
grauen, wallenden Schutzschirm Angst hatte! Unauffällig, fast
achtlos schob er die linke Hand in eine Tasche seiner
schwarzen Uniform. Für die anderen sah es so aus, als ob er
die Hände an die Hosennaht legte, und strammstand, als nur
eine Nanosekunde später, die kalte Stimme des Wesens
erklang, vor dem sich alle in lautlosem Schrecken ständig
verbeugten.
»Du hast uns etwas zu sagen, zumindest hoffe ich das für dich
Erdrag-Vitagen. Die letzte Synode hast du abrupt

unterbrochen, ohne uns einen konkreten Grund zu nennen. Du hast uns stundenlang im Ungewissen schmoren lassen. Nicht nur, dass du die Teilnahme versäumt hast, du hast uns mitten aus der Abendanbetung von Gorgos herausgerissen, ich betone, die Lobpreisung wurde unterbrochen, wir haben die Schiffe der Anbetung aus der Umlaufbahn um Gorgos zurückgeholt, um in diese neue Synode einzusteigen! Ich hoffe das, deine Mitteilungen dementsprechend sind!« Eiskalt wie die höchste Stufe der Extremkältekammer, klang diese Stimme. Keiner seiner fünf Kollegen bewegte sich. Er sah gerade zu, wie sich ihr Kopffell nach allen Seiten sträubte. Doch Erdrag-Vitagen blieb ruhig. »Verehrter Di´ on Arap verehrte Mitbrüder! Ich habe nicht umsonst die erste Versammlung abrupt gesprengt, und euch dann so lange warten lassen! Die Sache, die hier geschehen ist, bedroht ernsthaft unsere Pläne! Aber sie ist auch eine Chance!« Theatralisch ballte er die Fäuste und schilderte ihnen die letzten Stunden!

»Das hältst du für eine Chance?«, meldete sich Chol-Rasch. Sein dünnes, graues Kopffell zitterte vor Aufregung. »Davon mal abgesehen, dass du mich, den Minister für Sicherheit und Technik, erst jetzt informierst! Ein Spion dringt in unsere Ordensburg, in die schwarze Station ein, überwindet den, nach deinen Worten undurchdringlichen Schutzschirm, was schon schlimm genug ist. Aber das ist ja nicht alles. Liebe Mitbrüder! Erdrag-Vitagen muss leider zugeben, das dieser Eindringling es geschafft hat, in den sicheren Supercomputer einzuloggen, und unsere Geheimdatei mit dem Projekt Sternentod einzusehen. Und als sei es noch nicht genug der Katastrophen, gesteht der Sicherheitschef der Schwarzen Garde uns noch zusätzlich, einen Funkanruf bekommen zu haben, dass es zwei anderen Haspiri gelungen ist in die Hy-Bomberstaffel einzudringen, und den Kommandanten zu überlisten! Was folgern wir daraus? Dieser sogenannte

Einzelgänger hat Gefährten gehabt. Die mit Sicherheit brisante Daten, über „Sternentod" gestohlen haben, um sie zu verwenden! Und kein Haspiri dieser Staffel, die übrigens auch deiner Verantwortung untersteht, war in der Lage sie aufzuhalten. Erdrag-Vitagen war schon nicht in der Lage den sicheren Betrieb des Schutzschirmes zu garantieren. Und jetzt das! Brüder, er hatte recht! Wir haben ein Problem, aber du Erdrag-Vitagen hast jetzt auch eines!«

Mit steinernem Gesicht hatte Erdrag-Vitagen den empörten Ausbruch des Ministers verfolgt, wenn diese Schleimschnecke jetzt dachte, er würde Schweißausbrüche bekommen, hatte sie sich geschnitten. In einem ständigen Trommelwirbel hämmerten seine Finger auf eine bestimmte Stelle an seinem rechten Oberschenkel. Sollte der Minister und die anderen ruhig denken, er sei nervös. Erdrag-Vitagen grinste kalt, als er mit einem Seitenblick bemerkte, dass der oberste Sonnenpriester sich hinter seinem Schutzschirm nicht zu rühren schien.

„Sie haben recht Minister Chol-Rasch! Genau das wird geschehen sein. Die zwei geflohenen Haspiri werden brisante Daten gestohlen haben. Und genau deshalb – ist es eine Chance!"

»Kannst du uns erklären warum?«, fragte der braunfellige Minister für Propaganda und Volksinformation Adnaga-Porp.

„Aber selbstverständlich!", lächelte Erdrag-Vitagen. »Diese brisanten Daten werden im Generationenschiff von«, er räusperte sich, und machte eine theatralische Pause, »Sah-Gahn L, Rac landen. Die fünf sichtbaren Sonnenpriester rissen die Augen auf, und alle gleichzeitig schnappten sie nach Luft, als hätte jemand einen verborgenen Knopf gedrückt, nur der Schemen blieb stumm und regungslos. Chol-Rasch wirkte wie ein Fisch auf dem Trockenen. Er zuckte zusammen, und keuchte dabei laut. »*Dieser dürre Schleimbeutel bekommt gleich noch einen Herzkasper!*«, dachte Erdrag-Vitagen.

»Sah-Gahn L ‚Rac?«, stieß Chol-Rasch hervor. „Woher willst du das wissen?"

Erdrag-Vitagen stützte sich mit den Händen auf die Kante des Konferenztisches, streckte seinen Oberkörper, und beugte sich nach vorne. Wesentlich größer wirkend als er war, schaute er mit stechendem Blick auf Chol-Rasch hinab.

»Im Gegensatz zu dir Minister, habe ich durchaus gehandelt, und zwar als mich die Nachricht von diesem Eindringling erreichte! Ich habe die Dinge veranlasst, Minister für Sicherheit und Technik, die deine Aufgabe gewesen wären! Und warum übrigens hätte ich dich früher informieren sollen? Du hattest von Anfang an die gleichen Informationen wie ich! Aber du bist auf deinem Stuhl kleben geblieben, und hast erst einmal abgewartet!«

Erdrag-Vitagen lächelte befriedigt, als er die Schweißperlen auf Chol-Raschs Stirn sah.

»Diese Information, meine Ordensbrüder«, fuhr er fort und richtete sich wieder zur vollen Größe auf, habe ich durch geschickte Verhörtechnik und den Einsatz von Psi-Kräften gewonnen, die uns allen innewohnen!« *Ein bisschen aufschneiden schadete ja nicht!* »Da dieser Spion ein besonders verstockter Kandidat ist, konnte ich leider noch nicht die Koordinaten des Schiffes erfahren. Aber das macht nichts meine Freunde! Ich habe da mehrere Optionen. Zum einen werde ich in den Funk- und Ortungsarchiven nachforschen lassen, ob es irgendwann einmal eine seltsame Ortung gegeben hat, die man vielleicht auch als verirrter Komet hätte werten können! Zum anderen haben meine Mediker von der medizinischen Sicherheitsabteilung festgestellt, dass dieser Spion voll von biologisch verträglicher Technik ist. Cyborg dessen natürliche Zellen sich auf seltsame Art und Weise immer wieder regenerieren! Liebe Mitbrüder, sie werden ihm sein Geheimnis entreißen, und sie werden ihn

zum Reden bringen! Denn die Verhörmöglichkeiten sind durch diese Entdeckung ins Unendliche gestiegen!
Das ist noch nicht alles,d um mit Minister Chol-Rasch zu sprechen! Ich habe beim Erst-Verhör ebenfalls herausgefunden, das dieser Haspiri in irgendeiner familiären oder freundschaftlichen Beziehung zu Sah-Gahn L,Rac steht. Das heißt Freunde, er wird kommen! Er wird freiwillig hierherkommen, um diesen jungen Haspiri zu befreien! Dann haben wir ihn, diesen räudigen Ungläubigen. Diesen Verräter am haspirischen Volk! Diesen Mörder, bei seinem Start vor fünfzig Jahren sind etliche Piloten der schwarzen Garde umgekommen! Endlich haben wir die Möglichkeit, diesen Terroristen zu vernichten!« Erdrag-Vitagen spürte, dass er anfing zu zittern, dass sein Atem schnell und hektisch wurde! Verdammt er musste sich zusammenreißen, sonst würde er noch anfangen vor Wut zu geifern. Er ballte eine Hand zur Faust, atmete langsam und tief durch, und stellte sich sekundenlang Gorgos explodierenden Feuerball vor, die gewaltige Stärke der sich immer weiter ausdehnenden Explosionswellen, die Zerstörung der Welten, die Freisetzung der Milliarden Bewusstseine, die auf die Priester, die auf ihn übergehen würden, sekundenlang nur, doch es reichte, um ihn zu beruhigen! Wer war Sah-Gahn schon! Seine Hände, sein Körper wurden wieder beherrschbar! Ganz ruhig legte er die Hände an die Hosennaht und sah den Schemen des obersten Sonnenpriesters an. Plötzlich hallte die Stimme wieder durch den Raum, schien ihn auszufüllen, alles zu beherrschen!
»Du hast Glück Erdrag-Vitagen! Dir sind unverzeihliche Fehler unterlaufen, aber ich werde dir eine allerletzte Chance geben! Denn noch besteht die Möglichkeit, diese Fehler ins Gegenteil umzukehren! Quetsche diesen Spion aus, bis auf den letzten Tropfen Information. Ich überlasse es dir und den geschickten

Händen deiner Mediker, wie du dabei vorgehst. Du wirst
schon einen Weg finden!«
Dann schien es so, als ob der graue Schemen sich drehen
würde. Rotglühende Augen starrten den Minister an. »Du
Minister, solltest froh sein, das ich heute in milder Stimmung
bin! Die Synode ist geschlossen, geht alle wieder an eure
Arbeit. Denkt daran, die Erfüllung ist nahe! Sollte es noch eine
Panne geben, dann wird die Extrem-Kältekammer Nahrung
bekommen!«
Ohne ein weiteres Wort verließ der Schemen des obersten
Sonnenpriesters den Raum. Erst als er schon einige Minuten
verschwunden war, regten sich auch die übrigen Priester, und
verließen hastig den Raum, als seien sie auf der Flucht!
»Halt Erdrag-Vitagen!« Eine brüchige helle Männerstimme
schallte plötzlich ganz nah an seinem Ohr. Eine Hand packte
ihn von hinten am Kragen, schnürte seinen Hals ab. Erdrag-
Vitagen drehte sich mit einem heftigen Ruck herum, und löste
sich aus der Umklammerung. Der kleinere schmalere Mann
ruderte mit den Armen und konnte sich gerade noch aufrecht
halten. »Chol-Rasch!«, zischte Erdrag-Vitagen, »was willst
du?«
»Dich warnen, Sicherheitschef! Irgendetwas stimmt doch hier
nicht!« Schwer atmend stieß der MInIster diese Worte
heraus. »Du warst nicht in der Lage herauszufinden, in
welcher Beziehung dieser Spion zu Sah-Gahn L, Rac wirklich
steht, also weißt du auch nicht, ob Sah-Gahn L,Rac kommen
wird, um ihn zu befreien! Es sei denn, du weißt mehr, als du
zugibst, und hältst dein Wissen aus irgendeinem Grunde
zurück! Glaub mir, den werde ich herausfinden!«
Chol-Rasch hatte sich vor Erdrag-Vitagen aufgebaut wie ein zu
kurz geratener Racheengel! Der Sicherheitschef lachte laut
auf. Es war zu komisch. »So«, er lächelte mitleidig, »wirst du
ja? Es gibt keinen Grund Minister. Dieser Spion hat sich als

verdammt widerstandsfähig herausgestellt, aber irgendwann habe ich durch meine Psi-Kräfte herausgefunden...!«

»Ich kenne deine Psi-Kräfte Erdrag-Vitagen! Wir sind alle ausgetestet worden, bevor wir unser Amt angetreten haben. So hoch sind deine Werte nicht!«

»*Du hast recht!*«, dachte Erdrag-Vitagen, »*aber trotzdem kennst du meine Werte nicht! Ich bin kein Supermutant! Aber ich habe die höchsten Psi-Werte von euch allen!* Wie du meinst!«, sagte er laut, zuckte mit den Achseln, und wendete sich ohne weitere Worte ab. »Nicht so schnell!« Chol-Rasch krallte sich fest in den Stoff seines Jackenärmels.

»Eins noch, mein lieber Mitbruder! Wie kommt es wohl, dass der oberste Sonnenpriester immer zu deinen Gunsten entscheidet? Was tust du dafür? Spionierst du uns aus? Oder erpresst du Di'on Arap mit irgendetwas? Steht er etwa unter deiner geistigen Beeinflussung?«

Erdrag-Vitagen starrte ihn an, und dann, fing er an zu beben. Er wurde rot im Gesicht, die Tränen liefen ihm die Wangen hinunter! Er schnappte keuchend nach Luft und explodierte vor Lachen! Es dauerte eine Weile, bis er sich beruhigte, während er sich vor Heiterkeit die Tränen aus den Augen wischte, schaute Chol-Rasch ihn mit vor Zorn gerötetem Gesicht an. »Was gibt es da zu lachen!«, knurrte er.

»Oh entschuldige bitte«, gluckste Erdrag-Vitagen. „Aber ich soll den obersten Sonnenpriester beeinflussen? Wie soll ich das denn machen? So hoch, deine eigenen Worte Chol-Rasch, sind meine Psi-Werte bei Weitem nicht! Du redest wirr Minister! So und jetzt lass mich endlich in Ruhe ich habe nämlich zu tun!« Dann drehte er Chol-Rasch endgültig den Rücken zu und ließ ihn einfach stehen.

Chol-Rasch starrte ihm mit geballten Fäusten nach. »Warte ab«, schrie er hinter ihm her, »dir wird das Lachen vergehen! Mit dir ist irgendetwas nicht in Ordnung, werter Mitbruder!

Irgendwann werde ich herausfinden, was es ist. Verlass dich drauf!«

»Tu was du willst!«, murmelte Erdrag-Vitagen. Als er sicher war, dass Chol-Rasch ihm nicht mehr folgte, aktivierte er sein Armbandkom. »General? Erdrag-Vitagen hier! Befehl für alle Flotteneinheiten! Achten sie auf kleinere Schiffseinheiten, die eindeutig nicht zu unserer Flotte gehören! Welcher Typ kann ich ihnen noch nicht sagen. Aber gehen sie davon aus, dass eine kleine Einheit versucht, in die Station einzudringen! Mit wie viel Mann sie besetzt ist, kann ich ihnen auch noch nicht sagen, es wird ein kleiner Stoßtrupp sein! Aber klar ist, dass der seit Jahrzehnten gesuchte Staatsfeind Sah-Gahn L ,Rac dabei sein wird! Woher ich das weiß, General?« Erdrag-Vitagens Stimme war kalt, »ich weiß es einfach, das dürfte ihnen genügen! Noch etwas, bevor sie ihre Maschinerie in Gang setzen. Sie werden diese Leute nur beobachten klar? Kriegen sie bloß keinen Herzkasper General! Halten sie mich etwa für eingefroren? Natürlich werden wir zuschlagen, aber erst wenn diese Truppe bis zu unserem Gefangenen vorgedrungen ist, bitte?« … »Ja das werden sie! Wenn es soweit ist, benachrichtigen sie mich auf der Stelle! Sie werden nicht eher eingreifen lassen, bis ich vor Ort bin! Wagen sie es ja nicht gegen meinen Befehl zu verstoßen! Der Befehl kommt von ganz oben. Sie haben es erfasst, von Di´on Arap! Ende!« Erdrag-Vitagen bog nach links ab. Von Weitem sah er schon das Schott der Medo-Station aufleuchten, das klare Eiszapfenkreuz der haspirischen Medizin, auf flammendem Grund.

»Ich spüre dich Sah-Gahn L,Rac, du kommst näher! Ich spüre dich, mit allen Sinnen!«

Sie lagen unter dem überhängenden Felsen am Rande der Wüste. Ihre Körper glühten noch nach. Unendliche Freude, unendliches Glück erfüllte ihn. Er hatte seinen Kopf in ihren

weichen, warmen Schoß gebettet. Er spürte den
beruhigenden Schlag ihres Herzens. Ihr Atem strich sacht über
seinen Hals, ihr Fell kitzelte in seinem Ohr, als sie sich über
ihn beugte, um ihn mit ihren weichen Lippen sanft zu küssen!
»Unsterbliche Liebe, unsterbliche Zärtlichkeit« flüsterte
Nephets. »Wenn Unsterblichkeit so ist, dann könnte ich mich
vielleicht doch mit dem Gedanken anfreunden.« Sie lächelte
nur, so tieftraurig, das es ihm plötzlich den Hals zuschnürte.
Alarmiert hob er den Kopf und blickte in ihre bodenlosen,
schwarzen Augen. »Was ist los meine Süße! Was hast du?«
Sanft strich sie ihm eine rotbraune Felllocke aus der Stirn.
»Die Unsterblichkeit Nephets-Gnikwah«, sagte sie mit leiser,
gebrochener Stimme, »ist nicht so! Sie ist ein Geschenk der
Natur, eine Last, eine Forderung! Ich werde dich stärken, ich
werde dir helfen, dies alles auszufüllen!«
Nephets runzelte die Stirn, »wie meinst du das meine schöne
Seherin?«
Vorsichtig schob sie ihn beiseite, schüttelte mit versteinerten
Zügen den Kopf und stand auf. »Ich muss gehen!« Ihre
schlanke Gestalt mit dem schwarzen, langen Fell wurde
durchscheinend, verblasste zusehends, schien sich nach oben
hin in wabernde, zerfließende Konturen zu verlieren, und jäh
war sie verschwunden, nichts was jemals von ihrer
Gegenwart gezeugt hätte.
Nephets starrte fassungslos auf den Punkt, wo sie zuletzt
gestanden hatte. »Ma-Ira?«, flüsterte er. »Ma-Iraaaaaaaa!«
Der Schrei, sein eigener Schrei, hallte laut in seinen Ohren
wieder. Die Wüste, die Felsen, verschwammen vor seinen
Augen, wurden von einem anderen Bild überlagert, weiße,
gekachelte Wände, blinkende Apparate, Summen, Piepsen,
ein weißer, huschender Schemen! Was war das? Er konnte
sich nicht aufrichten! Was hielt ihn da fest? Vor allen Dingen
wo?«

Das Bild vor seinen Augen wurde klarer, der Raum, Apparate, der weiße Schemen – ein Haspiri!

Ein junger hellbeigefelliger Haspiri, in weißem Kittel mit noch flaumigen Bartstoppeln, und nachlässig zurückgebundenem Fell. Ein Mediker gerade der Ausbildung entsprungen, hantierte hastig an den Apparaten. Als er merkte, dass er aufgewacht war, ließ er ab davon, und trat zu ihm an die stählerne, T-förmige Liege auf der Nephets festgeschnallt war. *Das war es also, was ihn daran hinderte sich aufzurichten, dass und die unzähligen kleinen Metalldedektoren die man an seinem Körper befestigt hatte. Die Realität war auch nicht viel besser als sein Traum.* »Die Betäubung hat also nachgelassen«, stellte der Mediker überflüssigerweise fest. Nephets atmete noch immer heftig! Er fühlte sein Herz bis in den Hals hinauf schlagen. Er zitterte am ganzen Körper, ein Kloß saß in seinem Hals.

Der junge Haspiri lächelte schief. »Deine Nerven spielen Tremolo was?« »Nein!«, dachte Nephets, *„ich weine, du kleiner Eisaal! Mein Körper weint, um Ma-Ira! Aber das werde ich dir nicht auf die spitze Nase und die zitternden Ohrmuscheln binden!«*

»Ich werde dir eine leichte Beruhigungssprit...!«

»Nein! Ich will nicht«, stieß er quietschend hervor. »Ich will keine Beruhigungsspritze! Ich brauche auch keine Beruhigungsspritze! Mir geht es gut, so gut es einem gehen kann, wenn man auf eine Stahlliege gefesselt ist! Ich hatte wirklich nur einen Albtraum Mediker! Außerdem, Erdrag-Vitagen wird mich sicher noch einmal verhören! Dann wird er klare Antworten haben wollen!«

Nephets konnte regelrecht sehen, wie es hinter der Stirn des jungen Mannes arbeitete, dann nickte er und widerrief den Befehl wieder, dem er schon über Terminal, dem Medo-Robot eingegeben hatte. Eine Zeit lang sah Nephets den Jungen unschlüssig auf die Monitore mit seinen Körperwerten starren, dann ging er hin und her und schien so zu tun, als ob er irgendetwas überprüfen müsse! Nephets kam es so vor als wüsste er nicht recht, was er hier eigentlich tun sollte. *„Als wenn man einen kleinen Jungen, das erste Mal allein im Haus zurücklässt! Dem armen Burschen hat man ganz allein die Aufsicht über diese Abteilung der Medo-Station überlassen, wenn man von den Soldaten mal absieht, die wahrscheinlich draußen vor dem Schott Wache halten. Lieber Sternenhimmel Neph, Mitleid mit dem Feinde? Das kannst du dir in deiner Situation kaum leisten. Dieser Beutling ist kein armer Bursche, sondern ein eiskalter, gewissenloser Mediziner, der für seine Karriere alles tut! Denk daran!"*

Wie zufällig wandte, der Mediker sich von den Apparaten ab, kam zu ihm herüber geschlendert, fast schüchtern sah er Nephets an. »Eins würde mich interessieren«, hörte er die helle, noch jungenhafte Stimme des Medikers. »Wieso hast du das eigentlich getan? Wieso bist du eigentlich in die Station eingedrungen?«

Nephets ließ einen rostigen Laut aus seiner Kehle, nach oben steigen. »Das habe ich Erdrag-Vitagen schon versucht zu erklären! Frag ihn doch!« *Bürschchen, du kriegst mich nicht. Da hat Erdrag-Vitagen den Falschen geschickt!«*

Der Mediker wurde rot, wie ein Schulbeutling. »Ich meine, ich wüsste es wirklich gerne! Keiner hier scheint das nämlich zu wissen. Egal wen ich frage, alle zucken sie mit den Schultern. Aber hinter vorgehaltener Hand geht das Gerücht um, die Sonnenpriester würden hier oben irgendein Ding drehen! Ich dachte, du wärst vielleicht deswegen hier oben eingedrungen! Man munkelt nämlich das System würde bald sterben, weil Gorgos in naher Zukunft explodiert! Die Gesichtsfarbe des jungen Medikers wechselte von Rot auf Weiß. Und jetzt war es, als ob ein Damm in ihm gebrochen wäre, die Worte sprudelten nur so aus ihm heraus. »Von einem der höheren Techniker hier oben habe ich gesteckt bekommen«, dass die Priester Vorbereitungen treffen, in Kürze mit dieser Station zu fliehen! Ich dachte wirklich du wüsstest etwas davon!«

Nephets regte sich nicht in dem begrenzten Raum seiner Fesseln. Er ballte die Hände zu Fäusten, um nicht vor Aufregung zu zittern! Nur mit Mühe konnte er verhindern, dass sein Augenzoom vor und zurückfuhr. Verdammt! Vielleicht würde ihm dieser Junge zur Freiheit verhelfen können, wenn er ihn nur genügend bearbeitete. »*Vorsicht Neph, das kann auch eine ganz raffinierte Finte von Erdrag-Vitagen sein!*«

»Nein«, sagte er laut, »davon weiß ich nichts! Wirklich nicht!« Die Lippen des Medikers fingen leicht zu zittern an. »Weißt du, es geht ja nicht nur um mich! Vielleicht bin ich ja noch hier oben, wenn sie abhauen. Ich meine Mediziner braucht man ja immer, auch die Priester! Aber meine ganze Sippe ist noch unten auf Hasperod, und außerdem Tor-Ne-Sor!« Seine Stimme wurde immer leiser!

Auf einmal überkam Nephets doch das Mitleid. »Dein Mädchen?«, krächzte er.

»Ja sie ist schwanger!«

Die Stimme des Medikers quietschte jetzt fast wie seine eigene.

»Wie heißt du Beutling?«, fragte Neph.

»Tenchil-Negie! Aber du kannst mir ja auch nicht helfen!« Die Augen des beigefelligen Haspiri schienen plötzlich zu erlöschen.

»*Das ist deine Chance Neph. Das ist vielleicht deine Chance. Der ist nicht von Erdrag-Vitagen geschickt worden, um mich auszuquetschen. Der Bursche hat wahrscheinlich nur gedacht, hier oben den Job seines Lebens gefunden zu haben. Krisensicher, gut bezahlt! Kann man gebrauchen, wenn man eine schwangere Freundin hat! Aber jetzt hat er Angst, eissplitterharte Angst!*"

»Vielleicht doch Tenchil-Negie, vielleicht doch!"
Das plötzliche leise Surren des Schotts unterbrach sie.
Tenchil-Negie sprang einen Schritt nach hinten und arbeitete wieder angestrengt an den medizinischen Kontrollen.
Mehrere Männer betraten den Raum, drei Soldaten der Garde, der Obermediker und einer der anderen weiß bekittelten Wichtigtuer, dieser bartlose, schwarzfellige Haspiri mit dem charmanten Lächeln einer Raubkatze, Erdrag-Vitagen!
»*Eiskacke*«, fluchte Nephets leise. »*Du kommst gerade im falschen Moment.*«
Die Zähne fletschend wie ein gefährliches Tier, baute sich Vitagen vor ihm auf, starrte sekundenlang auf ihn hinunter.
»Nun«, seine Stimme klang so freundlich wie die eines Dirkahns, der ein paar letzte Worte mit seiner Beute wechselte. »Hast du dich ein wenig ausgeruht und frisch gemacht?«
»Im großen Ganzen Erdrag-Vitagen bin ich mit dem Service zufrieden, aber es hapert ein wenig an den Getränken, und das Bett ist auch ein bisschen zu hart!«
Erdrag-Vitagen lächelte noch breiter. „Du bist ein Witzbold was? Aber die Witze werden dir bald vergehen. Wir werden uns ein wenig unterhalten mein Freund. Über deine Auftraggeber und die Koordinaten deines Schiffes. Wenn mir die Antworten nicht gefallen, werde ich mein spezielles Servicepersonal schicken, und dann wirst du nie wieder über dieses Hotel hier meckern, glaub mir! Also lieber Freund, hast du mir was zu erzählen?
Nephets presste die Lippen zusammen. »Nein, es gibt nichts, was ich dir erzählen könnte! Schmink dir das ab! Ich werde nicht reden, und wenn es das Letzte ist, was ich tue.«
Erdrag-Vitagen nickte emotionslos. »Kannst du haben Bürschchen, kannst du haben!«

Er sah die beiden Mediker neben ihm an. Den Obermediker und seinen Stellvertreter. Sie traten mit entschlossenen Schritten an einen der summenden, blinkenden Apparate. Links neben der T-förmigen Stahlliege, direkt hinter der Vitalzeichenüberwachung, stand ein quaderförmiger Kasten, der ein wenig an die riesige Überwachungseinheit für den Sonnenreaktor erinnerte, mit Sensoren zur Temperaturkontrolle und auftreffender Strahlungsintensität. Tenchil-Negie an den Vitalzeichenkontrollen, riss plötzlich die Augen weit auf. Die Hände der Mediker schwebten über den rot leuchtenden Sensoren. Erdrag-Vitagen hob die Hand und ließ sie dann unerwartet wieder fallen, »los«, tönte er!
In Nephets Ohren klang es wie »stirb!«
Angst durchflutete ihn wie eine riesige Welle!
Eine Weile kribbelte es nur, fingen sämtliche Sensoren unter seiner Haut an zu summen, und zu kribbeln. Die Fellhärchen auf seinem Körper fingen an, sich aufzustellen. Das Kribbeln ging über in ein Prickeln, feines Stechen, stechen wie mit Nadeln, mit Messern! Dann kam der Schmerz, unwahrscheinlich, hammerhart! Flutete wie eine Brandung durch den gesamten Körper, schwappte bis in sein Gehirn, brennend, glühend, schien er ihn innerlich aufzulösen, anzufressen! Nephets schrie, schrie wie vom Lefuet besessen! Er sah nur noch verschwommen durch einen rötlichen Schleier! Er keuchte, bekam kaum noch Luft, und als er schon glaubte innerlich zu verglühen, zu schmelzen, zu zerplatzen wie eine zu heiß gekochte Frucht, als er meinte qualvoll zu sterben, erlöste ihn sein Bewusstsein, und erlosch!
Ein Schwall von Nässe zerplatzte in seinem Gesicht. Perlte über seine nackte Kopfhaut, über die Wangen, den Hals hinunter, ließ ihn leise röcheln! Der zweite Wasserschwall brachte ihn zum Husten. Stöhnend schnappte er nach Luft. Sein Körper brannte als wäre er in heißes Wasser getaucht worden. Doch es hatte nachgelassen, es war nicht mehr so

schlimm wie eben! Er lebte also doch noch! Aber er war sich nicht sicher, ob das so erstrebenswert war. Mühsam öffnete Nephets die Augen! Schwer atmend, mit offenem Mund starrte er in die Szene um ihn herum. Etwas abseits, links von ihm stand Tenchil-Negie noch immer an den Vitalzeichenkontrollen, weiß wie die Wand, mit zitternden Händen. Die zwei älteren Mediker standen regungslos, emotionslos an ihrem, ja was, und warteten anscheinend auf weitere Befehle! Direkt vor ihm, am Fußende sozusagen, stand Erdrag-Vitagen! Er stand dort die Schultern locker nach unten hängend, ein Bein leicht nach vorne gestellt, entspannt, als würde er irgendeinem unterhaltsamen Spektakel zuschauen. »Hast du dich ausgeruht, mein Freund?«

»Du verdammtes Arschloch!«, sagte er, wollte er sagen, doch nur krächzende, unartikulierte Laute verließen seine Kehle.

»Ich höre schon, du scheinst sehr zufrieden zu sein mit dem Service. Möglicherweise möchtest du ja jetzt ein kleines Gespräch mit mir führen. Aber vorher werde ich dir, die Funktionsweise unserer kleinen, aber feinen Wellnessmaschine erklären! Diese kleine Maschine«, dozierend auf und ab schreitend, wie die schrecklich überzeichnete Karikatur eines Oberlehrers, wies Erdrag-Vitagen grinsend auf den blinkenden Kasten. »Diese Maschine leitet ganz normalen elektrischen Strom über diese Kabel hier, die zu den Elektroden führen, die an bestimmten Punkten deines Körpers befestigt wurden. Aber du unterschätzt unser Fachwissen gewaltig, wenn du glaubst, wir würden dich mit Elektroschocks massieren! Nein, wir sind doch keine tumben, brutalen Eismumien! Wir gehen viel feinsinniger vor! Wir haben die Elektroden an den Schmerzpunkten deines Körpers befestigt, an deinen künstlichen Sensoren!«

Trotz der Hitze, die noch immer durch seinen Körper floss, fing Nephets plötzlich an zu frieren! Sein Körper schauderte zusammen, eiskalte Furcht ergriff von ihm Besitz und ließ ihn unkontrolliert zittern! Eine furchtbare Ahnung erfüllte ihn. Erdrag-Vitagen kam näher, und hockte sich auf die rechte Seite neben seinen kahlen Schädel.

»Du kleiner mickriger Wurm«, zischte Vitagen ihm ins Ohr.
»Du verdreckter Eiskriecher! Du hast Angst? Die kannst du auch kriegen! Wir leiten einen ganz feinen leichten Strom auf diese Elektroden, ganz harmlos! Aber es ist genug, um die Schmerzsensoren in deinem gesamten Körper zu aktivieren. Das war nur ein Vorgeschmack, ein Versuch! Aber ich kann die Dosis von Mal zu Mal erhöhen lassen!«
Erdrag-Vitagen beugte sich näher zu ihm hinunter. Nephets hatte die fürchterliche und zugleich lächerliche Vorstellung, dass er ihm das Ohr gleich abbeißen würde! Leise, hallend, hörte er die Worte in seinen Gehörgang, bis ins Gehirn eindringen. »Du weißt Eislaus , was das bedeutet? Wir wissen um deine besonderen Gene! Sie werden dich immer wieder zurückholen, immer wieder regenerieren. Wir können dieses Verhör also bis ins Unendliche steigern! Auch deine Schmerzen werden sich bis ins Unendliche steigern. Irgendwann wirst du sterben, aber das dauert, das dauert!«
Nephets atmete bebend. »Aber«, fuhr Vitagen fort, »ich bin kein Eisdämon, sogar Ungeziefer hat eine Chance verdient. Wenn du jetzt redest, dann werde ich dir den Gnadenschuss geben, dann werde ich dich zerstrahlen. Das geht schnell und schmerzlos, also, entscheide dich! Was willst du?«
Nephets-Gnikwah holte noch mehrmals tief Luft, das Zittern seines Körpers, ließ langsam nach, die Schmerzen wurden erträglicher. *»Du hinterhältiges Larmanti, du Monster!«*
Mühsam drehte er seinen Kopf zur Seite, und schaute Erdrag-Vitagen in die Augen. Die Kälte, der Hass darin ließen ihm das Blut in den Adern gefrieren. Endlich gehorchte ihm seine Stimme wieder. »Ich«, presste er heraus, »werde nicht reden! Du Mörder! Ihr wollt an einen Gott glauben? Ihr wollt Priester

sein! Ihr seid nur traurige, machtgierige Gestalten! Ich werde nicht reden! Ich spucke auf euch!«

Räuspernd sammelte er allen, ihm noch zur Verfügung stehenden Speichel im Mund, und spie Erdrag-Vitagen ins Gesicht!

Vitagen sprang auf, als hätte er sich in ein Nest voller Eisflügler gesetzt. Sein Gesicht verzerrte sich vor Zorn. »Du bist wirklich Ungeziefer!« Hastig wischte er sich den Speichel aus den Augen. »Gut du hast es nicht anders gewollt! Mediker!«, brüllte er.

»Überspringt die zweite Stufe. Gebt ihm die höchste Stärke! Wir werden dem Kerl schon zeigen, was es heißt, die Sonnenpriester zu beleidigen!«

Der Obermediker und sein Stellvertreter sahen ihn entsetzt an. Ihre Hände zitterten.

»Los schon! Oder wollt ihr den Befehl verweigern?«

»N – Nein!«, hörte Nephets den Obermediker stottern. Die Hände der beiden Männer senkten sich langsam auf die Sensoren, zögernd ließen sie ihre Finger knapp über den blinkenden Flächen schweben. Aus den Augenwinkeln sah Nephets, Tenchil-Negie leichenblass werden. Die Lippen des Jungen bewegten sich lautlos. Stockend atmete Nephets tief ein und aus.

»Oh Gorgos, Freunde, Vater, Mutter, Ma-Ira, gebt mir Kraft für das, was jetzt kommt!«

Die Fingerkuppen der Mediker berührten die Sensorfelder. Er spürte seinen Puls hart gegen die Schädeldecke klopfen. Erst wieder nur dieses Kribbeln, Stechen, Nadeln, Messer! Gorgos, Messer! Die in seinem gesamten Körper wühlten! Der Schmerz! Es war unerträglich. Sein Körper fing an zu schlottern! Nephets zerrte an seinen Stahlfesseln! Er schrie, heulte wie ein Eiswolf! Sein Körper bäumte sich auf! Die Augen zoomten unkontrolliert hin und her! »Nein, nein! Mutter, Vater, Ma-Ira, Sah-Gahn, Jes! Helft mir! Ihr müsst mir

helfen! Kommt mich holen! Ihr werdet kommen! Ich weiß
es…" Dann sackte er schlaff in sich zusammen. Der Schmerz,
versickerte, wurde gekappt. Eine alles umfassende, gefühllose
Schwärze schlug über ihn zusammen!
»Abschalten!«, knurrte Erdrag-Vitagen! »Diese Witzfigur ist
bewusstlos geworden!«
Das leise, fast unauffällige Summen der Maschine
verstummte. Der Sicherheitschef ließ seinen Blick über die im
Raum anwesenden Haspiri schweifen. „Was schaut ihr mich
so entsetzt an? Ihr wusstet was euch erwartet! Ihr wisst
genau, was geschieht, wenn hochnotpeinliche Verhöre
angesetzt werden! Was ist mit dieser Memme da, an den
Vitalzeichenkontrollen?«
Vitagen wies mit dem Kinn auf die am Boden
zusammengesunkene Gestalt von Tenchil-Negie! »Er ist noch
neu hier, noch sehr jung!«
Die Stimme des Obermediker war heiser.
»Er wird schon wieder.« Der stellvertretende Obermediker
kümmerte sich um ihn, schlug ihm auf die Wangen, flößte ihm
zu trinken ein, mit blassen Wangen und der Hilfe seines
Kollegen richtete er sich endlich wieder auf. Schwer atmend
hielt er sich an dessen Schulter fest. Erdrag-Vitagen fixierte
ihn scharf. »Du bist also Tenchil-Negie! Du wurdest
angekündigt als neuer Hoffnungsträger der Medizin! Deine
Karriere mein Freund würde gradliniger verlaufen, wenn du
dir solche Zusammenbrüche demnächst sparst. Schwächlinge
können wir hier nicht gebrauchen!
Das nämlich Junge ist die Kunst dieses Handwerks, sauber und
unverdorben im Herzen zu bleiben, trotz dieses Drecks, mit
dem man hier zu tun hat!«
Er blickte zu Nephets bewegungsloser Gestalt hinüber.
Tenchil-Negie, noch immer grau im Gesicht, antwortete ihm
nicht, hielt sich krampfhaft an seinen Vitalzeichenkontrollen
fest.

Nephets Bewusstlosigkeit dauerte an.

»Schaut das ihr ihn wieder hochkriegt!«, schnauzte Erdrag-Vitagen die Mediker an.

»Aber, das geht nicht so einfach«, stotterte der Obermediker.

»Seine Bewusstlosigkeit ist sehr tief, sein Organismus hat auf Schongang gestellt. Das ist nicht mit einem Eimer Wasser getan!«

»Verdammt, dann spritzt ihm doch irgendetwas!«

»Das könnte gefährlich sein Erdrag-Vitagen!«

»Das ist mir doch egal, ich brauche Antworten!«

Der Mediker wischte sich den Schweiß von der Stirn. »Erdrag-Vitagen, wenn ich ihm ein künstliches Aufputschmittel spritze, könnte er trotz seiner robusten Gene sterben, weil der Organismus extrem geschwächt ist. Ein normaler Haspiri, wäre bei diesen Belastungen sofort gestorben, aber auch ein Körper wie seiner ist irgendwann am Ende!«

Erdrag-Vitagens Ohren zuckten, eine steile Falte bildete sich auf seiner Stirn. »Wie lange dauert es, bis er wieder aufwacht?«

Der Mediker seufzte und zuckte mit den Schultern. »Das kann in der nächsten Minute, nach einer Stunde oder nach Tagen sein, das kann man nie so genau sagen!«

»Wir warten zehn Minuten, wenn er dann noch nicht aufgewacht ist, spritzt du ihm ein starkes Aufputschmittel, egal was passiert«, herrschte Erdrag-Vitagen den Obermediker an. Der Arzt nickte schwach. Da kam Tenchil-Negies helle Männerstimme, aus der Nähe der Vitalzeichenkontrollen. »Nicht nötig! Puls, Blutdruck und Gehirnaktivität steigen! Er wacht auf!«

Nur schwer gelang es ihm durch die samtige, zähe Dunkelheit wieder nach oben zu schwimmen. Eigentlich wollte er das auch gar nicht. Er wollte dieses grelle, schmerzende Licht nicht, diese unangenehme Kälte, diese Angst, die dort herrschte. Aber so sehr er auch versuchte, die samtene, warme Dunkelheit zu behalten. Es nützte ihm nichts. Verschwommene Bilder der Realität drangen wieder in sein erwachendes Bewusstsein. Die gekachelten weißen Wände, die harte stählerne Liege, Erdrag-Vitagens vom Hass verzerrtes Gesicht, die kalten Elektroden auf seinem Körper, verbunden mit diesen medizinischen Folterinstrumenten. Schmerzen, Schmerzen, die jetzt anscheinend gleichbleibend, ständig in jeder Muskelfaser, jeder Blutbahn wühlten. Nicht so schlimm wie eben, aber gemacht um zu bleiben, zu quälen. Diese Schweine! Würde das jetzt wieder losgehen? Würden sie jetzt wieder diese Maschine anstellen?«

»Willkommen zu Hause!«, mein Freund! Überlaut dröhnte Vitagens Stimme in seinen Ohren. Riesig, so schien es ihm, schwebte sein Gesicht vor seinen Augen. »Wie ist es, Sohn einer Wanze, wirst du jetzt etwas zugänglicher sein? Oder soll ich unser Wellnessmaschinchen, das volle Wohlfühlprogramm abspielen lassen?«

»Nein!«, flüsterte Nephets! »Nicht schon wieder! Nicht wieder diese Schmerzen!« Er bebte am ganzen Körper, seine Zähne schlugen hart aufeinander.

»Ich verstehe dich nicht mein Freund! Die Koordinaten des Schiffes bitte!«, zischte Vitagen.

»Ich werde euch nicht, ich kann es euch nicht sagen!«, wimmerte Nephets.

»Du lügst!«

»Ich kann nicht mehr, ich möchte das, diese Schmerzen aufhören! Ich weiß es wirklich nicht!«

Vitagen ballte die Hände zu Fäusten. »Verdammte Scheiße! Du bist wahrhaftig ein verstockter Bursche. Wo steht L,Racs Schiff, wie sind seine Pläne! Wenn du jetzt nicht redest, werde ich dich zur Hölle schicken, solange bis du nur noch ein wimmerndes Bündel bist. Glaub es mir!«

»Du Toidi!«, krächzte Nephets verzweifelt. »Bist so vernagelt? Ich werde, und ich kann es dir nicht sagen! Ich weiß es nicht! Ich habe auf eigene Faust gearbeitet!«

»Aber du kennst das Schiff, seine Bewaffnung, den Antrieb, sein Aussehen! Das wirst du mir jetzt verraten!«

»Nein!«, stöhnte Nephets quietschend. »Auch wenn du mich noch stundenlang folterst. Du wirst mich töten, ob schneller oder über längere Zeit. Wie könnte ich sterben, mit dem Gedanken meine Freunde, zum Tode verurteilt zu haben!«

Was wird er jetzt tun dieser Erdrag-Vitagen?, dachte Nephets. Er sah ihn weiß werden, weiß vor Wut. Heftig stampfend schritt er durch den Raum. Dann griff er plötzlich zu seinem Strahler, der in einem Gürtel an der Uniform befestigt war.

Will er mich jetzt erschießen? Will er mich endlich erschießen? Dann wäre wenigstens alles vorbei!

Die Hand des Sicherheitchefs hatte sich schon um die Waffe geklammert. »Halt – warten sie Erdrag-Vitagen!«, hastig meldete sich der Obermediker zu Wort.

»Ich habe eine andere Idee. Wir haben noch eine Möglichkeit!« Erdrag-Vitagen verharrte, »was für eine!«, knurrte er.

Nephets Angst nahm wieder zu. Welchen Lefuet wollten sie jetzt auf ihn hetzen?

»Die Augen«, sagte der Obermediker triumphierend. »Wir haben doch seine Augen! Der Glaskörper ist noch natürlichen Ursprungs, aber der Rest ist Technik. Er kann seine Augen hin und herzoomen wie eine Kamera, und das wichtigste Erdrag-Vitagen, er kann unglaublich viele Bilder damit speichern!«

»Und was haben sie damit vor Obermediker?«

»Verstehen sie denn nicht Erdrag-Vitagen? Alle Informationen, seien es Bilder von seiner ersten Liebesnacht, seien es Raumschiffpläne, geheime Gespräche, und so weiter ... alles ist auf seinem künstlichen Augenhintergrund gespeichert. Wir werden ihm einfach seine Augen ausbauen! Dann haben wir alles was wir brauchen!"

»Nein!«, brüllte Nephets. »Nicht meine Augen! I Da ist überhaupt nichts von Belang! Da gibt es nichts, was euch interessieren würde!«

Erdrag-Vitagen fletschte grinsend die Zähne. »Oh doch mein Freund! Diese Idee ist gut! Obermediker, ich schätze sie haben sich eine Belohnung verdient. Veranlassen sie alles, und beginnen sie so bald wie möglich mit der Operation! Sie haben vollkommen freie Hand!« Damit wandte Erdrag-Vitagen sich endlich zum Gehen. »Wer bist du?«, schrie Nephets ihm nach. »Wer bist du« Sah-Gahn L ,Racs dunklere Seite?« Vitagen drehte noch einmal den Kopf zu ihm herum. Seine Augen glitzerten, sein Körper schüttelte sich, schüttelte sich vor Lachen!

»Oh bei Gorgos!«, gluckste er. »Bei Gorgos heiligen Feuern, das ist gut. Das ist wirklich gut! Ja Bürschlein, vielleicht bin ich das! Vielleicht bin ich das wirklich, seine dunklere Seite! Ob ihm das wohl gefallen würde?«

Vor sich hin dämmernd, in dem grauen Zwischenreich der Apathie, lag Nephets da. Er hatte sich gewehrt, soweit es ihm in seiner Lage möglich war. Er hatte sich aufgebäumt, geschrien, gespuckt. Mit Händen und Füßen gegen die stählernen Schellen um seine Gelenke angekämpft. Aber es nützte nichts. Er holte sich nur weitere blutige Striemen. Die Mediker versuchten gar nicht ihn festzuhalten, sie riefen Soldaten zu Hilfe. Mit sechs Mann warfen sie sich auf seinen aufbäumenden Körper. Schwer atmend voller Wut und Verzweiflung gab er auf. Die Männer lagen schwer über seinen gesamten Körper verteilt, jetzt hatte sogar er keine Kraft mehr.

Der Obermediker stach ihm von der linken Seite her die Spritze in die Armvene. Er fing noch von seiner Rechten her einen verzweifelt, entschuldigenden Blick von Tenchil-Negie auf. Dann reduzierte sich seine Wahrnehmung auf dieses graue, verschwommene Zwischenreich. Gleichgültig vor sich hindämmernd, lag er da, dann bekam er eine zweite Spritze, spürte kaum den Stich. Doch er wusste das es geschehen würde! »*Verzeiht mir Ma-Ira, Sah-Gahn, Mutter, Vater! Alle anderen, für alles was ich euch jemals angetan habe! Ich weiß nicht, ob ich wieder aufwachen werde! Warum kommt ihr nicht? Warum.....?*« Dunkelheit!

Die Operation war sauber und ohne Komplikationen verlaufen. Die Vitalwerte des „Patienten" waren stabil, aber er lag noch im tiefsten Schlaf. An seinen Zügen konnte man nicht ablesen, was oder wie er sich fühlte. Sogar diese grausame Folter hatte seine Züge nicht verändert. Tenchil-Negie schloss daraus, dass seine Mimik starr war, dass seine Gesichtsmuskeln nicht mehr funktionierten. Aber er hatte seine Qual gehört, er hatte sie gesehen durch die Verkrampfungen seines Körpers! Ohne es wirklich zu wollen, warf er einen Blick auf die ausgebauten Augen, und bewunderte dieses Wunderwerk der medizinischen Technik, ohne die dieser rotfellige Mann blind gewesen wäre. Das musste ein Arzt sein, ein Mediker von dem man etwas lernen konnte! Ha, dieser Spruch den Erdrag-Vitagen abgesondert hatte, von wegen »sauber im Herzen bleiben, trotz des Drecks, mit dem man hier zu tun hat« Kalt, gleichgültig, haspiriverachtend! Der Obermediker, der es nicht wagte, irgendeinen nennenswerten Widerstand zu leisten. Tenchil wurde es wieder übel, er hätte am liebsten gekotzt! Es war Zeit zum Handeln! Jetzt hatten sie diesem armen Schwein auch noch die Augen weggenommen! Warum zum Lefuet? Weil er in die Station eingedrungen war? Und wenn er ein Verbrechen begangen hätte, nichts rechtfertigte eine solche „Behandlung!" Tenchil zog sich neue, sterile Vinylhandschuhe an, und kramte in dem Kasten mit den sterilen Verbandsvorräten.

»Tenchil-Negie!«, der Obermediker drehte sich zu ihm um, nachdem er seine Instrumente wieder verstaut hatte. »Was machst du da? Was hast du mit den Verbänden vor?« Tenchil schaute ihn mit gerunzelter Stirn an. »Na was schon Obermediker! Ich lege dem Patienten einen sterilen Verband an!« Der Obermediker schüttelte den Kopf, »wozu?« Tenchil riss die Augen auf, was stellte der Obermediker für Fragen, hatte er Schahkraut geraucht? »Obermediker«, sagte Tenchil langsam, »Operationen hinterlassen offene Wunden! Offene Wunden können sich infizieren!«

Der Obermediker presste die Lippen zusammen und hielt in seiner Tätigkeit inne.

»Was glaubst du eigentlich, wer du bist, du junger arroganter Toidi! Ich bin seit vierzig Jahren Mediker! Aber das hier«, er zeigte mit angewidertem Gesichtsausdruck auf Nephets reglose Gestalt, »das hier ist kein Patient! An dem da, verschwenden wir keinerlei Ressourcen! Das ist ein Befehl, Tenchil-Negie! Ist doch verdammt noch mal egal, wenn sich Bakterien in die Wunde setzen. Der Kerl stirbt doch sowieso bald! Morgen nehmen wir sein Gehirn auseinander, und bauen aus was wir davon gebrauchen können. Der Rest geht in den Konverter! Wozu also Verbandsmaterial verschwenden! Du wirst die medizinische Überwachung dieses Haspiri übernehmen. Du brauchst keine Angst zu haben. Vor dem Schott stehen sechs Soldaten, und der Bursche wird noch einige Stunden schlafen. Kriegst du wieder einen Schwächeanfall, oder packst du es diesmal?«

»*Scheißkerl!*«, dachte Tenchil mit zusammengebissenen Zähnen.

»Ich schaff das schon Chef!«, sagte er laut, und legte einen eifrigen Ton in seine Stimme. Hoffentlich glaubte ihm der Chef den schuldbewussten Gesichtsausdruck! Der Obermediker schaute ihn scharf an. Dann drehte er gähnend ab. »Na gut Tenchil, das lernst du auch noch! Meine Schicht

ist schon zum zweiten Mal zu Ende. Du hast deine Chance!
Wenn was ist, ruf mich sofort. Die Augen packe ich in die
Konservierungsflüssigkeit!« Der Chefmediker packte sie in
einen Metallbehälter mit einer hin und her schwappenden
Flüssigkeit und verschraubte das Behältnis.
»Das bringe ich noch zu Erdrag-Vitagens
Computerspezialisten. Die werden das schon analysieren!
Den Rest der technischen Teile in seinem Hirn, werden wir
morgen ausbauen. Für heute reicht es! Gute Nacht!«
Das Schott schloss sich hinter den Medikern. Tenchil-Negie
war allein mit seinem „Patienten!" Er würde ihm hier
irgendwie raushelfen, das wusste er. Sonst würde er sich nie
wieder im Spiegel anschauen können. Er wusste nur noch
nicht, wie er das machen sollte.

Seine Finger trommelten ein Solo auf die Lehnen seines
Sessels, das jedem Schlagzeuger Ehre gemacht hätte. Doch
plötzlich schnappte eine kräftige Faust sein wirbelndes
Handgelenk und hielt es fest wie in einem Schraubstock.
»Verdammt Sah-Gahn! Hör endlich auf. Du nervst du mich
gewaltig. Selbst Nephets würde dir jetzt in den Arm fallen!«
Sah-Gahn schreckte hoch! »Wie, was?«
Heftig stieß er die Luft aus, und schüttelte den Kopf.
»Entschuldige Pet! Ich hab das gar nicht gemerkt.«
»Schon gut«, Pet verzog sein Gesicht zu einer gequälten
Grimasse, »ich drehe auch schon die ganze Zeit Seile aus
meinem Schnurrbart! Irgendwann muss doch dieses
verdammte Versorgungsschiff kommen!«
»Wäre es nicht vielleicht besser, wir würden uns in die zwei
Notfallkapseln zwängen?«
Ra-Ennas saß noch immer in einem der Besuchersessel,
unterhalb der Kommandogalerie, ihr sorgfältig frisierter Zopf
hatte sich mittlerweile vollständig in seine Bestandteile

aufgelöst, und das lange goldene Fell bauschte sich in wirren Strähnen um ihren Kopf und floss in einzelnen Kaskaden über den Sessel. »Nein!«, antwortete Sah-Gahn ohne den Bildschirm aus den Augen zu lassen. »Definitiv nicht Ra-Ennas. Neph und seine Leute waren zu dritt! Wir sind zu fünft! Das wird ein bisschen eng!«

»Wir könnten zwei Leute, das Schiff bewachen lassen!«

»Ra-Ennas wir brauchen jeden! Jes als Mutanten, Lu-Cas als Arzt, und zwei alt gediente Kämpfer wie Pet und ich müssen auch dabei sein. Zumal ich Pet wahrscheinlich auch gar nicht davon abhalten könnte, seinen Sohn zu befreien!«

»Versuchs bloß nicht!«, knurrte Pet.

»Sehen sie Ra-Ennas? Ja und dann sind sie ja noch da. Sie kennen sich aus auf dieser verhagelten Station. Sie brauchen wir auch. Es sei denn, sie wollen jetzt doch nicht mehr! Dann können sie natürlich gerne auf dem Schiff bleiben!«

Ra-Ennas Stirn legte sich in steile Furchen. »Natürlich bleibe ich nicht hier! Wie kommen sie darauf? Man darf ja wohl noch ein paar Bedenken äußern! Oder können sie keinen Widerspruch vertragen? Immerhin planen wir ja keinen Abenteuerurlaub!«

Jetzt drehte sich Sah-Gahn doch herum. Hilflos hob er die Arme. »Entschuldigen sie Ra-Ennas. Manchmal bin ich wirklich ein Toidi! Wie sagte Pet gerade so schön. Nicht nur meine Hände trommeln Schlagzeugsolo, sondern auch meine Nerven. Natürlich können sie Kritik äußern. Ich wollte auch nicht ihren Einsatz anzweifeln! Sie haben nicht unrecht. Ein zwanzig Meter Raumer ist auffälliger als eine kleine Rettungskapsel. Aber bedenken sie, es ist ja nicht nur so, das wir alle anwesenden Personen brauchen. Wir müssen auf dem Rückweg noch eine sechste Person transportieren!« Er schluckte hart, als säße ein Steinbrocken in seinem Hals. »Ich gehe davon aus Ra-Ennas, das Neph verletzt sein wird!«

Stumm sah Ra-Ennas ihn an, dann lächelte sie kläglich. »Sie haben recht. Ich hab nicht darüber nachgedacht!"

»Ortungsalarm«, bellte Pet-Russo. Sah-Gahn schnellte wieder zu seinem Bildschirm zurück. »Jeder weiß, was er zu tun hat!«, rief er und schaltete augenblicklich den Deflektor ein. Der gellende Fiepton verstummte und ging in einen stillen Alarm über. Auf dem großen Bildschirm erschien grünlich leuchtend, eine Darstellung des Flugobjektes, das außerhalb der Protuberanz geradezu auf Gorgos Feuerball zu hielt, als wolle es mitten hineinfliegen. »Seht nur«, rief Pet, »ein Transportschiff fast so groß wie die Marie-Curie! Es muss vom selben Typ sein, wie das, dem Nephets, Eixa und Sulu hinterher geflogen sind!«

»So ist es!« Grimmig hieb Sah-Gahn auf die Sensortasten ein und steuerte das kleine Forschungsschiff in den Windschatten des vergleichsweise großen Transporters. »Wir werden jetzt dasselbe tun!«

Sie hielten sich knapp unter dem Bauch des Transporters, aber weit genug von den Schwingungen und dem fauchenden Ausstoß der Abstrahldüsen entfernt. Links neben Sah-Gahn saß Jes-Sieh starr und bewegungslos, mit geschlossenen Augen. Sein Atem ging ruhig und langsam. Fast sah es so aus als schliefe er.

»Ich hab ihn«, sagte er ohne seine Position zu verändern. »Ich kann die Gedanken des Piloten orten. Er ist vollkommen ohne Argwohn. Auch die Mannschaft scheint sich keine Gedanken um irgendetwas, geschweige denn um ein fremdes Schiff zu machen! Sie sind froh, wenn sie wieder verschwinden können, das gilt zumindest für die Leute vom Transporterschiff. Denn es ist verdammt heiß hier! Kann ich dem Piloten nachfühlen! Das ist es wirklich!« Jes hob die Hand! »Jetzt wird es spannend! Super, er denkt gerade an das Codewort für den Schirm! Ja, ich hab's. Leute ich hab's! Jetzt haben wir den Schlüssel für den Rückweg!«

Sah-Gahn hob den Daumen. »Gut gemacht, Jes! Da«, er wies auf den großen Bildschirm, »der Aufriss des thermodynamischen Schutzschirms, wie Neph es auf dem Chip beschrieben hat!« Wieder die bläulich leuchtenden, gezackten Blitze, die sich mit der Spitze einander zuneigten, wie ein Dreieck! Wieder flog das Transportschiff mitten hinein in die Lücke! Punktgenau per Handsteuerung, bewegte Sah-Gahn ihr kleines Forschungsschiff unter dem Bauch des Transporters, angespannt bis in die Fellspitzen, dann hatten sie es geschafft, und er ließ den Raumer hinter dem größeren Schiff zurückfallen. »Sternenhimmel, was für eine Station! Ehrfurchtsgebietend!«, flüsterte Sah-Gahn. »Lassen sie die Ehre ruhig weg!«, entgegnete Ra-Ennas von ihrem Platz aus. »Sagen sie lieber Furcht, das reicht!«

Sah-Gahn nickte blass. »Für Furcht ist keine Zeit! Pet, kannst du auf dieser Riesenplattform einen Landeplatz ausmachen?«

»Kann ich, da hinten am Rande des militärischen Raumhafens, fünfzig Meter neben den großen Geschützaufbauten! Ich überspiele dir das Schemata auf deinen Schirm!«

»Angekommen!« Sah-Gahn flog das Schiff nach den Richtungsangaben des Computers, über lang gestreckte quaderförmige Gebaude, meistentells Lagerhallen und Kommandoeinheiten. Hinweg über mehrere Kugelraumer, von den Maßen der Marie-Curie oder der alten Sternenspürer, über die sogenannten Plattfisch-Transporter, über Kampfjets, und größere Einheiten. Dann kamen die fest installierten Geschütze, mit den überdimensionalen Lasern und Desintegratorkanonen, fünfundzwanzig Meter hoch und breit. Acht Stück gab es davon auf dieser schwarzen Amöbe!

»Sie haben diese Dinger strategisch gut verteilt!« Eine widerwillige Bewunderung schlich sich in Pet-Russo's Stimme. »Drei Stück auf der linken, und drei auf der rechten Seite. Am

Kopf und am Fußende, jeweils eins! Sie haben sich wahrhaftig gut verschanzt!«

»Neun Geschütze!« Sah-Gahn wies auf die riesige, ein Kilometer große Verdickung, in der Mitte der Station. Sol-Choi zoomte ihnen eine Vergrößerung heran! »Seht ihr Haspiri? Auf dem zentralen Dach der schwarzen Amöbe thront noch eines! Man legt sich nicht ohne Not mit den Sonnenpriestern an!«

Die Anspannung der Haspiri wuchs. »In der Spitze des Geschützturmes sitzen Soldaten! Ich spüre sie! Ich hoffe nur, dass sie nicht darauf kommen, das Deflektorfeld anzumessen. Man wird sie bestimmt in erhöhte Alarmbereitschaft versetzt haben!«

Aber es geschah nichts. Unangefochten, mit stark gedrosselten Triebwerken, ließ Sah-Gahn das Schiff hinter den Geschützturm sinken. Es war der zweite Turm am rechten Rand der Station. Mächtig aufragend in den schwarzen Raum, bedrohlich glitzernd, im rötlichen Licht des Gorgos-Sterns! Vierzig Meter entfernt von der tatsächlichen Kante der Landeplattform! Fast geräuschlos setzte die MCII auf.

»Geschafft! Pet, kannst du unseren Transporter noch anmessen?«

»Er hat sich im Zentrum der Amöbe niedergelassen, und beginnt auszuladen. Ich gehe von Versorgungsmitteln und frischen Mannschaften aus. Das wird wohl einige Zeit in Anspruch nehmen, bei so einer Riesenstation!«

Sah-Gahn löste seinen Gurt und sprang auf. »Freunde ich habe den Autopilot auf den automatischen Funkcode eingestellt! Ihr wisst, um was es geht!

Ihr habt alle genug Erfahrung, um zu wissen, wie wir vorgehen, was wir mitnehmen müssen! Kommt, wir holen unseren Beutling da raus!«

Nacheinander verließen sie das Schiff und kletterten über die stählerne Ausstiegsleiter auf den Boden der Station. Nach Ra-

Ennas, sprangen Sah-Gahn und Jes-Sieh als letzte hinaus. Als sie beide an der Außenluke standen, griff Jes-Sieh nach Sah-Gahns Schulter. »Großvater!«

»Ja?« Sah-Gahn drehte sich noch einmal um, bevor er nach unten kletterte. »Großvater, ehe wir uns in diese Aktion stürzen, als ich aus dieser schrecklichen Vision erwacht bin, habe ich…! Ich meine, es tut mir leid, was ich da zu dir gesagt habe! Ich hab das nicht so gemeint!«

»Schon gut Jes!« Schmerzlich verzog Sah-Gahn das Gesicht. »Wir haben alle nur Nerven nicht wahr? Vergiss es, und komm! Neph wartet auf uns!«

Sie brauchten etwa dreißig Minuten, bis sie es vom buchstäblichen Rande der Station, in die Mitte des Zentralkörpers geschafft hatten. Sie rannten mit klappernden Stiefeln im Schutze des Deflektorfeldes über den stählernen Boden. Ein Geräusch unter vielen. Sie wichen Robotern, haspirischen Soldaten, schwebenden Containern aus! Immer auf dem Sprung, immer im letzten Augenblick! Pet-Russo mit seinem Ortungsgerät an der Spitze, direkt hinter ihm Sah-Gahn, Jes-Sieh, Lu-Cas, Ra-Ennas. Endlich erreichten sie den Punkt, an dem das Transportschiff noch immer entladen wurde. Ein zehn Mal zehn Meter breiter Antigravschacht. Derselbe Punkt an dem Neph und seine Gefährten in das Innere der schwarzen Station eingestiegen waren. Hinter einem der haushohen Versorgungscontainer, der noch in einer langen Reihe auf seine Verladung wartete versteckte sich der Rettungstrupp. »Wir machen es wie unsere drei Freunde«, flüsterte Sah-Gahn über Anzugfunk. »Wir heften uns an einen der Container, die nicht kontrolliert werden, und lassen uns nach unten in die Lagerräume tragen! Von dort aus können wir unsere Befreiungsaktion am besten planen. Und da kommt auch schon unsere Chance – jetzt!«

Sie sprangen und schafften es alle Fünf! Keuchend hingen sie an den Containerwänden und ließen sich bis in den unteren

Bauch des Schiffes tragen, und bevor die Container auf eines der Förderbänder aufsetzten, sprangen sie ab. Schwer atmend hockten sie sich hinter die meterhohen Containerstapel, hinter denen schon Neph, Sulu, und Eixa Platz gefunden hatten! »So weit wären wir also schon mal!«, pustete Sah-Gahn. »Jetzt müssen wir uns nur noch überlegen, wo wir hin müssen! Was wir tun, ist uns allen klar! Wie wir es tun, ergibt sich aus der Situation! Vorschläge sind erwünscht!«

»Die Frage ist, wo sie Neph hingebracht haben?« Pet-Russo zupfte stirnrunzelnd, die nächste breite Strähne aus seinem Zopf.

»Zum ersten Verhör werden sie ihn in die Zentrale gebracht haben! Aber danach?«

Ra-Ennas zuckte mit den Schultern.

»Das kommt wahrscheinlich darauf an, wie das Verhör in ihren Augen verlaufen ist! Wenn ihr Sohn Glück hatte Pet, hat irgendein höherer Militär das Verhör geführt. Aber ich befürchte er hat eher Pech gehabt!«

»Das heißt?« Pet-Russo sah sie mit bebenden Lippen an. »Das heißt, dass er von Erdrag-Vitagen verhört wurde!«

Sie streifte Sah-Gahn mit einem durchdringenden Blick. In seinem Gesicht regte sich kein Muskel. *Sie hat etwas gemerkt!*, dachte er. Er wandte sich nach Ra-Ennas um, die links von ihm saß. »Warum glauben sie das Ra-Ennas?« Seine Stimme war heiser. In einer automatisierten Geste strich sie eine lange Strähne aus der Stirn. »Es wäre zu viel gesagt, wenn ich behaupte, Erdrag-Vitagen zu kennen. Aber ich hatte als leitende Astronomin, natürlich mit ihm zu tun. Er ist höflich, distanziert, aber wenn ich ihn sehe, dann überkommt mich jedes Mal ein Schaudern! Hinter seiner höflichen Maske steckt ein eiskaltes Larmanti!«

»Noch mehr Grund uns zu beeilen!«, meldete sich Lu-Cas.

»Da ich unseren Neph als zähen, widerstandsfähigen

Burschen kenne, dürfte er dieses Erdrag-Vitagen zur Verzweiflung gebracht haben. Ich bin zwar nur Mediker. Aber wenn ich die Aufgabe hätte, einen verstockten Gefangenen zum Reden zu bringen, unbedingt, mit allen Mitteln, würde ich ihn in die Medo-Station bringen. Dort findet jemand der gewillt dazu ist, die effektivsten Mittel um ein intelligentes Lebewesen zum Reden zu bringen!«

»Du meinst!«, sagte Sah-Gahn langsam, während er sein Herz, bis in den Hals hinauf klopfen spürte, »du meinst eine Medo-Station kann die effektivste Folterkammer sein, die es gibt!«

»Genau das meine ich!«, tonlos klang Lu-Cas Stimme!

»Genauso ist es auch!«, stieß Jes-Sieh zwischen zusammengebissenen Zähnen hervor. Keiner hatte auf ihn geachtet. Er war blass. Auf seiner Stirn standen Schweißtropfen. Alle drehten sich jetzt zu ihm um. »Ich...habe sofort Nephets Gefühlsmuster gespürt. Seine Gefühle sind so stark, so intensiv, das ich sie sofort gespürt habe. Er hat Angst, er hat Schmerzen! Das hat... mit irgendwelchen Maschinen zu tun, mit Sensoren und Kabeln! Da ist ein Wust von anderen Gefühlen. Anderen Haspiri. Duckmäusertum, aber irgendwo auch Widerstand. Aber...«, Jes packte Sah-Gahns Handgelenk, da ist etwas, was alles überlagert Sah-Gahn, Hass! Kalter, brutaler Hass!«

Sah-Gahn starrte ihn an, sah das er nur mühsam ein Zittern unterdrückte. Bevor ihn selber die Angst packen und lähmen würde, drehte er sich aus Jes-Siehs Griff heraus. »Dann müssen wir handeln! Leute, auch hier unten wird es irgendwo einen Wartungsschacht geben! Unbequem, aber die unauffälligsten Wege für Staatsfeinde wie wir! Auf geht's!«

Nacheinander sprangen sie hoch, und schlichen durch die übereinander gestapelten, riesigen Containerstapel, sich immer am Rand entlang drückend. Nach einer halben Ewigkeit, so schien es Sah-Gahn, erreichten sie endlich das

Ende der Halle. Rechts von ihnen zweigte ein Gang ab, der wahrscheinlich zu dem Raum führte in dem Nephets und seine Leute das Projekt „Sternentod", aufgedeckt hatten, links rauschte das Förderband der Containerstraße vorbei. Plötzlich hörte er Ra-Ennas einen hellen Ruf ausstoßen.

»Schaut, schnell! Da hinten die drei letzten Container auf dem Förderband! Das ist vielleicht unsere Chance!«

Ruckartig wandte er den Kopf und wusste sofort, was sie meinte. Das klare Eiszapfenkreuz auf flammendem Grund, darüber schwebend, die heilenden Hände! Das Zeichen der haspirischen Medizin, auf einem dunkelgrünen Transportcontainer! »Los kommt!«, hastig winkte er den anderen zu. »Rauf auf das Förderband! Dieser Container endet im medizinischen Magazin, und das grenzt mit Sicherheit an die Medo-Station! Sah-Gahn rannte los, hinter ihm Jes, Ra-Ennas, Lu-Cas und Pet. Die Container waren schon fast an ihnen vorbeigerauscht, da sprangen sie polternd auf das Förderband. Sah-Gahn rannte über das Laufband dem letzten Container hinterher, verlor fast das Gleichgewicht, ruderte mit den Armen, und konnte sich gerade noch fangen. Dann stieß er sich ab, schnellte nach oben, und landete breitbeinig an der Containerwand, schmerzlich verzog er das Gesicht. Er spürte jeden kleinen Knochen in seinem Körper. Die Brandnarben schmerzten höllisch! Neben ihm landeten mit einem dröhnenden metallischen Geräusch Jes-Sieh und Ra-Ennas! Die anderen nahmen den Container hinter ihnen. „Alle gelandet?«, keuchte Sah-Gahn. Vier Klarmeldungen in seinem Anzugmikrofon – jeder hatte es geschafft. Das Förderband trug sie durch einen schmalen beleuchteten Gang. Die Transportanlage arbeitete vollautomatisch. Prüfsensoren schienen irgendeiner zentralen Logistik zu melden, wo die verschiedenen Transportcontainer abzuliefern waren. Es gab immer wieder Abzweigungen, in denen ganze Reihen von Containern verschwanden. Endlich nach mehreren Hundert Metern, schätzte Sah-Gahn, wurden „ihre Container", ebenfalls in einen Seitengang verschoben! »Wir sind jetzt ganz nahe an der medizinischen Station!«, flüsterte Jes-Sieh. »Spürst du etwas von Neph?«, fragte Sah-Gahn. Jes schüttelte den Kopf. »Nur rudimentär. Seine Gefühle sind wie abgeschaltet, seine Vitalenergien laufen auf eine Art Standby-Level. Es ist so, als stände er unter Betäubungsmitteln!«

Sah-Gahn nickte beklommen, im nächsten Augenblick wies er mit dem Kinn nach vorne. »Da vorne endet das Förderband! Das Band lief allmählich in einer gut ausgeleuchteten kleinen Halle aus. Die Container mit den medizinischen Produkten schwebten einen halben Meter über den Hallenboden und wurden durch einen Traktorstrahlprojektor durch den ganzen Raum gezogen, um in einer Lücke an der Wand eingepasst zu werden. Sah-Gahn riss die Augen weit auf! Die Wand kam immer näher! Gorgos, sie hingen auf der linken, der Wand zu gewandten Seite! Fieberhaft begann Sah-Gahn nach oben, auf den Containerdeckel zu klettern. »Eiskacke, schnell Ra-Ennas, Jes, rauf mit euch! Sonst werden wir zwischen Container und Wand zerquetscht!« Jes saß schon längst neben ihm. Ra-Ennas hing noch mit den Beinen über dem Containerrand, nur noch wenige Zentimeter und der Zugstrahl würde den Container unweigerlich an die Wand drücken. »Ra-Ennas, um Gorgos Willen! Geben sie mir ihre Hand!« Hart packte er sie am Handgelenk und zog sie mit einem Ruck nach oben. Als sie schwer atmend, auf dem Containerdeckel lag, wurde der stählerne Kasten mit einem heftigen Ruck gegen die Wand geschoben. »Das war im letzten Augenblick!«, stöhnte sie, und schaute in Sah-Gahns blasses Gesicht. »Sie haben mich schon wieder gerettet Sah-Gahn! Danke!« Er reichte ihr die Hand und half ihr sich aufzusetzen. »Geht es ihnen gut Ra-Ennas?« Besorgt schaut er sie an. »Ja danke!«, nickte sie. »Dann lassen sie uns hinunterklettern, und schauen, wie wir

weiterkommen! Ich hoffe das mit dem Retten kommt nicht
allzu oft vor!«
Auch die anderen hatten es schließlich geschafft,
wohlbehalten ihre Container zu verlassen. Nun standen sie
auf dem Boden dieser überdimensionierten Abstellkammer
zwischen ausgepackten Medizinprodukten, und noch nicht
geöffneten Transportbehältern.
»Jes-Sieh«, fragte Pet. »Kannst du irgendwas spüren?« Die
Augen geschlossen, die Stirn in Falten gelegt, lehnte Jes an
eine der Kisten.
»Ja ich spüre was. Hinter dieser einfachen, ordinären
Eisentüre, befindet sich die Medo-Station. Ich spüre alte
Gefühlsreste. Keine schönen Gefühle, Angst, Hass! Alles was
ich eben schon gespürt habe. Nur noch verstärkt. Und
natürlich Nephets Gefühlsmuster! Er liegt im Schlaf, ganz
eindeutig! Aber es ist kein ruhiger, erholsamer Schlaf! Dieser
Schlaf ist Betäubungsmittel schwer! Er ist zu Tode erschöpft!
Irgendetwas hat man mit ihm gemacht!«
Jes-Siehs Stimme war tonlos. »Aber er ist nicht alleine im
Raum! Da ist noch jemand, ein Mediker, sehr jung. Er fühlt
sich ziemlich unbehaglich! Er denkt an die Soldaten, die vor
dem Hauptschott Wache halten! Seinen Gedanken zu
entnehmen, etwa sechs Stück! Er ist mit dem Vorgehen seiner
Vorgesetzten nicht einverstanden. Er möchte dem Patienten
helfen, weiß aber nicht wie!"
»Sieht so aus«, sagte Pet, »als hätten wir da einen
Verbündeten!«
»Kann sein!«, wisperte Sah-Gahn. »Aber trotzdem alle
Vorsichtsmaßnahmen beachten! Manchmal denke ich Leute,
das ist hier alles ein bisschen zu einfach. Ich frage mich
langsam, wann der Haken kommt!«
»Also wenn das einfach war«, mischte sich Lu-Cas ein, »weiß
ich es nicht! Für einen Spaziergang habe ich das bisher
eigentlich nicht gehalten!«

»Ich weiß, was er meint!«, flüsterte Ra-Ennas, die neben Sah-Gahn stand. »Es gab seltsam wenige Zwischenfälle. Wir sind kaum Soldaten oder Wachen begegnet, die wir überwinden mussten!«

»Wie auch immer«, seufzte Sah-Gahn. »Wir sind kurz vor dem Ziel und sollten jetzt nicht in Agonie verfallen. Wir werden diese verblüffend normal konstruierte Türe aufbrechen, und Nephets da rausholen! Nach dem was Jes gesagt hat, fürchte ich nämlich, dass es höchste Zeit wird! Los packt eure Strahler! Ich gehe als Erster!«

Tenchil-Negie stand vor dem riesigen medizinischen Computer, in die Wand eingelassene Technik, die allein dem Zweck der Heilung von Lebewesen dienen sollte. Er lachte bitter auf. Hier allerdings diente diese Mediko-Technik auch noch einem, einem dunkleren, lebensverachtendem Prinzip. Nie hätte er gedacht, dass er einmal Teil eines solchen Prinzips werden würde. Aber nicht mehr lange! Hoffnungsvoll starrte er auf die Vitalwerte des Mannes, der dort auf der stählernen Liege gefesselt war. Er war noch immer bewusstlos. Aber seine biologischen Werte stiegen an, Puls und Blutdruck erhöhten sich langsam. In ein paar Stunden würde er aufwachen. Eher als der Obermediker prophezeit hatte. Allerdings brach schon die vierundzwanzigste Stunde an. Danach ging es unaufhaltsam auf den neuen Tag zu. Die Frühschicht würde ihn um fünf Uhr Bordzeit ablösen. Bis dahin musste ihm einfallen, wie er diesen Haspiri unauffällig aus diesem Folterkeller hier herausbekam! Seufzend entfernte er sich von den Vitalzeichenkontrollen, trat neben die Liege, und starrte auf seinen Patienten. Als könne er ihn nur durch seinen Blick aufwecken. Der Mann zuckte noch nicht einmal. Die Werte stiegen zwar an, aber nur langsam, da sein Körper geschwächt war. Tenchil-Negie schaute sich in der Krankenspezialabteilung um. Es musste doch eine Möglichkeit

geben, ungesehen von hier zu verschwinden! Verzweifelt ließ
er seinen Blick schweifen, links, rechts, unten, oben! »Toidi«
murmelte er, »du bist wirklich ein Toidi Junge. Der Lüftungs-
und Wartungsschacht! Nein zu hoch, zu schmal!«
Aber hier, linker Hand, neben den medizinischen
Apparaturen, die Türe zum Vorratsraum für Medizinbedarf.
Natürlich das war es doch! Ausgestattet mit einem
Förderband für Transportcontainer. Die einzige Möglichkeit!
Aber dafür müsste sein Patient erst einmal wieder fit sein!
Sonst kam er mit diesem hünenhaften, schweren Kerl nicht
weiter!
Seufzend richtete er seinen Blick wieder auf Nephets
vollkommen ruhig da liegende Gestalt, sah die noch immer
verkrampften Fäuste, das einzige Zeugnis der Qualen, die er
in den letzten Stunden aushalten musste. Er rührte sich
immer noch nicht.
»Hilft nichts Freund, ich werde dich hochspritzen müssen,
auch wenn es ein Risiko ist! Ich werde dir ein starkes
Aufputschmittel verpassen, 100 mg jetzt, und 100 mg nach
der nächsten halben Stunde. Dann müsstest du eigentlich
imstande sein Seilchen zu springen! Zumindest für eine
Weile!«

Sah-Gahn durchquerte mit großen Schritten das Magazin und
trat an die Türe. Es war tatsächlich eine einfache, normale
Türe, die per Hand aufgeklinkt werden konnte. Ganz
vorsichtig und langsam drückte er die Klinke herunter. Sie war
noch nicht einmal abgeschlossen! Mit einem leisen Klick
sprang das Schloss aus der Halterung, und die Türe öffnete
sich einen winzigen Spalt. Mit der rechten Hand hielt Sah-
Gahn die Türe fest, und lugte mit einem Auge in den dahinter

liegenden Raum. Ein unartikulierter Laut des Entsetzens entschlüpfte ihm, als er die nackte geschorene, mit Kabeln vernetzte Gestalt Nephets-Gnikwahs dort liegen sah. Leblos, nur noch schwach atmend. Ein junger beige-felliger Haspiri, in einer weißen Medikermontur, entfernte gerade einen Verband von seinen Augen. Sah-Gahn ballte die Hände so fest zusammen, das sich die Finger schmerzhaft in seine Handballen bohrten. »Nein!«, keuchte er leise, »Gorgos nein! Neph!« Mit weit aufgerissenen Augen starrte er dem Mann auf der nur zwei Metern entfernten Liege ins Gesicht. Er starrte in blutverkrustete, leere Augenhöhlen!

»Sah-Gahn!«, ertönte eine raue atemlose Stimme hinter ihm. »Was ist los? Was haben sie ihm angetan? Sah-Gahn?« Jemand versuchte, ihn von der Türe fortzudrängen. Hastig, aber lautlos drehte Sah-Gahn sich um. »Pet«, flüsterte er und hob abwehrend die Hände. »Dein Sohn lebt! Aber du wirfst jetzt keinen Blick dadurch! Das hilft ihm nicht! Hast du das verstanden?«

Pet-Russo presste die Lippen zusammen, und nickte. Die Gesichter der anderen schwebten blass in der Dunkelheit vor Sah-Gahns Augen. »Ich werde jetzt noch einmal einen Blick durch den Spalt werfen, und dann gebe ich das Zeichen zum Angriff. Es ist wirklich nur ein Mediker im Raum. Ich werde ihn beobachten, und dann den günstigsten Augenblick abpassen!«

Keiner widersprach ihm. Sah-Gahn warf einen zweiten Blick durch den schmalen Türspalt. Verdammt was tat dieser Mediker da?

Er nahm - eine Spritze aus der Greifklaue eines Roboters entgegen, schritt zu Nephets hinüber, berührte schon fast seine Armbeuge, da stieß Sah-Gahn heftig die Türe auf! Mit beiden Händen packte er seinen schweren Kombistrahler und richtete ihn auf den Mediker! Zorn stieg in ihm auf, und ließ

seine Stimme vor Kälte klirren! »Denke nicht einmal daran, du Eisaal, seine Haut auch nur mit der Nadel zu streifen!«
Mit einem Schrei ließ der Mediker die Spritze fallen, klappernd rutschte sie über den Boden. Sein Kopf ruckte herum, seine Hände fuhren nach oben, über seinen Kopf! Zitternd starrte der junge Haspiri sie an. »Wer, wer seid ihr? Was wird hier gespielt?«
Sah-Gahn lachte humorlos! »Das fragst du mich, Mediker?« Mit dem Kombistrahler zeigte er auf Nephets. »Los geh zu ihm rüber, und dann werden wir ein paar Dinge klären!«
Dann öffnete er die Türe ganz und sprang in den Raum, die anderen folgten ihm nach. Nur Ra-Ennas blieb im Türrahmen stehen »Geben sie mir ihr Ortungsgerät Pet, ich werde unseren Rückweg über die Förderstraßen absichern, man weiß ja nie!« Wortlos drückte Pet ihr das Gerät in die Hand, stieß ein raues Danke hervor, und stürmte Sah-Gahn hinterher.
Jes-Sieh erlaubte sich nur einen kurzen Blick auf Nephets, dann holte er tief Luft, und ging mit schnellen Schritten zum Hauptschott, den Kopf wie lauschend in die Ferne gerichtet. Noch immer die Hände erhoben, ging der junge Mediker rückwärts zu Nephets stählerner Liege hinunter. Die Angst ließ ihn reden wie ein Wasserfall. »Ihr seid vom Geheimdienst nicht wahr? Erdrag-Vitagen und der Obermediker haben mich die ganze Zeit beobachten lassen was? Schon von Anfang an. Schon bevor das hier alles anfing! Wahrscheinlich ist durchgesickert, dass ich die Techniker gefragt habe, was die Sonnenpriester hier oben eigentlich treiben! Irgendjemand hat gequatscht! Ihr habt gehört – das ich mit diesem armen Burschen da geredet habe, was? Und soll ich euch was sagen, ihr widerlichen Kreaturen? Ich wollte ihn befreien! Jawohl, ich wollte ihn durch dieses verdammte medizinische Magazin schleusen, und irgendwie befreien! Dieser Job widert mich an, meine Karriere widert mich an, die Sonnenpriester und

ihre ganze brutale Scheiß-Ideologie widern mich an! Jetzt könnt ihr mich erschießen, oder in die Extremkältekammer schicken, denn aus meinem Gehirn kann man nichts ausbauen!«

Mit einem heftigen Ruck stieß der Mediker gegen die Kante der Liege und brachte sie zum Schwingen.

Nephets rutschte in seinen Fesseln hin und her. Verschiedene Kabel rissen ab. Er stöhnte leise. Mit einem Schritt war Sah-Gahn bei dem Mediker. Den Kombistrahler gesenkt, und gesichert packte er ihn am Kragen. »Bist du jetzt fertig, du junger Toidi?«, zischte er. »Wenn du Neph wirklich helfen willst, dann solltest du endlich deinen Mund halten, oder glaubst du die Soldaten vor dem Schott sind taub?«

Der Mediker atmete heftig, starrte Sah-Gahn an, und die anderen vier Haspiri, die sie mit grimmigen Gesichtern und entsicherten Strahlern umstanden.

»Ihr seid nicht vom Sicherheitsdienst? Als ich dich gesehen habe, dachte ich Erdrag-Vitagen käme mir da…!«

Sah-Gahn atmete tief ein, ließ den jungen Mann los und schnitt ihm mit einer Handbewegung das Wort ab. »Das mein Freund, klären wir später! Wir haben schon zu viel Zeit vergeudet! Wie heißt du eigentlich?«

»Tenchil-Negie!«

»Dann los Tenchil-Negie, mach ihm die Elektroden ab, und öffne seine Stahlfesseln!«

»Warte«, hörte Sah-Gahn eine leise Stimme hinter sich, Lu-Cas! Er hielt die Spritze in der Hand, die Tenchil-Negie fallen gelassen hatte. »Was wolltest du ihm da geben Tenchil-Negie?«

»Ein Aufputschmittel, hundert Milligramm einer Amphetaminmischung! Man nennt es Crystal-Clear!«

Lu-Cas Augen blitzten, entschlossen spritzte er den Inhalt der Ampulle auf den Boden. »Wolltest du ihn, nicht vielleicht

241

doch umbringen? Das hier hätte ihn nämlich umgebracht, in seinem geschwächten Zustand, du Supermediker!«

Tenchil-Negies Hände fingen wieder an zu zittern. »Ich weiß, dass es ein Risiko ist! Aber glaubt mir, ich wollte ihn wirklich nicht umbringen! Was sollte ich denn tun? Er ist bewusstlos! Und auch wenn er aufwacht, wird er kaum laufen können. Wie sollte ich ihn denn alleine durch den Schacht hier zerren? Ich wusste doch nicht das irgendein Befreiungskommando…!«

»Schon gut«, wehrte Sah-Gahn ab, »schon gut, lass ihn in Ruhe Lu-Cas! Uns läuft die Zeit davon! Mach ihm jetzt endlich die Elektroden ab, und befreie ihn von den Fesseln!«

Schweigend griff Tenchil-Negie ans Fußende von Nephets Liege, griff unter die Kante und betätigte dort einen unsichtbaren Mechanismus. Laut schnappend öffneten sich sämtliche Stahlfesseln um seine Gelenke und gaben von Blut verkrustete Schrammen frei. Stumm trat Sah-Gahn an Nephets rechte Seite und berührte seinen Arm an der Schulter. Pet-Russo stand auf der linken Seite und starrte bleich und bebend auf seinen noch immer bewusstlosen Sohn. »Verdammt Sah-Gahn, wie sollen wir ihn bloß hier rausschaffen! Wie erkläre ich das bloß Lari-Nah wenn er…!«

Sah-Gahn schüttelte den Kopf und sagte heiser. »Du darfst noch nicht einmal daran denken Pet!«

Etwas bewegte sich unter Sah-Gahns Hand. Nephets Schulter zuckte! Seine Glieder zuckten.

Tief sog er die Luft ein, atmete heftig wieder aus. Pets Faust krampfte sich um das Handgelenk seines Sohnes. »Gorgos, er stirbt doch jetzt nicht? Neph, tu mir das nicht an!«

»Nein!«, sagte Tenchil-Negie, der neben ihn getreten war, und mit einem Auge auf die Vitalzeichen schielte. Keine Angst! Er wacht auf!«

Eine vertraute, aber rostig quietschende Stimme drang an Sah-Gahns Ohren. »Wo bin ich? Was ist los? Wieso ist es so dunkel hier?«

Ein heiseres Krächzen drang aus seiner Kehle, »ihr schließt mich nicht noch mal an diese scheiß Maschine an! Ihr habt doch jetzt meine Augen! Ihr braucht mich doch jetzt nicht mehr! Ich rede nicht, ich rede nicht! Erschießt mich doch, erschießt mich doch endlich!«

Sah-Gahn fasste sanft Nephets Handgelenk. Mit einer heftigen Bewegung drehte Nephets den Arm aus seinen Griff und hätte ihn fast gegen die Brust getroffen. Doch Sah-Gahn schnappte erneut nach seinem Handgelenk und hielt es eisern fest. »Beutling, wir sind es! Dein Vater auf der linken Seite! Lu-Cas, Jes, und«, die Stimme versagte ihm. Nephets wandte den Kopf nach links und hob ihn an, als wolle er Pet ansehen. »Va-ter? Vater? Du bist da?«

Pet nickte, der Hals war ihm wie zugeschnürt. Dann fiel ihm ein, das Nephets ihn ja gar nicht sehen konnte. »Ja, mein Junge!«, presste er heraus. »Ich bin wirklich da, und Sah-Gahn!«

Die Linke zur Faust geballt, griff er mit der Rechten, die Hand seines Sohnes. Nephets wandte seinen Kopf nach rechts! »Sah-Gahn? Du auch! Ihr seid alle gekommen? Ich träume das nicht nur?«

»Ja, ich auch!« Tränen standen in Sah-Gahns Augen.

»Wo ist Jes?«

»Er steht Schmiere Beutling!«

»Das ist gut!« Nephets streckte mühsam eine Hand aus, und schnappte nach Sah-Gahns Handgelenk.

»Sah-Gahn!«, flüsterte Nephets angestrengt. »Wir sind Freunde!«

»Ja Beutling, wenn du es noch willst, dann sind wir es! Aber jetzt müssen wir dich erst mal hier rausholen!«

»Ja bitte!«, stöhnte Nephets, »keine Schmerzen mehr!«

Schlaff sackte sein Kopf zur Seite!

»Bevor ihr euch aufregt, er ist nur wieder bewusstlos!« Lu-Cas war neben Sah-Gahn getreten, und fühlte Nephets Puls.

»Ja«, bestätigte Tenchil-Negie!
»Sein Kreislauf ist auf einem niedrigen Level, aber er ist stabil!«
Sah-Gahn atmete zitternd ein und aus. »Komm Pet«, stieß er hervor. "Wir ziehen ihm den Einsatzanzug an, dann müssen wir ihn irgendwie weiterbewegen!« Pets Gesicht war eine steinerne Maske. Schwitzend, mit schnellen Bewegungen steckten die Männer, Nephets-Gnikwah in den Einsatzanzug. Sah-Gahn ignorierte den Schweiß, der ihm über die Augenbrauen auf das Kinn tropfte. »Es wird Zeit Leute. Pet, Lu-Cas, Tenchil-Negie. Ihr fasst mit an! Wir schaffen ihn ins medizinische Magazin!« Sah-Gahn und Pet-Russo packten ihn unter den Achseln und hoben den Oberkörper an. Tenchil-Negie und Lu-Cas packten ihn an den Beinen. Vorsichtig setzten sie ihn auf die Kante. Wie ein nasser Sack hing Nephets in Pet und Sah-Gahns Armen. »Neph«, stöhnte Sah-Gahn, »du bist wirklich verdammt schwer!« Als hätte er sie gehört, regte er sich plötzlich. »Wenn ihr mich festhaltet, schaffe ich es vielleicht zu stehen!«

»Sehr gut! Hör zu«, flüsterte er in Nephets Ohr, »dein Vater und ich wir ziehen dich jetzt gemeinsam hoch. Wenn ich rufe zu gleich!, dann musst du deine gesamte verbliebene Kraft aufwenden! Hast du verstanden Neph?«
»Verstanden Kommandant!«, quetschte Nephets zwischen den Zähnen heraus.
Sah-Gahn und Pet-Russo schauten sich an. »Jetzt«, kommandierte Sah-Gahn. »zugleich!« Mit einem heftigen Ruck zogen sie ihn nach oben. Gleichzeitig drückte sich Nephets mit zitternden Muskeln vom Boden ab. Sein Gesicht war bedeckt von Schweiß. Er keuchte und schwankte in Sah-Gahns und Pet-Russos Armen, aber er stand. »Sehr gut Junge«, lobte ihn Pet. »Jetzt geht es weiter! Wir müssen zu

der Tür da, zum medizinischen Lager, komm, du schaffst das! Los, nur ein paar Meter!«

Mühsam, schwer atmend, mit Unterstützung der beiden Männer, setzte Nephets Schritt für Schritt! Sie standen alle drei schwitzend am Fußende der Liege, nur noch zehn Schritte von der Türe zum Magazin entfernt. Plötzlich wirbelte Jes-Sieh herum, spurtete zu ihnen hinüber, und griff im Laufen nach seinem Strahler! »Die Soldaten kommen, die Soldaten, schnell bringt ihn...«

Mit einem schabenden Geräusch sprang das Schott auf. Wie ein schwarzer Strom quollen Gardisten in den Raum, die schweren Strahler im Anschlag. Eine fauchende Energiesalve traf den noch rennenden Jes-Sieh ins Knie, ließ ihn schreiend einknicken, und auf den Boden stürzen. Durch den Stoff seines Anzuges sickerte Blut. Ein Gardist zerrte Pet-Russo, die Waffe im Anschlag brutal, von Nephets Seite, »los auf die Knie, los! Los!«

Hilflos fluchend sank Pet-Russo auf den Boden. »Eiskacke!«, schrie Sah-Gahn und stieß Nephets mit dem Ellenbogen in die offene Türe des Lagerraumes!

»Oh nein! Scheiße!« Seine Augen weiteten sich jäh! Blitzartig sprang ein Mann von links in den offenen Rahmen, riss den vorwärts stolpernden Nephets an sich, und setzte ihm seinen Strahler an die Schläfe. »Hört auf Männer!«, schrie er in das Durcheinander der kämpfenden Haspiri. »Hört auf, ich habe unsere Zielperson! Oder besser gesagt unsere zwei Zielpersonen!«

Es wurde schlagartig ruhig. Er sah einen großen, schwarzfelligen Mann, in schwarzer Uniform. Er sah, eine jüngere Ausgabe seiner Selbst, mit hassverzerrten Zügen! Zitternd griff Sah-Gahn nach seiner Waffe.

»Lass ihn los Vitago!«, sagte er in die eintretende Stille hinein. »Lass ihn verdammt noch mal los!« Unauffällig sondierte er die Lage um sich herum. Chaos, die Situation war so

245

verfahren, wie sie nur sein konnte. Pet lahmgelegt, mit einer Pistole im Nacken, Jes-Sieh blutend am Boden, kaltschweißig, grau – außer Gefecht? Lu-Cas und Tenchil-Negie hatte man ebenfalls auf den Boden geworfen und einen Strahler zwischen die Schulterblätter gesetzt! Ra-Ennas wo war Ra-Ennas? Sah-Gahn schaute zur Tür. Sie sollte die Vorbereitungen im Magazin treffen war sie etwa…?«

Aber das glaubte Sah-Gahn nicht. Blitzte da nicht etwas Goldenes? Die Soldaten rührten sich tatsächlich nicht mehr! Er hörte Jes stöhnen, wie unter großer Anstrengung!

Ein kaltes, unpersönliches Lachen drang an Sah-Gahns Ohren. »Du hast mich erkannt großer Bruder, was? Nach all diesen Jahren! Fast huschte ein melancholischer Ausdruck über das Gesicht des Sicherheitschefs, und Sah-Gahn glaubte einen winzigen Augenblick lang Vitago würde sich besinnen! Doch dann war der Moment vorbei, und ein raubtierhaftes Lächeln zog wieder über sein Gesicht »Nein, ich werde meine schmierigen Tatzen nicht von den Sensoren lassen! Ich werde sie auslösen!«

Sah-Gahn schluckte, Angst durchfuhr seinen Körper. »Lass ihn los Vitago, bitte!«

Seine Stimme war heiser. »Er kann nichts dafür! Zwanzig Jahre habe ich dich gesucht, erst als ich mit der Sternenspürer gestartet bin habe ich es aufgegeben. Vitago, es tut mir leid, was damals geschehen ist! Ich wollte dich nicht verletzen Vitago!« Seine Hände krampften sich noch immer um seinen Strahler. »Ich war selber verletzt! Es tut mir leid ich habe dir das immer wieder gesagt. Aber du wolltest mich nie anhören!«

»Nein«, verächtlich verzog Erdrag-Vitagen den Mund. »Nein Sah-Gahn, damals nicht, und auch heute werde ich dein Gesabber nicht anhören! Denn es ist vollkommen belanglos und hat nicht das Geringste mit dieser Aktion hier zu tun. Es ist Zufall, reiner Zufall, dass du mein Bruder bist!«

Nephets stöhnte leise als Vitago den Strahler fester an Nephets Schläfe presste. »Jetzt werde ich diesen Hochverräter, diesen Saboteur, der unsere großartigen Pläne zerstören wollte, vor deinen Augen erschießen! Morgen wäre er sowieso operiert und getötet, seine technischen Teile ausgebaut worden! Danach Bruderherz, werde ich dich töten!«

»Gorgos! Er ist ein Monster geworden! Ich muss ihn aufhalten!«

Verzweifelt schoss Sah-Gahn seinen Blick in die Szenerie. Ein wütendes Knurren von Pet-Russo! Seltsam, die Soldaten bewegten sich noch immer nicht! Erstarrt, wie mitten in der Bewegung, als hätte man ihnen die Batterien herausgenommen! Jes-Sieh, blutend am Boden, kaltschweißig, grau vor Schmerz? Vorsichtiges raunen, in seinem Kopf! Ein goldenes Blitzen im Türrahmen.

Nephets hing schwer atmend, wie ein nasser Sack in Vitagos rechtem Arm. »Er ist schon halb tot! Ich muss Vitago aufhalten! Du willst uns beide also töten, weil wir die Staatsfeinde Nr. 1 sind? Oder einfach, weil du dich rächen willst? Weil du mir persönlich immer noch nicht verziehen hast? War es deshalb nötig, dass du diesen armen Burschen hier gefoltert hast? Auf die brutalste Art und Weise? Bis er nicht mehr wusste, ob er leben oder sterben wollte? Du bist hier der Sicherheitschef Vitago! Du hast viel Macht! Aber persönliche Rache, statt Projekt Sternentod? Ist das nicht auch für einen Sicherheitschef zu viel? Was wird wohl der oberste Sonnenpriester dazu sagen?«

Den Strahler noch immer fest auf Nephets Schläfe gepresst, verzog Vitago das Gesicht zu einem wütenden Fauchen. »Du glaubst sehr viel zu wissen Sah-Gahn! Aber du weißt gar nichts! Nichts über meine Befugnisse, nichts über meine Macht! Ich werde ihn töten, dann dich und zum Schluss deine Männer! Und sorge dich nicht um mich, großer Bruder!

Hochverräter wie ihr, dürfen von jedem Sonnenpriester des
inneren Zirkels getötet werden! Auf der Stelle! Das ist das
Gesetz des obersten Sonnenpriesters!«
»Der Sturm bricht los!« Laut, fast schmerzhaft hallten die
Worte in Sah-Gahns Kopf wieder! **Und der Sturm kam!**
Es war wie in einem Albtraum! Wie das Trudeln durch einen
surrealen, seltsamen Albtraum! Eine scheinbar
unwiderstehliche Gewalt riss den starren, wie Eisblöcke
dastehenden Soldaten, die Desintegratorgewehre aus der
Hand! Wie Blätter im Sturmwind, wirbelten die schweren
Waffen durch die Luft prallten zielsicher gegen den
Elektroschocker, an den man Nephets angeschlossen hatte!
Kabel rissen, empfindliche Sensoren wurden zerstört, Funken
stieben, schwarzer Rauch stieg auf, und im nächsten
Augenblick explodierte das Gerät mit einem lauten Knall!
Metallene Trümmerteile flogen Meter weit. Soldaten sanken
getroffen zu Boden, lautlos – unfähig zu schreien!
Knisternd, krachend, brach Feuer aus! Doch sofort fuhr aus
der Decke ein System von Sprinkleranlagen hervor trat in
Aktion und löschte das Feuer! Jes-Sieh, gestürzt in der Mitte
des Raumes wälzte, bäumte sich auf, schweißnass, wie unter
starken Schmerzen. Pet-Russo sprang auf befreit von seinem
Peiniger, wie ein wütender Dirkahn. Tenchil-Negie, Lu-Cas
schüttelten ihre Bewacher ebenfalls ab!
Hustenreiz würgte Sah-Gahn in der Kehle, der Rauch ließ
seine Augen tränen, er konnte kaum etwas sehen! Im
Türrahmen stand noch immer – Vitago! Unberührt, kalt!
Nephets-Gnikwahs schlaffen Körper wie einen Schutzschild
vor sich geschoben, den Strahler an seine Schläfe pressend.
Bleich wie ein Gespenst aus dem Eis, mit brennenden Augen
näherte sich sein Zeigefinger immer mehr dem rötlich
blinkenden Sensor! Sah-Gahn zog seinen Strahler! Vitago
würde Neph töten, er würde ihn töten, egal was er jetzt tat!
Mit ausgestrecktem Arm, und zitternden Händen hielt er

seine Waffe, zielte auf Vitagos Kopf, die einzige Möglichkeit zu schießen, ohne Nephets zu treffen. *»Kleiner Bruder!«* Ein dunkler Lockenkopf, das Antlitz eines kleinen fünfjährigen Beutlings schien sich vor das Gesicht des Sicherheitschefs zu schieben, mit dunklen unergründlichen Augen, das Klein-Beutlingsgesicht zu einer Flunsch verzogen! *»Warum kommst du nicht mit nach Gorgos Kinderland!«* Quäkige *Jungenstimme, traurig, wütend, merkwürdig schrill!* *»Nein geh weg, raus hier! Du bist nicht mehr Vitago!«* Kaltes, *hohles Lachen! Was war das?* Irritiert zwinkerte Sah-Gahn mit den Augen. Das Bild verschwamm, floss ab, wie in einem gurgelnden, strudelnden Abfluss! Dahinter – befand sich die Realität! Sah-Gahn sah Vitagos Zeigefinger auf den Sensor rutschen und von einer Sekunde zur anderen, fand er zurück, wurde er ruhig, sein Geist eiskalt und klar, wusste er, was er zu tun hatte, zielte, präzise! Wenn nur nicht dieser verdammte Rauch wäre, der die Augen zum Tränen brachte! Verzweifelt versuchte er, etwas zu erkennen! *»Neph, verzeih mir! Verzeih mir, hilf mir Gorgos! Oh bitte hilf mir!«* Ein goldener Blitz, ein scharfer Knall, ein Schrei! Verdammt er hatte doch gar nicht…! Egal! Dumpfer Aufschlag, stöhnen! Zwei Männer lagen übereinander am Boden. Keuchend, hustend sturzte Sah-Gahn auf die zwei Gestalten zu. Der Oberste schrie vor Wut und Schmerz – Vitago! Bevor Sah-Gahn heran war, rollte er sich von Neph herunter, beide Knie bluteten stark! Schwer atmend versuchte Erdrag-Vitagen, nach seiner Waffe zu greifen, die ihm aus der Hand gerissen wurde, und wenige Meter weitergeschlittert war. Doch er kam nicht dazu! Sah-Gahns Fuß trat die Waffe mit voller Wucht außer Reichweite. Ein zorniger, unartikulierter Schrei kam gurgelnd aus Vitagos Kehle. Plötzlich lag er still! Sah-Gahn warf nur einen kurzen Blick auf Vitagos schlaffe Gestalt, dann beachtete er ihn nicht mehr! Links, wenige Meter weiter, lag Nephets – hilflos stöhnend, halb bewusstlos auf dem Rücken! Hastig beugte Sah-Gahn sich von hinten über ihn – seine Arme rissen fast aus den Gelenken als er versuchte Nephets im Rautegriff nach oben zu ziehen. Da packte jemand von der rechten Seite her zu, Pet-Russo. Hustend und spuckend zerrten sie ihn gemeinsam hoch! »Los, zur Türe!«, krächzte Pet! Stolpernd schleppten sie Nephets zum Eingang des medizinischen Magazins! Im Rahmen sahen sie Ra-Ennas stehen, goldenes wirres Fell umgab sie wie eine Sonnenkorona! In der zitternden Hand einen Strahler, mit blinkendem, rötlichen leuchtendem Sensor! »*Gorgos!*«, Sah-Gahn riss die Augen auf, »*sie hat geschossen!*«

»Schnell!«, stieß Ra-Ennas hervor, »wir müssen nach vorne durchbrechen! Sie haben anscheinend die Förderbänder zu den Lagerhallen still gelegt.«

»Dirkahnscheiße«, keuchend packte Sah-Gahn, Nephets fester unter den Achselhöhlen, »dann werden sie auch die Antigravschächte stillgelegt haben! Es nützt nichts wir müssen vorne durch!" Hastig, so schnell es, mit dem bewusstlosen Nephets möglich war drehten die Männer sich um!

»*Jes*«, dachte Sah-Gahn intensiv, »*du kannst sie jetzt loslassen! Lass sie los, wenn wir mit Neph und den anderen am Hauptschott stehen, und komm sofort hinter her!*«

»*Angekommen Großvater! Wenn ich loslasse haben wir noch zehn Minuten!*«

Der Rettungstrupp hatte sich inzwischen um Sah-Gahn, Neph und Pet gesammelt. »Ich war schon auf dieser Ebene gewesen!«, rief Ra-Ennas! Ich führe sie!«

Sah-Gahn nickte. »Tenchil! Kommen sie mit, oder nicht!« Ohne sich noch einmal umzudrehen, schaltete er gleichzeitig mit Pet-Russo den Antigravtornister ein. Nephets in der Mitte, schwebten sie eine Handbreit über den Boden, Lu-Cas, Tenchil-Negie knapp hinter ihnen und Ra-Ennas an der Spitze, flogen sie zum Hauptschott der medizinischen Station. Links und rechts bot sich ihnen das seltsame Bild, erstarrter

Soldaten, die wie Skulpturen wirkten. Kurz schaute Sah-Gahn auf seine Zeitanzeige, und runzelte ungläubig die Stirn. Seit dem die Soldaten den Raum gestürmt hatten, waren weniger als zehn Minuten vergangen. Er sah sich um nach Jes-Sieh, der sich noch immer schweißnass am Boden wälzte. *»Kannst du laufen Jes!«*

»Ich kann fliegen Großvater! Es ist nur ein Streifschuss!«

»Gut, dann lass sie los! Jetzt!«

Schlagartig, nur für ein geübtes Auge sichtbar, änderte sich etwas! Die Haltung der Soldaten wurde lockerer, wacher! Ihre Augen fingen wieder an zu glänzen. Entsetzen, Begreifen trat in ihre Augen. Bevor auch Zorn und Entschlossenheit, zurückkehren konnten, regte sich Jes-Sieh. Farbe flutete wieder in sein schweißüberströmtes Gesicht. Er richtete sich auf und wuchtete seinen Körper, stöhnend, in einer einzigen fließenden Bewegung nach oben! Sein rechter Oberschenkel war aufgerissen, der Strahlschuss hatte den Stoff von oben nach unten heruntergebrannt. Oberflächliche Schmauch- und Brandspuren auf der Haut, begannen sich schon wieder zu verkrusten, zu schließen. Doch noch immer floss Blut aus der Wunde. Schnell griff er hinter sich, aktivierte seinen Antigravtornister, und schloss zu den anderen am Hauptschott auf! »Schnell«, keuchte er. »Die kleine Eingreiftruppe hinter uns braucht noch zehn Minuten, um wieder voll einsatzfähig zu werden! Aber von vorne rückt eine ganze Kolonne von Soldaten an! Ich spüre sie! Wir müssen uns schnell etwas ausdenken! Ich kann nicht alle Soldaten lähmen!«

»Was du spürst«, knurrte Pet-Russo, „habe ich auf meinem Orter! Es sind fast fünfzig Stück, und sie kommen von links und von rechts. Kurz und gut wir sind eingekesselt!«

»Ra-Ennas! Ihr Part, fällt ihnen was ein?« Sie hatte während der Unterhaltung am Schott gestanden, und angestrengt auf den Gang gestarrt.

Verzweifelt hatte sie sich versucht zu erinnern, einen
Fluchtweg zu finden. Zum Lefuet mit ihrer Orientierung. Sie
hörte schon das Stampfen und Dröhnen von Soldatenstiefeln.
War sie wirklich schon einmal hier gewesen? Welcher Teil der
Station? Moment, Reu-Inegni, das seltsame Gespräch mit
ihm, dieser Blindgang! Abrupt drehte sie sich um, als sie Sah-
Gahns Stimme hörte. »Los«, winkte sie ihnen zu, »dieser
schmale Gang auf der linken Seite. Dort könnte ein Versteck
sein, zumindest vorübergehend!"
Sah-Gahn zögerte nur kurz! »Gut Leute, ihr hinter her!«
So schnell es ging verließen sie die Medoabteilung, Ra-Ennas
als Erste, als zweite Pet-Russo und Sah-Gahn mit Neph in der
Mitte. Es dauerte keine Minute, bis sie den Gang erreichten.
»Gorgos«, quetschte Sah-Gahn zwischen den Zähnen hervor.
»Der Gang ist zu schmal, um mit drei Haspiri nebeneinander
einzufliegen! Pet, du fliegst als Erster! Ich greife mir Neph
alleine und fliege hinter dir her!«
»Schaffst du das?« Von links ertönten jetzt lauter dröhnende
Geräusche, marschierende, rennende Stiefel auf
Metallboden, laute Stimmen, gebrüllte Befehle!
»Hörst du das? Ich muss!«, brüllte Sah-Gahn. »Vorwärts, flieg
schon!«
Pet-Russo ließ Nephets los, und flog in den Gang. Sah-Gahn
hatte Neph mit beiden Armen um die Hüfte gepackt, und flog
schwer atmend, mit geschwollenen Armmuskeln hinter ihm
her. Nach zwanzig Metern ließ er ihn keuchend, auf den
Boden gleiten, fast wäre Neph ihm aus den Armen gerutscht!
Die anderen Drei jagten ihm nach und pressten sich an die
Wand! Keine Sekunde zu früh, die Soldaten waren da, und
stürmten die Medo-Spezialabteilung! Niemand schien diesen
kleinen, unauffälligen Gang zu beachten! Sah-Gahn war leise
bis zum Anfang ihres Fluchtweges zurück geschlichen. Er sah
die Männer mit erhobenen Desintegratorgewehren in den
Raum stürmen. Hörte ihre wütende Flüche, hastige Tritte,

piepsendes Rauschen, Funkverkehr! Die waren vorerst beschäftigt! Leise drehte er sich um, und schlich zu den anderen zurück. »Vorerst keine Gefahr! Sie müssen zuerst das Chaos in der Medoabteilung entwirren, und verstehen, was los ist!«, flüsterte er. Ra-Ennas löste sich von der Wand und wies in die Dunkelheit. »Noch zwanzig Schritte weiter gibt es eine ziemlich einfach konstruierte Eisentüre zu einem Lager! Eine Ersatzteillagerhalle, wie mir Reu-Inegni damals versichert hat. Da könnten wir uns erst mal absetzen. Ich hoffe nur, die Türe ist nicht verschlossen!«

Sah-Gahn zuckte die Schultern, »das dürfte kein Problem sein! Hauptsache die Türe ist nicht mit Alarm gekoppelt! Aber das werden wir sehen. Pet und ich nehmen wieder Nephets ins Schlepptau!« Sah-Gahn beugte sich zu Pet und Lu-Cas hinunter, die wie zwei Glucken vor ihrem Küken, neben Nephets hockten! »Wie sieht's aus Lu-Cas? Wie geht es ihm?«

Lu-Cas richtete sich ächzend auf. »Sieh ihn an! Kreislauf regelmäßig, aber sehr niedrig! Er müsste bald in medizinische Behandlung!«

Sah-Gahns Ohren zuckten, »Vorwärts Haspiri! Die Soldaten, dürften sich bald von ihrer Verwirrung erholt haben! Lasst uns sehen, was uns hinter dieser Tür erwartet!«

Pustend hatten sie Nephets wieder an der Wand abgelegt. Er war noch immer bewusstlos. Pet-Russo tastete mit seinem Ortungsscanner die etwa drei Meter hohe, rechteckige Eisentüre ab. »Nichts was ich anmessen kann! Es scheint eine ganz normale, eiserne Kellertüre zu sein. Wie sie in jeder einfachen Haspiri-Höhle eingebaut ist!"

Sah-Gahn trat neben ihn und griff nach dem kugeligen Türknauf. »Fehlt nur noch«, grinste er, »das dieser Knauf sich drehen lässt, und die Türe aufspringt!«

Er bewegte seine Hand nach rechts, fühlte eine Bewegung, hörte ein leises Knacken und stieß einen überraschten Laut aus. Die Türe sprang auf, schwang quietschend ein kleines

Stück nach innen, und gab einen Streifen des hinter ihr liegenden Raumes frei. Im Strahl seines Helmscheinwerfers sah er Ausschnitte von langen Reihen, stählerner Regale, mit diffus erkennbaren technischen Teilen. Ein muffiger abgestandener Geruch kam ihnen entgegen. Als sei diese Türe schon lange nicht mehr geöffnet worden. »Kommt«, wisperte er. »Momentan scheinen wir hier sicher zu sein.« Sah-Gahn und Ra-Ennas flogen voraus, dann kamen Lu-Cas und Pet mit Nephets, zuletzt Tenchil-Negie, der seit der Flucht kaum ein Wort gesprochen hatte, und Jes-Sieh. Sie durchflogen mit ihren Antigravtornister eine lange Reihe von Regalen, die links und rechts an die Wand gelehnt standen. Verstaubte Aggregate von Kleinstraumschiffen, kleinere Getriebeteile, gelagert auf stabilen, kompakten Eisenplatten, verschmutzte, lang nicht mehr benutzte Steuerautomatiken, halb zerlegte Ortungsgeräte! Sah-Gahns Blick wanderte im Raum umher, »hier ist schon lange keiner mehr gewesen!« Jes-Sieh war unbemerkt neben ihn geflogen. »Jes! Nein der Staub, der Schmutz sprechen Bände!« »Möglicherweise ist das gar kein richtiges Ersatzteillager!«, warf Ra-Ennas ein. »Vielleicht werden hier nur veraltete und hoffnungslos kaputte Teile gelagert!« »Umso besser für uns!« Sah-Gahn warf einen Blick auf sie, ihre Augen leuchteten im Licht seines Helmscheinwerfers wie altes Gold! Verdammt er war ja nicht mehr ganz normal! Schnell wandte er sich wieder nach vorne. Die Regalreihen endeten abrupt an einer kompakten, massiven Wand aus Stahl. »Da hinten an der Rückwand lassen wir uns vorläufig nieder«, gab er über Anzugfunk weiter. »Ein ideales Versteck ist das nicht!« Pet-Russo legte den Kopf seines Sohnes sanft auf den Boden. Nephets stöhnte leise. Pet warf ihm einen besorgten Blick zu. »Wenn die Schwarzgardisten auf die Idee kommen, mal hier reinzuschauen, sitzen wir auf dem Präsentierteller!« Sie hatten sich alle um Nephets herum auf

den Boden gehockt! Ra-Ennas wurde rot. »Tut mir leid – aber
mir ist auf die Schnelle nichts anderes eingefallen!« Sah-Gahn
legte ihr besänftigend eine Hand auf die Schulter. »Schon gut
Ra-Ennas! Keiner wirft ihnen etwas vor! Im Gegenteil, sie
haben uns gerettet! In dieser Situation war ihre Idee die beste
Möglichkeit!" Sie rutschte unmerklich ein Stück von ihm weg.
»Aber was jetzt?«, ratlos lies sie ihre Ohren hängen. »Warten
wir, bis der Rauch sich gelegt hat? Wie stellen wir das
überhaupt fest?« Jes-Sieh verzog sein Gesicht zu einer
schmerzhaften Grimasse!
»Ich werde wohl mal wieder Schmiere, stehen müssen! Ich
gehe nach vorne zur Türe und fahre meine Sinne aus.
Irgendwann werden sie die Soldaten soweit abgezogen
haben, dass wir an ihnen vorbei schleichen können! Fragt
sich, wohin wir dann schleichen, vor allen Dingen mit dem
armen Neph!« Er warf einen beklommenen Blick auf den
regungslosen, totenblassen Mann auf dem Boden. Sah-Gahn
schwieg, mit gerunzelter Stirn schaute er sich im Lager um.
Sein Blick glitt über Decke und Wände. Es musste irgendwie
einen Schacht geben oder eine Wartungsklappe, durch die sie
klettern konnten! Wie das mit Nephets allerdings
funktionieren sollte, wusste er noch nicht. Sie mussten
wirklich den harten Weg über die Hauptgänge des Schiffes
nehmen, dann würden sie irgendwann den Soldaten in die
Arme laufen. Verzweiflung stieg in ihm hoch. »*Bund der
Gehirne! Ist hier der Weg zu Ende? Müssen wir, muss Nephets
hier sterben? Durch den Befehl meines eigenen Bruders, eines
Sonnenpriesters? Müssen Milliarden von Lebewesen sterben,
ihre Geister geknechtet werden, nur weil ich einen Ausraster
hatte?*«
Seine Augen flitzten über die Stahlwand, an der sie sich
niedergelassen hatten. Sie bestand aus schweren,
metergroßen Eisenplatten. Keine Chance irgendwie durch
diese Wand durchzubrechen, ohne Sprengstoff zu benutzen,

sehr unauffällig wäre das auch nicht. Aber was wäre in dieser Situation schon unauffällig? Wahrscheinlich würden sie auf einem der Hauptgänge landen. Er würde Ra-Ennas fragen! Jes müsste einen kleinen Vorrat an Sprengstoff mit sich führen, für geologische Zwecke! Sah-Gahn wollte gerade seinen Mund öffnen, da stutzte er. Etwas war hier nicht richtig! Etwas in der Mitte dieser Rückwand! Blitzartig schoss eine verrückte Hoffnung durch sein Hirn! Unvermittelt sprang er auf.

Mit ein, zwei hastigen Schritten war er in der Mitte der Stahlwand, tastete die Platten ab, ging ganz nahe an sie heran, als wolle er sie mit dem Kopf durchstoßen. Mit glänzenden Augen drehte er sich um. Alle waren erschrocken aufgesprungen! »Geht es dir gut Sah-Gahn?«, fragte Pet. »Das weiß ich noch nicht!«, grinste er. »Bevor sich das entscheidet, seht euch doch mal diese vier Eisenplatten in der Mitte der Wand an! Fällt euch was auf? Nein? Nephets hätte es gesehen!« Sah-Gahn fuhr mit dem Arm in der Luft das Viereck in der Mitte nach. »Die Fugen«, sagte Ra-Ennas plötzlich. »Die äußeren Fugenlinien dieses Vierecks, sind dunkler, sie wirken tiefer. »Top, sie hat es!« Sah-Gahn hob den Daumen. »Das ist es, was ich ertastet habe. Was ist wohl hinter dieser Wand, Ra-Ennas?«

Sie hob hilflos die Hände. „Ich weiß nicht. Der Hauptgang vermute ich! Aber wenn sie wirklich eine Geheimtüre entdeckt haben, dann muss da noch etwas anderes sein. Eine Kammer, ein Gang von dem niemand weiß!«

»Das stellen wir fest!« Sah-Gahn tänzelte von einem Fuß auf den anderen. »Jes, kannst du deinen Sinn einschalten und feststellen ob du irgendetwas anmessen kannst?«

»Schon längst passiert!« Er stand mit Blick auf die Wand, schloss die Augen und konzentrierte sich. Dann schüttelte er den Kopf. „nichts, außer einer technischen, maschinenhaften Intelligenz. Ein kleines Elektronengehirn! Halt, ich glaube da ist doch etwas Lebendes!« Er schüttelte den Kopf. »Ich bin noch nicht wieder auf dem Damm. Nein da ist nichts Lebendes!« Er öffnete die Augen und schaute Sah-Gahn an. »Nichts Lebendes! Nur die Restemissionen eines Lebewesens! Weißt du, woran mich das erinnert, Großvater? An die erste Begegnung mit der Marie-Curie!«

Sah-Gahn schluckte, seine Lippen bebten. »Freunde wir haben nichts zu verlieren. Wir versuchen den Öffnungsmechanismus zu finden!«

Ra-Ennas strich mit all ihren fünf Fingern durch ihre Fellmähne und trat zu dem auffälligen Viereck. »Ich nehme die rechte Seite!«

Sah-Gahn nickte ihr zu, der Anflug eines Lächelns zeigte sich auf seinem Gesicht.

Akribisch ertasteten sie auf beiden Seiten, jeden Nanomillimeter der Vertiefung. Plötzlich stieß Ra-Ennas einen leisen Schrei aus. »Ich hab etwas!« In zwei Metern Höhe fühlte sie unter ihrem Zeigefinger einen winzigen, kugeligen Druckpunkt. Mehr ein gerade noch fühlbares Körnchen. Mit behutsamem Druck presste sie ihren Finger darauf und stieß sich ab. Sah-Gahn und Ra-Ennas beobachteten den Vorgang aus der Luft. Ein leises kaum hörbares Surren ertönte, langsam bildete sich ein schmaler Spalt auf der rechten Seite des Vierecks und wurde immer breiter, bis die Platten ganz in die Wandverkleidung hinein gefahren waren.

Ein kleiner Raum öffnete sich ihren Blicken, nur erhellt durch den Schein ihrer Helmlampen. Ein fast quadratischer Raum, nach oben hin kuppelartig geöffnet. Die Kuppel in ihrer Mitte in zwei geschlossene Hälften geteilt. Genau in der Mitte, den gesamten Raum bis auf wenige Zentimeter ausfüllend stand, »Bei Gorgos heiligen Feuern«, stieß Tenchil-Negie hervor, der zum ersten Mal seit Stunden wieder sprach. »Ein Raumschiff, hier hat irgendwer tatsächlich ein Raumschiff versteckt!«

Sah-Gahn lachte verhalten, »Raumschiff ist vielleicht zu viel gesagt! Aber auch wenn es nur ein ca. Acht Meter großes Schwingenschiff ist. Für unsere Zwecke reicht es vollkommen aus! Unser Forschungsraumer wäre mir zwar lieber gewesen, aber die MCII ist leider in fast unerreichbare Ferne gerückt. Jetzt müssen wir nur schauen, wie wir dort reinkommen, eine Einladung, wie damals bei der Marie-Curie bekommen wir hier sicher nicht!«

Als hätte sie jemand gehört, öffnete sich in diesem Augenblick lautlos nach oben gleitend ein schmales Schott in dem flachen, schwarz glänzenden Schiff! Erschrocken ihre Waffen fester fassend, starrten die Haspiri eine Zeit lang auf die mannshohe entstandene Öffnung. Doch nichts geschah! Keine Soldaten kamen, mit gezogenen, feuernden Waffen herausgestürmt!

»Da ist auch nichts«, Jes-Siehs Stimme war belegt, sein Gesicht blass.

»In diesem Schiff brauchen wir vor lebenden Personen, keine Angst zu haben. Aber jetzt schlägt es mir noch deutlicher entgegen, vor kurzem hat hier ein Drama stattgefunden. Reste von Angst, Verzweiflung, Fluchtgedanken! Irgendjemanden werden wir da drinnen vorfinden, dem es ziemlich schlecht ergangen ist!«

Sah-Gahn atmete tief ein, und aus. »Wie auch immer Jes! Dieses Schiff hier ist unsere einzige Möglichkeit zu entkommen. Wir haben keine Alternative. Gehen wir also los! Ich gehe vor! Jes, Ra-Ennas Tenchil! Wir sondieren die Lage. Lu-Cas und Pet, ihr kommt mit Neph hinterher!«

In dieser Aufteilung schlichen sie die Gangway empor, und standen direkt in einer sparsamen zweckmäßig eingerichteten Kommandozentrale. Sah-Gahn sah sich aufmerksam um, hinter ihm staute sich sein Trupp erschöpfter, abgerissener Haspiri. Pet und Lu-Cas hielten aufrecht schwebend, immer noch Nephets unter den Armen gepackt, um notfalls sofort fliehen zu können. Es roch seltsam hier! Unangenehm, faulig! Ein großer Computerbildschirm, Arbeitskonsolen, sieben, eng nebeneinanderstehende hochlehnige Drehsessel! In der Mitte der Pilotensitz! Etwas Kompaktes, Schwarzes, Langfelliges, war linksseitig heruntergerutscht und hing schlaff über den Seitenlehnen, fast bis zum Boden herunter. Flach atmend, in zwei großen Schritten stand Sah-Gahn neben dem Sessel, drehte ihn an der Lehne herum, und starrte in das in ewigem Schrecken verzerrte Gesicht eines braunfelligen Mannes, in schwarzer Montur. Das strähnige, Kopffell umgab ihn wie ein verknotetes Netz und verklebte fast ein verschmortes Loch in der Brust, aus dem keine Flüssigkeit mehr austrat. Überstürzt, tief Luft holend, drehte Sah-Gahn sich um. Hinter ihm stand leichenblass Ra-Ennas Toiraksi!

Ihre Augen weiteten sich vor Entsetzen »Das« stotterte sie, »das ist Reu, Reu-Inegni!«

Dann drehte sie sich zur Seite, und erbrach!

Endlich schien ihr Magen leer zu sein, und sie richtete sich schwer atmend wieder auf. Sah-Gahn legte ihr beruhigend beide Hände auf die Schultern. Seine Stimme klang gepresst. Heftig schluckend kämpfte er selber gegen die aufsteigende Übelkeit an. »Geht es wieder?«

»Ja danke es wird schon! »Ich«, krächzte sie, »bin das nicht gerade gewohnt!«

»Das ist man nie! Gorgos sei Dank! Lu-Cas!«

Er wandte sich an den Mediker, der gerade seinen Rucksack wieder zusammenpackte.

»Was hast du festgestellt? Wie lange liegt er schon hier?« Lu-Cas zuckte mit den Schultern. »Mit meinen beschränkten Mitteln, kann ich das nur ungenau feststellen. Aber dem Zustand der Leiche nach zu urteilen, ca. eine Woche!«

»Eine Woche?« Tenchil-Negie war zu ihnen getreten. »Vor einer Woche habe ich noch mit ihm gesprochen! Dann muss er kurz nach unserem Gespräch aufgebrochen sein. Was wollte er hier?«

Sah-Gahn zupfte an seinem Bart.

»Offensichtlich wollte er fliehen! Vor irgendetwas! Irgendjemand, hat ihn dabei gestört! Ich frage mich nur, warum man ihn einfach so liegen gelassen hat? Jes, ist wirklich keiner mehr hier!"

Jes-Sieh schüttelte den Kopf.

»Nein, wirklich nicht! Keine Gefahr von dieser Seite!« Unbehaglich fuhr Sah-Gahn mit allen fünf Fingern durch sein Kopffell. »Wenn ich bloß wüsste, was hier nicht stimmt! Tenchil-Negie worüber habt ihr gesprochen?«

Frierend zog Tenchil die schmalen Schultern zusammen. Er zögerte nur kurz. »Das Gespräch mit ihm hat mich eigentlich dazu bewogen, den Versuch zu starten euren Freund hier zu befreien.«

Er zeigte auf Nephets, der reglos und blass auf den Boden gebettet worden war. Tenchil holte tief Luft. »Reu-Inegni gehörte der Widerstandsbewegung an! Er war ihr Kopf!«

»Das war es also!«, flüsterte Ra-Ennas. Sah-Gahn stieß zischend, die Luft aus. »Das gibt dem Ganzen natürlich eine gewisse Brisanz! Wir werden darüber reden müssen. Aber was jetzt eigentlich hier abgelaufen ist, wissen wir immer noch nicht.«

Schaudernd warf er noch einmal einen kurzen Blick auf den Toten. *»Die Faust, seine verkrampfte rechte Faust! Schmerz? Oder…?«* »Lu-Cas, schau dir das doch noch mal an. Siehst du diese verkrampfte Faust? Glaubst du, er hätte vielleicht vor Schmerz diese rechte Hand zur Faust verkrampft? Schnell kam Lu-Cas warf erneut einen Blick auf Inegni! »Gorgos!«, seine Augen weiteten sich.

»Da könnte was dran sein! Sieh dir die Wunde an. Er muss sofort tot gewesen sein! Er kann keinen Schmerz mehr gefühlt haben. Entschlossen zog Lu-Cas einen neuen

Handschuh aus seinem Rucksack und öffnete vorsichtig Inegnis verkrampfte Faust. In der Mitte seiner schon bläulich verfärbten Handfläche war eine ungewöhnliche leichte Erhebung! Mit den Fingerspitzen fühlte Lu-Cas über die Haut der Handinnenfläche. Er spürte eine minimale körnige Unregelmäßigkeit. Sein Atem ging schneller, »Sah-Gahn gib mir aus dem Rucksack mein kleines Skalpell, schnell!« Sah-Gahn sah das gewisse Flackern, in Lu-Cas Augen, und fackelte nicht lange. Er packte den Beutel und zog nach kurzem Zögern ein winziges aber messerscharfes Skalpell heraus, »bitte schön Mediker!« Wortlos griff Lu-Cas danach und setzte einen behutsamen Schnitt höchstens einen halben Millimeter lang, auf Reu-Inegnis Handfläche. Aus dem flachen sauberen Schnitt trat kein Blut mehr aus, Inegni war schon zu lange tot, aber zwischen dem kleinen auseinanderklaffenden Oberhaut, lag ein winziges glitzerndes Ding! »Gorgos, was ist das?«, hauchte Sah-Gahn! »Ein Datenkristall!«, sagte Lu-Cas, nahm den Kristall mit einer Pinzette auf und hielt ihn gegen das Licht! Sah-Gahn, das ist tatsächlich ein Datenkristall! Sah-Gahn atmete tief ein und aus. »Lu-Cas, du bist ein wirklich genialer haspirischer Knochenflicker! Aber leider können wir uns erst später darum kümmern, wir müssen erst mal hier weg!« Lu-Cas packte triumphierend den Kristall, der kaum größer als ein Staubkorn war, in eins seiner zahlreichen Plastiktütchen, und verstaute es in der Brusttasche seines Einsatzanzuges. »Komm schon Mediker«, rief Sah-Gahn ungeduldig. »Wir schaffen Inegni vor das Schott der Geheimkammer! Und dann werden wir den Code knacken, wir müssen!«
Schwitzend und pustend legten Sah-Gahn und Lu-Cas den Körper Reu-Inegnis vor dem Schott ab. »Tut mir leid Haspiri!«, sagte Sah-Gahn. »Wir können leider nichts mehr für dich tun! Ich kenne dich nicht, aber du musst ein mutiger Mann gewesen sein!«

Dann drehten sie sich hastig um, und kletterten wieder in das Schiff.

Mit einem schiefen Grinsen setzte Sah-Gahn sich in den Pilotensessel des kleinen Raumers, der auch gleichzeitig der Kommandantensessel war. Der Sessel war zwar nicht mit einem einzigen Blutspritzer befleckt, aber ein mulmiges Gefühl blieb ihm doch. Aber irgendwann würden die Soldaten auf die Idee kommen, in diesem verborgenen, scheinbar unwichtigen Winkel zu suchen, zimperlich durfte er nicht sein. Die Zeit lief ab. Neben ihm saß wie immer Pet-Russo, am großen Terminal. Knapp hinter ihnen platziert, waren Ra-Ennas in seinem Rücken, daneben Jes-Sieh, Lu-Cas, Tenchil-Negie und Nephets.

Lu-Cas und Tenchil hatten ihn vorsichtig vom Boden aufgehoben, sanft und so bequem, wie es ging, in einen der Sessel platziert, und angeschnallt. Sein Gesicht war noch immer blass. Er schwebte ständig zwischen Bewusstsein und Dämmerschlaf. Ab und zu zuckte er und stöhnte leise. Sein fast kahler Kopf, auf dem schon wieder ein rötlicher, stachliger Flaum wuchs, war mit kaltem Schweiß bedeckt.

»Sein Organismus«, sagte Lu-Cas mit gerunzelter Stirn, »ist durch die starken Schmerzen bis zum Anschlag erschöpft. Ein normales Wesen würde das nicht aushalten! Ich will nichts beschönigen Freunde, für ihn ist auch bald Ende der Fahnenstange! Wir müssen uns beeilen!«

Zitternd auf ihn hinunter starrend, legte Pet-Russo ihm eine Hand auf den Kopf. »Du hältst durch Junge! Du hältst durch okay? Okay?«

Es klang wie ein klagender Befehl! Sah-Gahn zog ihn behutsam aber energisch fort. »Komm Pet! Wir werden jetzt dafür sorgen das er durchhält, ja?«

Dann zog er ihn in seinen Sessel, und sah ihn eindringlich an. »Bist du bereit Pet? Geht es jetzt?«

»Natürlich!«, antwortete er.

»Es muss gehen!«

»Gut!« Sah-Gahn stieß die Luft aus. »Ich versuche das Startprogramm aufzurufen! Wenn wir es schaffen, werden wir vorerst nicht zurück zur Marie-Curie fliegen! Das ist zu gefährlich! Das System wimmelt jetzt sicher von Überwachungssonden! Wir werden die Koordinaten auf Nephets Chip benutzen, und kurz nach dem Start ins Soulasystem springen! Pet, wie viel Sprungkapazität hat dieses Schiff? Kannst du das feststellen?«

»Kein Problem!« Pet-Russos Stimme war wieder nüchtern, beherrscht! »Dieses Schifflein ist trotz seiner Winzigkeit, anscheinend vollgepackt mit hochmoderner Technik! Es springt wie ein Großer!«

Sah-Gahn hob den Daumen. »Dann hoffe ich nur noch dieser lebende Planet, von dem Neph geredet hat, wird uns aufnehmen! Gibt es irgendwelche Einwände?«

Keiner war dagegen!

»Gut nächster Punkt! Schnallt euch erst dann an, wenn ich den Start wirklich einleiten kann. Wir wissen nicht, welche Fallen dieses Schiff bereithält, ob wir nicht ganz schnell aufspringen und fliehen müssen! Ich weiß nicht warum, aber ich habe so ein Gefühl, das dies nicht Reu-Inegnis Fluchtschiff war!«

Ra-Ennas saß in ihrem Sessel und krampfte die Hände um die seitlichen Lehnen. Ihr war immer noch übel. Tief und regelmäßig atmend versuchte sie ihren Magensaft da zu behalten, wo er hingehörte. Es war unfassbar! Reu-Inegni, sein in ewiger Verzweiflung verzerrter Blick! Er war erschossen worden! Wieso hatten sie ihn hier liegen lassen. Irgendetwas stimmte doch hier nicht! Mit einem Auge verfolgte sie Sah-Gahns routinierte Bewegungen, sah überdeutlich seine Hände die Sensoren bedienen!

Seltsamerweise erinnerte sie sich an ihren Gleiterführerschein! Kurze Einführung auch in das Programm für Raumgleiter! Das Startprogramm in jedem Schiff war gleich. Nach dem die Daten aufgerufen wurden, musste der Pilot, Kommandant, eben der Startberechtigte den Startcode, eingeben, und dann die Startfreigabe drücken. »Warum kommt da jetzt nichts?«, hörte sie Sah-Gahn L,Rac murmeln. Rot leuchtend blinkte der Schriftzug »Startfreigabe drücken!«, auf dem schwarzen Hintergrund des Bildschirms auf. Ra-Ennas sah seine Hand über dem Startsensor schweben. *»Wieso zögert er? Wieso macht er nicht endlich voran? Wir müssen hier raus!«* Dann fiel es ihr ein. Der Code, wieso verlangte dieses Schiff keinen Code? Der Schriftzug blinkte. Einmal, zweimal! Irgendetwas surrte leise! Ihr Blick folgte dem Geräusch unterhalb der Computerkonsole! Eine schmale Klappe öffnete sich, ein feines Rohr fuhr aus, und richtete sich punktgenau, in Sekundenschnelle auf Sah-Gahn L,Racs Brustkorb aus! Blitzartig begriff sie, »Sah-Gahn schnell! Weg da!«

Er drehte sich um, »was…?«
Sie keuchte entsetzt, sprang, mit ausgestreckten Armen, stieß ihn aus dem Sessel zur Seite. Ein fauchendes Zischen, ein Hauch von Hitze, streifte ihr Kopffell. Sie spürte den harten Schlag, als sie gegen seinen Körper prallte, hörte seinen halb überraschten, halb entsetzten Aufschrei, spürte in der nächsten Sekunde den Schmerz, als sie an ihn gekrallt auf den Boden knallte, mit dem Kopf voran gegen den fest verankerten Sockel des nächststehenden Sessels! Dann sah sie nur noch Sternchen, und Schwärze!
Stimmengewirr! Plötzlich wich der Druck von seinem Körper! Er konnte freier atmen. Aber seine Schulter schmerzte

höllisch! Was war bloß passiert? Lu-Cas Stimme, »verdammter Feuerdämon, Ra-Ennas ist bewusstlos!«

Was war mit Ra-Ennas? Stöhnend richtete er sich halb auf, wurde aber von einer Hand sofort wieder zurückgedrückt. »Langsam! Geht es ihnen gut Sah-Gahn L,Rac?«

Der fremde, junge Mediker, Tenchil-Negie! Meine Schulter!« Heftig wehrte er den Griff des Jungen ab und setzte sich vollends auf. »Nicht so schlimm! Helfen sie mir erst mal hoch!«

Er wurde von zwei Seiten gepackt, stolpernd kam er wieder in den Stand. An seiner Rechten stand Tenchil-Negie, an seiner Linken packte ihn Pet-Russo. »Pet was ist passiert? Wieso ist Ra-Ennas bewusstlos?« Er kämpfte tief atmend gegen den Schwindel an, und schielte mit einem Auge über seine Schulter.

Ra-Ennas war in ihrem Sessel hinter seinem verfrachtet worden, und regte sich nicht. Lu-Cas kümmerte sich um sie. *Beim Sternenhimmel hoffentlich war sie nicht schwer verletzt!* »Gleich Sah-Gahn!«, hörte er Pet sagen. Die Männer zogen ihn sanft zu seinem Sessel. Energisch drückte Pet-Russo ihn in den Sitz. »Setz dich erst mal! Soviel Zeit haben wir. Dieser Platz ist jetzt vollkommen gefahrlos. Jes und ich haben die Schussanlage sofort stillgelegt!«

Sah-Gahn hob beide Hände, in einer Geste der Verzweiflung, und bereute es sofort wieder. »Welche Schussanlage Pet! Sagt mir hier vielleicht mal jemand, was los ist?«, keuchte er mit schmerzverzerrtem Gesicht. Die rechte Schulter schmerzte höllisch!

»Ich schätze mal eins Großvater«, Jes-Sieh war jetzt neben sie getreten. »Diese verdammten Typen vom schwarzen Sicherheitsdienst haben diese Schussanlage in den unteren Bereich unter der Computerkonsole des Piloten eingebaut. Das Codewort musste eingegeben werden, sobald man überhaupt die Daten für das Startprogramm aufgerufen hat.

Nur der Berechtigte konnte dieses Codewort wissen.
Deswegen wurde auch nicht danach gefragt! Gibt jemand also
dieses Codewort nicht ein, richtet sich automatisch die
Schussanlage aus. Das hat Reu-Inegni getötet, und es hätte
fast dich getötet!« Er atmete tief ein, »Gorgos sei gepriesen!
Ra-Ennas muss von ihrem Platz aus etwas bemerkt haben,
und hat dich aus der Schusslinie gestoßen!«
Sah-Gahn ballte die Fäuste. *»Vitago, ich wüsste zu gerne, ob
er auch hinter dieser Sache steckt! Verdammt! Bisher hat sich
keiner dazu geäußert! Wenn es wieder ruhiger ist, bin ich Jes
und den anderen einige Erklärungen schuldig!«*
»Wie soll es jetzt weiter gehen, Großvater? Wir können nicht
stundenlang nach dem Codewort suchen! Jes-Sieh seufzte,
seine Augen hatten sich zu müden Schlitzen
zusammengezogen. Sah-Gahn legte seine Stirn in grimmige
Falten und starrte auf den Bildschirm, auf dem noch immer in
aller Unschuld der rötliche Schriftzug blinkte. »Bitte drücken
sie die Startfreigabe, bitte...«
Dann schlug er plötzlich mit seiner linken Faust in die
geöffnete Rechte. »Ich hab da auch schon eine Idee!« Ein
bitteres Lachen kam ihm die Kehle hoch. »L ,Rac«, stieß er
hervor. »Ich wette um eine Kiste Eiswein, das Codewort heißt
L, Rac! Erfunden von meinem »kleinen Bruder! Er ist der
Sicherheitchef vom Ganzen. Warum soll er nicht das
Codewort kreiert haben?«
»Aber dein Bruder scheint dich inbrünstig zu hassen! Warum
soll er deinen Namen als Codewort benutzen?« Skeptisch zog
Pet-Russo die Augenbrauen hoch.
Sah-Gahn verzog keine Miene. »Es ist auch sein Name«, sagte
er...»und eben, weil er mich hasst!«
Entschlossen tippte er die Buchstabenfolge ein. Pet-Russo
und Jes hatten ganze Arbeit geleistet, die Schussanlage rührte
sich nicht mehr, aber auch der Startsensor ließ sich nicht
bedienen! Pet-Russo öffnete den Mund. Sah-Gahn lächelte

grimmig und gab eine andere Buchstabenfolge ein CAR'L!
»Was wird das für ein seltsames Spiel?« Fragte Jes.
»L ,Rac vom Ende her«, antwortete Sah-Gahn. »Ihr werdet
sehen! Ich habe recht, ich war mir noch nie so sicher Leute!«
Erneut bediente er die Sensoren, und schlagartig erlosch das
hektisch blinkende Rot des Schriftzuges und ging in ein
ruhiges stetiges Grün über. Eine Computerstimme quäkte,
»Startfreigabe erfolgt!« Die Triebwerke begannen zu
dröhnen!
Es klang wie Musik in seinen Ohren! Die Schmerzen in seiner
Schulter spürte er kaum noch! »Anschnallen!«, brüllte er
begeistert durch den Lärm. »Wir hauen ab hier! Auf nach
Soulamat!«
Die Außenbeobachtung zeigte, wie sich das Kuppeldach mit
einem leisen Quietschen in zwei Hälften teilte. Ein Teil des
offenen Weltraums wurde sichtbar, dann hoben sie ab!
Für einen Augenblick durchfuhr Sah-Gahn unendliche
Erleichterung!
»Wir haben es geschafft! Wir haben es tatsächlich geschafft!
*Ma-Ira, **der Beutling** ist wieder an Bord! Wir haben ihn*
heimgeholt!«
Doch auf die Euphorie folgte schnell wieder Nüchternheit! *»Es*
gibt keinen Grund lange zu jubeln! Die nächste Schwierigkeit
wartet schon auf uns!«
Sah-Gahn beschleunigte das Schiff gerade so weit, dass es
nicht danach aussah, was es war, eine Flucht! Sie stiegen auf
durch das geteilte Kuppeldach, ließen sekundenschnell die
Landeplattform, dieser schwarzen Riesenamöbe hinter sich,
durchstießen das Schwerefeld, dann standen sie wieder kurz
vor dem irrlichternden Schutzschirm! Plötzlich flackerte der
Computerschirm, die Sterne des offenen Weltraums schienen
in einem Blitz zu vergehen, wurden von einem anderen Bild
überlagert. »Jetzt gilt es Freunde!«, murmelte Sah-Gahn leise!
»Nicht vergessen, wir sind Wissenschaftler der schwarzen

267

Garde!« Dann schaltete er die Bordkamera auf Jes-Sieh. Auf dem Bildschirm erschien wieder einmal die Zentrale eines Wachforts! Der wachhabende Soldat starrte mit müden Augen in die Bilderfassung. Sah-Gahn spannte sich an. Jes-Sieh straffte seinen Körper und nahm seine gesamte Konzentration zusammen! Doch der Soldat schien keine Lust auf eine ausführliche Kontrolle zu haben! Seine Augen waren zu rötlichen, kleinen Schlitzen zusammengezogen!

Jes-Sieh sondierte seine Gedanken. *Er ist vollkommen übermüdet! Seine Schicht hat schon viel zu lange gedauert! Nur wegen diesen verrückten Fremden, die in die Station eingedrungen sind! Sollen doch andere auch mal...! Ich sollte das mit den Partys mal langsam sein lassen!* Wie ein träge vor sich hinlaufender Nachrichtenticker sah Jes-Sieh, die Gedanken des Mannes vor sich ablaufen.

»Ihr habt die Kennung 001!«, ratterte er müde hinunter! »Das ist Prioritätskennung! Ihr seid im direkten Auftrag des inneren Zirkels der Sonnenpriester unterwegs?«

»Das hast du ganz richtig erkannt!« Jes-Siehs Stimme klang scharf. »Jetzt frag bloß nicht, welchen Auftrag wir haben. Das darf ich dir nämlich nicht sagen Soldat! Nur soviel, wir sind im Auftrag Erdrag-Vitagens unterwegs. Dir dürfte bekannt sein, was hier in letzter Zeit alles abgelaufen ist!« Der Soldat nickte *aber du weißt nicht genau, was ich meine! Gut so, sauf dich noch ein bisschen zu. Hauptsache du lässt uns durch!«*

»Schon gut«, winkte der Haspiri ab. »Ich schalte den Schirm frei! Alles Gute!« Der Soldat verschwand vom Bildschirm. Im Schutzschirm bildete sich wieder dieses seltsame, bläuliche zuckende Dreieck! Jes-Sieh ließ sich wieder in seinen Sessel zurückfallen, und wischte sich den Schweiß von der Stirn.

»Gut gemacht«, sagte Sah-Gahn knapp, dann steuerte er das Schiff durch den entstandenen Riss! Aufatmend sah er übergangslos die gigantische Feuerkugel Gorgos, auf den Bildschirm springen, als wolle der Stern sie verschlingen!

»Pet kannst du unsere Freunde orten? Werden wir verfolgt?«
»Nein keine Gefahr! Noch nicht!«
»Na dann auf nach Soulamat! Sprung!«

In der Zentrale des Wachforts 299 schaute der Soldat Ikla-Pok
genervt auf die Zeitanzeige seines Armbandkoms! Gorgos sei
Dank gleich kam die Ablösung, und er konnte sich ins Bett
legen! Nie wieder Partys, schwor er sich. Er nahm noch ein
paar letzte Schaltungen vor, dann ging das Schott auf. Ein
Mann in der Uniform der schwarzen Garde, mit zwei
Eiszapfen auf den Schulterlitzen trat ein! Verdammt, der
Hauptmann hatte die nächste Schicht! Also noch zehn
Minuten zusammenreißen! Ikla-Pok salutierte zackig, als sein
Vorgesetzter ihn fixierte. »Besondere Vorkommnisse Ikla?«,
fragte der Hauptmann scharf. Mist er hätte seine Sonnenbrille
aufsetzen sollen! »Nein Hauptmann, nichts Wesentliches!"
»Bleiben sie noch Ikla!«, die Stimme des Hauptmanns war
kalt. »Wir gehen mal zusammen die unwesentlichen Dinge
durch!« Der Hauptmann trat an den Computer und klickte die
Aufzeichnungen der vergangenen Stunden an.
Ikla tänzelte nervös. Hatte der Hauptmann von seinen
Gelagen erfahren? Er hatte doch keinen Fehler gemacht,
oder?
Der Hauptmann ging die Ereignisse der Reihe nach durch –
bei der letzten Begebenheit mit dem kleinen Schiff der
schwarzen Garde stoppte er und schnellte herum!
Sein Gesicht war versteinert. »Was ist das Ikla?
Sagen sie bloß, sie haben diese Burschen durchgelassen?«
»Aber das waren doch Wissenschaftler mit einem
Geheimauftrag von...!«
»Sie Toidi!«, brüllte der Hauptmann. »Schauen sie sich diese
Wissenschaftler mal genau an! Haben sie denn keine Augen
im Kopf? Drückt ihnen der Eiswein schon so aufs
Sehvermögen? Wissen sie, wer der Haspiri ist, der sich hier

wohlweislich in die Ecke am linken Rand gequetscht hat?
Nein? Jedes Wachfort hat das Bild mit den Daten dieses
Mannes überspielt bekommen! Ebenso die Daten dieser
goldfelligen Dame, die am unteren Bildrand so eben noch zu
sehen ist. Das sind Sah-Gahn L‚Rac und Ra-Ennas Toiraksi! Sie
hätten sofort Meldung machen müssen!«
»Aber…!«
»Schnauze! Das ist nicht ihre erste folgenschwere
Schlamperei! Vor einigen Wochen am Gorgosfeiertag haben
sie eine wichtige Beobachtung einfach als Asteroid abgetan
und ins Archiv gepackt! Wissen sie, was das war?«
Der Hauptmann wandte sich von dem zitternden Soldaten ab
und aktivierte sein Armbandkom. »Ich werde Erdrag-Vitagen
Meldung machen! Vielleicht kann man ja noch was retten! Sie
sind ab sofort vom Dienst suspendiert Ikla-Pok, abtreten!«

Erdrag-Vitagen L‚Rac wachte auf. Gähnend versuchte er
seinen Oberkörper zu strecken, zuckte heftig zusammen, und
ließ sich stöhnend vor Schmerzen wieder in die Kissen
zurückfallen! Die minimale Erschütterung ließ das Bett leicht
vibrieren, und plötzlich zog ein stechender Schmerz durch
seine Knie! Er biss sich die Lippen blutig um den lauten Schrei
zu unterdrücken, der seine Kehle hochzog! *»Was ist das! Bei
den heiligen Feuern, was ist das?«*
Mit weit aufgerissenen Augen starrte er in das grell
beleuchtete weiß gekachelte Zimmer.
Das war nicht seine Privatkabine! Das war, *»er ist entwischt!
Hölle, er ist mir entwischt! Dieser verdammte Eindringling,
dieser Spion ist mir entwischt, und Sah-Gahn dieses Larmanti!
Dieser räudige, ungläubige Lefuet!«*
Trotz seiner Schmerzen in den Knien, und den Prellungen,
reckte er außer sich vor Zorn, eine krampfhaft
zusammengeballte Faust gegen die Zimmerdecke! Er hatte
ihn fast gehabt, seinen ʹgroßen Bruderʹ, er hatte die Angst in

seinen Augen gesehen, als er diesem Spion, diesem Wurm den Strahler an die Schläfe gesetzt hatte. Er hatte seine Angst gesehen, seine zitternden Hände! Ganz kurz nur hatte Sah-Gahn die Oberhand gewonnen, als eine merkwürdige Psi-Kraft die Soldaten in Starre verfallen ließ, ihnen die Desintegrator aus den Händen riss! Aber dann brach das Feuer aus, der Rauch wurde zu seinem Verbündeten. Fast hätte er die beiden ungläubigen Wanzen gehabt! Er hätte nur noch abdrücken müssen, aber irgendeine feige Eislaus, hatte ihm von hinten in die Knie geschossen! »Heiliges Gorgosfeuer!«, brüllte er. Er spie vor Wut.

»Dein Blutdruck steigt in schwindelerregende Höhen! Du hast Schmerzen! Ich werde dir….«

»Verdammtes Blechding!«, brüllte Vitago! »Lass mich in Ruhe, du wirst gar nichts!« Vollkommen außer sich holte der Sicherheitschef mit seinem linken Arm aus, und schlug mit voller Wucht gegen den Medo-Robot! Quietschend wie ein schlecht geöltes Metallteil, ging die Maschine zu Boden. Irgendetwas splitterte, knackte, und schließlich drehte sich der künstliche Pfleger aus Blech und Informationskristallen wie eine aufgezogene Spieluhr um sich selbst, um nach wenigen Sekunden stillzustehen.

Schwer atmend, grinsend beobachtete er die Szene. Kurzfristig verschaffte ihm dieses Zerstörungswerk Erleichterung. Doch das Grinsen verging ihm schnell. Heftiger Schmerz durchzog den linken Arm, die gesamte linke Körperhälfte, und ihn ließ ihn nach Luft schnappen!

»Guten Morgen Erdrag-Vitagen! Schon wieder auf dem Damm? Solche Fitnessübungen solltest du allerdings nicht all zu oft hinlegen! Medo-Robots sind teuer und werden dir irgendwann von deinem Gehalt abgezogen!«

Das Grinsen fiel ihm jetzt endgültig aus dem Gesicht. Diese spöttische, helle Stimme hatte ihm noch gefehlt. Er ließ sich mit unterdrücktem Stöhnen wieder auf seine gut gepolsterte

Krankenliege zurückfallen. »Minister Chol-Rasch! Was willst du hier?«

»Aber mein Freund und lieber Mitbruder!«, Chol-Rasch strahlte ihn spöttisch an, während er eine dünne graue Strähne aus seinem Gesicht strich. »Ich habe mir Sorgen um dich gemacht! Ich hatte Angst, dass du nach diesem Desaster in tiefe Depression fällst. Ich wollte dich trösten und aufrichten! Aber dann mein armer Freund ist mir eingefallen, dass es keinen Trost mehr für dich geben wird. Über dein erneutes Versagen werde ich leider mit den Brüdern und dem obersten Sonnenpriester reden müssen. Ich werde natürlich die Vorzüge deines Charakters hervorheben, und deine bisherigen Verdienste, aber diesmal Erdrag-Vitagen, hat deine Unfähigkeit Konsequenzen.«

Das süßliche Bedauern in der Stimme des Ministers ging in klirrende Kälte über. »Du kannst froh sein, dass wir unbedingt sieben Priester brauchen, und dass wir so schnell keinen Priester mit deinem Potenzial finden! Sonst würde dich nichts mehr vor der Extremkältekammer retten!«

Diese unverschämte, unbotmäßige Schleimschnecke, die sich Minister nannte. Er würde …! Nein, er musste sich zusammenreißen. Verdammt er durfte sich von seinen Gefühlen nicht aus dem Takt bringen lassen! Sonst würde er alles zerstören, den Jahrtausende alten Plan, und seinen persönlichen Triumph! Chol-Rasch konnte ihm nicht wirklich etwas, im schlimmsten Fall konnte er ihn nach außen hin degradieren lassen!

Chol-Rasch grinste ihn jetzt offen, unverschämt an. »Du schweigst Erdrag-Vitagen, du machst dir Sorgen! Aber die Versammlung der Sonnenpriester wird Milde walten lassen! Du hast doch so einen guten Draht zu D,ion-Arap, vielleicht hast du Glück und er degradiert dich nur zu einem einfachen Soldaten! Aber durch deine Schlamperei ist ein wirklich immenser Schaden angerichtet worden! Dein Verhör hat zu nichts geführt. Dann schafft es zum zweiten Mal eine Truppe ungläubiger Rebellen, unter der Führung des Staatsverbrechers Sah-Gahn L,Rac in die Station einzudringen, den Spion zu befreien und spurlos zu verschwinden! Der vielversprechende junge Mediker für die medizinische Spezialabteilung hat sich als Maulwurf herausgestellt, die Soldaten, die die Spezialabteilung gestürmt haben, müssen nach dem Angriff eines feindlichen Mutanten psychisch behandelt werden! Das nenne ich mal eine Leistung lieber Ordensbruder! Ich persönlich würde es vorziehen, dich in die Minen zu schicken, und Kristallstaub zusammenfegen zu lassen. Dann könntest du wenigstens keinen Schaden mehr anrichten! Und ich sage dir eins. Nicht nur ich werde mich beim obersten Sonnenpriester dafür einsetzen. Da kannst du Gift drauf nehmen!« Chol-Rasch erhob sich, einen spöttischen Abschiedsgruß auf den Lippen, da piepste Erdrag-Vitagens Armbandkom. Wie erstarrt blieb der Minister stehen! »Vitagen!«, meldete sich der Sicherheitschef. Kurz lauschte er den aufgeregten Worten des Hauptmannes, dann bellte er einen Befehl, den der Minister zusammenzucken ließ! »Verdammt wie konnte das bloß passieren! Gerade dieses Schiff durfte einfach nicht entkommen! Der Soldat, der diese Schlamperei verursacht hat, wird sofort in die Kristallminen abkommandiert! Sie haben hervorragende Arbeit geleistet Hauptmann, als sie auf meinen Befehl die Archive durchsucht haben! Dringliche Order an den Flottengeneral! Gorgosmacht I sofort startklar machen, die angegebenen Koordinaten anfliegen, und das Schiff vernichten, ohne Gnade! Ende!« Chol-Rasch erwachte aus seiner Starre, und drehte sich ruckartig zu Erdrag-Vitagen um. »Verdammt Vitagen! Was erlaubst du dir, was hast du da für einen Befehl, was...!" Ein höhnisches Lächeln zog über Vitagens Miene. Triumphierend durchbohrte er Chol-Rasch fast mit seinem Blick. »Das Minister für Sicherheit und Technik, war der

Hauptmann des Wachforts 299 am Rande des Gorgos-Systems. Einer der wachhabenden Soldaten hat vor Wochen eine Unregelmäßigkeit festgestellt, einen flüchtig vorbeiziehenden Körper. Er war aber leider noch etwas betrunken, seine Aufmerksamkeit war geschwächt! Er hat diesen Körper als vorbeiziehenden Asteroiden abgetan, und die Beobachtung ins Archiv abgespeichert. Erst dadurch wurde eine verhängnisvolle Kette von Ereignissen möglich. Die Befreiung von Ra-Ennas Toiraksi und die Befreiung dieses Spions durch Sah-Gahn L,Rac! Doch machen sie sich keine Gedanken, so ein Desaster ist das auch nicht! Die Soldaten wird man wieder herstellen können. Wir haben gute Mentalpsychologen! Sah-Gahn L,Rac und seine Truppe wird man auch noch finden. Sie werden nicht weit kommen! Dieser Hauptmann Minister hat schon gestern auf meine Order hin, das Archiv durchforstet und sofort reagiert, als er auf diese seltsame Aufzeichnung gestoßen ist. Die Vergrößerung des Bildausschnittes und die Auswertung der verstümmelten Signale haben das Bild eines 500 Meter großen Kugelschiffes ergeben, das sich zusätzlich geschützt durch einen Deflektorschirm im Asteroidengürtel versteckt. Dazu passt auch, die fragmentarische Anmessung des Hauptmannes der Hy-Bomberstaffel, die er noch machen konnte, bevor der Wrack geschossene Gleiter in den Hyperraum wechselte. Minister Chol-Rasch«, die Stimme Erdrag-Vitagens triefte vor hämischen Triumph, »wir haben Sah-Gahn L, Racs Schiff gefunden, und werden es vernichten! Er wird mit seinem kläglichen Haufen nichts haben, wohin er zurückkehren könnte! Dann Minister, werde ich ihn schnappen! Du hättest mir eben nicht mein Armbandkom lassen sollen!«

Das Graue gestaltlose Wabern des Hyperraums verschwand vom Bildschirm und wurde verdrängt von grell leuchtenden Punkten, eingebettet in die samtige Schwärze des Alls. Sah-Gahn lenkte seinen Blick nach rechts. »Pet, Jes, alle gut angekommen?«

»Alles in Ordnung«, winkte Pet ab. »Wir sind alle gut rüber gekommen!« Seine Finger flogen schon wieder über die Tasten. Sah-Gahn drehte sich um Ra-Ennas ruhte mit geschlossenen Augen, in ihrem Sessel. Ihr Atem ging ruhig, und in ihrem Gesicht war wieder Farbe. Die Mitte ihrer Stirn zierte ein schmaler, roter Strich! »Platzwunde!«, sagte Lu-Cas kurz. »Ich hab sie desinfiziert und mit dem Operationslaser geschlossen. Es geht ihr gut, sie schläft!«

»Nephets?« Sah-Gahn starrte auf die reglose, hünenhafte Gestalt seines Freundes. Nephets wirkte eher noch blasser. Tenchil-Negie legte ihm gerade eine Blutdruckmanschette an. Der junge Arzt zuckte mit den Schultern. »Sein Zustand bleibt derselbe! Der Sprung hat ihm natürlich zugesetzt, seine Kraft schwindet!«

Sah-Gahn sagte nichts, aber seine Lippen bebten. Pet-Russos auffallend emotionslose Stimme drang in die eingetretene Stille. »Wir sind genau da, wo wir hin wollten! Wir stehen kurz vor dem Soulasystem!« Als kleine helle Lichtpunkte stellte sich ihnen das Fünf-Planeten-System dar. In der Mitte der Grellste von ihnen war das Muttergestirn vom Typ einer gelben Sonne! »Soll ich die Marie-Curie anfunken, Sah-Gahn?«

»Ja, auf jeden Fall! Es ist zwar ein Risiko! Aber die Marie-Curie muss raus aus dem Asteroidenfeld! Der Standort wird langsam zu unsicher! Neph muss dringend auf die Krankenstation. Thom-Asso muss ebenfalls Soulamat ansteuern!«

»Wenn es hier eine Geheimfrequenz gibt«, sagte Pet-Russo, »dann ist sie sehr geheim! Ich werde die Botschaft über den normalen Hyperfunkkanal von Hand verschlüsseln!«
Schnell gab er seine Botschaft ein. »Gorgosdämon ruft Mutter! Gorgosdämon ruft Mutter! Dein Beutling ist wieder an Bord! Dringend, Spielplatz nur eine Stunde entfernt! Standort ist bekannt!«
Sie warteten sekundenlang mit angehaltenem Atem. Da erschien plötzlich flackernd, wie von Geisterhand, eine Textbotschaft auf allen Schirmen!
»Unser Spielplatz ist nicht mehr sicher! Die großen Jungs wollen uns verprügeln. Kommen, sobald wir können an neuen Standort!«
Sah-Gahn drehte sich um, und starrte in die Runde. »Wisst ihr, was das heißt Freunde?«
Pet und Lu-Cas nickten blass. »Ja«, sagte Pet heiser, ja das ist mir klar! Die Marie-Curie ist entdeckt, und wird angegriffen! Der Bund der Gehirne sei ihnen gnädig!«

Zur gleichen Zeit in der MC_II...

Thom-Asso stand in der Zentrale und starrte beklommen auf den kleinen Computerbildschirm von Gnut-Ro, der jungen Orterin. »Ren-Nep, sagte er zu dem neuen Oberkommandierenden der Schiffsverteidigung, »das ist zwar noch nicht die zu erwartende schwere Überflutungskatastrophe, aber ich schätze das wird nicht mehr lange auf sich warten lassen!«
Ren-Nep verzog das Gesicht. Sein Abbild flimmerte bläulich. Er war nur per Holo zugeschaltet. Eigentlich stand er in der militärischen Einsatzzentrale. »Das ist der nächste Schritt. Die wissenschaftliche Abteilung hat ja schon bestätigt, dass diese

Flutkatastrophe kommen wird, so sicher wie der Gorgosaufgang am Morgen, und wenn die große Eiswüste ihre Eis- und Schneemassen verflüssigt, dann gute Nacht Gorgodia! Aber tun, können wir dagegen nichts! Leider sind uns die Hände gebunden!

Thom-Asso seufzte. »Das ist mir schon klar Ren! Wir stecken in einer verdammt beschissenen Situation. Wir stecken fest und können uns nicht rühren! Hoffentlich sind Sah-Gahn und die anderen bald wieder zurück! In einem Stück! Wenn man wenigstens etwas für sie tun könnte! Es ist zum wahnsinnig werden!« Thom-Asso raufte seinen beigefelligen Zopf. »Immer diese verfluchten Katastrophen! Hört das denn nie auf?«

Ein gellender, hell pfeifender Ton antwortete ihm. Heftig schreckte Thom-Asso zusammen! »Verflucht!«, schrie Gnut-Ro. »Ortungsalarm!«

In ihrem jungen, runden Gesicht stand Panik.

»Ein Schiff, ein riesiges waffenstarrendes Schiff!« Thom-Asso hatte seine Wanderung abrupt beendet und starrte über Gnut-Ros Schulter auf ihren Bildschirm. »Sol-Choi!«, befahl er, »auf den großen Bildschirm legen!«

Augenblicklich zeigten die Außenbordkameras eine Übersicht des Asteroidenfeldes, mit den unzähligen kleineren und größeren Brocken und Planetoiden aus Gestein und Eis. Am Rande des Asteroidenfeldes, vom Inneren des Gorgos-Systems herkommend, gewahrte Thom-Asso etwas, das ihn erschauern ließ! Gnut-Ro hatte in ihrer Panik übertrieben, es war kein riesiges Schiff. Es war ein kugeliger fünfhundert Meter Raumer mit Ringwulst. Er unterschied sich in seiner Machart kaum von ihrem eigenen Schiff. Nur in einer Sache hatte sie leider recht. Thom-Assos Blut schien sich in kleine Eiskörnchen zu verwandeln, jeder dafür verfügbare Zentimeter der stählernen Kugel war bestückt mit schweren

Raumgeschützen! Thom-Asso zog die Schultern wie frierend zusammen.

Was immer das auch für Geschütze waren, welcher Stärke und welcher Art. Die Marie-Curie mit ihrer defensiven Bewaffnung, hatte keinerlei Chance gegen dieses Ding!

»Verdammter Feuerdämon!«, flüsterte Ren-Neps Hologestalt, »wenn uns diese Kugel ortet, dann sind wir…!«

»Richtig!« Thom-Asso wirkte bleich im grellen Licht der Zentrale, »wenn sie uns orten dann sind wir Matsch, Weltraumschrott!«

Dann straffte er sich, »aber noch haben sie uns nicht!«

Der Ortungsalarm war längst abgestellt, doch plötzlich blitzte der Panoramabildschirm schon wieder, und im Bereich der Kommandostelle, erschien schlagartig das Konterfei eines weißfelligen, älteren Haspiris mit straff gebundenem Zopf. Die tief in sein Gesicht eingegrabenen Kerben, um Mund und Augen ließen ihn hart und gefährlich wirken. Die grünen Augen blitzten kalt. Ohne Umschweife kam er zur Sache.

»Ich bin General Lare-Energ, Oberkommandierender der Gorgosflotte! Ich fordere die Rebellen gegen Gorgos hiermit auf, sich sofort zu ergeben! Sonst werden wir die Desintegrator- und Hy-Geschütze aktivieren! Glauben sie nicht, das uns das Asteroidenfeld aufhält. Das System und die Wachforts sind durch einen starken Asteroidenschutzschirm gesichert. Außerdem haben wir noch das Abstrahlfeld. Wie viele glühende Brocken hier runterkommen, ist uns vollkommen egal. Wenn sie sich nicht innerhalb der nächsten zehn Minuten melden, und ihr Schiff zur Verfügung stellen, schießen wir sie zu einem glühenden Schrotthaufen zusammen. Ende!«

Das Bild des Generals verschwand, und auf den Schirmen stand wieder die Darstellung des Weltraums, des Asteroidenfeldes und der stählernen Kugel! Eine Sekunde lang fiel kein Wort, alles schien erstarrt. Thom-Asso war es, der sich zu erst regte. »Weiß einer sagte er leise, „was Hy-Geschütze sind?«

Ren-Nep nickte, doch er bekam kein Wort heraus.

»Hy-Geschütze«, erklärte stattdessen Thom-Asso mit heiserer Stimme, sind Geschütze, die eben Hy-Bomben abschießen! Bomben mit hoch verdichtetem Hydrontium 4 im Kern. Ihr wisst, was das bedeutet?« Thom-Asso zitterte innerlich, als er weitersprach. »Es bedeutet, wir werden augenblicklich zerschmolzen, und als zähflüssige Materie in den Raum abtropfen! Der einzige Vorteil dieser Todesart ist, dass es so schnell geht, dass man es noch nicht einmal merkt!«

»Thom«, Ivan-Rotag der Navigator zitterte, »wir müssen uns ergeben! Du musst sofort...!«

Ren-Nep atmete scharf ein und öffnete den Mund, doch Thom-Asso kam ihm zuvor.

»Nein!«, sagte er hart. »Ich wette, wenn wir uns ergeben, wird uns das auch nicht nützen! Dann haben sie nämlich etwas gegen Sah-Gahn und die anderen in der Hand. Sie werden sie erpressen, und uns trotzdem töten. Diese Leute sind so! Wir haben noch neun Minuten!«

»Zum Lefuet Thom!«, brüllte Ivan-Rotag, der Navigator. »Komm zur Vernunft! Du hast ein Schiff voller Lebewesen!«

»Eben!« Thom-Asso wirbelte zu To-Llp herum. »To-Llp, nimm volle Fahrt auf! Beschleunige das Schiff, bis es nicht mehr geht!«

»Verstanden!«

»Thom-Asso an Maschinenraum! Nirekin! Wir nehmen volle Fahrt auf, sämtliche Schutzschirme aktivieren! Beschleunigung bis zum Äußersten! Hyperraum-Etappe! Frag nicht, tu es! Die Marie-Curie wird angegriffen! Sol-Choi, ich gebe Vollalarm!«

Lari-Nah wälzte sich schweißgebadet in ihrem Bett hin und her. Schon seit Stunden versuchte sie, einzuschlafen. Doch es funktionierte nicht, nicht wirklich! Vielleicht auch deshalb, weil sie nicht wirklich einschlafen wollte. Immer wieder wachte sie auf. Weil sie träumte. Immer wieder das Gleiche träumte. Sie kam aus der Zentrale, müde von der Spätschicht, gähnend tippte sie den persönlichen Code in den Öffnungsmechanismus ihrer und Pet-Russos Kabine. Das Schott öffnete sich langsam, als sie eintrat, schwangen die hohen Lehnsessel in ihrer Wohnnische herum, und zwei blasse rotfellige Männer starrten sie an. Ihre Augen waren erloschen! Kurz darauf erwachte sie, mit einem Schrei, und ihr Gesicht war nass von Tränen. Noch nie hatte sie solche Angst um die beiden gehabt. Noch nicht einmal, als sie den Kampf mit Nocturno geführt hatten!

»Nein ich will nicht einschlafen«, rief Lari-Nah laut, »ich will nicht!« Vielleicht sollte sie einen belebenden Eisblumensaft …Doch da verschwamm die Welt um sie herum schon wieder, die Müdigkeit besiegte sie, und sie glitt wieder hinüber, in diesen schrecklichen Traum! Doch diesmal war etwas anderes. Der jüngere der beiden Männer sagte etwas, Nephets!

»Hör auf zu träumen Mutter! Ich lebe, Pet lebt! Aber du musst aufhören zu träumen! Wach auf, schnell!«

Mit einem Schrei fuhr Lari-Nah aus dem Bett hoch. Verwirrt hörte sie den Servo einen gellenden, schrillen Ton ausstoßen, doch dann schüttelte sie die Verwirrung ab und fuhr augenblicklich in ihre Kleider. Als sie keuchend durch den Verbindungsgang zur Zentrale rannte, dröhnte Thom-Assos Stimme in ihren Ohren!

»Rotalarm, Rotalarm! Die Marie-Curie wird angegriffen! Ich wiederhole – die Marie-Curie….«

»Sarah, ich habe auch schon darüber nachgedacht! Du hast recht, wir sollten uns dringend treffen, und darüber reden. Ja…gut! Komm zu unserem Haus rüber. Nein, du störst nicht. Ich kann sowieso nicht schlafen!«

Es war 22 Uhr Bordzeit, als Maria-Magdalena seufzend ihr Armbandkom abschaltete und sich von ihrem Lager erhob. In ihrem Kopf wirbelten die ungelösten Probleme und Problemchen durcheinander, wie ein bunt gewirktes Knäuel Schafswolle! Nur das ein Knäuel Schafswolle weicher und lustiger war, und ihr keine Kopfschmerzen bereitete. Sie tappte zu dem Sessel, auf dem sie ihre Toga abgelegt hatte, und warf sie hastig über den Bordkombi. Kurz spritzte sie sich in der Hygienezelle etwas Wasser ins Gesicht und fuhr sich mit fünf Fingern durch das wirre rote Haar, fertig. Schon klopfte es dreimal laut an die Türe. Magdalena ging mit schnellen Schritten zur Tür, unterwegs warf sie mit gerunzelter Stirn einen sehnsüchtigen Blick auf Jes-Siehs lebensgroße Hologestalt, aber die großen, schwarzen Augen hatten keine Tiefe, sie lebten nicht!

»Ach Jes«, murmelte sie, bevor sie die Haustüre öffnete, »bring Nephets-Gnikwah mit, und all die anderen! Aber komm bitte bald zurück ja?«

»Hallo Sarah«, sagte sie laut, und umarmte die junge blondhaarige Frau, mit der etwas molligen Figur und dem runden Gesicht. »Wie geht es dir?«

»Na ja«, Sarah verzog das Gesicht. »So einigermaßen. Ich fühle mich eigentlich nicht schlecht, aber auch nicht besonders gut, und schlafen kann ich genauso wenig wie du!

Das Problem ist, das es vielen anderen Hirten genauso geht!
Vielen sogar noch schlimmer!«
Mit einem schiefen Lächeln schaute Magdalena ihre seit
Kurzem gewählte Stellvertreterin an. Tiefe Müdigkeitsfalten
hatten sich in Sarahs sonst immer lustige Züge eingegraben.
»Komm«, sagte Magdalena. »Lass uns einen Spaziergang zu
Jes-Siehs Gärten machen. In der frischen Nachtluft kann man
sich vielleicht besser unterhalten!« Als Sarah ein leises
Schnauben ausstieß, wurde Magdalena bewusst, was sie
gerade gesagt hatte. »*Frische Luft ist gut!*«
Trotzdem nickte Sarah zustimmend, »in Ordnung, gehen
wir!«
Es war dunkel auf den kleinen Wegen und Sträßchen des
Dorfes. Die Hirten hatten auf künstliche Laternen verzichtet.
Sie akzeptierten nachts lediglich das Licht des Holomondes
am künstlich kreierten Himmel. Obwohl der Mond auch nicht
natürlichen Ursprungs war, es sah zumindest so aus! Alles
andere konnten sie nicht ertragen, machte sie krank! Als
hätte Sarah ihre Gedanken gelesen, sagte sie, mit einem Blick,
der das gesamte Areal umfasste, »das hier, nicht wahr, ist
auch schon der Kern des Problems! Das macht die Hirten
krank!« Magdalena schwieg. Lustlos durchquerten die beiden
Frauen, die Wege des Dorfes. Die Häuser der Hirten waren
ebenfalls alle finster. Nur ab und zu begegnete sie jemand der
mit müden Schritten nach Hause ging. Kunststück, es war 22
Uhr 30, und Schichtwechsel auf der künstlichen Schafs- und
Ziegenweide, Schichtwechsel auch in den technischen
Bereichen des Schiffs! Nach zehn Minuten standen sie am
Dorfrand, und somit auch am Rande eines, wie hieß das noch,
Antigravschachtes!
Magdalena blieb stehen und schaute Sarah wieder an.
»Entschuldige Sarah, dass ich dir nicht geantwortet habe.
Aber das Thema ist nicht einfach. Ich habe nachgedacht, und

ich werde etwas dazu sagen, wenn wir in den Gärten sind, ja?«

Es war das erste Mal an diesem Abend, das Sarah lächelte, wenn auch etwas gequält. »Ist schon in Ordnung Magdalena.« Dann traten sie beide ins Antigravfeld und ließen sich nach oben ins nächste Deck tragen. Dort lagen Jes-Siehs Versuchsgärten!

Maria-Magdalena blieb am Rande des Schachtes stehen und warf einen Blick über das gesamte Gebiet. Sie trat in eine steinige Landschaft, mit niedrigen Büschen, Höhlen und fast wild wachsenden Bäumen, dahinter führte ein Weg zu einem Feld und dem winzigen neu angelegten Olivenhain. Jes-Sieh und seine Mitarbeiter hatten wirklich alles wieder genauso hergerichtet, wie vor dem Anschlag. Ein laues Lüftchen in genau der richtigen Temperatur zerzauste Magdalenas offenes Haar. Die Frauen machten ein paar Schritte hinein in die Steinlandschaft und ließen sich auf einem der kleineren Felsbrocken nieder. Erst jetzt merkte Magdalena, dass der Felsbrocken nur wenige Meter entfernt von der Höhle lag, von der aus, Nathaniels Anschlag auf ihr Leben stattgefunden hatte. Sogar der Mond stimmte! Schaudernd zog sie die Schultern zusammen. Schon wieder so eine Nacht! Sie hatte das seltsame Gefühl, das etwas geschehen würde! Unbehaglich sah sie sich in der künstlichen Szenerie um.

»Schon wieder künstlich! Das Einzige, was hier wirklich natürlichen Ursprung hat, sind die Tiefen Himmel, die uns umgeben!«, sprach Sarah es endlich aus.

»Nein Sarah«, antwortete Magdalena. »Diese Natur ist nicht künstlich. Die Pflanzen, der Boden, die Steine, das alles ist echt!« Sie hob die Hand. »Warte, ich weiß, was du sagen willst. Die Natur ist echt, aber sie wurde künstlich geschaffen. Der Boden, den die Büsche, das Gras und die Bäume zum Wachsen benötigen, ist nur wenige Meter dick! Dann stößt man auf die stählernen Platten und auf summende, klopfende

Technik! Wir befinden uns natürlich nicht auf einem lebenden, in sich geschlossenen Planeten, das ist es, was die Hirten, unser Volk krankmacht! Schon allein diese Woche habe ich zwanzig bis dreißig Krankmeldungen, an die verschiedenen Schiffsabteilungen weiterleiten müssen! Immer sind es Krankheiten mit unklaren, diffusen Symptomen! Bauchschmerzen, Erkältungen, Übelkeit oder einfach nur allgemeine Mattigkeit, und Antriebsarmut. Der arme Lucius hat mit seinen Mitarbeitern, viel zu tun in diesen Tagen! *Jes ihr müsst zurückkommen! Wir brauchen euch! Ich brauche dich, wir müssen reden!*« Sarah nickte betrübt, „dabei sind die Hirten kein wehleidiges Volk! Es ist unsere Psyche Maria-Magdalena die darunter leidet, das drückt sich in der Hinfälligkeit unserer Körper aus! Magdalena, die Hirten brauchen Planetenboden!« »*Ja*«, dachte Magdalena, »*manchmal merke ich das am eigenen Leib. Ich weiß nur noch nicht, ob es sich bei mir nicht doch nur um eine Spätfolge des Anschlags handelt! Aber für den Rest der Hirten, kann ich das nicht abstreiten!*« Laut sagte sie, »wir müssen das noch weiter beobachten, aber ich glaube du hast recht Sarah, für den größten Teil der Hirten ist das eine Tatsache. Der alte Hesekiel hat mich darauf hingewiesen, als er gesagt hat, »nicht nur ich, ein alter Mann fühle mich irgendwie unwohl, wenn ich durch diesen, wie heißt das, stählernen Koloss gehe, auch von jüngeren Hirten habe ich das schon gehört!« »Ja das ist es!«, murmelte Sarah. »Die Hirten haben ganz einfach...!«

Ein bis an die Schmerzgrenze gehender, jaulender Ton drang in ihr Gehör, unterbrach ihre Überlegungen abrupt. Ließ Sarah und Magdalena entsetzt von ihrem Stein aufspringen! Ruhig, aber laut und dringlich klang Thom-Assos Stimme, die aus allen Richtungen zu kommen schien!

»Rotalarm, Rotalarm, die Marie-Curie wird angegriffen! Ich wiederhole...Rotalarm, Rotalarm! Die Marie-Curie wird angegriffen. In wenigen Minuten werden Wohn- und andere wichtige Bereiche in die inneren Schutzschirme gehüllt! Soldaten, Techniker und andere unmittelbar Beteiligte gehen sofort auf ihre Posten. Ich wiederhole Rotalarm – Rotalarm! Die Marie-Curie wird.....“

Ren-Nep hatte sein Holo längst abgeschaltet und koordinierte die Aktionen seiner Soldaten! Mit ruhigen Händen beendete Thom-Asso die Durchsage und schaute auf seine Zeitanzeige. »Sechs Minuten sind vorbei!“, sagte er. „Die notwendigen Maßnahmen laufen!« Er drehte sich zu dem zitternden Navigator um. »Ivan-Rotag! Reiß dich zusammen. Wir brauchen dich gleich! Wenn wir uns alle am Riemen reißen, haben wir eine Chance!« Dann sprach er wieder in den Bordfunk. »Thom-Asso an Feuerleitoffizier! Blendgranaten fertig machen. Nehmt die größtmöglichen Exemplare! Ich will viel Klamauk, Rauch und Feuer! Es soll so aussehen wie eine aufgehende Minisonne! Wartet auf meinen Einsatzbefehl. Ende!«

In dem Augenblick öffnete sich das Schott und Lari-Nah stürmte herein. Sie wartete Thom-Assos Anweisung gar nicht erst ab, und setzte sich sofort neben Gnut-Ro, um sie am Terminal zu unterstützen!

Sieben Minuten, wie ein Kreisel wirbelte Thom-Asso wieder zu To-Lip herum. »To-Lip, Start und äußerste Beschleunigung sofort nach Einsatzbefehl!«

»Acht Minuten! Thom-Asso!«, rief Rek-Nuf, »einlaufender Funkspruch! Kennung, Beutling wieder an Bord!«

Eine Nanosekunde lang durchflutete Thom-Asso reine Freude. »Sah-Gahn, Sah-Gahn der alte Frostbär! Antworten mit bekannter Verschlüsselung! Alle anderen Maßnahmen laufen weiter!«

Zehn Minuten! Der Bildschirm blitzte wieder auf. Noch einmal erschien Lare-Energs Bild auf dem Panoramaschirm. Kalt lächelnd blickte er auf sie hinunter. »Die zehn Minuten sind um! Eigentlich hätte ich mich gar nicht mehr melden müssen! Ich hätte sofort Schießbefehl geben können! Aber ich bin Humanist! Ich gebe euch noch eine Chance! Also«, wandte er sich an Thom-Asso, »Offizier! Ich erwarte eure Kapitulation!«

Thom-Assos Gesicht war zur emotionslosen Maske erstarrt, seine Stimme klirrte vor Kälte. »Darauf kannst du warten, bis du zur Eismumie erstarrst! Sag das von mir aus deinem Dienstherren, wenn du noch kannst, alter Mann!«
War ich das?«, dachte Thom-Asso verwundert. Er sah, wie die Züge des Generals entgleisten. Wütend schnappte er nach Luft. »Ihr wollt es nicht anders!«, stieß er hervor, und verschwand übergangslos vom Schirm.
Wieder kam in der Schwärze des Weltraums, die mit Waffen gespickte, stählerne Kugel in Sicht. Sie schien größer zu werden. »Schiff der schwarzen Garde beschleunigt!«, meldete Sol-Choi! Thom-Asso hob den rechten Arm und ließ ihn durch die Luft fahren wie einen Dreschflegel.
„Blendgranaten ab! Winzige Sekundenbruchteile geschah nichts, dann ging im Weltraum plötzlich eine Miniatursonne auf, flackerndes, waberndes Feuer schien durch das All zu lecken! »Beschleunigung um hundert Prozent!«, schrie Thom-Asso. To-Lip schlug auf den Startsensor ein, als wolle er ihn verprügeln! Übergangslos heulte das Schiff auf, dröhnten die Triebwerke so laut als würde das Schiff zerbersten. Die ungeheuren Fliehkräfte drückten die Männer und Frauen fast durch ihre Sessellehnen hindurch. Thom-Asso keuchte, und fühlte sich als würde sein Gehirn durch die Schädeldecke dringen, als die Marie-Curie einen heftigen Bocksprung nach oben vollführte und aus dem Asteroidenfeld heraus, in den freien Weltraum beschleunigte! Schwer atmend schaute er auf den Bildschirm, die Gorgosmacht 1 hatte sich nur kurz täuschen lassen, sie war schon wieder hinter ihnen her. Die

Kugel wurde immer größer! »To-Lip«, stieß Thom-Asso hervor. »Beschleunigung!«

»In wenigen Sekunden Hundert Prozent!« Krachen und Bersten, das Schiff wurde hin und her geworfen, als sei es in einen gewaltigen Sturm geraten!

»Hundert Prozent erreicht!«, meldete To-Lip.

»Hyperraumetappe!«, brüllte Thom-Asso!

Die Hände um die Sessellehnen geklammert, Tonnengewichte auf seiner Brust, nahm er noch auf dem Bildschirm einen sich ausbreitenden, feuerroten Farbklecks war, der sich ihnen gierig entgegenreckte. Die Hy-Bomben, zum Feuerdämon, sie hatten die Hy-Bomben gezündet! Er glaubte schon, die Hitze zu spüren. *Zu spät, zu spät! Alles umsonst! Verzeiht mir Freunde, die Hitze wurde stärker! Gleich, gleich würden sie… Grauer, wabernder, flirrender Zwischenraum. Kühle, endlich wieder Kühle! Schwärze, leuchtende Punkte! Sterne und Planeten!*

Thom-Asso löste die verkrampften Hände von den Sessellehnen, atmete heftig. »Sol-Choi, wo sind wir?«, krächzte er. „Einige Lichtminuten vom Gorgos-System entfernt!«

»Gnut-Ro, Ortung!«

»Nichts!«, stieß die junge Frau hervor. »Sie sind uns nicht gefolgt!«

Thom-Asso nickte mühsam. »Sehr gut. Thom-Asso an Maschinenraum. Nirekin, gibt es Schäden?«

Die junge Ingenieurin meldete sich. Sie sah etwas zerrupft und blass aus, schien aber ansonsten alles gut überstanden zu haben. »Alles im grünen Bereich, Thom! Es gibt einige wenige Schäden in den Getriebeteilen, aber die sind reparabel! Nichts Schlimmes! Die Reaktoren sind komplett in Ordnung, dank Sulu-Ap!«

»Sulu-Ap?«, Thom-Asso runzelte die Stirn.

„Ja Sulu-Ap! Er hat zwar eine Halbseitenlähmung, aber er kann reden und sein Geist ist vollkommen intakt! Als er den Alarm hörte, hat er sich sofort vom Krankenbett aus in die Reaktorenhalle schalten lassen. Ich muss zugeben ich war auch erst skeptisch, aber dann war ich froh. Ich kann meinen Job. Aber ich habe nicht seine Erfahrung. Ohne seine Hilfe hätten wir jetzt ein paar größere Schäden. Darauf kannst du Eisblumensamen trinken! Ich habe mich schon bei ihm bedankt! Thom, das solltest du auch! Er braucht das!«
»Das werde ich!«, sagte Thom-Asso. »Aber jetzt müssen wir erst mal schauen, dass wir weiterkommen! Hier können wir nicht stehen bleiben. Irgendwann findet dieser Lare-Energ uns! Wir haben ihn nämlich ganz schön geärgert schätze ich!«
»Du hast ihn geärgert«, grinste Rek-Nuf. »Aber hör dir doch noch mal den Funkspruch an, der vor dem Hyperraumsprung rein gekommen ist!" Noch einmal drang Sah-Gahns Stimme laut durch die Zentrale. Hoffnungsvoll erlaubte Thom-Asso sich wieder ein Lächeln. »Soulamat, das alte Tabusystem! Da wollte ich schon immer mal hin!«
»Das ist ja nicht so weit entfernt«, sagte Gnut-Ro.
»Na dann«, Thom-Asso griente breit und pustete eine hellbraune Strähne aus seiner Stirn. »Nach der nächsten Etappe erreichen sie Soulamat, ihren freundlichen Planeten! Sprung!«

Kapitel 12 Asyl auf Soulamat

Sah-Gahn war der Erste, der das betroffene Schweigen brach. Er stand aus seinem Sessel auf und ging zu Jes-Sieh hinüber, der bleich und schweigend die Fäuste ballte. »Junge!«, sagte er, und legte ihm tröstend die Hand auf die Schulter »Du hast Angst, nicht wahr? Besonders um Magdalena, was?«
Jes-Sieh nickte, er brachte kein Wort heraus.

»Jes, Ich kann dich nicht trösten! Ich glaube wir haben alle Angst um die Leute auf der Marie-Curie, und um das Schiff selbst. Es ist unsere Heimat geworden! Es macht mich verrückt, das wir nichts anderes tun können als warten. Grimmig kniff er die Lippen zusammen.

»Aber ich weiß eins«, als suche er Bestätigung, schaute er in die Runde. »Thom, ist ein guter Mann! Wenn er gefordert wird, läuft er zur Hochform auf. Wenn, dann kann Thom das Schiff herausreißen!«

Jes-Sieh hatte wieder etwas Farbe bekommen. Das war Sah-Gahns Absicht gewesen, er hatte mehr Angst, als er zugeben wollte. »Wir sollten uns darum kümmern den Planeten anzufliegen!", sagte er mit beherrschter Stimme.

»Hier sitzen wir zu sehr auf dem Präsentierteller! Er wandte sich erneut dem Bildschirm zu, und starrte nachdenklich auf die Darstellung des Planetensystems. Nephets Aussagen auf dem Computerchip stimmten mit den Messdaten von Sol-Choi überein. Noch konnte man nichts sehen, nur vage etwas anmessen, aber da war etwas! Etwas das man nicht direkt fassen konnte.

»Ich werde den Raumer näher an den Planeten heranbringen!« Entschlossen betätigte er den Startsensor, das Schiff beschleunigte, kam wieder in Fahrt und stand in wenigen Minuten über dem Planeten. »Tatsächlich«, flüsterte Pet. »Schaut euch das an! Der Planet ist in eine wässrig scheinende Gallerthülle getaucht, die zwar sichtbar ist, aber nicht anzumessen. Man kann mit unseren technischen Mitteln nicht feststellen, was diese Gallerthülle ausmacht! Wenn wir durch Nephets Informationen nicht wüssten, worum es sich handelt....«

»Dann müsstet ihr mich fragen!«, mischte sich Jes ein, während er unentwegt die Darstellung ins Blickfeld nahm. »Ich spüre die psionische Ausstrahlung. Sie ist sehr stark. Ich muss mich noch nicht einmal konzentrieren, um sie geistig anzumessen!«

»Entschuldigung Meister!«, grinste Pet-Russo, in dem Versuch zu scherzen. Doch sein Grinsen fiel etwas kläglich aus. »Was machen wir Sah-Gahn? Versuchen wir die Gallerthülle zu durchdringen?«

»Nicht sofort!« Sah-Gahn zupfte nachdenklich an seinem Spitzbart. »Dieser Planet ist ein Lebewesen, und gleichzeitig, ist dieser Planet auch seine eigene Wohnstatt.
Wir sollten anklopfen, und höflich nachfragen, ob er uns reinlässt.« Er schaute Jes-Sieh an. »Jes, du bist am besten geeignet, um den Türklopfer zu betätigen!«

Jes-Sieh hob seufzend die Augenbrauen. »Ich glaube langsam ich habe wirklich meinen Beruf verfehlt. Ich sollte im diplomatischen Außendienst anfangen! Ich weiß nicht ob es funktioniert Großvater. Aber ich werde es versuchen.«
Er band das schwarze Fell fester zusammen, damit keine Strähne ihn störte, dann lehnte er sich zurück, und schloss die Augen! Hinter ihm, in einem der Sessel hörte er leise Nephets stöhnen, als hätte er Schmerzen. Sonst war es eiskörnchenstill im Schiff. Nur das leise Summen des Computers, das Vibrieren der Triebwerke, drang in sein Bewusstsein! Die Gefährten regten sich kaum, räusperten sich noch nicht einmal. Allen war klar, was von diesem mentalen Kontakt abhängen konnte. »*Für dich, Nephets alter Roboter, für alle anwesenden Freunde, für die Marie-Curie und ihre Bevölkerung!*«
Nach und nach schaltete er alles weg, wie auf einer Schalttafel mit uralten mechanischen Hebeln. Klack, verschwanden die Geräusche, klack verschwanden die Bilder, die sogar hinter seinen geschlossenen Lidern als Vorstellung noch immer präsent waren. Ruhe in seinem Geist. Nichts, absolut nichts mehr außer samtener Finsternis. Imagination begann! *Seine geistige Substanz formte sich zu einem Körper, seinem Körper! Er sprang hinaus aus seinem Körper und*

glaubte doch körperlich zu sein, als er wie ein Schwimmer zwischen den Lichtern des Universums, die Dunkelheit mit seinen Armen zur Seite schob, angesogen wurde von einem grün-blauen, verwaschenen Etwas!

Wie ein Schwimmer stieß er hinein in diese durchsichtige Gallerte, die den gesamten Planeten umgab. Die Gallerte umschloss seinen Körper vollkommen! Diese halbfeste, wässrige Substanz, dieses Gelee, ließ ihn nicht mehr los! Gleich würde er es einatmen, es würde in seine Lunge geraten, und er erstickte!

Panik stieg in ihm auf, ließ ihn um sich schlagen, doch er konnte sich nicht befreien, die Substanz wurde fest. Er öffnete den Mund und...!«

Aufhören! Jes du Narr! Du wirst nicht ersticken! Dein Körper ruht wohlgeborgen in einem Sessel innerhalb dieses Kleinraumers! Das hier ist nur dein vom Körper abgetrenntes Bewusstsein. Der psionische Schutzschirm des Planeten versucht dich zu verwirren. Sie haben selber Angst, sie haben den schwarzen Raumer bemerkt! Für sie ein negatives Schiff!

Die Gallerte versuchte in seinen Mund, in seine Nase einzudringen! Er hustete, obwohl er die Substanz nicht spürte! Sie rann ihm in die Kehle, er keuchte, schnappte nach Luft! Mühsam ballte er die Fäuste. **»Schluss jetzt mit dem Theater! Dies ist nicht wirklich! Hört mir zu! Ich bin Jes-Sieh, die an Bord, sind meine und Nephets-Gnikwahs Freunde! Ihr kennt ihn!«**

Noch immer waberte und schwappte die Gallerte um ihn herum. Doch plötzlich konnte er wieder atmen. Wärme umspülte ihn. Die Gallerte verlor ihre feste bis flüssige Substanz, wurde eher gasförmig! Wispernde, flüsternde Stimmen drangen auf ihn ein.

»Wir kennen ihn! Was willst du, was willst du? Wer bist du?«

Jes-Sieh versuchte einen Gedanken zu senden, doch sie unterbrachen ihn. »Halt, jetzt wissen wir, wer du bist! Wir

kennen Nephets-Gnikwah und seine Gefährten! Sie sind
positiv! Du bist es auch, du bist Jes-Sieh L,Rac! Du kommst mit
Sah-Gahn L,Rac und seinen Gefährten! Entschuldige aber der
schwarze Raumer hat uns genarrt und misstrauisch gemacht!
Was wollt ihr von mir, uns! Ich, wir spüren Not und
Bedrückung!«
»Wir brauchen eure Hilfe Planet! Nephets-Gnikwah ist schwer
verletzt! Wir haben ihn aus den Klauen der Sonnenpriester
befreit und konnten einen Raumer der Schwarzen Garde dazu
"ausleihen!" Hört was Nephets-Gnikwah und seine zwei
Mitstreiter, was wir erfahren haben! Die Sonnenpriester
wollen einen Jahrtausende alten, tödlichen Plan vollenden! Sie
stehen kurz davor ungeheure Macht zu erlangen, keiner
hintertreibt ungestraft ihre Pläne!« Wie ein Strom von
Gedanken, wie ein scharfer Pfeil sauste Nephets
Leidensgeschichte, hinüber in die Gallerte, verteilte sich dort
wie ein Sprühregen, sickerte in sie ein, als düstere dunkle
Tropfen. »Nephets-Gnikwah, mein Ziehvater, schwebt in
einem Zustand zwischen Leben und Tod! Wir sind auf der
Flucht! Auch unser Mutterschiff ist bedroht! Lass uns auf
deinem Boden landen!«
Eine Weile schwiegen die Stimmen, als hätten sie sich zur
Beratung zurückgezogen! Dann setzte das Wispern und
Flüstern wieder ein. »Kehre zurück Jes-Sieh L, Rac, kehre
zurück! Wir werden eine Abordnung an Bord schicken! Wenn
ihr wirklich die seid, für die ihr euch ausgebt, und davon sind
wir schon fast überzeugt, dann sollt ihr auf unserem, meinem
Boden landen! **Kehre zurück!«**
Die Gallerte schien ihn plötzlich sanft zurückzudrücken!
Rückwärts, in der Waagerechten liegend glitt er durch die
psionische Energie! Durchpflügte den Weltraum mit seinen
leuchtenden Sternen, Planeten, Galaxien! Dann konnte er den
schwarzen, acht Meter großen Kugelraumer sehen! Obwohl
er wie in einem Film, den man zurückspulte, nach hinten

schoss! Nur für einen kurzen Moment war Jes-Sieh in der Lage, den schwarzen Raumer mit den Augen des Planeten zu sehen. Ein unbehagliches Gefühl ergriff von ihm Besitz. *Es schien ihm so, als schnappe ein böses, kleines Insekt nach ihm! Er wollte nicht da rein!* Doch dann war es vorbei! Wohlige Wärme drang auf ihn ein.

Bekannte, vertraute Gedankenmuster umspülten ihn! Klack, zuerst kamen die Geräusche, Summen, Brummen, Stimmen! Klack, als Zweites tauchten die Bilder wieder auf! Zuerst nur diffus und verschwommen, wurden sie zu Hintergrund, zu bewegten Gestalten wie in einem Stummfilm! Er fühlte den Sessel wieder in dem er saß. Klack, war alles wieder da! Irgendjemand rüttelte ihn!

»Jes! Jes? Sah-Gahn L‚Rac an Enkel! Hallo mein Freund! Ich bin's! Hey! Und du bist Jes-Sieh!«

»Das...weiß ich!« Jes-Sieh schlug die Augen auf.

Alle standen um ihn herum, sogar Ra-Ennas war mittlerweile wieder aufgewacht und hatte ihren Sessel zu ihm herumgeschwenkt.

»Es ist gut, das du wieder hier bist Jes!«

Sah-Gahns Hand ruhte auf Jes-Siehs Schulter! Sein Gesicht war von Besorgnis gezeichnet. »Wir waren uns gar nicht so sicher, dass du zurückkehren würdest! Du hast geschrien, du hast um dich geschlagen! Was hast du gesehen?«

Jes-Sieh richtete sich mühsam auf. Jetzt erst entdeckte er die Manschette des Bio-Organscanners an seinem Unterarm. Sah-Gahn war seinem Blick gefolgt. »Du wärst fast weg gewesen! Lu-Cas hat kaum noch Puls und Blutdruck anmessen können! Deine Gehirnaktivitäten waren auf ein Minimum beschränkt. Junge, du hast ausgesehen wie eine Leiche!«

Jes-Sieh atmete tief durch, bevor seine Stimme ihm wieder gehorchte. »Eigentlich«, stieß er krächzend hervor, war es gar nicht so schlimm, obwohl sie mich am Anfang für einen Feind hielten.«

Er erzählte von seinem Flug durch die Gallerte. »Sie haben gemerkt, das wir ihnen nichts Böses wollen, das wir selber in Not sind. Ich habe ihnen von der schwarzen Station erzählt! Aber sie sind misstrauisch! Richtig verstanden habe ich das erst als ich wieder zurück in das Boot gleiten wollte. Großvater, Freunde, dieses Boot strahlt etwas unglaublich, Düsteres, Trauriges aus! Es hat mich, dermaßen abgestoßen, dass ich beinahe nicht zurückgekehrt wäre. Dann habe ich Gorgos sei Dank, eure Gedankenmuster gespürt. Es ist gut, dass wir nicht wie tumbe Eismonster, in diese Gallerte geflogen sind. Es hätte uns vernichtet!«

»Wie weiter?«, fragte Sah-Gahn. »Konntest du etwas erreichen?«

»Sie sind davon überzeugt, dass wir gut sind. Sie kennen Neph. Sie glauben unsere Geschichte. Doch sie sind sehr vorsichtig! Sie beraten sich, und werden dann eine Abordnung, eine Art Unterhändler oder Prüfer in das Schiff entsenden! Zu mehr, waren sie momentan nicht bereit!«

Nephets gab ein Stöhnen von sich, sein Körper begann in unregelmäßigen Abständen zu zucken, wie unter kleinen Stromstößen. Alle in der Zentrale wandten den Kopf

»Ich kann nicht mehr für ihn tun", Lu-Cas schüttelte in einer hilflosen Geste den Kopf. »Hier nicht Sah-Gahn, Pet! Ich weiß er wird Schmerzen haben! Eine Nachwirkung der Stromstöße, die diese Lefuets ihm verpasst haben!«

Lu-Cas rang die Hände! »Ich habe ihm schon ein Kreislaufstabilisierendes Mittel verabreicht, damit ich ihm überhaupt Schmerzmittel geben kann. Es ist schon die stärkste Dosis, die ich ihm in seinem Zustand zumuten kann!«

Sah-Gahn winkte müde ab.

»Schon gut! Fangen wir nicht an uns selbst zu zerfleischen! Es reicht ja, wenn ich es tue!«

Ein Ruck durchfuhr ihn. Fragend lagen die Blicke seiner Freunde auf ihn. »*Jetzt ist die Gelegenheit*«, dachte er.

»Ich muss es ihnen jetzt sagen!«
Er stand noch neben Nephets Liegesessel, eine Hand lag auf dem Rund der Kopfstütze neben Nephets kurz geschorenem Kopf als müsse er dort Kraft herausziehen.
»Freunde«, Sah-Gahns Ohren spielten nervös durch die Luft.
»Das, was ich jetzt sage, ist eine sehr persönliche, unangenehme Sache. Vielleicht könnt ihr euch denken, um was es geht. Mir sind unterwegs zur schwarzen Station schon ein paar Andeutungen entschlüpft. Ich hätte früher mit euch darüber gesprochen, schon als Ra-Ennas den Namen Erdrag-Vitagen erwähnt hat. Aber ich war mir noch nicht ganz sicher!« Hastig fuhr er sich mit allen fünf Fingern durch das Kopffell. Seine Augen wanderten unruhig über die aufmerksam lauschenden Haspiri.
»Mein kleiner Bruder Vitago wird seit seinem fünften Lebensjahr vermisst. Er hat damals den Unfalltod meiner Eltern nicht verkraftet. Eines Nachts ist er verschwunden, und nie wieder gefunden worden! Ich bin nicht ganz unschuldig daran. Ich habe diese Geschichte jahrzehntelang einfach verdrängt, doch jetzt hat mich die Vergangenheit wieder eingeholt! Ihr solltet wissen, was damals geschehen ist!«
Dann beschwor er mit ruhiger beherrschter Stimme, die fernen Ereignisse von damals, als an einem kalten Wintertag für zwei haspirische Jungen eine heile, behütete Welt zusammenbrach. Es war still, als er seine Erzählung beendete. Forschend schaute er in die Gesichter seiner Freunde. Doch keiner schien ihn zu verurteilen, ihre Blicke waren eher abwartend.
Schmerzhaft fest zupfte er an seinem Kinnbart. »Ich mache euch diese Beichte nicht umsonst. Seitdem wir mit der Sternenspürer aufgebrochen sind hat sich in der Befehlsstruktur des Planeten einiges geändert. Sicherheitchef des Planeten ist jetzt Erdrag-Vitagen! Das wisst ihr auch! Er hat Nephets verhört. Er hat diese

verdammten Verhöre angeordnet. Wahrscheinlich hat er sie auch persönlich geführt!« Sah-Gahn konnte vor Zorn kaum reden. Er atmet tief ein und aus. Jetzt musste er es sagen, jetzt kam es! Ra-Ennas schaute zu ihm hoch und lächelte unmerklich. Und plötzlich fiel ihm das Reden wieder leichter. »Vitagen ist in diesem Fall kein Nachname. Der Sicherheitchef der Schwarzen Garde, heißt mit vollem Namen, Erdrag-Vitagen L,Rac! Er ist mein seit achtzig Jahren vermisster Bruder Vitago! Ich habe das nicht gewusst Leute! Bis ich von Ra-Ennas diesen Namen gehört habe! Selbst dann war ich mir noch nicht sicher! Gewissheit hatte ich erst, als ich ihm bei der Befreiungsaktion persönlich begegnet bin! Die Wiedersehensfreude hielt sich in Grenzen, das könnt ihr mir glauben!«

Sah-Gahn fing an zu schwitzen.

Pet-Russos Stimme durchschnitt scharf die Stille. „Sah-Gahn – für meine Person gilt immer noch das, was ich auch auf der MCII schon gesagt habe. Und ich denke jeder vom Team hier weiß, was ich meine!" Alle in der Runde nickten bestätigend. „Keine Frage Großvater!", sagte Jes-Sieh. „Was hattest du eigentlich erwartet?" Er schüttelte den Kopf „das wir kollektiv den Bann über dich aussprechen? Sicher hast du einen Fehler gemacht. Natürlich hättest du das nicht tun sollen. Aber du warst fünfzehn Jahre! Du warst selber ein seelisch verletzter Junge, der gerade seine Eltern verloren hatte. Verdammt ich weiß, wie es sich anfühlt, seine Eltern zu verlieren! Du hast ja anscheinend auch noch rechtzeitig gemerkt, was du da tust. Keiner kann was für seine Verwandten! Deine eigenen Worte Großvater, »ein Lebewesen hat immer eine Wahl!!«

Auch Lu-Cas nickte. »Ich bin sicher, Sah-Gahn würde eher seinem eigenen Bruder in die Fresse hauen, als das er Neph oder irgendeinen von uns im Stich lassen würde!«

Ra-Ennas rückte sich mühsam in ihrem Sessel zurecht, schwungvoll warf sie ihren goldenen, halb aufgelösten Zopf

nach hinten, ohne an ihre Platzwunde zu denken. Keuchend vor Schmerz stieß sie schließlich hervor, »Sah-Gahn ich konnte sie am Anfang nicht leiden. Ich habe gedacht, sie seien ein selbstbezogener, machtbesessener Wissenschaftler! Aber sie haben mir zweimal Leib und Leben gerettet, und ich habe gesehen für welche Ziele, und wie sie sich für ihre Freunde einsetzen.« Als sie ihm in die Augen blickte, hatte er das seltsame Gefühl, das ein goldenes Leuchten von ihnen ausging! *Wie die letzten Strahlen eines Sonnenuntergangs!*
»Ihr Enkel hat recht Sah-Gahn«, hörte er sie sagen, »dem gibt es einfach nichts hinzuzufügen!«
Sah-Gahn schluckte. Er schaute ausnahmslos in aufmunternde, lächelnde Gesichter. Er spürte sprichwörtlich, sein Herz leichter werden. »Danke Freunde«, sagte er. Seine zu Stein gefrorenen Gesichtszüge entspannten sich. Seine rechte Hand lag lockerer auf Nephets Sessellehne.
»Ich danke euch wirklich! Wenn wir jetzt noch eine Antwort von diesem Planeten bekommen würden, wäre ich noch ein Stückchen glücklicher!«
Sah-Gahn durchwanderte mit großen Schritten, die Zentrale, und massierte seine Augenbrauen! Er gab ein scharfes, kurzes Lachen von sich, als er neben Nephets Sessel stehen blieb. Beklommen warf er einen Blick auf seinen Freund. Nephets lag ruhig, sein Atem ging flach, aber regelmäßig. Mit bebenden, zusammengepressten Lippen starrte Sah-Gahn auf die leeren Augenhöhlen. Dann blickte er wieder hoch.
»Wollen wir uns die Wartezeit vertreiben, ja?« Seine Stimme klang mühsam beherrscht.
»Lu-Cas ich hoffe du hast Reu-Inegnis Datenkristall noch!«
»Natürlich«, antwortete Lu-Cas.
Er fischte den winzigen Kristall aus dem Plastiktütchen in der Brusttasche seines Einsatzanzuges und übergab ihn an Pet-Russo.

Pet legte den empfindlichen Kristall vorsichtig mit einer Pinzette in eine dafür vorgesehene, schmale Vertiefung in seiner Konsole. Eine Sekunde lang geschah nichts. Dann wurde die Außendarstellung des Weltraums plötzlich überlagert. Dunkelblau blitzte der Bildschirm auf. In einer kurzen Einspielung erschien das Symbol der Sonnenpriester, verschwand wieder und stattdessen erschien ein Mann auf dem Bildschirm, Reu-Inegni! Er stand wahrscheinlich in seiner Kabine. Im Hintergrund sah man einen Tisch ein schmales Bett, zwei Formenergiesessel, Standardeinrichtung. Seine Stimme klang irgendwie hastig, gehetzt, als hätte er nicht mehr viel Zeit!

»Dies hier Arelli-Reug, meine Schwester geht an dich! Falls ich dir nicht persönlich gegenüberstehen sollte, wenn du diesen Datenkristall in dein Terminal einlegst, ist alles gut gegangen! Meine Flucht ist gelungen, ich bin nicht tot, oder schlimmer, in Gefangenschaft geraten! Sondern ich sitze einigermaßen sicher in einem eurer Verstecke auf den Rohstoffmonden. Ich musste fliehen! Meine Deckung ist leider aufgeflogen! In dem Bestreben die Ungeheuerlichkeiten, die auf dieser Station vor sich gehen, einer integren, kompetenten Person mitzuteilen, bin ich wohl zu unvorsichtig vorgegangen! Doch Gorgos sei Dank hat man mich noch rechtzeitig warnen können! Ich glaube schon eine Möglichkeit zu fliehen, gefunden zu haben! Es ist mir gelungen mit meiner kleinen Gruppe, einen Teil der Besatzung zum Nachdenken zu bringen! Über das, was die Priester hier oben wirklich treiben, nämlich die Zerstörung Gorgos zur Festigung ihrer geistigen Macht. Was aus anderen Lebewesen wird, aus dem Volk der Haspiri, ist ihnen vollkommen egal. Sie wollen nur ihre Mentalenergie, die sich bei einer Zerstörung Gorgos auf das Milliardenfache potenzieren würde. Sie beschießen Gorgos Kern mit Hydrontium 4 und dieses Verfahren, wird unseren Stern in ca. 100 Jahren zu einer gewaltigen Explosion bringen! Verstehst

du Arelli-Reug? Hydrontium 4 lagert sich im Gorgoskern ein. Fast unzerstörbar, bis zu unglaublichen Temperaturen erhitzt! Gorgos Explosion wird annähernd die Qualität einer Gammastrahlenexplosion bekommen! Ra-Ennas Toiraksi dürfte begreifen, was das bedeutet! Von diesen Dingen wissen hier nur ganz wenige. Das wissen außer dem inneren Kreis der Priester, nur noch die höchsten Techniker und Ingenieure, zu denen zugegeben auch ich gehöre! Man hat mich unter falschen Voraussetzungen für dieses Projekt geworben. Man hat mir erzählt, dass man hier oben eine Anlage zur Gewinnung von Gorgosenergie plant, um auf die Dauer unabhängig vom Hydrontium zu werden. Genau denselben Mist, den man Ra-Ennas Toiraksi der obersten Astromeisterin erzählt hat. Doch ich bin überzeugt sie hat das durchschaut. Ich halte sie für eine intelligente, ausgezeichnete Wissenschaftlerin.«

Ra-Ennas wurde rot. »So brillant bin ich gar nicht. Ich habe viel zu lange daran geglaubt Reu«, murmelte sie.

Reu-Inegnis Stimme klang weiter durch den Raum, und er sparte nicht mit Selbstkritik.

»Eine solche Story kann man wohl auch nur technischen Fachidioten wie mir auftischen. Zu meiner eigenen Ehrenrettung muss ich sagen, dass ich den Betrug, ganz schnell gemerkt habe. Aber da hatte ich den Vertrag unterschrieben, und steckte schon mitten im Projekt. Ich konnte da nicht mehr raus! Ich wusste zu viel, und genau das war ihre Absicht. Liebe Schwester, um dir, um meinen Mithaspiris, und mir selber noch in die Augen schauen zu können, habe ich diese Widerstandsgruppe aufgebaut. Ich habe nach Helfern Ausschau gehalten, die von denselben Problemen gebeutelt werden wie ich, und wenn man die Zeichen deuten kann, und manchmal den Zufall auf seiner Seite hat, findet man immer jemanden. Meinen ersten Helfer habe ich seltsamerweise um drei Uhr morgens in den

Erholungsgärten der Station gefunden. Ein verzweifelter junger Mann. Genial, unerfahren, und naiv! Wie ich damals! Aus Sicherheitsgründen werde ich ihn nur Virus I nennen! Seine Geschichte gibt die ganze Kälte und Grausamkeit dieses verlogenen Systems wieder!

Wie ich ihn einschätze, wird er tatsächlich versuchen, einigen Unglücklichen die dem System widerstreben zu helfen. Und wenn irgendwie möglich seine Geschichte und die ungeheuren Vorkommnisse auf der Schwarzen Station publik zu machen! Obwohl – „Schmutzfleck" trifft es tatsächlich besser. Arelli - dort werden unliebsame Mitarbeiter und der Rebellion Verdächtige gefoltert! Die Spezialabteilung der Krankenstation ist eine Folterkammer! Virus I hat mir diese Information zugespielt. Der Sicherheitsdienst sucht seit einigen Monaten schon, nach einem ziemlich nervtötenden Computervirus namens Rebell! Dieses penetrante Virus legt sich immer ganz plötzlich über normale Programme und verbreitet diese so genannten subversiven Botschaften! Ich werde sie mit den anderen Helfern weiterverbreiten! Ich werde die Besatzung hier über die wahren Pläne der Sonnenpriester aufklären, und irgendwann wird es einen Aufstand geben, und diese machtgierigen Lefuets werden hinweggefegt werden!«

So viel zu meinen persönlichen Beweggründen. Damit diese Daten nicht in falsche Hände geraten, habe ich über Jahre mit befreundeten Computerfachleuten, einen besonders winzigen, speicherintensiven Datenkristall entwickelt, und ein ungewöhnliches Versteck für diesen Kristall gewählt!«

»In der Tat das hast du«, murmelte Sah-Gahn und beugte sich gebannt vor. Auf dem Bildschirm folgte ein Wust von ungefilterten, durch die Bewegung der Hand teilweise verwackelten Aufnahmen, von persönlichsten Dingen, bis zu vollkommen banalen Begebenheiten, aber auch Personen,

Räumlichkeiten, Arbeitsplätze, die Zentrale und verschiedene Gänge der schwarzen Station!

Kopfschüttelnd sah Jes-Sieh auf die ablaufenden Bilder. »Er hat einfach alles was ihm begegnet ist aufgenommen! Wahrscheinlich konnte er die Kamera unter seiner Haut, einmal eingeschaltet, nicht mehr stoppen. Ich fürchte wir werden uns die relevanten Daten mühsam heraussuchen müssen!«

Die Kamera zeigte gerade wieder ein undeutlich, verwischtes Bild. Eine halbrunde Halle. Blinkende Bildschirme, an denen anscheinend konzentriert gearbeitet wurde. Mehrere Personen, die mitten im Raum standen und heftig über etwas diskutierten.

»Stopp!«, rief Sah-Gahn, der sich bisher noch nicht geäußert hatte. »Pet kannst du das Bild heranzoomen und schärfen?«

»Natürlich! Aber was siehst du da Sah-Gahn?«

»Abwarten Pet!«

Pet-Russo zuckte mit den Schultern und bediente die entsprechenden Sensorfelder.

Plötzlich vergrößerte sich das Bild, Einzelheiten waren deutlicher zu erkennen. Mit gespitzten Lippen stieß er einen scharfen Pfiff aus. »Du hast einen guten Riecher gehabt Sah-Gahn! Das konnte wirklich was sein!«

»Natürlich ist das was!«, Ra-Ennas pustete aufgeregt eine Strähne aus der Stirn. »Seht euch die Halle an, die große Computerwand und die Terminals. Es sind Techniker, die dort arbeiten! Ich kann auch die Personen identifizieren, die dort über etwas diskutieren! Das müssen natürlich Reu-Inegni selbst sein, Chol-Rasch, und Erdrag-Vitagen. Sie stehen mitten im Reaktorvorraum, und ich wette meine goldene Mähne, sie diskutieren über die Beschießung des Gorgoskerns mit Hydrontium!«

»Schade um ihr wunderschönes Fell«, feixte Sah-Gahn. »Aber Spaß beiseite, Ra-Ennas liegt wahrscheinlich richtig. Aber das ist es nicht, was ich meine. Seht ihr den grauen Schemen neben Erdrag-Vitagen?«

»Natürlich«, sagte Pet. »Das ist seit Urzeiten die Maske des obersten Sonnenpriesters! Anscheinend schaut er sich die Fortschritte dieses fatalen Jahrtausendplanes an!«

»Möglicherweise!« Sah-Gahn presste die Lippen zusammen. »Aber seht ihr, was Erdrag-Vitagen dort treibt? Er schielt ständig zum obersten Sonnenpriester und nimmt Schaltungen vor!«

»Schaltungen?«, Ra-Ennas runzelte die Stirn.

»Ja«, antwortete Sah-Gahn. »Noch näher heran Pet! Seht ihr jetzt? Von Weitem sieht es so aus als würde er einen nervösen Trommelwirbel auf seinen rechten Oberschenkel spielen. Aber wen man genau hinschaut, sieht man das er in seinem Anzug eingebaute Sensoren bedient!«

»Was sagt uns das?«, fragte Ra-Ennas stirnrunzelnd.

Sah-Gahn nagte an seiner Unterlippe. »Keine Ahnung, aber irgendetwas ist merkwürdig daran. Es sieht so aus, als wenn er etwas steuern würde! Fragt mich nicht was das sein soll! Aber mir wird es schon noch einfallen! Weiter! Allein die Aufnahme der Reaktorhalle, in der die Beschießung des Gorgoskerns koordiniert wird, ist interessant. Damit können wir etwas anfangen. Vermutlich hat er alles aufgenommen, was anfällt! Die gesamten Räumlichkeiten der Station! Die Forschungen am Projekt Sternentod! Den Bau der Hydrontiumkanone! Es gibt da unendliche Möglichkeiten. Wenn wir den ganzen Mist hier hinter uns haben, und etwas Ruhe eingekehrt ist. Werden wir den Kristall gründlich auslesen, und wir werden ihn zu den Rohstoffmonden bringen. Denn dort scheint es, einen nennenswerten Widerstand zu geben, wenn wir Reu-Inegni glauben können! Dort können wir vielleicht auch Hilfe erwarten!«

Plötzlich meldete sich Tenchil-Negie. Sein Gesicht war blass.

»Vielleicht kann ich euch da weiterhelfen!«

»Inwiefern Tenchil«, fragte Sah-Gahn. Ein heftiges Stöhnen unterbrach das Gespräch, blitzartig drehte Sah-Gahn sich um. »Neph?«

Ein Zittern durchlief Nephets Körper wie eine Welle. Schlagartig begann er sich aufzubäumen. Ein lauter Schrei drang aus seiner Kehle, seine Hände ballten sich zu Fäusten und öffneten sich wieder. »Helft mir!«, schrie er. »Um Gorgos Willen, stellt diese verdammte Maschine ab. Erdrag-Vitagen du Lefuet! Ma-Ira, Sah-Gahn, Vater, Lari-Nah, Jes, helft mir!«

Pet-Russo war aufgesprungen und stand mit einem Satz neben Nephets Sessel. Sah-Gahn packte Nephets an beiden Handgelenken und drückte den sich windenden, keuchenden Mann wieder in den Sessel zurück. »Nephets, Beutling! Ich bin's Sah-Gahn. Dein Vater steht neben dir, alle sind da! Wir helfen dir!«

»Ihr seid da? Wo bin ich? Da kommt jemand, ich spüre das jemand versucht meinen Geist zu beruhigen, mir die Schmerzen zu nehmen, da kommt jemand, Soulana, Planet!«

Augenblicklich lag er wieder ruhig, in seinem Sessel, atmete regelmäßiger.

»Da ist wirklich Jemand Großvater!«, erklang Jes-Siehs Stimme. Sah-Gahn wirbelte zu Jes-Sieh herum, der kerzengerade vor seinem Sessel stand. Etwas flimmerte, ein Wirbel aus Sand und Staubkörnern bildete eine feste Form aus eine weibliche Gestalt. Die dunkelblonde, schlanke Gestalt eines sechzehnjährigen haspirischen Mädchens. »Ich, wir grüßen euch. Ich bin die Botschafterin, die weibliche Komponente des Planeten, ich bin Soulana! Entschuldigt bitte, dass ich, wir, uns nicht schon früher gemeldet haben! Aber es war schwierig für uns hier einzudringen! Dieses Schiff hat eine schreckliche, negative Ausstrahlung. Aber ich spüre, dass eure Schwingungen, vom Grunde her positiv sind, mit einem Blick streifte sie Nephets-Gnikwah, der wieder ruhig in seinem Sessel lag. »Ich sehe, dass unser Freund, das ihr in Not seid! Diese schreckliche Geschichte, von der tödlichen Manipulation der Sonnenpriester, kann sich keiner ausdenken. Obwohl uns das wirklich lieber wäre. Eure Anstrengungen, eure Leiden sollen nicht umsonst gewesen sein! Landet dieses kleine schwarze Schiff auf unserem Boden! Dort werden wir weiterreden!«

Die Gestalt Soulanas fing wieder an zu verschwimmen, durchscheinend zu werden, sich zu verflüchtigen. Sah-Gahn löste sich als Erster aus seiner Verblüffung! »Warte Soulana!«, rief er. Die Gestalt manifestierte sich noch einmal. »Was möchtest du Sah-Gahn L ,Rac!«. Ein Hauch von Ungeduld schwang in der sanften Mädchenstimme.

»Unser Mutterschiff die Marie-Curie wird ebenfalls angegriffen. Sie beherbergt nicht nur eine Krankenstation, mit deren Mitteln Nephets geholfen werden könnte.

Sie ist auch Heimat für Hunderte von Lebewesen! Sie kennen die Koordinaten dieses Systems. Sie könnten bald hier auftauchen! Wir bitten auch für die Marie-Curie um Asyl!«

Sah-Gahn hielt den Atem an.

Doch Soulana lächelte, und nickte anmutig, fast kokett mit dem Kopf.

»Der Planet gewährt euch den Schutz!« Mehr sagte sie nicht. Ihr Körper verflüchtigte sich endgültig, sank in sich zusammen zu einem Häufchen Staub und Sand, der wie in einem leichten Wind davongetragen wurde, und plötzlich verschwand!

Fast wie ein spezielles Unterseeboot glitten sie durch die kilometerdicke Gallerte! Keine seltsamen Gefühle, keine Verwirrung beeinträchtigte den kleinen Trupp Raumfahrer. Nur ein Wispern und Raunen, ein sanftes Murmeln, begleitete sie solange, bis sie den psionischen Schutzschirm hinter sich gelassen hatten. Und dann, nach wenigen Minuten zeigten ihnen die Außenbordkameras, die paradiesische, tropisch anmutende Welt Soulamats. Sie landeten neben einem flachen, zweihundert Meter hohen Felsen! Nur ein relativ schmaler Streifen steiniges Grasland trennte sie vom Wald. Sah-Gahn traf fast denselben Punkt, auf dem auch Nephets, mit Eixa und Sulu gelandet war.

Das Summen der Triebwerke erstarb. Eine seltsame Ruhe herrschte plötzlich in der kleinen Kugel. Sah-Gahn löste die Gurte, lehnte sich mit geschlossenen Augen, kurz zurück.

„Geschafft, vorerst geschafft! Jetzt muss bitte, nur noch die Marie-Curie diesem Angriff entfliehen! Von einem Gegenschlag, geschweige denn einem Sieg kann ja gar keine Rede sein! Verdammt, die haspirische Bevölkerung, die Hirten! Vom Verlust des Schiffes abgesehen, eine Tragödie! Thom, ihr müsst es schaffen! Ihr müsst!«

»Sah-Gahn!« Jemand tippte ihm auf die Schulter. Er öffnete die Augen. »Sah-Gahn«, Pet-Russo wies auf den großen Bildschirm. »Da draußen tut sich was! Ich schätze irgendwer ist da neugierig auf uns, will aber nicht reinkommen!«

Sah-Gahn kniff die Augen zusammen. Ja, da war etwas! Mehrere Schemen schienen sich vom Rand des riesigen dunklen Waldes zu lösen! Es waren eigentlich keine Gestalten, die sich aus dem Wald herauslösten, es war der Wald selber! Die breite dunkle Front des Waldes schien zu zerfließen, in Etwas überzugehen! Hoch aufgeschossene, humanoide Gestalten schwebten, glitten dem Schiff entgegen. Haspiriähnliche Wesen. Immer mehr davon schien der Wald zu gebären! Wie eine lautlose Invasion umringten sie in wenigen Augenblicken das Schiff! *»Ist es das, eine Invasion? Haben sie immer noch Angst? Wollen sie durch ihre schiere Menge verhindern, dass wir irgendetwas zerstören? Welche Kräfte könnten sie freisetzen?«*

»Der Planet«, flüsterte Jes, der hinter ihm stand. »Der Planet schickt eine Abordnung! Sie wollen mit uns verhandeln, und sie sind neugierig! Sie haben Vertrauen zu uns gefasst. Aber sie möchten tatsächlich nicht in dieses Schiff kommen. Es ist zu sehr aufgeladen, mit negativen Emotionen und Absichten!

Nachdem ich diese Ausstrahlung von außen verstärkt gespürt habe, kann ich auch genau sagen, was es eigentlich ist. Ein geheimes Fluchtschiff des innersten Zirkels der Sonnenpriester! Sie haben es gebaut, falls der Plan, nicht klappt!«

Sah-Gahn war aufgestanden, den Blick noch immer auf den Bildschirm geheftet. Er konnte die humanoiden Gestalten nicht zählen. Der ganze Wald schien sich da draußen versammelt zu haben. Seine Ohrspitzen zitterten.

»Das bestätigt unsere Annahmen! Kommt Haspiri, wir verlassen das Schiff! Wir müssen nur noch eine Transportmöglichkeit für Neph finden!«

»Wäre er nicht besser im Schiff aufgehoben?«

Pet stand wie ein grimmiger Wächter neben Nephets.

Jes-Siehs Stimme klang ruhig. »Diese Wesen da draußen, vor dem Schiff können, und wollen ihm helfen. Sie können nicht seine innerlichen Verletzungen heilen, aber sie werden seine Schmerzen lindern! Ich weiß das, weil ich permanent ihre Schwingungen empfange!«

Pet seufzte. »Du hast mich überzeugt Jes! Sah-Gahn, wir können loslegen!«

Tenchil-Negie fand nach einem kurzen Blick, hinter der medizinischen Notfallklappe des Raumers, eine zusammengefaltete Antigravliege, und noch ein paar zusätzliche Medikamente. Sah-Gahn und Pet legten Nephets vorsichtig auf die Trage und aktivierten den Antigrav. Dann endlich verließen sie hintereinander das Schiff! Keiner achtete auf Ra-Ennas, die als letzte, zitternd und blass an der Ausstiegsluke stand!

Sie bildeten eine müde, angeschlagene Prozession! In einer Art Sicherheitsabstand, fünfzig Meter um die schwarze Kugel herum, lagerten die Wesen. »Erwartungsvoll!«, dachte Sah-Gahn. »Ihr Gesichtsausdruck wirkt erwartungsvoll, so weit man das bei fremden Wesen beurteilen kann!«

Jetzt erst sah er, dass es wirklich nur Nachbildungen haspirischer Wesen waren. Bei fast allen Wesen war die Metamorphose nicht so recht gelungen. Irgendwo, schaute statt eines linken Arms, immer ein Ast heraus. Einige hatten auf Beine verzichtet, und stützten sich auf kräftiges Wurzelwerk.

Es kam auch vor, das aus einem wohlgestalteten haspirischen Frauenkörper, statt eines Kopfes eine stattliche, sanft rauschende Baumkrone herauswuchs.

An der Spitze dieser skurrilen Gesellschaft stand, die sanfte perfekt modulierte Soulana. Sah-Gahn sah ihr dunkelblondes Fell leicht im lauen Nachtwind nach hinten wehen. Ein Sandkörnchen löste sich aus, ihnen. Sie lächelte ihn an.

»Willkommen auf Soulamat Sah-Gahn L, Rac. Ich bin Soulana, die Botschafterin, die erste Stimme des Planeten. Aber euer Abenteuer und euer Anliegen sind von so großer Wichtigkeit, das der Planet mehrere seiner Komponenten Gestalt hat werden lassen!«

Sah-Gahn verbeugte sich leicht. »Wir danken dem Planet Soulana, dass er den Schutzschirm für uns geöffnet hat, und uns nun Obdach gewährt. Wenn ich das richtig verstanden habe, ist das nicht unbedingt selbstverständlich! Dieser Schutzschirm hat euch wahrscheinlich schon sehr oft gerettet. Leider auch vor meinen eigenen Leuten. Wir müssen reden Soulana, es wird langsam eng für uns!«

»Ja«, in Soulanas Zügen machte sich Ernsthaftigkeit breit. »Deswegen sind wir hier!« Sie schaute mit ihren dunklen Augen Jes-Sieh an. »Dieses junge fleischliche Wesen Jes-Sieh hat sehr viel geistige Macht. Wir hätten sehr viel Mühe und Kraft aufwenden müssen um ihn nieder zu ringen! Doch das war zu unserem Glück nicht notwendig! Wir haben deine Wahrhaftigkeit gespürt Jes-Sieh L,Rac! Deine Geschichte und deine Informationen stimmen mit denen von Nephets-Gnikwah überein. Unserem gemeinsamen Freund geht es schlecht!« Ihre Stirn umwölkte sich, als ihr Blick die reglose, schwach atmende Gestalt auf der Antigravliege streifte. „Ich kann ihm leider nur die Schmerzen nehmen! Sein Gehirn besitzt zu viel Technik, als das ich es durch meine geistige Substanz beeinflussen könnte, und auch die Heilkräuter des Planeten können die inneren Verletzungen seines Körpers nicht wieder ins Lot bringen! Auch die natürliche Kräutermedizin hat ihre Grenzen!«

Lu-Cas und Tenchil-Negie hatten ihn mit der Antigravliege, vorsichtig im niedrigen Grasland abgesetzt. Seine Gesichtsfarbe hatte sich gerötet, Schweißperlen standen auf seiner Stirn. »Er hat Fieber entwickelt!«, sagte Lu-Cas tonlos. »Irgendeine verdammte Entzündung versucht sich in seinem Körper breit zu machen. Ich nehme an das sie in seinem Herzen sitzt. Trotz aller Robustheit, die Stromstöße haben sein Herz geschädigt.«

»*Lieber Gorgos, Beutling*«, Sah-Gahn fror, trotz der lauen Nachtluft, »*mach mir keinen Kummer! Du bist doch von der gleichen Art! Soll ich denn mit Jes alleine zurückbleiben? Was ist mit Pet und Lari-Nah? Ist das, der Sinn der Unsterblichkeit?*«

»Du denkst über den Sinn nach!«, stellte Soulana fest. Die ursprünglich helle Stimme Soulanas nahm eine düstere Färbung an.

Dicht zusammengedrängt bildeten die Haspiri einen Ring um Nephets Liege. Ihnen gegenüber, saßen im tiefen Gras, die Baum- die Waldwesen, die Manifestationen des Planeten. Sie waren still, gaben kaum einen Laut von sich. Positive Energie schien von ihnen herüberzuströmen.

Sofort fühlte Sah-Gahn sich etwas besser und war wieder in der Lage zu reden und seine Gedanken zu ordnen. Er schluckte, und streckte seinen Körper. Dieses Planetenwesen musste wissen was kurz vor seiner Haustür geschah was sie vernichten, und was auf sie zukommen könnte, wenn sie den

Haspiri Obdach, gewährten! »Ja ich habe euch eine
Geschichte zu erzählen, ich denke über ihren Sinn nach.Denn
ich bin mir nicht sicher«, er zeigte auf Nephets, »ob das Sinn
macht! Ich habe schon den Tod meiner Tochter nicht
verstanden! Er schluckte mühsam. »Ich habe mich beruhigt,
aber ich muss es ja nicht verstehen, oder? Ich muss es nicht
verstehen, dass Hunderte von Lebewesen sinnlos in die Luft
gejagt werden, geschweige denn«, in einer ausladenden
Geste den Sternenhimmel umfassend, zeigte er nach oben,
»das Milliarden von Lebewesen den Hitzetod sterben sollen,
nur um die Macht einiger Weniger zu vergrößern! Jes-Sieh hat
euch von den größenwahnsinnigen Machtgelüsten der
Sonnenpriester erzählt, die leider allzu real sind!«
Er wies auf Nephets. »Dieser Mann in unserer Mitte, opfert
vielleicht sein Leben weil er etwas herausgefunden hat, was
er nicht herausfinden durfte! Nur wegen dieses verdammten
Projekts Sternentod!« Sah-Gahn bebte vor Zorn!
Er ballte die Fäuste. »Die Priester werden um sich schlagen,
wenn sie hören, dass ihr uns helfen wollt. Wenn die Marie-
Curie es schafft, unversehrt hier zu landen, und die Priester
erfahren von unserem Versteck, wodurch auch immer, dann
sind nicht nur wir dem Untergang geweiht, sondern auch der
Planet! Das musst ihr wissen, bevor ihr euch mit uns
einlasst!«
»Wir danken dir für deine Ehrlichkeit Sah-Gahn L, Rac. Das
wissen wir schon längst!«
Ernst, ohne ein Lächeln im Gesicht antwortete Soulana ihm.
Ihre Begleiter im Hintergrund rauschten und knackten, mit
ihren holzigen Auswüchsen. »Das wussten wir schon während
Nephets-Gnikwah uns eure Passion erzählte. Aber eure
Leidensgeschichte Sah-Gahn L,Rac wird auch unsere werden.
Wenn wir so tun, als ob uns das alles nicht anginge. Wir
wissen was wir riskieren, wenn wir mit euch
zusammenarbeiten. Wir wissen aber auch dass wir alles

riskieren, wenn wir es nicht tun! Ich spüre, dass du uns noch etwas anderes erzählen willst, etwas sehr Wichtiges!"

Sah-Gahn nickte. »Ja in der Tat Soulana, ich erzähle euch die Passion eines anderen Mannes, der tatsächlich gestorben ist, weil er Widerstand geleistet hat.« Und er berichtete dem Planeten von Reu-Inegnis Botschaft!

In einer haspirisch anmutenden Geste runzelte Soulana die Stirn. Ihre Begleiter rauschten, knarrten und knackten mit ihren Baumkronen und astartigen Gliedern. »Das ist eine Information, die hoffnungsvoll stimmt!«

»Ja«, sagte Sah-Gahn. »Was auch immer hinter diesem Kristall steckt, was auch immer uns auf den Rohstoffmonden erwarten mag. Es muss dort Widerstandsgruppen gegen die Priester geben. Reu-Inegni wollte wahrscheinlich dieselben brisanten Informationen zu den Rohstoffmonden bringen, die Nephets-Gnikwah entdeckt hat. Er wollte sich in Sicherheit bringen, und gleichzeitig die Widerständler über seine Pläne informieren!«

»Diese Aufgabe«, rauschte eines der Baumwesen neben Soulana plötzlich, ist jetzt eure Aufgabe!« Die Worte des Wesens kamen irgendwie aus seiner Baumkrone, die ihm anstatt eines Kopfes aus dem Rumpf herauswuchs. Seine Stimme war tief und knarrend, wie altes Holz. Sah-Gahn sah das Wesen an und nickte. »Das wird unsere nächste Aufgabe sein. Aber dafür brauchen wir die Leute von der Marie-Curie!" Müde, massierte er mit beiden Händen sein Gesicht, »und nicht nur deshalb Planet, warten wir dringend auf das Schiff!« Er warf einen düsteren Blick auf Nephets-Gnikwah. Unmittelbar neben ihm im Gras, hockten Pet und Lu-Cas, die sich um ihn kümmerten. Sein Zustand verschlechterte sich zusehends. Sein Atem ging schwerer. »Das Fieber ist gestiegen!«, sagte Lu-Cas tonlos, und schaltete den Bio-Scanner ab. »Wir brauchen die Krankenstation der Marie-Curie, und zwar sehr bald! Tut mir leid Pet, ich kann euch nichts anderes sagen! Pet-Russo erwiderte nichts. Stumm saß er an Nephets linker Seite, eine Hand auf dessen heiße Stirn gelegt.

Sah-Gahn sah hilflos erst zu ihnen herüber und blickte dann zum Himmel, als könne er die Marie-Curie herbeischauen. Die Wolken brachen auf, die Sterne wurden sichtbar, und der Mond dieser seltsamen Welt schien sich langsam wieder hervorzutrauen. Er spürte wie sich von der Seite eine Hand auf seine Schulter legte. Eine vertraute Stimme ihn ansprach.

»Großvater, sie kommen. Ich bin sicher!«

Sah-Gahn drehte langsam den Kopf und sah Jes-Sieh an, der sich ebenfalls neben Nephets gehockt hatte. »Wenn nicht bald etwas geschieht, Jes, dann ist es vorbei!« Sah-Gahn versuchte das Schluchzen in seiner Stimme zu unterdrücken, doch es gelang ihm kaum.

»Großvater, du hast selber gesagt, wenn einer es schafft, dann schafft es Thom-Asso, das Schiff zu retten! Er wird es schaffen! Es muss so sein! Ich hab es im Gefühl!«

»*Guter Jes!*« Sah-Gahns Lächeln war eher eine gefrorene Grimasse.

Seufzend ließ er den Blick über seine kleine Gruppe wandern. Unwillkürlich zählte er sie durch. Pet, Jes, Lu-Cas, Tenchil-Negie...!

»Verdammt«, Sah-Gahn ballte die Fäuste, sein Gesicht wurde blass, »Leute, wo ist Ra-Ennas?«

Die anderen schauten ihn verblüfft an.

Pet-Russo zog die Stirn kraus. »Ich muss gestehen ich habe eigentlich seit unserem Ausstieg aus dem Schiff nicht mehr auf sie geachtet! Ich dachte sie wäre hinter uns hergekommen. Jetzt wo du es sagst, fällt es mir auf. Ich habe sie noch an der Ausstiegsluke stehen sehen! Aber funken wir sie doch an. Sie hat wie wir ein Armbandkom.«

Mit ruhiger Hand tippte er einige Zahlen in sein Kom. Angespannt warteten die Haspiri eine Weile. Dann schaute

Pet-Russo auf. »Sah-Gahn«, sagte er ernst, »ihr Kom ist aktiviert, sie antwortet nicht!«

»Wo kann sie denn bloß sein!« Sah-Gahn sprang auf. »Hoffentlich ist ihr nichts passiert. Wir sollten einen Suchtrupp...!«

»Da ist sie!«, rief Jes und wies zu dem schwarzen Schwingenschiff hinüber, »schaut nur!«

Die Köpfe der Haspiri fuhren herum. Sah-Gahn riss die Augen auf.

Die Einstiegsluke des Schiffs hatte sich geöffnet, die Gangway fuhr aus, eine schwarze, schlanke Gestalt, tauchte in der Luke auf und ging langsam, zögernd die Rampe hinunter. Sie brauchte zehn Minuten, bis sie vor ihnen stand. Jeder Schritt schien ihr schwer zu fallen. Der lange goldene Schopf war total aufgelöst, und floss in wilden Strähnen fast bis zum Boden. Ihre Augen waren gerötet und aufgequollen. Als hätte sie die ganze Zeit Tränen vergossen!

»Ra-Ennas«, flüsterte Sah-Gahn. »Was ist los? Wir haben sie vermisst! Ich, wir wollten schon einen Suchtrupp losschicken. *Du redest schon fast wie dieses Planetenwesen! Du hast sie vermisst Sah-Gahn gib es zu...später!*

Sie stand noch immer da und starrte ihn mit einem seltsam gequälten Blick an.

Sah-Gahn schüttelte betroffen den Kopf, nahm sie beim Arm und wollte sie sanft zu einem der herumliegenden Steine ziehen. »Setzen sie sich Ra-Ennas. Irgendetwas ist doch passiert...«

Heftig wand sie sich aus seinem Griff heraus.

»Sah-Gahn lassen sie mich in Ruhe!«

Er starrte sie fassungslos an, »aber was ist denn...!«

»Ich werde nicht mitkommen Sah-Gahn!«

Er sah sie verständnislos an. »Sie werden nicht mitkommen?«

Ihre Lippen bebten, in ihren Augen standen Tränen. „Sah-Gahn, ich misstraue euch schon längst nicht mehr. Ich hatte sogar das Gefühl, wir könnten Freunde werden! Aber ich kann ihr Schiff, die Marie-Curie nicht betreten! Deswegen bin ich gar nicht erst mit rausgekommen, als wir gelandet sind. Wenn die Marie-Curie kommt, ich hoffe für sie, dass sie kommen wird, überlassen sie mir dieses kleine schwarze Schiff! Ich werde schon irgendwie durchkommen!«

Sah-Gahn starrte sie an wie einen Geist. *Was redete sie da.* »Sind sie jetzt komplett verrückt geworden Ra-Ennas? Wieso...?«

»Großvater«, stöhnte Jes-Sieh hinter ihm. »Du hast es ihr nicht gesagt, oder?«

Plötzlich ging Sah-Gahn ein Licht auf. *Wie konnte er das bloß vergessen.* »*Ich verdammter Toidi! Sad-Uj!*«, sagte er laut, »richtig?«

Jetzt liefen ihr wirklich die Tränen über die Wangen. »Sah-Gahn ich kann ihm nicht gegenübertreten! Ich will jetzt nicht ausbreiten warum! Ich danke ihnen allen, aber ich kann nicht!«

Es war ein mystisches Bild. Die Nacht war hell! Der Mond stand genau über Ra-Ennas Kopf, Licht umfloss sie, ließ ihre wirren Haare golden leuchten. »Ra-Ennas«, Sah-Gahn sprach laut und eindringlich, »Sad-Uj ist tot!«

»Bitte was?« Sie starrte ihn mit leeren Augen an. Er trat auf sie zu und nahm ihre Hand fest in die Seine.

»Hören sie zu Ra-Ennas. Sie brauchen keine Angst mehr vor ihm zu haben! Sad-Uj Toiraksi ist tot! Es tut mir leid! Ich hätte es ihnen längst sagen sollen. Verzeihen sie mir!«

Sie starrte ihn fassungslos an, fing an zu lachen, schnappte nach Luft, gluckste, kicherte, ihr Körper bebte.

Sah-Gahn hielt noch immer ihre Hand. »Geht es ihnen gut?«, Tief einatmend schaute sie zu ihm auf. »Ob es mir gut geht? Egal was sie jetzt von mir halten, aber ich könnte Freudentänze aufführen! Oh man Sah-Gahn, mir ist schwindelig vor Freude!«

»Dann« sagte er trocken, »sollten sie sich wirklich setzen!«
Endlich gelang es ihm, sie auf einen kleinen, herumliegenden
Felsbrocken, zu drücken. Reichte ihr ein Teegemisch, das Lu-
Cas über dem Feuer gekocht hatte. „So – wir haben Zeit
genug. Mehr als uns lieb ist Ra-Ennas. Ich werde ihnen jetzt
etwas erzählen! Die Geschichte ihres Bruders, die Geschichte
eines Ungeheuers und unsere Passion. Ich werde weit
ausholen, alles erzählen, von Anfang an! Aber keine Angst –
es wird eine Kurzfassung!«
Es wurde trotzdem fast eine Stunde daraus. Er erzählte ihr
von den Konstruktionsplänen für das
Generationenraumschiff, die "Sternenspürer", von der
Zünfteversammlung, und lächelte wehmütig als er kurz auf
Sie-Sah zu sprechen kam. Sie hörte von seiner Verhaftung,
von Flow-Sie, der Verschwörung in der Eiswüste, von ihrem
spektakulären Start. Er kam auf die Abenteuer bei den
Leukothen zu sprechen, schilderte den Kampf mit Nocturno.
Dann endlich erreichte seine Erzählung das Geschehen auf
der Erde und das siegreiche aber tragische Ende. Mehrmals
unterbrach er sich, um neue Kraft zu sammeln, wenn die
schlimmen Erinnerungen ihn zu überwältigen drohten. Dann
war alles erzählt. Heftig stieß er die Luft aus, als hätte er die
ganze Zeit mit angehaltenem Atem gesprochen.
Eine Zeit lang schwiegen alle. Es arbeitete sichtlich in Ra-
Ennas Gesicht.
Er beobachtete sie aufmerksam. Schließlich senkte sie den
Blick und schaute zu Sah-Gahn herüber. Ihre Züge waren eine
in Stein gehauene Maske.
Ihre Stimme klang gepresst. »Ich wusste ja, dass mein Bruder
ein kleiner, mieser Scheißkerl war, aber dass er das Potenzial
zum Ungeheuer hatte, das wusste ich nicht. Obwohl, den
Charakter hatte er dafür!«

Ihre Hände fingen unerwartet an zu zittern. Ein Zittern, das sie kaum noch beherrschen konnte. Sanft griff er nach ihren Handgelenken und hielt sie fest.

Irgendwann atmete sie wieder regelmäßiger, beruhigten sich ihre Hände unter seinem Griff!

»Ra-Ennas, ich möchte ihnen etwas anbieten!« Sah-Gahns Stimme war warm und dunkel, seine Augen leuchteten im Feuerschein, fast so golden wie ihre.

»Ich glaube, ich kann auch für die anderen Haspiri hier sprechen. Ich biete ihnen unsere, meine Freundschaft, wenn sie wollen!«

Nervös zwirbelte er mit der andern Hand die Spitze seines Fellzopfes.

Wieder ruhiger geworden, schaute sie ihn und die anderen der Reihe nach an. »Ja«, sagte sie leise, Hoffnung, eine unbestimmte Sehnsucht in der Stimme, »Freundschaft wäre gut!« Sah-Gahn lächelte. »Dann habe ich noch eine Bitte, lassen sie endlich die Förmlichkeiten sein. Auf dem Schiff Siezen wir uns schon lange nicht mehr.«

»Einverstanden!« lächelte jetzt auch Ra-Ennas

»Großvater!«, unterbrach Jes sie abrupt und deutete nach oben, »siehst du diesen auffällig großen Lichtpunkt, zwischen den Sternen und Planeten. Diesen Lichtpunkt, der unter Garantie eben noch nicht da war, und rasend schnell, immer näherkommt?«

»Ein Komet«, doch er wusste, das dem nicht so war! Er wusste es einfach!

»Glaubst du das wirklich Großvater?«

Ein hoffnungsvolles Leuchten zog über Jes-Siehs Gesicht.

Sah-Gahns Armbandkom piepste. Mit zitternden Fingern aktivierte er den Sender. Es rauschte, knisterte, der winzige Bildschirm flackerte, dann stabilisierte sich das Bild, ein hellbraunfelliger Mann, auf dessen länglichem Gesicht ein breites Grinsen hing, erschien auf dem Display.

»Guten Abend Kommandant Sah-Gahn. Thom-Asso meldet sich zurück, zum neuen Standort. Uns ist es gelungen den großen Jungs ein Schnippchen zu schlagen, die Keilerei hat nicht stattgefunden. Wir geben euch die Koordinaten unseres beabsichtigten Landeplatzes durch. Ich hoffe es geht euch so gut wie uns!«

Sprachlos starrte Sah-Gahn auf sein Kom, dann brüllte er fast hinein. »Verstanden Kommandant Thom-Asso, verstanden! Ihr seid Helden, ihr seid wirklich Helden!

Die Aktion ist gelungen, wir haben viel zu erzählen! Nephets ist an Bord, aber er ist in schlechtem Zustand. Schickt uns zwei Space-Jets, mit Medo-Roboter und kleinem Organ-Stimulator! Alles andere später! Ende!«

Tief durchatmend drehte Sah-Gahn sich zu seinem kleinen Trupp Haspiri um. Kein Wort war bisher gefallen. Ungläubigkeit stand in ihren Gesichtern, dann zog eine verhaltene Freude über die Züge der Raumfahrer. Jes-Sieh war der Erste, der den Bann brach. Laut jubelnd, gleichzeitig schluchzend, fiel er Sah-Gahn um den Hals.

»Die Marie-Curie hat es geschafft. Ich habe nicht mehr daran geglaubt! Ich habe es nicht mehr geglaubt!«

Während Sah-Gahn ihm beruhigend auf den Rücken klopfte, wie einem kleinen Jungen, liefen ihm selber die Tränen aus den Augen. Um ihn herum brach Jubel aus. Die Haspiri jauchzten und schrien vor Freude.

Nur Pet-Russo saß neben Nephets, dessen Zustand sich nicht verbessert, nicht verschlechtert hatte. Den Kopf stumm in die Hände vergraben, nur seine Schultern bebten. Keine fünf Minuten später ertönte ein Donnern, ein Dröhnen, und in der beginnenden, rötlichen Morgendämmerung, zeichneten sich zwei silbrige Pfeile am Himmel ab. Die Spacejets der Marie-Curie kamen, um sie heimzuholen.

Die Jets landeten auf dem breiten, steinigen Felsplateau, neben der schwarzen Rettungskugel der Sonnenpriester. Als sei dies ein Zeichen zum Aufbruch löste sich übergangslos, ohne Ankündigung Soulanas Körper auf. Ihre Körpersubstanz verwehte, wie ein flüchtiges Gas, und schien sich wieder in psionische Energie zu verwandeln, um sich erneut in den Planeten zu integrieren. Sah-Gahn empfing nur noch ihre Gedanken, die wie ein Nachrichtenticker vor seinem geistigen Auge abliefen. *»Ihr müsst jetzt eine Zeit lang alleine klarkommen! In euren persönlichen Angelegenheiten kann euch der Planet nicht helfen! Wenn ihr eure Dinge geregelt habt, dann sollten wir wieder miteinander reden, und unser gemeinsames Vorgehen planen. So viel allerdings steht fest Sah-Gahn L,Rac, der Planet gewährt den Haspiri und Lebewesen der Marie-Curie Asyl, solange ihr wollt. Hier seid ihr aufgrund des psionischen Schutzschirmes erst einmal sicher!«*

»Danke«, sagte Sah-Gahn leise. Dann packte er zusammen mit Pet-Russo, Nephets-Gnikwahs Liege, und dirigierte sie über das Grasland, um den Medo-Robotern aus den Jets entgegenzukommen. Vorsichtig wurde die Antigravliege, mit Nephets geschwächtem Körper in einem der Jets verladen, der mit speziellen Medo-Geräten ausgestattet war. Pet-Russo und Sah-Gahn flogen mit Nephets, Lu-Cas und den Medo-Robotern. Der Rest der Truppe startete in dem zweiten Jet. Schnell schlossen die Roboter Nephets an den tragbaren Multiorganstimulator an, dann hob der Jet ab.

Schon während des Aufstiegs gab Lu-Cas, seine knappen, klaren Anweisungen. »Lucius, hier ist Lu-Cas. Bereite die Medo-Robots auf eine Herzoperation vor. Sofort die eingefrorenen Herzzellen aus dem Labor auftauen. Möglicherweise werde ich sie brauchen! Ja Nephets! Alles Nähere später!«

So schnell es möglich war, sausten sie über die Landschaft des langsam sich erhellenden Planeten. Den niedrigen Felsengürtel, die Graslandschaft, den Wald hinter sich lassend, ortete der Bodenradar plötzlich eine größere Felsformation ein urtümliches gewaltiges Gebirge, mit einer nach oben hin immer karger werdenden Vegetation. Riesige, von tausend bis zu neuntausendfünfhundert Meter hohe Berggipfel tauchten vor seinen Augen auf. Während unten noch eine üppige grüne Vegetation, mit dichten hohen Büschen, Gras und vereinzelt stehenden Baumgruppen herrschte, wurden die Berge nach oben hin immer kahler und steiniger. Die Gipfel waren ausnahmslos schneebedeckt, und die Spitzen der höchsten Berge hüllten sich ständig in dichte Wolkenformationen. Als sie zielgerichtet einen 3500 Meter hohen, nach den Informationen des Bordcomputers, erloschenen Vulkan umkreisten, piepste der Radar anhaltend. »Wir sind am Ziel«, sagte der Jetpilot zu Sah-Gahn. »Wir gehen runter! In diesem Krater haben wir die Marie-Curie gelandet!«

Übergangslos schaltete der Pilot in einen steilen, langsamen Sinkflug. Sah-Gahn sah, den an der Öffnung ca. 1000 Meter breiten Krater, mit seinem unregelmäßig geformten Rand immer näherkommen. Schließlich tauchten sie in sein Becken ein, glitten entlang an den steil abfallenden Wänden. Immer größer werdend, tauchte die silbrig glänzende Kugel der Marie-Curie auf. Sie war in der Mitte, auf dem Grund des Vulkanberges gelandet, auf einer fast ebenen Fläche, von insgesamt 1,5 Kilometern Breite.

Man hatte sie schon geortet. Wie von Geisterhand öffnete sich das Dach der Marie-Curie. Es war, als ob sich der obere Teil des Schiffes, in zwei Einzelteile zerlegen würde. Einladend, verheißungsvoll schienen Sah-Gahn die Positionslichter zu blinken. Endlich tauchten sie ein. Die steilen Felswände verschwanden, wurden eingetauscht, durch mächtige Stahlwände, durch näherkommende blitzende Bodenplatten, aus Hitze isolierendem Material. Leise summend schloss sich das Dach des Hangars wieder. Das Dröhnen und Donnern der Jets verstummte langsam, wurde zum Vibrieren und erstarb schließlich ganz. Sie waren wieder in der Marie-Curie. »Wieder zu Hause!«, sagte Sah-Gahn leise, und warf einen Blick auf Nephets, das vom Fieber gerötete Gesicht, den Verband dort wo seine Augen gewesen waren, sah den Brustkorb sich im schnellen, kurzen Rhythmus heben und senken. Er sah in Pets steinernes Gesicht und dachte,

»*Bund der Gehirne, lass es nicht zu! Lass nicht alles wieder von vorne beginnen! Verdammt er ist doch unsterblich!*«

»Er wird es schaffen!«, Lu-Cas war seinen Blicken gefolgt. »Glaubt mir, er wird es schaffen, jetzt wo wir bessere Möglichkeiten haben. Ihr seid relativ Unsterbliche Sah-Gahn! Du wirst es nicht glauben, aber es hat auch seine Vorteile. Er schafft es, da bin ich mir sicher! Vorwärts da kommt Lucius mit dem Notfallteam!«

Die Männer sprangen aus dem Jet, und Sekunden später wurde Nephets im Eiltempo abtransportiert. Stumm, mit Tränen in den Augen stand Lari-Nah wartend im Hangar. Hand in Hand mit Pet-Russo, flog sie mit einer Antigrav Plattform hinterher. Bewegungslos blickte Sah-Gahn ihnen nach. Hinter ihm standen nur noch Jes-Sieh und Ra-Ennas. Seufzend drehte er sich zu ihnen um. »Jes, ich bin sicher, Lu-Cas wird uns benachrichtigen, wenn es etwas Neues über Nephets gibt! Hau ab, deine Frau wartet sicher schon!"

Jes-Siehs Stimme zitterte leicht. »Sie hat mir eine Textbotschaft über das Kom geschickt! Sie wartet in den Versuchsgärten auf mich. Seine Augen glänzten verdächtig, »unser Platz Sah-Gahn. Ich bin dann mal weg, Großvater!« Sah-Gahn tippte sich an die Schläfen, »schöne Grüße, Enkelchen!«

Ein leichtes Lächeln auf den Lippen begegnete Sah-Gahn Ra-Ennas Blick. Sie wirkte etwas verloren in dem großen Bootshangar. Als sei sie sich noch nicht ganz im Klaren darüber, was sie hier eigentlich tat. »*Aber trotzdem passt es!*«, dachte Sah-Gahn plötzlich. »*Irgendwie passt sie genau hier hin, in dieses Schiff!*«
Er räusperte sich verlegen, und fühlte heiße Röte in sein Gesicht steigen. »*Warum eigentlich? Du benimmst dich wie ein grüner Beutling!*«
»Ich müsste jetzt dringend in die Zentrale. Wenn du möchtest, kannst du dich in einer der Kabinen in der Zentralkugel frisch machen. Ich lasse dich von einem Servoroboter hinbringen. Das heißt, wenn du einverstanden bist!« Sie nickte, schaute ihm direkt in die Augen, und Sah-Gahn bildete sich ein, dass sie den Atem anhalten würde. »*Mein Freund*«, er unterdrückte ein Grinsen, »*du bist ziemlich von dir eingenommen. Du bist ein ganz normaler Haspiri, vergiss das nie! Dir sollte der Atem wegbleiben, angesichts dieser Augen, und dieses dunklen, goldenen Fells!* »Komm«, sagt er laut. »Wir benutzen diesen Antigravschacht!« Er ließ sie vortreten, sie sprangen in einen der Schächte, eine Röhre, die direkt mit der freischwebenden Zentralkugel verbunden war, und landeten in einem kleinen Vorraum, der nach wenigen Metern vor dem Zentraleschott endete. »So« sagte Sah-Gahn. Er zeigte nach rechts. »Es gibt einen eigenen Mannschaftsbereich mit Kabinen für die zwei Mannschaften der Zentralecrew. Ich werde den Servo anweisen, dir dort eine Kabine zu geben!«
Hastig forderte er einen der immer freundlichen, Haspiri nachempfundenen Androiden an. »Welche Kabine?« Er zögerte eine Sekunde, bevor er in sein Kom knurrte. »Ja, ich weiß Servo! Eine andere ist nicht frei. Ja, Kabine 03! Er schaute wieder zur ihr hinüber, »du wirst gleich abgeholt Ra-Ennas! In einer Stunde werde ich eine offene Besprechung

mit der Crew ansetzen! Ich werde dich abholen, wenn du möchtest. Wir müssen unbedingt über gewisse Dinge, über unser weiteres Vorgehen reden! Es wäre gut, wenn du auch daran teilnimmst. Deine Erkenntnisse und Erfahrung sind wichtig für uns.«

Ihre helle Stimme war nun ruhig und klar. »Ja ich würde mich freuen an der Besprechung teilzunehmen! Ich danke dir Sah-Gahn!«

Er lachte. »Wofür Ra-Ennas! Ich habe zu danken! Da drüben kommt der Servo mit der Plattform.« Er deutete auf den Roboter, der behände von der eisernen Schwebeplattform sprang. »Er wird dir alles zeigen.«

Sie sprang auf. Doch bevor das Transportgerät Fahrt aufnahm, rief Sah-Gahn noch einmal.

»Ra-Ennas! Ich – wir! Ach verdammt, ich ganz persönlich, freue mich das du doch mit an Bord gekommen bist!«

Plötzlich lachte sie ihn an, ein offenes, befreites Lachen.

»Ich glaube, ich freue mich auch!«

Sah-Gahn starrte noch lange in die Richtung, in die Ra-Ennas mit der Transportplattform verschwunden war. Schließlich ging sein Blick nach rechts zu einem anderen Antigravschacht. Ein rotfelliger Kopf tauchte aus dem Schott auf, und einen winzigen Augenblick dachte er es wäre Nephcts, dann sah er den ausladenden Schnurrbart, des Mannes und den roten Schopf der nachfolgenden Frau. »Pet! Lari-Nah«, rief er alarmiert. »Was macht ihr denn schon hier? Ich dachte ihr seid auf der Krankenstation! Ist etwas passiert?« Lari-Nah winkte ab. Ihr Gesicht war müde und blass, aber gefasst.

»Es läuft alles seinen normalen Gang. Lucius operiert gerade, sein Herz! Er fügt die neuen Herzzellen ein. Keine Ahnung, wie er das macht. Aber ich bin überzeugt er macht das gut! Lucius und unser neuer Freund Tenchil-Negie assistieren ihm.«

Pet massierte müde seine Augenbrauen. »Wir haben die ganze Zeit unten in der Klinik gesessen, bis Lu-Cas uns rausgeschmissen hat. Er hat ja im Grunde recht Sah-Gahn. Wir können eh nichts ausrichten. Es hilft Nephets nicht, wenn wir stundenlang in der Klinik hocken. Aber wir können nicht schlafen. Wir sind beide viel zu aufgedreht, wir müssen uns irgendwie ablenken, und wenn wir nur Händchen haltend, als Beobachter in der Zentrale sitzen!«

Sah-Gahn seufzte tief und pustete seine lange, graue Strähne aus der Stirn. *Also noch nichts Neues!* »Kommt mit!«, winkte er, und gab seinen Vorrangcode in das Schott zur Zentrale ein. »Mir geht es genauso. In einer Stunde beginnt sowieso die Teambesprechung!«

In der Zentrale herrschte Ruhe. Da das Schiff momentan nicht flog, hatte die Zentrale-Crew weniger zu tun. Die Ortung lief ständig. Gnut-Ro stellte gerade die Bordkameras ein, um Außenaufnahmen zu machen, und die nähere Umgebung ortungstechnisch auszuforschen. Rek-Nuf hatte auch nicht viel zu tun und machte nur Wartungsarbeiten. Der Pilotensitz war im Augenblick gar nicht besetzt, To-Lip war in Freischicht gegangen, solange sie noch dauern würde. Thom-Asso saß auf der Empore im Kommandantensessel, als er Pet, Lari-Nah und Sah-Gahn sah, sprang er auf und kam ihnen die zwei Stufen hinunter entgegen. »Haspiri« sagte er, »bin ich froh euch zu sehen!«, und umarmte jeden Einzelnen. »Alter Eisschuf, wir sind froh dich zu sehen! Ich denke es gibt allerhand zu erzählen!«

»Allerdings!« Thom-Assos Ohrspitzen zuckten, unaufhörlich zwirbelte er die Spitze seines hellbraunen Zopfes. »Ich weiß nicht wie ich es sagen soll, Sah-Gahn. Ich meine, im Endeffekt haben wir zwar Erfolg gehabt, aber ich weiß, ich bin mit der Flucht der Marie-Curie ein unkalkulierbares Risiko eingegangen. Sie hätten uns auch zu Klump schießen können!«

Thom-Asso straffte sich, nahm eine fast soldatische Haltung ein. »Sah-Gahn ich übernehme die Verantwortung für die

Aktion, ich habe die Befehle gegeben. Hiermit trete ich von meinem Amt als dritter Offizier zurück!« Sah-Gahn starrte ihn an, als sei er irgendein seltenes Tier. Schließlich sagte er kopfschüttelnd, »es ist ja sehr schön Thom, dass du bereit bist, Verantwortung zu übernehmen! Aber für welche Untat eigentlich? Hast du deinen Kopf aus Versehen ungeschützt ins All gesteckt? Es war genau richtig, und das einzig mögliche was du getan hast! Alles andere hätte auf jeden Fall zur Vernichtung geführt! Du hast in einer brenzligen Situation genau die richtige Entscheidung getroffen! Ich habe das ernst gemeint mit dem Eisschuf! Thom, du bist wirklich ein Held!« Thom-Asso wurde knallrot, ein Strahlen ging über sein Gesicht. »Danke, Sah-Gahn!«, stammelte er. »Abe allzu oft möchte ich das eigentlich nicht haben! Ich gebe das Kommando gerne wieder zurück!«

Sah-Gahn lachte. »Ich verstehe das durchaus Thom. Manchmal würde ich das auch gerne, aber keine Angst ich nehme es wieder an!«

Sie flogen in Schrittgeschwindigkeit durch den kurzen Gang. Kein Haspiri war unterwegs. »Warum sind so wenig Leute auf den Gängen zu sehen?«, Ra-Ennas pustete sich eine goldene Strahne aus der Stirn. »Die Hälfte ist in der Zentrale, die andere Hälfte auf Freischicht! Sie schlafen alle!« Der Gang beschrieb eine kleine, bogenförmige Kurve, und mündete in eine rautenförmige Sackgasse, in den Wänden waren etliche elektronische Schotts eingelassen. Der Servoroboter ließ die Plattform anhalten und absenken. »Wir sind da Ra-Ennas Toiraksi. Hier ist deine Kabine, Kabine 03! Hast du noch Wünsche oder Fragen?«

Ra-Ennas Blick fiel auf eine kleine unauffällige Türe, rechts neben der Kabine an der Frontwand der Raute. Zögernd nagte sie an ihrer Unterlippe. Ob der Servo ihr das beantworten konnte? »Nein danke Servo, eigentlich nicht.«

Der Roboter zog aus einem kleinen Seitenfach, seines Oberschenkels eine kleine Plastikkarte und drückte sie ihr in die Hand. »Dann ist hier deine Berechtigungskarte, für deine Kabine und die Zentrale! Ich wünsche dir einen angenehmen Aufenthalt!« Ra-Ennas musste grinsen, *als ob sie hier in Urlaub wäre!* Als der Servo sich schon umdrehte, gab sie sich doch noch einen Ruck. »Servo warte! Eine Frage hätte ich vielleicht doch noch!« »Ja bitte?« Der freundliche Androide, drehte sich mit staksigen Schritten um. »Servo – wenn ich das richtig herausgehört habe, gibt es irgendwelche Schwierigkeiten mit Kabine 03?«

„Keine Schwierigkeiten", sagte der Servo ausdruckslos. „Kabine 03 liegt direkt neben der Kabine des Kommandanten Sah-Gahn L, Rac. Sie gehörte einmal zwei Mitgliedern der Schiffsführung! Nephets-Gnikwah und Ma-Ira L,Rac. Sie ist aber im Augenblick nicht besetzt. Nephets-Gnikwah ist krank, und Ma-Ira L,Rac ist verstorben! Hast du weitere Fragen? Möchtest du eine andere Kabine?«

»Nein«, wehrte Ra-Ennas ab. »Danke Servo, ich bin zufrieden.« Der Roboter drehte ab, Ra-Ennas steckte ihre Berechtigungskarte in den elektronischen Prüfschlitz. Das Schott glitt in der Mitte auseinander, sie trat ein. Neugierig um sich schauend blieb Ra-Ennas mitten im Raum stehen. Es war eine kleine Doppelkabine. Dem Platz in der Zentralkugel angepasst. Links an der Wand ein einfaches Doppelbett. Rechts davon ein runder Tisch aus Hydrontiumhaltigen Kunststoff, zwei Liegesessel aus Formenergie. Mehr nicht. Nichts Persönliches, gar nichts, über die Haspiri, die sich hier niederlassen wollten. »*Als ob die Kabine nur ausgesucht und noch nicht bezogen wurde. Als ob sie gestorben wäre bevor sie die Möglichkeit hatte, hier ihre Handschrift zu hinterlassen! Auch ihre Mutter Sie-Sah L,Rac ist tot. Dann starb Ayla, in die Sah-Gahn L,Rac sich neu verliebte! Seine*

Eltern waren bei einem Gleiterunglück ums Leben gekommen!«

Ra-Ennas ließ sich in einen der Sessel fallen *»Lieber Gorgos! Sah-Gahn L,Rac musste einiges einstecken, und verkraften. Ein starker Charakter, ein verdammt gutaussehender Mann, besonders wenn er lacht.* **Hör auf Ra-Ennas! Hör auf!** *Du wolltest dich erstens nicht mehr verlieben, weil die meisten Männer die du kanntest sich als Larmanti rausgestellt haben. Und vor allen Dingen, du denkst hier über einen Mann nach, den du bis vor kurzem noch verabscheut hast. Gut es hat sich herausgestellt, dass du ihn falsch eingeschätzt hast, es könnte sein, das ihr Freunde werdet. Aber mehr nicht, Schluss jetzt damit!«*

Energisch lenkte sie ihre Gedanken auf die bevorstehende Sitzung. Was würde sie dort erwarten. Was sollte sie den Haspiri erzählen? Sie schloss kurz die Augen um ihre Gedanken zu sammeln, und plötzlich summte die Türautomatik, »du hast Besuch Ra-Ennas Toiraksi, du hast Besuch!«

Sie stieß einen erschrockenen Schrei aus sprang hoch, und schlug dabei mit dem rechten Arm auf die Sessellehne. Schlagartig blitzten zwei Holobilder auf! Über ihr an der Decke der Ausschnitt eines Sternenhimmels und hinter ihr die Holografie, einer jungen schönen Frau mit wallendem dunklen Haar, und eines braunrotfelligen Mannes, vor dem Hintergrund einer trockenen Wüstenlandschaft. *»Verdammt sie war eingeschlafen, und hatte beim Aufspringen, die Holobilder aktiviert!«*

»Ra-Ennas ist alles in Ordnung?«, kam es von der Türe. Sie seufzte, ja das war Sah-Gahn L,Rac. Sie würde ihm wohl aufmachen müssen. »Alles klar!«, rief sie und öffnete das Schott. Stirnrunzelnd stand er im Türrahmen. Er hatte den Kampfanzug eingetauscht, gegen einen frischen Bordkombi, und dem offiziellen Umhang der Wissenschaftszünfte.

»Ich habe dich schreien gehört! Ist wirklich nichts passiert?«
»N...Nein, gar nichts, rein gar nichts! Ich bin eingeschlafen«,
sagte sie mit rotem Gesicht, »und hab mich dann
erschrocken! *Hoffentlich kommt er jetzt nicht rein!* Ich mach
mich eben noch kurz frisch, und dann können wir los! Du
kannst ruhig hier an der Türe warten.« Doch er tat ihr nicht
den Gefallen. Als sie einen Schritt rückwärts machte, kam er
ihr unwillkürlich einen Schritt nach und starrte auf die Holos.
Wurde er nicht eine Spur blasser? Atmete er nicht eine Spur
tiefer ein? »Ich«, fahrig zupfte sie am Kragen ihres Anzugs,
»tut mir leid Sah-Gahn! Ich habe die Holos aus Versehen
aktiviert, als ich aufgesprungen bin! Wirklich!«
Er lächelte schief, »schon gut! Vor wenigen Monaten wäre es
schlimmer gewesen. Es tut zwar immer noch weh, aber es ist
erträglich. Du hast es dir wahrscheinlich schon gedacht. Das
ist die Kabine meiner Tochter und ihres Gefährten Nephets.
Von uns benutzt sie keiner mehr warum soll sie leer stehen.
Mach dich fertig, die Besprechung beginnt gleich!« Stumm
spritzte sie sich in der Hygienezelle etwas Wasser ins Gesicht
und ging sich mit einem riesigen grobzinkigen Kamm durch
das Fell, auch auf dem Weg zur Zentrale sprachen sie kein
Wort mehr miteinander. »*Verdammt Ra*«, dachte sie, »*du
hast die Haspirimeisterschaft im Fettnäpfchenhüpfen mal
wieder gewonnen! Er ist natürlich doch sauer!*«
Mit schnellen Schritten ging Sah-Gahn voran. »*Verdammt, sie
denkt natürlich jetzt, ich wäre doch sauer! Dabei muss ich
mich nur beherrschen, damit ich nicht anfange zu heulen!*«
Er war heilfroh, als sie die Zentrale erreicht hatten. „Tritt
ein!", brach er schließlich das Schweigen.
In einem abgeteilten Nebenraum der Hauptzentrale hatten
die Haspiri eine Art kleines Konferenzzimmer eingerichtet. Sie
saßen zwanglos um einen ovalen Tisch herum gruppiert. Pet
winkte ihnen zu, als sie hintereinander eintraten. Ra-Ennas,
Sah-Gahn da seid ihr ja! Ich hoffe der Rest kommt gleich auch

noch. Sah-Gahn schaute seufzend auf die Zeitanzeige. »Warten wir noch ein paar Minuten, und dann fangen wir an.« Er setzte sich an die Mitte des Tisches, links von ihm saßen Thom-Asso, Pet-Russo und Lari-Nah, rechts Ra-Ennas, Jes-Sieh und Maria-Magdalena. Hand in Hand saßen sie da. Jes-Sieh entspannt zurückgelehnt, ein leichtes Lächeln auf den Lippen, Magdalena mit geröteten Wangen und glänzenden Augen. Eigentlich das personifizierte Liebespaar, aber irgendwie wirkte ihr Lächeln verunsichert. »*Irgendwas stimmt nicht!*«, dachte Sah-Gahn. Doch dann richtete er seinen Blick nach vorne. Genau ihm gegenüber saßen Ren-Nep und Rät-Illim. Plötzlich öffnete sich das Schott, zwei Haspiri kamen herein. Mit wehendem grünen Fell und einer kurzen knielangen Toga, über dem Bordkombi, Eixa-Lag! Hinter ihr etwas langsamer, Sulu-Ap in einem Elektrorollstuhl sitzend. Sah-Gahn hatte von Thom-Asso gehört, was geschehen war. Sulus rechte Körperhälfte wurde noch immer von einem Antigravfeld aufrechterhalten. Doch mit seiner rechten Hand bediente er schon, unendlich langsam und zitternd, die Sensoren der Rollstuhlelektronik. »Hallo, ihr Zwei!«, rief Sah-Gahn laut. Sah-Gahn klopfte mit einem elektronischen Cursor-Stift auf den Tisch. »Wir sind zwar noch nicht vollständig, aber Ich denke wir fangen an.« Mit einer kurzen Schaltung, gab Sah-Gahn allen Haspiri die Möglichkeit an der Konferenz teilzunehmen. »Ich möchte, das ihr eines an die Leute eurer Abteilungen weitergebt. Jeder Einzelne auf dem Schiff, hat in dieser Notsituation hervorragende Arbeit geleistet. Persönlich bedanken möchte ich mich bei Thom-Asso! Er ist über sich hinausgewachsen.« Thom-Asso wurde rot, wollte etwas sagen, doch Sah-Gahn hob die Hand und ließ ihn nicht zu Wort kommen. »Weiterhin bedanken möchte ich mich bei Eixa und Sulu, die in einer schwierigen und gefährlichen Mission diesen brisanten Datenchip aus der schwarzen Station der Sonnenpriester herausgebracht haben«, Sah-Gahn zog aus der Brusttasche seiner Kombination den kleinen runden Chip. »Sulu ist dabei leider schwer verletzt worden, aber er hat es trotzdem fertiggebracht, wie Nirekin-Chet uns erzählt hat, ihr wertvolle Anweisungen zu geben, als das Schiff und die Reaktoren von Null auf Hundert gebracht werden mussten. Ohne dich Sulu hätte es mehr Schäden gegeben! Wenn du noch ein bisschen trainierst, dann wirst du bestimmt wieder der Alte!«

»Na klar, muss ich doch!« Sulu strahlte übers ganze Gesicht vor Stolz. „In einem Jahr fällt schließlich ein kleiner Haspiri Junge in Eixas Beutel!«

»Na dann herzlichen Glückwunsch«, lächelte Sah-Gahn.

Sein Armbandkom vibrierte. Er schaute auf den winzigen Bildschirm. Eine Textbotschaft. »Die Zentrale meldet, dass sie unsere zwei Forschungsschiffe per Funkcode wieder zurückholen konnte, die Psi-Gallerte hat die Schiffe anstandslos durchgelassen. Unsere Experten haben alles ausgetestet. Die Schiffe sind mit allergrößter Sicherheit nicht entdeckt worden, keiner hat irgendwelche Abhöranlagen, Spionagesender oder sonstige nette Überraschungen eingebaut. Wir sind also komplett!«, stellte Sah-Gahn erleichtert fest.

»Zum Schluss , möchte ich mich noch in Abwesenheit bei Nephets-Gnikwah bedanken. Er ballte die rechte Hand so fest zur Faust zusammen, dass die Knöchel weiß hervortraten. »Eigentlich, ist das nicht genug!« Sah-Gahns Stimme bebte. „Wie ihr sicher gehört habt, hat Neph es nicht geschafft, den Priestern zu entkommen. Er ist Erdrag-Vitagen in die Fänge geraten! Um an Informationen über uns, und unser Schiff zu kommen, hat er gegen Neph ein hochnotpeinliches Verhör angestrengt. Ihr wisst, was das heißt, er hat ihn auf brutalste Art und Weise foltern lassen! Mit Rücksicht auf Lari-Nah und

Pet-Russo möchte ich jetzt nicht auf die Einzelheiten eingehen. Nur so viel, sein Herz ist geschädigt. Lu-Cas, Lucius, und Tenchil-Negie operieren ihn gerade. Tenchil-Negie ist ein junger Mediker von der Schwarzen Station. Er wollte das, was dort geschieht, nicht mehr mittragen. Ohne ihn wäre es ungleich schwieriger gewesen, Nephets dort rauszuholen! Nephets Zustand ist stabil! Aber wie er die Operation übersteht, können wir nur abwarten! Mehr Informationen haben wir im Augenblick leider nicht!"

Ein zorniges Brummen ging durch die versammelten Haspiri.

»Schweine, verdammte!«, knurrte Rät-Illim.

Sah-Gahn nickte. In kurzen Sätzen umschrieb er die Abenteuer auf Hasperod und stellte Ra-Ennas vor, dann berichtete er über die Rettungsaktion für Nephets und die anschließende Flucht.

»Ra-Ennas Toiraksi hat uns dabei mehrmals aus dem Eisloch geholfen. Sie kennt die schwarze Station in ihren Grundzügen und ist mit dem derzeitigen, politischen und wissenschaftlichen Stand auf Hasperod vertraut. Sie hat uns auf der Flucht geholfen. Ich gehe davon aus, sie wird uns auch weiterhin im Kampf gegen die Sonnenpriester helfen, denn das es einen geben wird Freunde, das ist wohl leider unausweichlich. Ihr kennt alle wie ihr hier sitzt den Inhalt von Nephets Datenchip!«

Ren-Nep nickte nachdrücklich. Rät-Illim sagte mit rauer Stimme, „ja den kennen wir! Dieses Projekt Sternentod zwingt uns geradezu, einzugreifen! Ich habe das doch richtig verstanden Sah-Gahn oder? Wenn der Plan der Sonnenpriester gelingt, können wir bis ans Ende der Galaxie flüchten, es wird uns wenig nützen!"

Sah-Gahn stieß einen dumpfen Laut aus.

»Zumindest wird nicht allzu viel Verwertbares übrigbleiben. Der größte Teil höheren Lebens in der näheren Umgebung ist

dann vernichtet. Das Hasperodsystem ist dann schon vor der Explosion Geschichte, zumindest so, wie wir es kennen!"
Ra-Ennas stand auf. Sie wirkte blass aber vollkommen ruhig.
»Ich weiß nicht, ob wir Gorgos Tod verhindern können, oder die verheerenden Naturkatastrophen, die ihren Tod begleiten. Vielleicht können wir bestenfalls noch lindern, abschwächen, und ein paar Tausend Haspirileben über rechtzeitige Evakuierungen retten!«
»Das ist der Punkt!«, Ren-Nep presste die Lippen zusammen!
»Wir haben mit der Marie-Curie ja nicht einmal die Kapazität um ein paar Tausend Lebewesen zusätzlich zu evakuieren, auch wenn wir die Beiboote dazurechnen!
»Stimmt schon!« Ra-Ennas stützte sich auf die Lehne ihres Stuhls und starrte Ren-Nep durchdringend in die Augen.
»Doch ich habe mit Chol-Rasch und Erdrag-Vitagen gesprochen, weil ich schon seit langem die Evakuierung der haspirischen Bevölkerung fordere. Sie haben mir damals die Schwarze Station präsentiert. Mir ist klar, dass man mich nur beruhigen wollte, und das die Priester niemals vorgehabt haben, die Bevölkerung des Planeten zu retten. Sie haben die Station nicht gesehen Ren! Sie ist 3000 Meter lang und hat eine Breite von ca. 2000 Metern, in der Tiefe beträgt sie ungefähr 1000 Meter. An diese Station denke ich, wenn ich Evakuierung sage!«
»Keine schlechte Idee«, bemerkte Ren. »Aber was ist mit der Durchführung? Wie sollen wir eine solche waffenstarrende Station, von diesen Ausmaßen mit unseren Mitteln erobern?«
»Unterwanderung! Infiltration, kleine kontrollierte Sabotageakte, Partisanentum! All das, was Rebellen so zur Verfügung steht.«
Sah-Gahn legte den Folienstift, den er die ganze Zeit wie einen Exerzierstab zwischen seinen Fingern bewegt hatte, wieder auf den Tisch. »Ich finde Ra-Ennas Idee gut. Wir können den schnellen Tod von Gorgos nicht mehr abwenden.

Die schwarze Station eignet sich hervorragend für die Evakuierung. Es muss dort außerdem eine operierende kleine Untergrundorganisation geben. Es gärt in einem Teil der Besatzung! Es gärt auf den Hasperod Monden Sankarod und Pentanos!«

Er erzählte von Reu-Inegnis Datenkristall seiner Widerstandsbewegung, seiner missglückten Flucht!

»Die Rebellen auf den Rohstoffmonden, dürften potenzielle Verbündete für uns sein, vielleicht können sie uns auch helfen, an Transport- und Kampfschiffe zu kommen!«

Rät-Illim, der die ganze Zeit mit halb geschlossenen Lidern auf seinem Stuhl hockte, mischte sich jetzt ein!

»Genau das meine ich auch Sah-Gahn. Es ist im Augenblick nicht mehr als eine Idee! Wir müssen Reu-Inegnis Hinterlassenschaft zu den Rohstoffmonden bringen, seiner Schwester Arelli-Reug übergeben, und uns mit den Widerstandsgruppen dort vereinen. Ich teile deine Hoffnung, dass wir dort irgendwie an Schiffe kommen, oder auch Waffen!

Sah-Gahn nickte. »Man scheint dort noch gar nichts vom Treiben der Sonnenpriester, und Gorgos Schmutzfleck zu wissen! Woher denn auch. Das Rät, ist der erste Testfall für deine Spezialeinheit. Ren, deine Stunde, und die der Bordtruppen wird auf jeden Fall dann schlagen, wenn wir in der Lage sind, die Station zu besetzen. Das ist aber erst einmal unser Fernziel! Nachdem wir uns mit den Rebellen vereint, und über die aktuelle Lage bzw. Stimmung auf Hasperod informiert haben, wird ein kleiner Trupp zum Schmutzfleck, fliegen, und sehen, wie die Lage dort ist, herausfinden, wo Reu-Inegnis Widerstandsbewegung an der Arbeit ist, wer sie sind. Wie weit sie sind. Das wird der zweite Testfall für deine Spezialeinheit werden Rät. Du musst mit deinen Leuten, den Boden vorbereiten. Ich hoffe du bist mit deinem Haufen darauf eingestellt!«

Rät-Illim grinste. »Selbstverständlich Sah-Gahn, jederzeit!«

„Gut stimmen wir ab!" Sah-Gahn sah prüfend in die Runde, Ra-Ennas hatte wieder auf ihrem Stuhl Platz genommen, und versuchte die eiskalte Politikerin zu mimen, aber ihre zuckenden Ohrspitzen, verrieten sie. Ren-Nep betrachtete finster die Maserung des Konferenztisches.

»Also«, rief Sah-Gahn, »wer ist dafür?« Alle waren dafür, sogar Ren-Neps gerunzelte Stirn entfaltete sich etwas. Widerwillig fuhr seine Hand nach oben.

»Gut«, sagte Sah-Gahn grinsend. »Dann wäre das ja geklärt.«

Mit einem Auge schielte er nach rechts zu Ra-Ennas, und sah sie wesentlich entspannter auf ihrem Formenergiesessel hocken. Sie hatte ihre erste Bewährungsprobe im Team bestanden. »*Top Ra-Ennas!*«*,* dachte er. Er rutschte sich wieder etwas in seinem Sessel zurecht.

»Zum nächsten Punkt. Außer exzellenten Fachleuten brauchen wir für die Vorplanungen auch einen exzellenten, ruhigen Stützpunkt. Einen Ort, an dem wir vorerst keine Angst haben müssen, von der schwarzen Garde entdeckt und gejagt zu werden. Dieser Planet hier ist eigentlich ideal für einen solchen Stützpunkt. Er hat einen Schutzschirm, sozusagen aus sich selbst heraus geboren, den die Priester mit ihrer Garde bisher nicht durchdringen konnten."

»Diese komische Gallerte?«, meinte Nirekin. »Da haben wir auf der Marie-Curie nichts von gespürt!«

Sah-Gahn nickte. »Der Planet ist uns Gorgos sei Dank friedlich gesinnt. Weil er weiß, dass wir ihm helfen werden. Das wir seine Bodenschätze nicht brutal ausplündern, das wir durch unseren Kampf gegen die Priester auch seine Existenz sichern. Wir werden noch einmal mit ihm reden müssen. Aber Soulana, die Stimme des Planeten hat mir versichert, das wir solange hierbleiben können wie wir wollen.«

Er sah zu Magdalena herüber, die sich aufmerksam nach vorne gebeugt hatte. »Das kommt vielleicht auch dem Volk der Hirten zugute. Das wird noch zu besprechen sein, aber ich denke sie können sich hier etwas ausbreiten, und wieder in Verbindung mit Planeten gebundener Natur treten. Denn wir werden hier einige Zeit verbringen. Wochen, Monate, wenn nicht Jahre!« Magdalena lehnte sich zurück. Es schien Sah-Gahn, als ob sie etwas lockerer würde.

»Du glaubst gar nicht Sah-Gahn«, sagte Magdalena, »wie viel Steine mir gerade vom Herzen fallen!«

Sah-Gahns Armbandkom gab plötzlich Vibrationsalarm!

»Sah-Gahn!«, meldete er sich knapp. »Lu-Cas? Was ist...?«

Er horchte, mit bebenden Lippen schaute er auf. »Freunde, die wesentlichen Punkte haben wir besprochen! Ich schließe hiermit die Versammlung. Pet, Lari-Nah, Jes?«, er räusperte sich, »der Beutling ist aufgewacht!«

Dunkelheit! Nacht! Immerwährende, schwärzeste Nacht! Undurchdringlich! Eisaale! Schwarze, sich windende, glitschige Eisaale! Er sah sie nicht, aber er kannte ihre Gestalt, wusste, wie sie sich anfühlten! Ihre langen schleimigen Körper richteten sich halb auf, bogen sich nach hinten, schienen Anlauf zu nehmen, blitzende, kleine Knöpfe an ihrem Ende, dehnten sich aus zu metallenen, scheibenartigen Mündern, die auf seine Brust, seinen Bauch, seine Beine, seinen gesamten Körper zustießen, sich festsaugten! Seinen Sensoren eine fatale Botschaft übermittelten, Schmerz! Immerwährender, brennender, unglaublicher Schmerz! Ein Schrei laut hallend, genährt von Schmerz und Angst, verließ seine Kehle...

»Nein zwanzig Milligramm reicht! Er soll ja aufwachen, aber er muss sich beruhigen! Vitalwerte Lucius?«

»Gut! Das Fieber ist gesunken! Er atmet ruhig, er liegt still! Tenchil, was ist mit dem Blut? Wie viel weiße Blutkörperchen tummeln sich da?...Wunderbar sie haben sich auf Normalmaß

reduziert. Die Entzündung ist zurückgegangen! Jetzt kann er
von mir aus aufwachen!«
Der Sturmwind wurde zu einem ruhigen Lüftchen, zu seinem
eigenen Atem. Die Eisaale lösten sich in Nichts auf. Dem
Schmerz schien langsam die Luft auszugehen, wie einem
plötzlich zu alt gewordenen porösen Luftballon.
Die kühlen, lindernden Stimmen bekamen Realität, nahmen
körperliche Gestalt an. Lu-Cas, Lucius, Tenchil-Negie! Er hörte
ihre Stimmen, verschwommen zogen ihre Gesichter an
seinem inneren Auge vorbei.
Andere Stimmen kamen. Lari-Nah, ihre Stimme war noch
tränenschwer. »Verdammt Neph, ich hab doch gesagt du
sollst dich warm anziehen!«
Seine Stimme funktionierte noch nicht so recht. Wortlos
drückte er ihre Hand.
Auf seiner Schulter die Hand seines Vaters. Er sagte nichts,
der gute Pet. Er kannte ihn. Er hatte Angst loszuheulen. Aber
er spürte die Wärme seiner Hand. Hörte sein unendlich
erleichtertes Atmen.
Dann Jes-Sieh, seine Stimme quietschte fast so hell, wie seine
eigene, »alter Roboter, du solltest doch auf dich aufpassen!«
Da war noch immer diese Dunkelheit, die nicht weichen
wollte, aber sie war nicht mehr so bedrohlich. Plötzlich eine,
dunkel, sonore Stimme. »Hallo Neph!«
»Sah-Gahn«, stöhnte er und versuchte sich schwer atmend
auf den Ellenbogen aufzurichten. Sanft aber energisch
drückte ihn seine Hand wieder in die Kissen zurück.
»Willkommen zurück im Leben, mein Freund!«, sagte er und
schluckte schwer. »Aber mach nicht gleich Turnübungen!«
Ein klägliches Quietschen kam aus Nephets Kehle. »Ich
versuche es mit dem Leben Sah-Gahn! Ich muss, ich will es
versuchen!«

Kapitel 13 Der Bund

Sah-Gahn schaute mit dem Rücken zum Kraterberg in die Abenddämmerung hinaus und dachte über die letzten Tage nach.

Egal wo er hinkam, Sah-Gahn beobachtete, wie eine regelrechte Welle der Erleichterung, über die Gesichter der Hirten ging. Hoffnung schien sich breitzumachen. Das Naturvolk konnte wieder mit der Natur leben! Sie waren vorläufig aus dem Schiff ausgezogen und bauten nach und nach ein neues Dorf an den Hängen des erloschenen Vulkans auf. Keine Steinhäuser, sondern, Hütten aus toten Bäumen, abgefallenen Ästen und Zweigen. Das Dach fertigten sie aus Rinde und Blättern an. Wieder stieg Rauch von den Hütten auf, von den traditionellen Hüttenfeuern, die sie in Feuermulden in der Mitte der Hütten entfachten. Trotzdem hatten die Hirten keinerlei Probleme damit Armbandkoms zu tragen, und in ihren Behausungen Funkgeräte zu benutzen. Die Pläne der Führungscrew waren von Hirten und Haspiri einstimmig genehmigt worden. Sah-Gahn seufzte, trotzdem – das würde noch Probleme geben. Denn bei aller Euphorie. Bei einer Super Nova Explosion von Gorgos, würde dieses System in Mitleidenschaft gezogen werden! Sie würden Soulamat wieder verlassen müssen, was sollte dann mit den Hirten geschehen?

Und das war es wahrscheinlich auch, was Jes-Sieh und Magdalena so zusetzte. Ihre Beziehung schien darunter zu leiden, aber da konnte er ihnen nicht helfen!

Die durchweg positive Nachricht war, Nephets ging es wieder besser. Seit zwei Tagen hatte er die Herzoperation hinter sich, gestern war er an den Augen operiert worden. Und er wurde von Stunde zu Stunde agiler. Lu-Cas hatte schon Probleme ihn auf der Krankenstation zu halten. Leider hatte Sah-Gahn in den letzten Stunden kaum Zeit gefunden mit ihm zu reden, aber Jes war bei ihm gewesen. Er erinnerte sich an das

Gespräch, das er eben über Kabinenfunk mit Jes-Sieh geführt hatte. »Großvater«, hatte er gesagt. »Neph quietscht vor Langeweile. Er ist richtig sauer, dass wir ihm noch keine Infos über Reu-Inegnis Kristall rübergeschickt haben! Er spielt tatsächlich mit dem Gedanken, mit zu den Rohstoffmonden zu fliegen!«

Sah-Gahn grinste. »Dann wird er wirklich wieder gesund. Das hört sich ganz stark nach dem guten, alten Neph an!«

Jes-Sieh schaute ihn durchdringend an. Zwar nur auf dem Terminal, aber Sah-Gahn kam es fast so vor, als ob er tatsächlich im Raum stände.

»Du kennst ihn doch, den alten Roboter! Ich hab das Gefühl – das ist alles nur Mache. Körperlich erholt er sich gut. Wir haben ja schließlich diese verdammten Gene nicht wahr? Ich glaube nicht, dass er das einfach alles so wegsteckt! Weißt du, das ich manchmal noch von römischen Kreuzen träume? Ich will mich nicht näher darüber auslassen, aber es sind keine schönen Träume. Sie verblassen nur langsam. Hast du schon mit ihm gesprochen Großvater?«

»Nein, nein nicht wirklich!« Heftig zupfte Sah-Gahn die Blätter eines unschuldigen Busches in kleine Stücke.

»Du solltest das bald tun!«, antwortete Jes. »Er wartet darauf!«

Sah-Gahns Stimme klang ungewohnt zittrig.

»Wenn Lu-Cas ihn aus seinen Klauen entlässt, werde ich das tun. Aber ich hatte dich eigentlich aus einem anderen Grund angefunkt. Wir müssen den Planeten kontaktieren, und mit Soulana reden. Denn es ist der Planet, den wir mit unseren Plänen strapazieren werden. Am besten, wir treffen uns gleich, noch vor Sonnenuntergang vor dem Kraterberg. Magdalena sollte auch kommen, als Führerin der Hirten. Immerhin würden sich die Hirten hier gerne einige Zeit ansiedeln! Sie sollte Soulana ihr Anliegen mitteilen!«

»Ja, das wäre angebracht.«, stimmte Jes ihm zu. »Magdalena ist der gleichen Meinung. Bis dann!«

Das Gespräch war seit einiger Zeit beendet. Ein leichter Wind zerzauste Sah-Gahns offenes Fell, wehte es wie eine dunkelbraune, glänzende Fahne zur Seite. In wenigen Minuten sollten Jes und Magdalena hier aufkreuzen. Vor einer Stunde hatte er sie von der Zentrale aus angefunkt. Nachdenklich starrte er in den rötlichen Schein des untergehenden Gestirns dieser erstaunlichen Welt. In einem letzten Aufleuchten tauchte der gelbe Stern, den der Planet Soulos nannte, die üppige Vegetation in ein rotes, fast unwirkliches Licht. Sein Blick streifte den mehrere Kilometer breiten Streifen, niedriger, buschartiger Vegetation, glitt über die hohen knorrigen Baumgruppen, und die geschickt dazwischen integrierten Hütten der Hirten, lauschte einem versteckten, plätschernden Bach nach. »Natur heilt Seele!«, flüsterte er, und lächelte probehalber! Es funktionierte wieder! Sein Fell glänzte, seine Ohrspitzen zeigten nach oben und bewegten sich lebhaft. Trotz der Katastrophen, die einfach nicht abreißen wollten. »Ra-Ennas!«, flüsterte er, »Ra-Ennas Toiraksi!« Unwirsch schüttelte er den Kopf! Sie war hübsch! Moglicherweise sogar schön! Es stimmte schon, er war froh, dass sie mit an Bord gekommen war! Eine brillante Wissenschaftlerin. Er hätte sie vermisst.
Sie würden viele interessante Gespräche führen! Sie würden Freunde werden, gute Freunde! Er mochte ihren rauen, etwas ungeschliffenen Charme! »Aber mehr läuft nicht!«, sagte er laut! »Mehr will ich nicht, kann ich nicht mehr!«
Es war mittlerweile dunkel geworden. Die Umgebung des Kraterberges war nur noch diffus erkennbar. Soulamats Mond hatte sich vollkommen unpassend zu seinen Gedanken hinter Wolkenbergen versteckt. Die Luft war feucht, heiß und regenschwer. Ein tropisches Gewitter schien aufzuziehen.

Sah-Gahn seufzte, und kam mit einem Ruck in die Realität zurück. »*Wann zum Lefuet kommen Jes und Magdalena? Sie lassen sich ganz schön viel Zeit! Ich werde sie anfunken, wenn ihr Gleiter nicht in wenigen Minuten auftaucht!*«

Noch einmal schaute Sah-Gahn zum Himmel. Vereinzelt zeigten sich Sterne und Planeten. Er starrte auf die wenigen gleißenden Lichter, sein aufgewühltes Inneres beruhigte sich. Leise lachte er in sich hinein! »Die Größe des Alls, die Majestät der funkelnden Sterne, rückt alles wieder ins richtige Licht! Ich muss endlich Jes und...!« Ein polternder, kleiner Stein traf ihn an der Schulter! Eine leicht quietschende roboterhafte Stimme!

»Gibt es denn etwas Kommandant, was du wieder zur recht rücken müsstest!«

Sah-Gahn machte einen Satz nach vorne, weg von dem Kraterberg, packte unwillkürlich seinen Strahler fester, noch im Sprung machte er eine halbe Drehung. Über ihm, auf einem Felsvorsprung im Schatten, stand ein Mann, hochgewachsen, dunkel. Ohne Eile, vorsichtig, langsam seine Füße setzend, kletterte er das kleine Felsplateau hinunter, und sprang auf den ebenen Sandsteinboden. Endlich waren nicht nur seine Umrisse erkennbar, sondern die ganze Gestalt. Der rotbraune Zopf wurde im aufkommenden Wind, wie ein breites, schweres Tau, nach hinten geweht. Er trug wie Sah-Gahn, einen Einsatzanzug.

Sah-Gahns angespannte Muskulatur lockerte sich wieder. Nur seine Stimme zitterte etwas, als er antwortete. »Wenn man das wieder zur Recht rücken kann, würde ich das gerne tun!"

Er schaute ihm in die seltsam starren, blauen Augen. »Nephets-Gnikwah, Beutling! Ich habe dich vermisst!«

Sah-Gahn sprach stockend, als säße ein Widerstand in seiner Kehle. »Ach zum Feuerdämon mit dem ganzen Mist! Besonders mit dem Mist, den ich verzapft habe! Es tut mir leid Neph! Ich hätte das damals nicht sagen dürfen! Ich hätte

dich damals nicht schlagen dürfen. Ich glaube Ma-Ira hätte mich als Vater gestrichen! Ich weiß nicht, was in mich gefahren ist!« Er holte tief Luft, »verzeih mir Neph!«
Stumm, ohne einen Muskel zu rühren, stand Nephets-Gnikwah da, wie eine aus Eisholz geschnitzte Figur. Nur sein Atem verriet, dass er ein lebendiger Haspiri war.
Sah-Gahn nestelte am Kragen seines Einsatzanzugs. Die antrainierte Vorsicht gebot ihm, auch auf dieser paradiesischen Tropenwelt diesen Anzug zu tragen. Man wusste ja nie! Doch jetzt hatte er das Gefühl der Anzug würde ihm die Luft abschneiden! »Neph, ich könnte es ja verstehen, wenn du nichts mehr mit mir zu tun haben willst. Kommunikation sozusagen nur noch auf geschäftlicher Ebene! Aber dann sag auch wenigstens was!«
Erst jetzt kam ein wenig Leben in Nephets. Seine Ohren spielten nervös durch die Luft. Ein leises Quietschen kam aus seiner Kehle. »Sah-Gahn«, sagte er endlich. »Du kennst mich doch. Ich hab eben das große Maul gehabt, den großen Auftritt inszeniert. Aber ich kann das alles so schlecht ausdrücken. Die Einzige, die mich aus der Reserve locken konnte, war deine Tochter! Und dann ist so was passiert, und alles ist aus den Fugen geraten. Dein rechter Haken Sah-Gahn hat mir fast den Kiefer gebrochen, und noch einiges mehr! Ich war so fertig, ich war so wütend, ich hätte am liebsten geheult, wenn ich gekonnt hätte! Wir haben beide gelitten wie die Hunde! Ich glaube nicht Sah-Gahn, das wir alles wieder auf Anfang stellen können, als wäre nichts geschehen! Dafür haben wir in der Zwischenzeit zu viel erlebt. Aber Freunde waren wir doch immer! Und es wird nie anders sein! Dafür kleben wir zu fest zusammen. Wie Pech und Schwefel, wie Feuer und Wasser! Ach Scheiße Kommandant, ich hab dich auch vermisst!«
Plötzlich lagen sich die beiden Männer in den Armen, wie zwei verlorene Brüder, die sich lange nicht mehr gesehen

hatten. Der Eine, Ströme von Tränen vergießend. Der Andere, am ganzen Körper bebend. Diesmal vollkommen passend dazu, fielen die ersten schweren Tropfen vom Himmel, Donner krachte und Blitze zuckten. Ehe sich Sah-Gahn und Nephets versahen, waren sie durchnässt bis auf die Haut! Hastig sprangen die beiden Männer über Steine und niedrige Büsche, schlüpften unter den Felsvorsprung, auf dem Nephets gestanden hatte, hinein in eine kleine Höhle, die sich dort vor Urzeiten tief in den Stein hinein gegraben hatte. Triefend vor Nässe, die Köpfe fast bis zwischen die Schultern gezogen, hockten sie nebeneinander, gegen die Felswand gelehnt, aber Sah-Gahn grinste als hätten sie gerade in einer geräumigen Luxussuite Platz genommen!

Als sie sich so gut wie möglich die Wassertropfen aus dem Fell geschüttelt hatten, fragte Sah-Gahn, »wie geht es dir eigentlich Neph?« Er hob die Hand, »ich seh es schon, du läufst, du springst von Felsvorsprüngen! Aber wie geht es dir wirklich?«

Nephets atmete tief durch. »Was ich auf dem Flug mit Sulu und Eixa erlebt habe, ist alles auf dem Chip. Du weißt also Bescheid, über Soulamat und die Station! Medizinisch gesehen, geht es mir gut. Lu-Cas ist vollkommen begeistert von mir. Die neuen Herzzellen sind gut angeschlagen, meine Leistungsfähigkeit dürfte in einigen Wochen wieder voll hergestellt sein! Wofür sind wir denn auch bestrahlt worden. Meine Augen werden bald ihre volle Sehkraft wieder erlangt haben, und weit darüber hinaus.«

Neph wandte den Kopf zur Seite, und sah Sah-Gahn ausdruckslos an. »Sie sind jetzt vollkommen künstlich!«, quietschte er rostig. »Die Glaskörper waren ja vorher noch intakt. Nur die Linsen, die Retina, alles Andere und der Sehnerv waren bis auf einen winzigen Rest zerstört. Auf diesen winzigen Rest hat sich alles aufgebaut. Die ganze Technik. Aber jetzt ist nichts mehr da. Dieser Wundermediker dort oben, ist vorgegangen wie ein Metzger. Er hat mir die Augen regelrecht rausgerissen. Dass ich nicht verblutet bin, verdanke ich nur Tenchil-Negie! Der Sehnerv ist vollkommen zerstört. Jetzt ist alles Technik. Wenn sich die künstlichen Augen vollkommen mit dem Chip im Gehirn verbunden haben, werde ich besser sehen können denn je! Ich werde vierzig, fünfzig Kilometer weit zoomen können. Ich darf's dir noch nicht zeigen. Die Operation ist zu frisch, es würde alles aufreißen! Wenn ich will, kann ich nur per Gedankenbefehl ein Nachtsichtgerät einschalten, mit dem ich die Nacht zum Tage machen kann. Ich kann sogar wieder Infrarot sehen. Lu-Cas hat sein Meisterstück abgeliefert. Ich bin ihm wirklich sehr dankbar. Aber ich würde liebend gerne auf ein paar dieser Spielereien verzichten, wenn ich wenigstens den kleinen Rest meiner natürlichen Augen noch hätte.« Nephets Stimme klang jetzt vollkommen eingerostet. »Die Nächte Sah-Gahn, die trotz dieser ganzen Gimmicks so dunkel und undurchdringlich sind!« Nephets ohnehin starrer Blick wurde noch starrer, und trostloser! »Ich kann oft nicht schlafen, weil ich träume! Weil ich immer wieder träume, von dieser Maschine, die ihre Tentakel auf meine Schmerzsensoren setzt, und mit ihren "leichten Stromstößen", dieses Brennen, diese unglaublichen Schmerzen auslöst! Es gehört eine fast überhaspirische Kraft dazu diesem hochnotpeinlichen Verhör, zu widerstehen! Wenn ich aufwache, dann ist da diese Einsamkeit. Diese verdammte Einsamkeit, die man während einer solchen Folter fühlt. Es hat mir zwar immer geholfen an euch alle zu denken, aber im Grunde bist du alleine! Denn es ist ja keiner da, der dir helfen kann! Dann diese Angst, doch etwas zu verraten, zu gestehen! Sah-Gahn, ich habe nichts verraten! Ich habe nichts verraten! Glaubst du mir das? Bitte glaub mir das!« Nephets stützte den Kopf in die Hände, seine Schultern zuckten, sein Körper bebte. Das offene, nasse Fell fiel ihm übers Gesicht.

Sah-Gahn sah ihn betroffen an, und legte ihm vorsichtig eine Hand auf die Schulter. »Beutling ich glaube dir das. Natürlich! Keiner hier denkt anders! Das solltest du wissen Neph! *»Ich hasse dich Vitago – ich hasse dich! Warum tust du Lebewesen das an – warum?«* Laut sagte er, »wenn irgendeine Information über das Schiff oder unsere Pläne an den Sicherheitsdienst gelangt sind, dann höchstens, weil diese Eisaale deine Augen ausgebaut haben, aber da kannst du ja schließlich nichts für!«

Nephets schaute wieder auf. Er atmete tief durch, seine Ohren waren steil aufgerichtet. Er schien Sah-Gahn wieder etwas ruhiger. »Meine Augen«, sagte Neph plötzlich kopfschüttelnd, »dürften eigentlich gar nicht so ergiebig sein, wie sie glauben. Ich konnte viel auf dem Augenhintergrund speichern, aber nicht endlos! Und ich habe auch nicht so viele, für sie wichtige Sachen darauf gespeichert. Meistens sind es private Erinnerungen, ein paar Forschungsergebnisse, die sie aber nicht überraschen dürften. Bilder vom Maschinenraum vielleicht, aber bestimmt keine Konstruktionspläne oder sensationellen Geheimnisse! Doch im Endeffekt müsste ich diesem Obermediker, für seine Idee dankbar sein. Immerhin hat er mir damit ungewollt, das Leben gerettet. Es hat Tenchil-Negie und euch die Zeit gegeben, mich da raus zu holen! Es hat mich vor Erdrag-Vitagens Zorn gerettet!«

Sah-Gahn schaute ihn bebend an. Seine Stimme klang kalt. »Erdrag-Vitagen L,Rac, mein kleiner Bruder! Blut von meinem Blute, wenn man es mal so theatralisch ausdrücken will!«

Nephets schaute ihn von der Seite her an. »Sah-Gahn, er ist ein Arschloch höchster Güte, er ist ein Monster, wie ich es mir schlimmer nicht vorstellen kann.« Nephets Stimme war hart wie Stahl. »Ein tausendfacher Mörder, und ehrlich gesagt, auch wenn sich das nicht gut anhört, ich würde nicht zögern, ihn auf der Stelle zu erschießen! Aber du kannst nichts dafür! Man sucht sich seine Familie nicht aus. Im Guten nicht, wie im Schlechten. Aber nimm bitte diesen Blick weg. Er passt nicht zu dir. Genau so hat mich dein Bruder nämlich angeschaut, als er mich das erste Mal verhört hat!«

»Du hast gewusst, dass er mein Bruder ist, oder hat es dir jemand von den anderen erzählt?«

»Nein«, sagte Nephets. »Weder das eine, noch das andere, aber ich habe es mir gedacht, das er was mit dir zu tun haben muss!«

»So warum!« Sah-Gahns Stimme war jetzt genauso tonlos, wie Nephets.

»Er sieht dir bis auf wenige Nuancen ähnlich. Aber ihm fehlt etwas. Etwas Entscheidendes Sah-Gahn. Ihm fehlt der Glanz in den Augen, ihm fehlt die Wärme!«

Sah-Gahn wurde rot. »Neph, ich hatte so viel Angst vor diesem Gespräch. Aber jetzt bin ich froh das wir geredet haben, das wir immer noch Freunde sind!«

Er lachte, »ach verdammt. Warum werde ich bei solchen Gelegenheiten immer so offiziell? Neph du brauchst hier wo wir sind, weder Angst zu haben, noch brauchst du dich elnsam zu fuhlen. Wenn du nachts irgendeinem Geist begegnest, dann funke uns an, und wir hauen ihm ein paar aufs Maul!«

Nephets quietschte, »na das ist ein Versprechen! Wenn mir demnächst die Geister der Nacht begegnen, werde ich daran denken, und sie werden vor Schreck zerfließen! Danke Sah-Gahn. Ich glaube in der nächsten Nacht werde ich wirklich besser schlafen!« Nephets steckte seinen Kopf nach draußen, es hatte aufgehört zu regnen, das Gewitter hatte sich verzogen, hinter den Wolken war der Mond herausgekommen. Die vor Nässe glitzernde Landschaft wurde in ein magisches Licht getaucht. »Okay«, sagte Neph schließlich, als er den Kopf wieder hereinzog. »Jetzt kann ich Jes und Magdalena anfunken. Sie haben mich bis zum Kraterrand geflogen, den Rest bin ich mit dem Antigrav hinuntergeflogen. Ich hätte es natürlich einfacher haben können, aber ich wollte nicht, dass du mich sofort bemerkst.« Sah-Gahn grinste, und schlug in gespielter Verzweiflung die Hände vor die Stirn. »Hab ich schon mal gesagt, dass ich nur von Toidis umgeben bin?«

Sah-Gahn und Nephets standen, wenige Meter vom Kraterberg entfernt, zwischen Büschen und niedrigem Gestrüpp. Auf dem Felsplateau, von dem Neph heruntergesprungen war, landete gerade Magdalenas und Jes-Siehs Spacejet. Minuten später öffnete sich die Ausstiegsluke, und die beiden schwebten zu Boden. Direkt hinter ihnen kamen Rät-Illim, Ren-Nep und Ra-Ennas. Mit schnellen Schritten steuerte die kleine Gruppe auf die beiden Männer zu. »Ihr Zwei«, knurrte Sah-Gahn Jes und Magdalena an, »habt mich ja ganz schön gelinkt! Von wegen wir kommen gleich nach!«

Jes-Sieh zuckte gleichmütig mit den Schultern. »Wir haben nicht gelogen. Habe ich etwa gesagt, wann wir nachkommen werden? Zeit ist relativ! Und wenn ich Neph und dich so ansehe, scheint es euch ja gut bekommen zu sein! Anders, Großvater, wäre dieses Gespräch ja nie zustande gekommen!«

Sah-Gahn verzog das Gesicht zu einer Grimasse. »Reden wir über was anderes!«

Mit einer Hand wies er auf Ra-Ennas. Abwartend stand sie neben Rät-Illim. Ihr goldenes Fell war jetzt zu einem ordentlichen Zopf geflochten, sie trug einen der dunkelgrünen Einsatzanzüge der Marie-Curie.

»Neph, du kennst Ra-Ennas Toiraksi noch nicht. Die ehemalige leitende Astromeisterin, des Gorgosobservatoriums. Sie hat sich für unsere Aktion qualifiziert, als sie sich bei den Sonnenpriestern mit ihren penetranten Fragen unbeliebt gemacht hat. Sie kennt den "Schmutzfleck", und hat mit jemandem gesprochen, der einer der Führer der Widerstandsgruppe dort sein soll! Deswegen wollte ich sie dabeihaben! Sie kann dem Planeten vielleicht einiges über die Struktur dort erzählen!«

Nephets Blick flitzte zwischen Ra-Ennas und Sah-Gahn hin und her, ihm entging das kurze Aufleuchten in Sah-Gahns Augen nicht. Blechern räusperte er sich und reichte ihr die Hand.

»Herzlich willkommen im Klub Ra-Ennas, vielen Dank!«

Mit rotem Gesicht ergriff Ra-Ennas Nephets Hand. »Wofür?«

»Wofür?« Nephets quietschte. „Für mein Leben! Immerhin haben sie Erdrag-Vitagen ins Knie geschossen!«

»Das war Zufall. Sah-Gahn hätte das genauso getan! Ich hatte nur gerade die bessere Möglichkeit.«

Sah-Gahn seufzte. »Können wir das vielleicht später ausdiskutieren? Wir werden gleich versuchen, den Planeten anzusprechen und mit ins Boot zu holen. Deswegen sind wir hier draußen. Ich weiß allerdings nicht, wie man einen Planeten zu einer Konferenz einlädt. Bisher waren die Soulaner immer einfach da. Vielleicht hören sie uns ja sowieso schon zu!«

»Das kann durchaus sein!«

Nachdenklich fuhr Neph durch seinen Spitzbart. »Als ich mit Sulu und Eixa hier gelandet bin, habe ich einfach ins Blaue gesprochen. Soulanas Manifestation war damals irgendwie im Wald verschwunden. Wir hörten nicht nur ihre, sondern viele Stimmen. Der Planet ist ein Wesen, aber er ist auch Viele.«

Jes-Sieh verlagerte gähnend sein Gewicht. »Wir wissen auf jeden Fall, dass der Geist des Planeten, in allen Dingen die hier leben steckt. Also können wir ihn auch überall ansprechen. Wenn ihr aber Wald haben wollt«, er zeigte nach rechts, fünfzig Meter von ihnen entfernt, zog sich eine kleine Baumgruppe einen ungefähr zweihundert Meter hohen Hügel hinauf, der sich im Schatten des Vulkans duckte! »Ja«, Sah-Gahn wandte sich dem Hügel zu. »Dieses Wäldchen scheint mir am besten geeignet.«

Jes-Sieh runzelte die Stirn, als sie auf der Spitze des Hügels standen. »Schaut euch das an! Diese Bäume, die in einem Halbrund hier zusammenstehen! Ihre Kronen, die sich wie ein Dach ineinander verhakt haben. Diese Steine, hier im Inneren der Baumgruppe! Sechs Stück! Seht euch die Formation an, wisst ihr, was ich meine?«

Sah-Gahn stand neben ihm. Nachdenklich starrte er auf die kreisförmige Steinformation. »Doch«, sagte er, »ich kann es mir vorstellen! Die Steine sind abgeflacht, man kann gut auf ihnen sitzen. Als wenn sie jemand ausgesucht hätte, gerade für diese Funktion!«

»Sie sind im Kreis gelegt«, fügte Ra-Ennas hinzu.

»Genau«, Jes wandte sich zu ihr um. »Richtig Ra-Ennas! Diese Steine hat keine Naturkraft, kein Wind, kein Fluss, kein Vulkanausbruch so verteilt. Dafür liegen sie zu regelmäßig, in einer fast mathematischen Genauigkeit. Sie sind hingelegt worden, von Lebewesen, und sie sind alt!«

Er trat ein Stück vor, mitten in den Steinkreis hinein, und sah sich noch einmal um. »Sie liegen schon sehr lange hier! Das sage ich nicht in meiner Eigenschaft als Mutant, sondern als Geologe. Es ist stark verwittertes, ausgewaschenes Basaltgestein. Wahrscheinlich wurden diese Steine von unserem Vulkanberg geholt, der zu dieser Zeit noch sehr aktiv gewesen sein dürfte.«

Jes-Sieh richtete sich wieder auf, streckte sich, und plötzlich erstarrte er. Die Arme fielen seitlich, schlaff herunter. Seine weit geöffneten Augen schienen in unendliche Fernen zu

schauen. Neph machte einen großen Schritt in den Steinkreis hinein. »Jes, was ist los?«
Doch Maria-Magdalena drängte ihn sanft beiseite. »Lass ihn Neph! Seine Visionen, ich kenn das langsam!«
Vorsichtig ergriff sie Jes-Siehs Hand und drückte sie mit einer federleichten Berührung. »Jes, ich bin Magdalena!«
Ihre Stimme war beruhigend, melodisch! »Was siehst du Jes?« Sekundenlange Stille! Nur die leisen Atemgeräusche Jes-Siehs waren zu hören. Nephets hatte sich auf einen der Steine gesetzt und beobachte sie mit Argusaugen.
Sah-Gahn stand, blass und abwartend neben Neph, Ra-Ennas links von Sah-Gahn, wirkte mehr fasziniert als erschrocken. Die beiden Militärs hatten unwillkürlich die Hände an ihre Strahler gelegt, obwohl sie genau wussten, dass sie damit eigentlich nichts ausrichten konnten. Alle standen dort, wie gebannt, gefangen auf einem fantastischen, märchenhaften Gemälde. Plötzlich erklang Jes-Siehs Stimme. Volltönend, dunkel, weit weg! »Sie sind alt diese Steine, Hunderttausende, Millionen von Jahren! Sie erzählen die Geschichte des Planeten, die Geschichte dieses Volkes, das sich die Soulaner nennt. Einst eine aufstrebende intelligente Spezies, deren Geschichte in Tragik zu versinken droht! Hört mir zu...« Auf einmal veränderte Jes-Siehs Stimme sich, wurde knarrend, krachend und knarzend, wie uraltes zersplitterndes Holz, löste sich aus seiner Kehle, manifestierte sich, in der werdenden Substanz eines Körpers, der flackernd hinter Jes-Sieh aufzuragen begann, immer fester und wirklicher wurde, plötzlich ragte ein uralter, knorriger Baum hinter Jes auf. Seine borkige Rinde war von rötlich-brauner Farbe. Sah-Gahn schätzte ihn auf etwa achtzig bis fünfundachtzig Meter hoch, und etwa zwölf Meter breit. Seine Wurzelstränge wirkten wie mächtige, ausgebildete Laufwerkzeuge. Seine ausladende Krone wogte und rauschte, streckte und bewegte sich wie ein mehrarmiges Lebewesen. »Ich bin Soulana! Dies ist meine

wirkliche Gestalt. Die Gestalt, die ein Soulaner von Geburt an besitzt, und die er in späterem Alter nach Belieben verändern kann. Ich bin die Urmutter, der Baum, der den Samen fortgetragen hat in alle Winkel des Planeten, vor Millionen von Jahren! Ich danke dir Jes-Sieh L,Rac, dass du es mir ermöglicht hast in meiner ursprünglichen Gestalt zu erscheinen, dass ich mich in deinem Geist verankern durfte, um meine Kraft zu erneuern und zu potenzieren. Doch jetzt werde ich dich wieder verlassen. Denn du bist selber ein mächtiger Geist, würden unsere Geister verschmelzen, würde die Kraft deinen Körper zerstören, gehe nun!« Jes-Sieh begann sich zu regen, seine steife, wie eingefroren wirkende Gestalt bewegte sich, seine Augenlider flatterten. Seine Hand löste sich sanft aus Magdalenas Griff. Noch ein wenig staksig, als sei er gerade aus einem Traum erwacht steuerte er auf einen der Steine neben Sah-Gahn zu, und setzte sich wortlos. Magdalena folgte ihm zögernd, langsam und für einen winzigen Augenblick glichen ihre Bewegungen den seinen, ihre Augen weiteten sich für eine Nanosekunde. Der Moment war so kurz das keiner ihn wahrnahm, und keiner ihre blitzschnell gemurmelte Bemerkung verstand, »Anker! Ein Anker!«

»Jes! Geht es dir gut?« Sah-Gahn warf ihm einen besorgten Blick zu. Magdalena hatte sich neben Jes gesetzt, und wieder seine Hand ergriffen. »Jes, Jes! Bist du wieder da! Hallo Jes komm zurück!« Er atmete heftig, aber tief und regelmäßig. Schweiß stand auf seiner Stirn und durchfeuchtete seine Haare, als hätte er Schwerstarbeit verrichtet, dann hob er den Kopf schaute Magdalena, schaute Sah-Gahn und Nephets an. »Alles in Ordnung!«, keuchte er. »Ich bin wieder zurück. Schaut den Baum, schaut Soulana an, denn die Urmutter hat euch eine Geschichte zu erzählen, die Geschichte ihres Volkes!«

Alle Köpfe drehten sich nach vorne. Jeder der Haspiri hatte inzwischen einen Stein gefunden, auf dem er saß. Die Augen weit geöffnet, ließ sich Ra-Ennas neben Sah-Gahn nieder. Sekundenlang starrte sie den mächtigen Baum an. Verwirrt öffnete Ra-Ennas den Mund, schloss ihn wieder, sah wie in einem kurzen Blitz das Bild eines altertümlichen Schiffsankers in ihrem Geist aufblitzen! In einem winzigen Zeitpartikel leuchteten ihre Augen in einem intensiven goldenen Licht, dann war es wieder vorbei!

»Ein beeindruckendes Lebewesen, Ra-Ennas!«, flüsterte Sah-Gahn, und griff unwillkürlich nach ihrer Hand. Sie genoss die Wärme, die von ihm ausging, und vergaß augenblicklich, das da noch etwas gewesen war, was in ihrem Geist einen Halt gefunden hatte.

Es schien fast so, als hätte Soulana gewartet, bis sich die kleinen Lebewesen um sie herum gefangen hätten. Ruhig und gleichmäßig rauschten die Blätter ihrer Krone. Dann beugten sich die Äste ein gewaltiges Stück nach unten und berührten mit ihrer Spitze Nephets Kopffell. Nephets schluckte, und blickte mit leichtem Unbehagen nach oben. Doch vorsichtig, als wollten sie es streicheln, streiften die Äste über sein Fell

»Ich sehe mein Freund«, ertönte die warme, borkige Stimme, »dir geht es wieder besser! Du hast uns damals deine Geschichte und die deiner Freunde erzählt! Jetzt werde ich euch unsere Passion erzählen!«

Der Baum richtete sich wieder auf, und begann....!

»Zu Anfang war der Planet, geboren aus der Explosion eines riesigen Sterns, aber eines Sterns eben, der sein Leben gelebt hatte. Aus der Wolke dieser Explosion und anderem kosmischen Staub bildete sich zu erst der Körper eines neuen, Sterns, die gelbe Sonne Soulas, dann verdichtete sich nach und nach eine kleinere Staubwolke, die Materie wurde schwerer, die Anziehungskraft stärker, Hitze nahm zu! Mantel, Kruste und Kern des Planeten bildeten sich. Berge und Vulkane

wuchsen. Aber ich will die Erzählung verkürzen, ihr seid alle Wissenschaftler – ihr kennt das. Dass alles war vor 4,6 Milliarden Jahren. Irgendwann war es schließlich so weit, das höheres Leben entstehen konnte. Es gab Pflanzen, es gab Tiere. Während sich aber auf vielen Planeten aus den Tieren die höheren Lebewesen entwickelten, haben hier die Pflanzen das Wettrennen gewonnen. Ich will nicht darauf eingehen warum. Es war eben so. Irgendwann wurden für die größten Pflanzenlebewesen des Planeten die Bedingungen so gut, dass sie Intelligenz und Bewusstsein entwickelten. Die Bäume waren aber nie Einzellebewesen, sie handelten und dachten immer im Verbund. Sie breiteten sich über den Planeten aus und bildeten Wälder. Sie dachten von sich als, die Soulaner, denn von Anfang an entwickelten sie eine entscheidende Fähigkeit! Die Fähigkeit der Materieformer. Sie konnten, wenn sie wollten, die Materie ihres Körpers umformen und jedes Lebewesen, das sie kannten, oder je gesehen hatten nachbilden. Unsere Zivilisation zielte aber nie darauf ab Technik zu entwickeln und zu benutzen. Wir Soulaner lebten gut so. Denn wir lebten und entwickelten uns ja durch die üppige Vegetation und die Ordnung schaffenden Tiere. Es gab immer Wasser und Mineralien. Die Materieformung erlaubte uns mit allem, was lebte, auf diesem Planeten zu kommunizieren. So hielten wir die Natur des Planeten zusammen. Doch um uns herum entwickelten sich technische Zivilisationen mit säugetierartigen Humanoidwesen. Raumfahrende Völker, kriegslüsterne Wesen. Der Wald wusste, wenn sie diesen Planeten entdeckten, würden sie ihre Stützpunkte auf ihm errichten, ihn besiedeln, und wie sie es nannten, urbar machen. Für uns hieß das, sie würden uns abholzen mit ihren Maschinen, uns verfeuern, Hütten aus uns bauen, uns töten! Was also sollten wir tun? Wir mussten uns schützen. Ich war es damals, die in einer einzigartigen Versammlung des Waldes, den Vorschlag machte unsere

*Mentalenergie zusammenzuballen und in die gesamte
Materie des Planeten, ob belebt oder unbelebt, einfließen zu
lassen. Denn schon damals wurden unsere Mentalströme
immer kräftiger. Es war dieser Ort, auf dem ihr steht, an dem
die Versammlung stattgefunden hat. Diese Steine
symbolisieren die sechs wichtigsten Kräfte des Planeten –
Feuer, Wasser, Luft, Materie, Leben und Geist! Er war ideal für
die Verschmelzung!
Der gesamte Wald stimmte meinem Plan zu, denn unsere
Sehnsucht mit dem Planeten, von dem wir lebten, zu
verschmelzen, war schon seit einiger Zeit sehr groß. Uns war
klar, jetzt würden wir unsere nächste und letzte
Entwicklungsstufe erklimmen. In einer gewaltigen
Anstrengung ließen wir unsere Psi-Energien zeitgleich in den
Planeten, in jedes Ding, in jede Pflanze, jeden Stein und jedes
Tier fließen. Der Planet lebte! Der Planet hatte eine Stimme,
eine Kraft!* Soulanas Krone, ihr ganzer, borkiger Körper
bewegte sich hin, und her, aber immer nur so weit, dass sie
die kleinen Lebewesen um sie herum mit ihren Ästen und der
Bewegungsenergie nicht verletzte. Wie gefesselt saßen sie
um dieses mächtige Baumwesen herum und lauschten seiner
Erzählung.

Nephets war aufgesprungen, und schaute zu dem Baum
Soulana empor. Er musste sich zurückhalten, um seine neuen
Augen nicht hin und her zoomen zu lassen. Seine Hände
hatten sich zu Fäusten geballt, seine Spitzohren aufgestellt.
»Diese Kraft«, rief er mit rostiger Stimme, den Kopf in den
Nacken legend, »diese Kraft habt ihr wohl bald gebraucht?
Nicht wahr? Als unsere feinen Vorfahren mit ihren schwarzen
Schiffen kamen um das Hydrontiumvorkommen des Planeten
zu plündern, und eure Haut aufzureißen!«
*»Du reißt mir das Wort von den Blättern, mein Freund! In
dieser brenzligen Situation bildeten wir den Schutzschirm,
unsere einzigste und wichtigste Waffe. Nur die guten Willens*

sind, überstehen diese psychische Verwirrung. Doch nun droht uns eine neue Gefahr. Eine Gefahr, der wir alleine nicht begegnen können. Ihr wisst warum! Der schändliche Plan der Sonnenpriester wird Gorgos vor seiner Zeit zur Explosion bringen, und damit auch den Planeten töten.«

Soulanas Äste zitterten unruhig. »Wir brauchen eure Hilfe!«

Jetzt hielt auch Sah-Gahn nichts mehr auf seinen Platz. Er sprang auf, und trat neben Nephets. Sein Bart zitterte erregt.

»In zwanzig oder dreißig Jahren werden sich die Bedingungen auf Hasperod so verschlechtert haben, das Leben nicht mehr möglich ist! Wir müssen die Sonnenpriester stoppen!«

In knappen Sätzen beschrieb Sah-Gahn Soulana, was sie in der Versammlung besprochen hatten. Unmerklich nickend warf er Magdalena einen Blick zu. Sie löste ihre Hand sanft aus Jes-Siehs Griff und schritt dem mächtigen Baum entgegen.

»Ich bin Maria-Magdalena, Führerin der Hirten, der Hüter und Heger! Denn nichts anderes bedeutet dieser Name!«

In wohlüberlegten Worten erzählte sie dem Urbaum vom Anliegen und vom Beitrag ihres Volkes!

»Der Zweck der ganzen Operation Soulana«, führte Sah-Gahn weiter aus ist, die Besatzung des Schmutzfleckes über die wahren Absichten der Sonnenpriester zu informieren, und sie zu überzeugen, dass es für alle Lebewesen in der Umgebung notwendig ist, sich gegen die Priester zu wenden. Wir wollen im Endeffekt die Schwarze Station erobern!«

Sah-Gahn atmete tief durch. »Ich muss euch aber noch einmal darauf aufmerksam machen, dass die Gefahren für den Planeten sehr groß sind! Er könnte dabei zerstört werden!«

Soulana neigte ihr blättriges Haupt und beugte den rauen Stamm tief zu Sah-Gahn, Nephets und Magdalena hinunter, als wolle sie ihnen in die Augen schauen!

»Das ist uns bekannt Sah-Gahn L, Rac! Uns ist aber ebenfalls bekannt, dass wir in kürzester Zeit auf jeden Fall zerstört

*werden! Außerdem haben wir euch ein Versprechen gegeben!
Für wen hältst du uns? Aber wenn du willst, werden wir dieses
Versprechen noch einmal erneuern! Und wir möchten noch
weitergehen. Wir entsprechen der Bitte der Hirten und
werden sie als offizielle Heger und Hüter unserer Gärten
einsetzen.
Der Planet will jedoch ein Bündnis mit euch allen schließen,
basierend auf gegenseitiger Freundschaft und Hilfe, wenn ihr
einverstanden seid!"*

Sah-Gahn nickte erleichtert. »Dafür brauche ich keine
Versammlung einzuberufen. Wir sind einverstanden!«

Rauschend und knackend richtete Soulana ihren mächtigen
Körper auf, verharrte eine Weile, wie horchend. Schließlich
wiegte sie sich hin und her, ein Sturmwind wehte über die
versammelten Haspiri ließ ihr Kopffell flattern und Sah-Gahn
mehrere Schritte nach hinten stolpern. Doch es war kein
aufkommender Sturm, sondern nur die donnernde, tosende
Stimme des einstigen Baumwesens, das über sie hereinbrach,
dass mit der Stimme und der Gewalt des gesamten Planeten
sprach. »*So soll es denn geschehen! Der Planet wird seinen
Teil erfüllen, euch Platz und vorläufigen Lebensraum
gewähren, solange ihr ihn braucht. Er wird euch mit all seinen
Kräften in eurem Kampf unterstützen! Jeder von euch hat
seine Aufgabe!*

Denn ihr seid die Wächter der tiefen Himmel!
Eure Bestimmung ist es, das Leben zu schützen!
Der Bund ist geschlossen!«